DE BLOEMENDOCHTERS

TESSA COLLINS

De bloemendochters

Vertaling Jeannet Dekker

HarperCollins

MIX
Paper | Supporting responsible forestry
FSC® C021394

Voor het papieren boek is papier gebruikt dat onafhankelijk is gecertificeerd door FSC® om verantwoord bosbeheer te waarborgen.
Kijk voor meer informatie op www.harpercollins.co.uk/green.

HarperCollins is een imprint van Uitgeverij HarperCollins Holland, Amsterdam.

Oorspronkelijke titel: *Die Blumentöchter*

Vertaling: Jeannet Dekker
Omslagontwerp: BüroSüd
Omslagbewerking: Pinta Grafische Producties
Zetwerk: Mat-Zet B.V., Huizen
Druk: ScandBook UAB, Lithuania, met gebruik van 100% groene stroom

ISBN 978 94 027 1525 5
ISBN 978 94 027 7179 4 (e-book)
NUR 302
Eerste druk augustus 2024

Originele uitgave verschenen bij Ullstein Taschenbuch Verlag.
HarperCollins Holland is een divisie van Harlequin Enterprises ULC.

www.harpercollins.nl

Voor mijn kinderen

Stamboom

Rose (1938) en
Albert Carter (1937)

Camellia (1973) en Ricardo	**Lilian (1972)** en Gunnar	**Sage (1968)** en Isha	**Cedar (1960)** en Maia	**Nara (1988)** en Amadou
Dalia (1996)	Soley (1997)	Lali (2000)	Magnolia (1990)	Welwitschie (2013)

‘Bloemen zijn de mooiste woorden van de natuur.’
Johann Wolfgang von Goethe

Proloog

Cornwall

Rose knipperde tegen de verblindende zon. De hele ochtend had het onophoudelijk gemiezerd, waardoor er een vochtige sluier over het landschap had gelegen, maar prompt op het tijdstip van de middagthee had het weer eindelijk medelijden getoond. De grauwe, bewolkte augustushemel had plaatsgemaakt voor een onbewolkt blauw, dat de bloemenpracht van de kwekerij van Blooming Hall liet stralen.

Lilian en Nara, haar oudste en jongste dochter, hadden zich de hele morgen in de keuken verschanst om hun moeder Rose ter gelegenheid van haar vijfentachtigste verjaardag een verrukkelijk feestmaal te kunnen voorschotelen. Het malse lamsvlees met dampende worteltjes en spruitjes hadden ze in de salon van het oude landhuis gegeten, daarna hadden ze op het terras plaatsgenomen. De maaltijd had in een vijfsterrenrestaurant niet misstaan.

Lilian had vanwege de feestelijke aanleiding het witte tafellaken van Alberts moeder uit de kast gehaald. De rand van het stevige linnen was versierd met uiterst fijn borduurwerk. Het elegante tafelkleed was nog ouder dan Rose zelf, en wie weet hoeveel verjaardagen haar nog waren gegund. Je moest feesten vieren wanneer ze zich aandienden, zeker op haar leeftijd.

Weemoed welde in Rose op, want dit was de eerste verjaardag zonder haar geliefde man Albert. Wekenlang had ze opgezien tegen het wakker worden op deze dag. Ze had zich voorgesteld hoe het zou zijn als hij haar geen verjaardagsontbijt op bed bracht, zoals hij tientallen jaren had gedaan, en hoe het zou voelen om voor het eerst de dag zonder zijn tedere omhelzing te moeten beginnen. Ze miste Albert heel erg. Elke dag, elk uur, elke minuut, elke seconde.

Rose wist dat ze zich gelukkig mocht prijzen dat ze al zo lang geleden de man van haar dromen had leren kennen en zoveel jaar van hem had kunnen houden. En ze wist dat ze iets had mogen meemaken wat veel mensen in hun hele leven niet zouden ervaren. Daarom was het des te pijnlijker geweest toen hij onverwacht was overleden. Ze waren 's avonds tegelijk naar bed gegaan, en hij had haar zoals elke avond in de afgelopen zestig jaar een zoen op haar lippen gegeven. 'Slaap lekker, mijn prachtige Rose.' Dat waren zijn laatste woorden tegen haar geweest.

Op een bepaald moment tijdens de nachtelijke uren daarna was zijn hart opgehouden met kloppen. Albert was vredig in zijn slaap gestorven. Met een wakkere geest, die hem tot aan het einde bijzonder had gemaakt. Zonder pijn, zonder eindeloos lijden. Toch was Rose ontroostbaar geweest toen ze de volgende ochtend had ontdekt dat Albert haar voor altijd had verlaten. Ze had zich afgevraagd hoe het nu verder moest met haar leven, dat altijd in het teken had gestaan van onvoorwaardelijk vertrouwen en heerlijke momenten met haar echtgenoot. Het leek een eeuwigheid te hebben geduurd voordat ze weer enigszins rust had gevonden.

Nadenkend liet ze haar blik over het terras gaan. In de tijd na Alberts dood was ze door haar familie opgevangen. Ze waren er allemaal voor haar geweest, haar kinderen en kleinkinderen hadden zich tot het uiterste ingespannen om Rose weer iets van haar levensvreugde terug te geven. Ze hadden voor haar gekookt en haar overgehaald om uitstapjes met hen te ondernemen, hoewel Rose daar helemaal geen zin in had gehad. Achteraf was ze altijd blij dat ze toch was meegegaan, want het waren telkens kleine stapjes terug naar het leven geweest. Haar kleindochter Soley had een liedje voor haar geschreven en haar andere kleindochter Dalia had zelfs de vroegere taak van Albert overgenomen en haar een vorstelijk ontbijt op bed gebracht.

Nu Rose erop terugkeek, was ze erg dankbaar. Tijdens haar jeugd had ze het niet altijd gemakkelijk gehad. Ze had moeten vechten, tegenslagen moeten overwinnen en meerdere keren opnieuw moeten beginnen. Pas toen ze Albert had leren kennen, had haar leven plotsklaps een andere wending genomen, ten goede, en ze hadden het geluk dat ze samen vijf geweldige kinderen hadden gekregen.

Bij de gedachte aan haar overleden dochter Camellia moest Rose een traantje uit haar ooghoek wegpinken. Geen kind hoorde eerder te gaan dan de ouders, maar ze hadden die tragedie niet kunnen voorkomen. Hoewel haar dochter al achtentwintig jaar geleden was gestorven, had het verdriet over dat vreselijke verlies zich diep in haar hart verankerd.

'En, *granny*, hoe smaakt je verjaardagstaart?' vroeg Dalia haar met een knipoog.

Rose dwong zichzelf tot een glimlach. 'Heerlijk. Je kunt erg goed bakken.'

'Dank je, dat is fijn om te horen,' zei Dalia, die haar gesprek voortzette met haar jongste nichtje, de elfjarige Welwitschie, de dochter van Nara.

'*Mum*, wil je nog een kopje thee?' Lilian stond met de theepot van wit porselein in haar hand en keek haar vragend aan.

Rose keek op. 'Als het er niet te vroeg voor is, heb ik liever cider.'

Haar oudste zoon Cedar, die vlak naast haar zat, schonk zijn zus een brede grijns. 'Mum wordt maar één keer vijfentachtig. Thee kan ze elke dag nog drinken.'

Lilian rolde met haar ogen en riep over haar schouder in de richting van de terrasdeur: 'Gunnar, kun je twee flessen cider meenemen?'

In het hart van het huis klonk een onduidelijk gemompel.

'Dat moet ja betekenen,' legde Lilian lachend uit. Ze ging weer naast haar dochter Soley zitten.

Rose keek nadenkend naar haar kleindochter met haar lichtblonde haar en bleke teint. Soley had ongewoon jong succes als zangeres gehad, en hoewel Rose niet veel verstand had van muziek, hoorde ze wel hoe magisch de stem van haar kleindochter was. Vandaag maakte ze, terwijl ze met haar moeder zat te praten, een nerveuze en afgeleide indruk.

Rose had het gevoel dat Soley, net als haar nichtjes Dalia en Lali, haar eigenlijke doel, het juiste pad in het leven, nog niet had gevonden. In tegenstelling tot Magnolia, die precies leek te weten wat belangrijk was, maakten deze drie kleindochters een onzekere, vertwijfelde en zoekende indruk.

Terwijl Rose haar blik liet afdwalen over het uitgestrekte perceel met de schier eindeloze bloembedden, de bloemenvelden, de felgroene gazons en de bont bloeiende tuin, begon ze steeds meer te piekeren. Was het soms haar schuld dat deze jonge vrouwen het grote geluk nog niet hadden gevonden? Natuurlijk, Soley genoot van de roem, de aandacht en de voorrechten die haar als 'ster' ten deel vielen. Wie zou dat op zo'n jonge leeftijd niet fijn vinden? En Dalia stortte zich met hart en ziel op de nieuwe reclamecampagne voor de kwekerij. Lali kon uren opgaan in de kruiden en geneeskrachtige planten die op Blooming Hall werden verbouwd en verkocht. Rose had haar vaak gadegeslagen wanneer ze tussen de bloembedden en de kassen ronddwaalde. En toch leken ze alle drie nog naar iets te zoeken. Keer op keer meende Rose tijdens gesprekken met de jonge vrouwen een zekere verborgen ontevredenheid te bespeuren. Ze wilde hen zo graag helpen om hun weg in het leven te vinden.

Ze keek naar Maia, de vrouw van Cedar. Die had gisteravond, toen ze met z'n allen een rondje over de uitgestrekte landerijen hadden gelopen, zo'n gekwetste en onzekere indruk gemaakt. En dat terwijl haar dochter Magnolia zo zelfverzekerd overkwam. Wat zou Albert hebben gezegd als hij de afgelopen dagen met zijn familie had kunnen doorbrengen? Rose perste haar lippen opeen. Ze wist maar al te goed wat hij haar zou hebben aangeraden, namelijk dat wat hij zo vaak had gezegd: dat ze eindelijk met al dat geheimzinnige gedoe moest ophouden. Albert had een enorme hekel gehad aan leugens, misleiding en bedrog. Zeker binnen de familie had hij openheid en transparantie altijd heel erg belangrijk gevonden.

Maar was Rose echt een leugenaarster? Ze deed heel even haar ogen dicht, overvallen door herinneringen. Al die jaren had ze haar familie alleen maar willen beschermen. Haar kinderen, haar schoonkinderen en haar kleindochters. Ze had heel veel verzwegen om haar dierbaren leed te besparen, maar haar bedoelingen waren altijd goed geweest. In veel gevallen was de waarheid niet altijd de beste oplossing, want die moesten mensen ook kunnen verdragen en aanvaarden. Rose had niet gelogen en ook niet bedrogen. Nooit. Zeker tegenover Albert was ze altijd eerlijk geweest. Haar echtgenoot had als enige alles van haar geweten. Tussen hen waren er geen geheimen geweest, tot aan de allerlaatste dag niet.

'Mum, is het vandaag geen heerlijke dag?'

Ze deed haar ogen open. Nara keek haar opgewekt aan.

'Het is een prachtige dag, Nara. Jullie hebben mijn verjaardag heel bijzonder gemaakt en ik wil jullie daar allemaal heel hartelijk voor bedanken.' Ze schraapte haar keel toen ze merkte dat ook de anderen waren opgehouden met praten en haar allemaal aankeken. 'Nu jullie toch zitten te luisteren, wil ik graag zeggen dat ik blij ben dat jullie er allemaal zijn.' Rose keek Cedar aan. 'En ik kan het heel erg waarderen dat jullie helemaal uit Californië hiernaartoe zijn gekomen.' Ze wees met haar rechterhand naar de hemel. 'Ik weet zeker dat Albert ons vanaf daar kan zien. En hij heeft ons vanmiddag het mooiste weer gegeven dat Cornwall te bieden heeft. Dat is vast zijn manier om me te feliciteren.' Rose glimlachte. 'Ik mis hem elke dag, maar ik ben blij dat jullie er vandaag voor me zijn.' Ze hield het glas cider omhoog dat Gunnar voor haar had neergezet, en haar familieleden proostten met haar mee.

'Op jou, mum!'

'Op de beste granny van de hele wereld!'

'Op jou, oma!'

Op dat moment voelde Rose alleen maar een erg diepe dankbaarheid. Haar familie was gezond en haar kleindochters waren bezig om hun weg in het leven te vinden. En ze woonde ook nog eens in een echt paradijs.

Rose hield van haar kwekerij, ze hield van Blooming Hall en van het oude landhuis. Haar hele leven lang had ze datgene mogen doen waaraan ze de meeste vreugde ontleende. Nieuwe planten kweken, kostbare gewassen beschermen en verzorgen; al die taken die met de kwekerij samenhingen maakten haar innig tevreden. Ze had haar plek gevonden. Tot aan de dag van vandaag.

Peinzend keek ze naar het bloembed waar ze de bloemen voor haar familie had aangeplant. Kruiden, bloemen, bomen en planten in alle soorten en maten hadden haar altijd op zelfs de moeilijkste momenten troost geboden. Hun betoverende geuren en hun rustige uitstraling waren al sinds haar vroegste jeugd haar metgezellen. Zij en bloemen vormden een prachtige twee-eenheid.

'Granny, je wilde toch nog samen met mij bloemen voor school uitzoeken?' Welwitschie leunde over de tafel heen en keek haar vragend aan.

'Niet vandaag, schat,' wees Nara haar dochter terecht. 'Vandaag is het oma's speciale dag.'

'Dat is niet erg, Nara.' Rose knikte naar haar jongste kleinkind. 'Wat zeg je ervan als we later samen met Lali en Soley gaan kijken welke bloemen het beste bij jullie feest passen?'

'Dan ga ik ook mee,' kondigde Dalia aan. 'Ik moet immers nog een reclamebord voor het feest ontwerpen.'

Rose knikte. 'Dat is goed.'

'Wordt dat niet te veel voor je, mum?' Lilian trok een bezorgd gezicht.

'Ik ben nog niet dood,' merkte Rose droogjes op.

Lilian slaakte een zucht. 'Goed, als je het zo zegt.'

Rose knikte om haar woorden kracht bij te zetten. 'En ik meen het!' Ze knipoogde in de richting van Welwitschie. 'Later,' fluisterde ze samenzweerderig.

Terwijl de gesprekken om haar heen verdergingen, verzonk Rose weer in gedachten. Hoeveel tijd zou ze nog hebben? Bij Albert had ze gezien hoe plotseling het voorbij kon zijn. Het ene moment had ze met hem nog besproken wat ze het volgende seizoen zouden aanplanten, maar een dag later was hij er niet meer geweest.

Hou toch eindelijk eens op met dat geheimzinnige gedoe, meende ze Alberts stem te horen zeggen. Had hij misschien gelijk? Rose bekeek haar familieleden zo onopvallend mogelijk. Lilian en Gunnar, die al jaren meewerkten op de kwekerij en het bedrijf draaiend hielden, en hun dochter Soley, die met haar stem de harten van zoveel mensen had veroverd. De temperamentvolle Dalia, die Rose en Albert na de dood van Camellia als hun eigen dochter hadden opgevoed. De verlegen Lali, die na al die jaren nog altijd moeite had met het gemis van haar moeder, ook al hield haar vader Sage meer van haar dan van wie dan ook. Rose keek naar haar zoon Cedar, die net met Maia zat te praten. Vlak bij hen zat hun dochter Magnolia, die in een gesprek met Nara was verwikkeld, terwijl Rose' jongste schat, Welwitschie, haar zonnetje, zoals ze de kleine meid graag noemde, met een heel geconcentreerd gezicht aan een geduldspelletje bezig was.

Rose hield van hen allemaal, van hun goede en minder goede kanten, van hun sterke punten en hun zwakheden. Ze verschilden net zoveel van elkaar als de bloemen van de verschillende plantensoorten die hier werden gekweekt. Niet alleen qua uiterlijk, ook qua karakter. Rose hield van al die verschillen. Ieder was op een andere manier een verrijking. Ze waren het niet altijd met elkaar eens, maar waren juist niet al die verschillende opvattingen, die andere kijk op de dingen, de ware rijkdom van het leven?

Ze besefte dat ze haar ideeën al een hele tijd niet meer met haar dierbaren had gedeeld. Waarom had ze niet al lang open kaart gespeeld? Met Albert aan haar zijde was dat veel gemakkelijker geweest. Wilde ze echt al haar geheimen mee het graf in nemen? Wie had daar iets aan? Rose voelde zich innerlijk verscheurd. Zulke gedachten pasten niet bij een dag als vandaag, en het zat haar een beetje dwars dat ze juist op haar verjaardag door een slecht geweten werd geplaagd.

'Wat kijk je peinzend, mum,' merkte Nara op. 'Denk je soms aan *dad*?'

Rose aarzelde. Nerveus streek ze met haar tong over haar onderlip. Was nu misschien het juiste moment aangebroken? Ze waren hier allemaal bij elkaar, en het zou gemakkelijker zijn dan haar kinderen en kleinkinderen een voor een voor een persoonlijk gesprek uit te nodigen en de geheimen te delen die ze al zo'n tijd met zich meedroeg. Hoe zou haar familie reageren? Was het misschien te laat voor de hele waarheid?

Rose slikte.

'Mum?' Ook Lilian leek een beetje bezorgd. 'Wat is er met je?'

Nu. Of nooit. Of wanneer dan ook. Rose knikte bedachtzaam. 'Ja, het is... Ik moest net aan Albert denken.'

Nara legde een hand op haar onderarm en kneep er even zacht in. 'Ach, mum. Hij is altijd bij ons.' Ze legde haar vrije hand op haar hart. 'Hier.'

Rose knikte weer. 'Daar heb je gelijk in, schat.' Wat was ze toch een zielige lafaard! 'Er is geen enkele reden om op zo'n mooie dag als deze droevig te zijn.' Ze dwong zichzelf tot een glimlach.

'Je hebt erg veel van dad gehouden.' Ook Lilian raakte licht Rose' schouder aan. 'Een heel leven met z'n tweeën, dat kun je niet zomaar achter je laten.'

Weer kreeg Rose last van haar slechte geweten, juist omdat ze Albert aanvoerde als reden om niet over het verleden te hoeven praten. 'Het gaat wel weer,' zei ze met verstikte stem.

Ze had veel te lang gewacht en besefte dat het haar niet zou lukken om aan haar kinderen te onthullen wat ze al die jaren voor hen verborgen had gehouden. Ze moest een andere manier vinden om hun dat duidelijk te maken. Ach, was Albert er nog maar! Hij had wel raad geweten. Maar Rose had zijn waarschuwingen veel te lang genegeerd, ze had veel te lang verdrongen dat ze niet onsterfelijk was. En nu zat ze hier met degenen van wie ze het allermeeste hield en kon ze het niet over haar hart verkrijgen om eerlijk te zijn. Eerlijk tegenover haarzelf en eerlijk tegenover haar dierbaren. Ze moest een oplossing zien te vinden. Niet vandaag en niet morgen, maar misschien volgende week, of de week daarna, of...

1

Een halfjaar later

'Ik kan het nog steeds niet geloven.' Mevrouw Cones schudde haar hoofd. 'Ik kende Rose al...' Ze hield haar hoofd schuin en dacht na. 'Al een jaar of vijftig? Sinds ik in St. Ives woon. Ja, dat moet vijftig jaar zijn. Ik weet nog heel goed dat je oma contact met me opnam om te vragen of ik mijn bloemen van haar en Albert wilde betrekken.' Ze zuchtte. 'Ach, het lijkt wel alsof dat gisteren was, en toch...'

Dalia kon zich niet eens voorstellen hoe dat aanvoelde. Vijftig jaar. Een halve eeuw. Nu ze besefte dat ze het de rest van haar leven zonder haar granny moest zien te rooien, kostte het haar moeite om haar tranen in te houden. 'Granny was... de hartelijkste vrouw die ik ooit heb gekend.' Ze snikte.

Greta Cones keek haar vol medeleven aan. 'Twee weken geleden zag ik haar nog in de Three Horses, toen hebben we nog een babbeltje gemaakt. Over die verdraaide mist die al weken in Cornwall hangt, en over het volgende plantseizoen.' Ze veegde haar ogen af. 'Ik ga haar heel erg missen.'

'Ik ook,' gaf Dalia weemoedig toe. Haar grootmoeder was een week geleden overleden, maar ze kon zich nog steeds niet voorstellen hoe ze zonder haar geliefde granny verder moest. Eerst *grandpa* en nu, niet eens zoveel later, ook haar oma. Het middelpunt van haar leven was in heel korte tijd volledig verdwenen. Ze had zich nooit zo leeg gevoeld en zo weinig hoop gehad.

'Het was in elk geval een mooie dood, als je dat zo mag zeggen,' ging Greta Cones verder. 'Een middagdutje doen en niet meer wakker worden. Beter kun je je niet wensen. Dat is natuurlijk geen troost, maar...'

Dalia knikte. Ze was dankbaar dat granny zo vredig was heengegaan. Hoeveel grootouders van vriendinnen en kennissen sleten niet hun laatste dagen in een verpleeghuis? Het was een droevig bestaan, velen wisten niet eens meer welke dag het was of herkenden hun eigen familie niet meer.

Granny had daarentegen tot het einde in haar eigen huis kunnen wonen. Tot op de allerlaatste dag had ze een wandeling langs de kweekbedden gemaakt, aan Lilian en Gunnar gevraagd hoe het met de bestellingen stond en bij Nara geïnformeerd wat er nieuw werd aangeplant. Ze had haar eigen, persoonlijke deel van de tuin, waar ze de bloemen voor haar kinderen en kleinkinderen had geplant, verzorgd en onderhouden, ze had genoten van de kleurenpracht en de heerlijke geuren. Dalia wist dat planten alles voor haar oma waren geweest. Liefde verlicht je hart, maar bloemen verlichten je leven, had granny altijd graag gezegd.

Nu deze geliefde vrouw er niet meer was, had Dalia bijna het gevoel dat haar hart aan stukken werd gescheurd. Ze zou nooit meer de heerlijke zelfgebakken scones van haar oma kunnen proeven, ze zou nooit meer samen met haar in de salon of op het terras kunnen genieten van hun geliefde *Cornish cream tea*.

'Ze blijft op je passen,' probeerde Greta Cones haar te troosten. 'Familie was voor Rose het allerbelangrijkste. Jullie waren haar leven, haar grote vreugde. Haar geluk.'

Dalia kreeg een brok in haar keel. 'Ze was de beste,' bracht ze moeizaam uit.

Mevrouw Cones nam weer plaats achter de toonbank van haar bloemenwinkel en pakte de stapel ontwerpen die Dalia had afgedrukt en meegebracht. De oude dame moest niet veel van internet en digitale zaken hebben.

'Dit ziet er erg mooi uit, Dalia.' Lachend streek mevrouw Cones met haar wijsvinger over de bovenste afdruk. 'Ik heb er zelf helemaal geen verstand van, maar volgens mijn zoon moet ik me er eindelijk maar eens in verdiepen.'

'Je zoon heeft gelijk. Elk bedrijf moet tegenwoordig op internet aanwezig zijn.'

Mevrouw Cones slaakte een zucht. 'Een groot deel van mijn klanten is net zo oud als ik. Die weten welke kwaliteit ze hier kunnen krijgen. Ik weet niet goed wat ik eraan heb om dit soort nieuwigheden te gaan gebruiken.'

Dalia moest even ingehouden lachen. 'Dat soort nieuwigheden, zoals jij ze noemt, kan je heel wat nieuwe klanten opleveren. Jongelui bijvoorbeeld, die ook belangstelling voor bloemen hebben.'

Greta Cones bladerde door de ontwerpen. 'Dit bevalt me heel goed. De website wordt erg mooi. En kwaad kan het zeker niet.'

'Zeker niet,' zei Dalia vol overtuiging.

'Goed, dan doen we het zo.'

Nadat ze alles hadden besproken, zei Dalia de oude dame gedag en liep ze de bloemenwinkel uit.

Buiten op straat liet ze Nara met een berichtje weten dat ze klaar was. Ze waren samen naar St. Ives gereden, het bekende kunstenaarsstadje met zijn vele galeries en pottenbakkerijen aan de noordkust van Cornwall, aan de Atlantische Oceaan. Nara moest nog drie palmen bezorgen en Dalia had van de gelegenheid gebruikgemaakt om het eindelijk met mevrouw Cones over een nieuwe website te hebben. Ze hadden afgesproken dat ze, eenmaal klaar, elkaar weer zouden treffen op Porthminster Beach.

Toen Dalia het strand op liep, zag ze haar tante al van veraf staan.

De dikke mist die vanmorgen nog boven het land had gehangen trok eindelijk een beetje op. Hier en daar waren boven de kolkende zee stukken blauwe hemel te zien. Het was vloed, hoge golven rolden over het zand en de schuimkoppen stonden op het water.

Nara keek Dalia onderzoekend aan. 'En, is het gelukt?'

'Mevrouw Cones heeft besloten om dit soort nieuwigheden een kans te geven.' Dalia lachte flauwtjes.

'Dit soort nieuwigheden?' Nara schudde haar hoofd. 'Websites zijn al lang standaard.'

'Nou ja, ze is al over de zeventig.'

Nara stak haar arm door die van Dalia. 'Kom, laten we nog een stukje wandelen. Op de kwekerij ligt het nodige werk op me te wachten, dus ik wil eerst nog even van de zee en het zout in mijn neus genieten.'

Dalia onderdrukte een giechel. 'Zee en zout? Het is eerder mist en zand in je ogen.'

'Ach, kom, geniet toch liever van het weer van Cornwall.'

Dalia ademde diep in. 'Granny hield zo van deze mist. Ze vond altijd dat die het landschap zo'n mysterieuze uitstraling gaf.'

'En grandpa had er een enorme hekel aan,' vulde Nara aan, terwijl ze samen over het verlaten strand liepen, knipperend tegen de wind die hun ogen liet tranen. 'Hoewel hij een echte Cornwaller was. Gek, hè?'

Dalia haalde haar schouders op. 'Grandpa hield van de zon, maar granny vond het bij vijfentwintig graden al te warm. Dat snap ik dus niet. Van mij mag het 's zomers best boven de dertig zijn.'

'Ze waren zo verschillend,' zei Nara nadenkend, en ze bleef staan. 'En toch was het overduidelijk dat ze zoveel van elkaar hielden. Dat ze zich zo met elkaar verbonden voelden. Twee helften van één geheel. Er viel zelden een kwaad woorden tussen die twee.'

'Weet je nog dat granny haar been had gebroken? Toen ze de fruitbomen wilde snoeien en van de ladder viel.'

'Ja, dat weet ik nog. Dat is minstens tien jaar terug.'

Dalia knikte. 'Ik zat nog op school. Het lijkt een eeuwigheid geleden. Grandpa heeft haar wekenlang naar boven gedragen omdat hij niet wilde dat ze in haar eentje beneden sliep.'

'En granny mopperde steeds dat hij aan zijn leeftijd moest denken en geen tiener meer was.' Nara giechelde. 'Dat was zo'n mooi gezicht.'

Dalia moest ook lachen bij de herinnering aan het gefoeter van haar granny. 'Ze vormden samen zo'n fraai stel.'

'Een gelukkig echtpaar,' zei Nara zacht.

Toen Dalia haar kant op keek, zag ze de tranen in Nara's ogen. Ze pakte de hand van haar tante vast en kneep er even in.

'Ik vraag me af of wij dat ooit nog mogen meemaken,' zei Dalia, met haar blik op de zee gericht. De wind geselde het zand met al zijn kracht en er spatten een paar druppeltjes in haar gezicht. Het gebulder en geraas van de oceaan overstemden alles.

'Ik beslist niet,' verklaarde Nara op sombere toon.

Dalia streelde haar over haar arm. 'Ook jij verdient geluk. Juist jij!'

'Ach, kom, ik ben te oud,' wierp Nara tegen. Ze haalde een zakdoekje uit de zak van haar jas en veegde haar ogen af.

'Te oud.' Dalia perste misprijzend haar lippen opeen. 'Die paar jaar.'

Nara maakte een afwijzend gebaar. 'Ik heb Welwitschie. En zij schenkt me al het geluk dat ik me kan wensen.'

'Dat is waar,' beaamde Dalia. 'Welwitschie is de liefste en leukste dochter die je je maar kunt wensen.' Het tengere meisje met haar lange kroezende krullen was minstens zo knap als haar moeder. En net zo intelligent.

'Wat zeg je ervan, lieverd? Heb je trek in een Cornish cream tea?' Nara pakte Dalia's hand vast en keek haar vragend aan.

'Dat heb ik altijd.'

Toen ze die middag samen terugkeerden naar Blooming Hall hing er opnieuw een dikke mist boven het land. Een tijdje geleden had Dalia met Nara afgesproken dat het interieur van het bedrijf wel een opfrisser kon gebruiken, en ze had beloofd om op de computer een paar nieuwe ontwerpen te maken. Om haar gedachten te verzetten besloot ze zich terug te trekken in een van de kassen en over mogelijke stijlen na te denken. Daarbinnen, in de warmte, viel haar blik op de boomvaren uit Nieuw-Zeeland die voor de kas stond en daar wind, regen en vocht trotseerde. Bij beter licht wilde ze een foto van de plant maken en die bewerken. Dat zou beslist een mooi motief voor de nieuwe look zijn.

In gedachten verzonken staarde ze naar haar eigen spiegelbeeld in de ruit van de kas. Haar lange zwarte haar, haar lichtgetinte huid en haar gelaatstrekken had ze te danken aan haar Mexicaanse vader. En opnieuw besefte ze hoeveel ze verschilde van de rest van haar Engelse familie.

'Dus hier heb je je verstopt,' liet de stem van haar nicht Magnolia haar opeens opschrikken uit haar gedachten. 'We zochten je al.'

Dalia zuchtte.

'Geef maar toe, je bent voor je familie gevlucht!' riep Soley, die achter Magnolia naar binnen liep.

Dalia streek haar haar uit haar gezicht. 'Dat klopt. De laatste keer dat er zoveel mensen in huis waren, was tijdens granny's vijfentachtigste verjaardag. Het lijkt alsof dat pas gisteren was.'

'Ik ben zo blij dat ik hier met kerst nog ben geweest,' zei Soley nadenkend.

'Hoe gaat het eigenlijk met je optredens?' wilde Dalia weten.

'Over een paar dagen sta ik weer op het toneel. Eerst Londen, dan Edinburgh, Glasgow en Liverpool.' Soley viel even stil. 'Daarna neem ik even pauze. Ik ben al...' Ze fronste nadenkend. 'Al drie maanden op tournee. Jullie kunnen je niet voorstellen wat voor hekel ik inmiddels aan hotelkamers heb.'

Magnolia knikte. 'Er gaat niets boven je eigen bed.'

Dalia kwam van haar krukje overeind. 'Missen jullie haar net zo erg als ik?' Haar stem begon te trillen.

Magnolia sloeg een arm om haar schouders en trok haar naar zich toe. Ze wees naar de paden tussen al die planten waarmee de kas gevuld was. 'Ik kan nog altijd niet geloven dat ze hier niet ergens rondloopt in dat rode schort van haar. Weten jullie nog dat ze altijd de blaadjes tussen haar duim en wijsvinger wreef? Daar keek ze dan zo verrukt bij. Alsof ze uit haar lichaam trad en in een heel andere wereld zat.' Magnolia schudde haar hoofd. 'Dat klinkt bespottelijk, ik weet het, maar zo zag het eruit.'

'Ik weet wat je bedoelt,' antwoordde Dalia. 'Ik moet ook steeds denken aan al die zomers die we hier met z'n allen hebben doorgebracht. Wanneer granny zei dat jullie zouden komen, dan was dat...' Ze slikte. 'Dat was voor mij alsof mijn verjaardag en kerst op dezelfde dag vielen.'

'We hadden het altijd zo leuk met elkaar,' beaamde Magnolia. 'Hoewel ik als kind het weer hier verschrikkelijk vond...' Ze glimlachte flauwtjes. 'Mijn vriendinnen hadden het altijd over vakanties naar Hawaï, Las Vegas, Mexico en weet ik wat. En ik kon elke keer alleen maar zeggen dat ik de zomer bij mijn opa en oma in het goede oude Engeland had gezeten.' Ze zuchtte. 'Achteraf had ik geen dag hier met jullie en granny en grandpa willen missen. Wanneer het met mama weer eens niet zo goed ging, was de vakantie in Cornwall... mijn redding.' Haar stem klonk aangedaan.

'Hoe gaat het met haar?' vroeg Dalia meelevend.

Magnolia aarzelde even. 'Ach, het is altijd op en af. Kon ik haar maar helpen. Wisten jullie dat ik er jaren geleden over heb gedacht om psychologie te gaan studeren? In de hoop dat ik mijn moeder eindelijk beter zou kunnen maken. Elke keer wanneer ze weer zo diep in de put zit, voel ik me op een bepaalde manier schuldig omdat het met mij juist wel goed gaat. Soms wil ik haar gewoon door elkaar schudden en zeggen dat ze eindelijk eens om zich heen moet kijken, zodat ze de schoonheid om haar heen kan zien. Californië is prachtig.' Ze liet een korte stilte vallen. 'En ze heeft zo'n fijne aanstelling aan de universiteit. Ik snap het gewoon niet.' Magnolia krabde aan haar kin. 'Maar goed, genoeg gejammerd.'

'We zien elkaar veel te weinig,' zei Dalia zacht. 'Vroeger wisten we alles van elkaar. Maar nu...'

'Zo is het leven,' stelde Soley. 'Dit heerlijke, vervloekte leven.' Ze grimaste.

'Wat is er aan de hand?' vroeg Magnolia met een blik op haar jongere nichtje.

Soley haalde haar schouders op. 'Niks. Alles is in orde. De zalen zitten vol, mijn fans houden van me. De kassa rinkelt.'

'En toch ben je niet tevreden,' stelde Magnolia vast.

'Misschien ben ik gewoon ondankbaar,' opperde Soley.

'Dat denk ik niet,' zei Dalia. 'Ik kan je zelfs wel begrijpen. Voor mij is het net zo. Ik kom om in het werk, ik zou dag en nacht websites kunnen ontwerpen, maar...' Ze viel stil.

'Maar?' drong Magnolia aan.

'Ik weet niet of ik gelukkig ben. Of dit is wat ik mijn hele leven wil doen,' legde Dalia met zachte stem uit. 'En als ik jou dan zo zie! Je bent zo zeker van wat je doet. Je steekt zoveel energie in jullie projecten.'

'Als het om klimaatverandering gaat, kun je je aandacht geen moment laten verslappen,' antwoordde Magnolia ernstig. 'Het is immers al vijf over twaalf. Dit is de grootste beproeving waarvoor de mensheid ooit heeft gestaan, en nóg heeft lang niet iedereen door hoe ernstig het is.'

'Kijk, dat bedoel ik dus,' zei Dalia. 'Het gaat je aan het hart.'

'Niet alleen mij,' verbeterde Magnolia haar. 'Het zou ons allemaal aan moeten gaan.'

'Daar heb je gelijk in,' zei Dalia. 'Maar weet je, ik voel me ondanks alles op een bepaalde manier zo leeg. Als ik in mezelf kijk, dan… dan is daar niks. Dat was vóór de dood van granny trouwens al zo. Ik had daar graag met haar over willen praten, en nu is het te laat.'

'Wat had je dan precies met haar willen bespreken?' vroeg Magnolia.

'Ik had naar mijn moeder willen vragen, naar al die dingen die met haar te maken hebben. Ik voel me zo… zo ongelooflijk alleen.' Dalia begon te snikken.

Soley stapte naar haar toe en trok haar tegen zich aan. 'Ach, lieverd.'

Magnolia pakte Dalia's hand vast en kneep er even in. 'Je bent niet alleen.' Ze wees naar het landhuis. 'Daarbinnen zitten heel veel fijne mensen voor wie jij heel erg belangrijk bent. Wij zijn je familie. Wij allemaal. Wij, je nichtjes, en onze ouders ook.'

Dalia knikte, in tranen, terwijl Soley en Magnolia geruststellend tegen haar praatten.

Na wat haar een eeuwigheid leek, droogden haar tranen eindelijk op. Ze snoot haar neus. 'Bedankt.'

'Ach, dat spreekt toch voor zich.' Magnolia stak haar arm door die van Dalia. 'Wat zeg je ervan, wil je hier blijven of heb je zin in een potje scrabble? Net als vroeger? Dan vragen we of Lali en Nara ook meedoen, en dan beelden we ons in dat we… dat we minstens vijftien jaar jonger zijn. Terug naar vroeger.'

'Terug naar vroeger,' herhaalde Soley vastbesloten. 'Dat klinkt erg goed, vind ik. Toen was het leven nog niet zo ingewikkeld.'

Dalia probeerde te glimlachen. 'Ik ben zo blij dat ik jullie heb.'

Drieënhalf uur en twee potjes scrabble later liep Dalia's hoofd over. Ze verruilde het landhuis voor de dichte nevel buiten, waar het inmiddels donker was geworden. De lucht voelde vochtig en klam aan. Ze sloeg de kraag van haar jas op en liep naar de familieborder van granny, die tussen de twee grote kassen van Blooming Hall lag.

Soley en Magnolia wilden met hun ouders in het nabijgelegen dorp een hapje gaan eten, maar Dalia had het benauwd gekregen bij alleen al de gedachte dat ze zich in haar eentje bij hen zou voegen. Als een vijfde wiel aan de wagen. Had ze zich ooit eerder zo eenzaam gevoeld? Granny en grandpa waren háár ouders geweest. En nu was ze helemaal alleen. Natuurlijk had ze een band met haar nichtjes en met Nara, daaraan was niets veranderd, maar die band tussen ouders en kind, die was voor Dalia samen met granny voor altijd gestorven.

Ze ging naast de border staan en keek naar de keurige rijtjes bloemen en planten die haar familie symboliseerden: lelies voor haar tante Lilian, camelia's voor haar eigen overleden moeder Camellia, salie voor haar oom Sage en daarnaast ceder voor zijn broer Cedar. Ervoor had granny Mexicaanse dahlia's voor Dalia geplant, naast een magnolia uit Nieuw-Zeeland voor Magnolia. De anjers voor Lali waren, net als de andere voorjaarsbloeiers, nog diep in hun winterslaap verzonken, en hetzelfde gold voor de boterbloemen van Soley. Aan de linkerkant had granny twee planten uit Namibië neergezet, een nara en een welwitschia voor haar geadopteerde dochter en haar kind.

Het was zo'n mooi idee van granny geweest. Een border voor haar nageslacht, omringd door een prachtige rozenhaag. Buitenstaanders begrepen niet goed waarom Rose al haar kinderen naar planten had genoemd, maar Dalia wist dat haar oma en opa zich altijd heel erg met de natuur en de aarde verbonden hadden gevoeld. De namen pasten perfect bij de familie Carter. En dat de kinderen van Rose en Albert jaren later, toen ze zelf kinderen hadden gekregen, dezelfde keuze hadden gemaakt, toonde des te meer aan hoe hecht en onderling verbonden hun familie was.

'Wat doe jij hier, Dalia?' klonk opeens de stem van Lali.

Dalia kromp ineen.

'Sorry, ik wilde je niet laten schrikken.' Haar jongere nichtje kwam naast haar staan en volgde haar blik. 'De familieborder. Dit is zo'n fijne plek.'

Dalia knikte. 'Ik had even behoefte aan rust. Afstand.'

'Terwijl het jou normaal gesproken niet druk genoeg kan zijn,' merkte Lali glimlachend op.

'Mijn hoofd staat nu even niet naar gezelligheid en gesprekken. Hoe is het met jou? En met je stage?'

'Vraag maar niks,' antwoordde Lali zacht. 'In het begin dacht ik nog dat werken bij een krant heel leuk zou zijn, maar een van de journalisten…' Ze viel stil.

'Wat is daarmee?'

Lali wuifde het weg. 'Hij heeft… In het begin maakte hij vooral stomme opmerkingen, maar vorige week…' Ze wendde haar blik af.

'Wat is er vorige week gebeurd?' vroeg Dalia met een onaangenaam voorgevoel.

'Hij heeft aan me gezeten.' Lali liet haar schouders zakken.

'Wat?' Meteen laaide de woede in Dalia op. 'Dat heb je toch zeker wel meteen tegen je baas gezegd?'

Lali schudde haar hoofd. 'Deze man ís mijn baas. Ik zit in zijn team. Hij had me mee willen nemen wanneer hij op een onderzoek ging, maar op de dag nadat dit gebeurde heb ik hem laten weten dat ik niet meer kom. Dat de journalistiek niks voor mij is.'

'En niemand heeft je gevraagd waarom niet?' Dalia kon haar oren amper geloven.

'Nee. Ik denk dat ze blij waren dat ik ermee kapte. Een stagiair levert doorgaans alleen maar extra werk op.'

'Je moet aangifte doen. Wat een viezerik.'

'En dan?' Lali snoof. 'Het is zijn woord tegen het mijne. En er is niet echt iets gebeurd.'

'Er is niet echt iets gebeurd?' herhaalde Dalia vol ongeloof. 'Die engerd heeft je aangeraakt terwijl je dat niet wilde. Er is dus wel iets gebeurd. En je kunt er zeker van zijn dat hij het bij zijn volgende stagiair weer doet.'

Lali knikte. 'Daar heb je ongetwijfeld gelijk in, maar ik ben anders dan jij, Dalia. Ik… kan dat niet. Ik wilde daar gewoon weg, die vent nooit meer hoeven zien. Ik heb er amper van kunnen slapen.'

Lali was altijd al een heel verlegen meisje geweest, en ook nu, in de twintig, wekte ze vaak een verloren en kwetsbare indruk. Dalia had zo gehoopt dat ze door haar stage bij de krant eindelijk een beroep had gevonden dat bij haar paste.

'Waarom vraag je Nara niet of je op de kwekerij kunt helpen?' Dalia wees naar de kas. 'Je bent toch dol op kruiden en geneeskrachtige planten. Misschien kun je –'

'Nee,' viel Lali haar in de rede. 'Dat is…' Ze schudde haar hoofd. 'Ik heb een dierenarts gevraagd of ik daar kan meelopen.'

Van de media naar de diergeneeskunde, dacht Dalia sceptisch. Lali leek nog geen flauw idee te hebben hoe haar toekomst er qua beroep uit zou kunnen zien. 'En?'

'Twee dagen geleden kreeg ik te horen dat ik volgende week kan beginnen. En ik ben gek op dieren.'

'Bedoel je dat je misschien zelf dierenarts wilt worden?' wilde Dalia weten.

'Ja, misschien wel.'

Dalia betwijfelde of dit wel zo'n goed idee was. Ze kon zich amper voorstellen dat haar gevoelige nichtje een dier kon opereren, laat staan dat ze een dier kon laten inslapen om het uit zijn lijden te verlossen. Die gedachten hield ze echter voor zich, want ze wilde Lali niet nog onzekerder maken.

'Ik ben niet zoals jij, Dalia,' verbrak Lali de stilte. 'Jij weet altijd zo goed wat je wilt. Jij hebt talent, je kunt zulke mooie illustraties en fantastische grafische ontwerpen maken. Voor jou was het altijd duidelijk welk pad je zou kiezen.'

'Je vergist je, Lali,' zei Dalia. 'Ja, ik wist al heel jong dat ik iets creatiefs wilde doen. Maar de afgelopen tijd, en zeker de afgelopen paar dagen, heb ik steeds meer het gevoel dat ik een doodlopende weg ben ingeslagen.'

Lali keek haar onderzoekend aan. ‘Hoe bedoel je?’

Dalia beet op haar onderlip. ‘Ik weet het niet precies. Ik voel me… leeg. Futloos.’ Ze deed heel even haar ogen dicht. ‘Alleen. Ik voel me alleen.’

‘Ik snap wat je bedoelt,’ zei Lali met verstikte stem. ‘Zo voel ik me al jaren. Mijn moeder… Ik mis haar zo. En als ik met dad over haar probeer te praten, kapt hij het af.’

‘Dat vind ik erg voor je, Lali. Dat meen ik.’ Dalia sloeg een arm rond de schouders van haar nichtje. ‘Dat moet moeilijk voor je zijn.’

‘Voor jou ook. Jij kent je eigen vader niet eens.’

‘Ik vraag me de laatste tijd steeds vaker af hoe mijn leven was gelopen als mijn moeder niet bij mijn geboorte was gestorven. Als ze met mij naar Mexico had kunnen gaan, naar mijn vader.’ Dalia viel even stil. ‘Ik weet niet waar ik vandaan kom. Wat voor vader ik heb, wat voor moeder. Granny en grandpa hebben me vol liefde opgevoed, maar die leegte konden ze niet voor me vullen. Ik heb nooit de kans gekregen om de moeder die me op de wereld heeft gezet te leren kennen.’

‘Een moeder is niet te vervangen,’ merkte Lali droevig op.

‘Een vader ook niet,’ voegde Dalia eraan toe, overvallen door een intens verdriet. Verdriet om haar overleden moeder, maar ook om de vader die ze nooit had mogen ontmoeten.

2

Dalia dacht nog altijd de stemmen van Simon en Garfunkel te kunnen horen. Granny had gewild dat 'The Sound of Silence', al vele jaren haar lievelingslied, op haar begrafenis zou worden gedraaid. Gelukkig hadden ze vandaag geboft met het weer hier in Cornwall. Precies op het moment van de teraardebestelling had de hemel zich van zijn stralendste kant laten zien. Het februarizonnetje had het groepje rouwenden op de begraafplaats in een fonkelend licht gehuld.

Het leek wel alsof granny haar familie een liefdevolle afscheidsgroet had willen sturen, al was de mist van de afgelopen paar dagen haar vast beter bevallen, want die had haar afscheid een mysterieus tintje kunnen geven. Ze werd naast haar man en hun dochter Camellia begraven.

Dalia keek vanaf haar plekje naar Maia en Cedar, die zacht met elkaar zaten te praten. Cedars gezicht drukte ongenoegen uit, terwijl Maia haar hoofd gebogen hield en telkens met haar handen krachtig over haar slapen wreef. Zolang als Dalia zich kon herinneren leed haar tante al aan psychische problemen. Tot nu toe had geen van de vele behandelingen die ze had geprobeerd haar geholpen. Granny en grandpa hadden zich altijd veel zorgen om hun schoondochter gemaakt, en wanneer Maia op Blooming Hall logeerde, had granny altijd haar uiterste best gedaan om elke wens van haar gezicht af te lezen.

Cedar was jaren geleden met zijn gezin naar Californië verhuisd, nadat hij en Maia allebei een veelbelovend aanbod van de University of California hadden gekregen. Granny's hart was bijna gebroken toen ze had gehoord dat haar zoon aan de andere kant van de wereld ging wonen, maar ze was ook trots op haar intelligente jongen geweest, die in de loop der jaren een uitstekende reputatie in zijn vakgebied had verworven. Ook Maia werkte nu al jaren als universitair docent in Los Angeles, maar haar veeleisende functie had haar blijkbaar niet van haar innerlijke demonen kunnen bevrijden.

'Ja, ik ga zingen,' verklaarde Soley koppig in de richting van haar moeder. Wat ze er vervolgens met een geërgerde uitdrukking aan toevoegde kon Dalia vanaf hier niet verstaan. Wel was duidelijk dat haar nichtje met haar leven en haar carrière overhooplag.

Het ene probleem na het andere, dacht Dalia bedrukt. Het gemis van haar grootouders, die altijd goede raad en troost hadden kunnen bieden, was des te sterker voelbaar. Hoe moest het nu verder? Granny en grandpa waren altijd het middelpunt van de familie geweest. Regelmatig hadden ze hun kinderen uitgenodigd op Blooming Hall en hun kroost om hen heen verzameld. Wie van de kinderen zou hun taak overnemen en iedereen af en toe bij elkaar roepen? Lilian en Gunnar misschien, die samen met Nara de kwekerij voortzetten? Dalia had geen idee. En ze kon zich op dit moment ook niet voorstellen hoe zo'n bijeenkomst zou zijn, zonder granny, zonder grandpa, zonder de twee die aan de wieg van deze familie hadden gestaan.

Naast Dalia zat Nara, die op zachte toon met haar dochter sprak. Welwitschie had de hele dag hevig om haar granny lopen huilen. Hoewel ze nog jong was, begreep ze heel goed dat dit een afscheid was voor altijd, al besefte ze misschien nog niet echt wat 'voor altijd' inhield.

Aan het einde van de lange tafel zaten buren, kennissen en vrienden van haar grootouders. Ook Greta Cones was er, en Dalia besloot later nog even naar haar toe te gaan voor een praatje.

Lali, die tegenover Dalia zat, staarde een paar minuten lang roerloos naar haar lege bord. Dalia's oom Sage leek zich af te vragen hoe hij tot zijn dochter kon doordringen. De verhouding tussen die twee was al jaren niet zo denderend, en Dalia kon zich heel goed voorstellen dat Lali haar moeder nog altijd heel erg miste.

Ze keek op toen ze Nara's hand op haar schouder voelde. 'Zin om een frisse neus te halen?'

'Nu?' Dalia wees met haar rechterhand naar het gezelschap rond de tafel.

Nara haalde haar schouders op. 'Waarom niet? Het eten is op en de stemming heeft een nieuw dieptepunt bereikt.' Ze wendde zich tot haar dochter en vroeg of ze zin had om mee naar buiten te gaan. Welwitschie schudde haar hoofd en legde de oudere dame naast haar uit dat ze voor Engels een toneelstuk van Shakespeare moest lezen waar ze helemaal niets aan vond. Dalia moest gniffelen en stond op.

'Excuseer ons,' zei Nara in de richting van haar broers en zus, waarna ze Dalia voor zich de salon uit duwde.

Toen ze bij de hoofdingang, een grote houten poort, aankwamen, ademde Dalia onwillekeurig diep in. Ze had tijdens de rouwdienst helemaal niet gemerkt dat de gespannen sfeer haar stemming zo had beïnvloed.

'Dat is beter, hè?' Nara legde haar hand op Dalia's rechterarm en voerde haar bij het landhuis vandaan.

'Stukken beter,' antwoordde Dalia opgelucht. 'Het is allemaal zo... beklemmend.'

Nara knikte. 'Ik ben zo bang dat de familie nu uit elkaar valt. Nu mum er niet meer is om ons bij elkaar te houden.'

'Precies dezelfde gedachte ging net ook door mijn hoofd,' bekende

Dalia zacht. Nara en zij hadden altijd al op dezelfde golflengte gezeten. Omdat ze min of meer samen waren opgegroeid, zag ze Nara meer als een zus dan als de tante die ze eigenlijk was.

'Ze zijn alleen maar met hun eigen problemen bezig,' ging Nara verder. Ze liepen een eindje de tuin in, langs het grote plein met de palmen, de rododendrons en de breed groeiende rozenstruiken.

'Misschien hebben we onszelf de afgelopen paar jaar wel een beetje voor de gek gehouden,' merkte Dalia nadenkend op. 'Granny deed altijd zo haar best om de harmonie in de familie te bewaren. Nu ze er niet meer is, komen er mogelijk dingen aan het licht die we tot nu toe niet wilden zien. Of niet konden zien.'

Nara zei niets, maar leek over Dalia's woorden na te denken. 'Daar heb je misschien wel gelijk in,' zei ze ten slotte met een zucht. 'Ik hoop dat we erin slagen om elkaar opnieuw te vinden. Zonder mum en dad is Blooming Hall niet meer hetzelfde, maar ze zullen zeker hebben gehoopt dat we het huis en het bedrijf op onze eigen manier en met nieuw elan voortzetten. Een nieuw begin kan ook een kans zijn. Voor ons allemaal.'

'Dat zou mooi zijn,' antwoordde Dalia. Ze dacht aan de flarden van de gesprekken die ze in de afgelopen twee uur tijdens het eten had opgevangen. Iedereen leek vooral met zijn of haar eigen zorgen bezig te zijn, hoewel ze met elkaar hadden gepraat en hadden geprobeerd om elkaar te troosten. Dalia was het net zo vergaan. 'Je hebt gelijk. Granny zou niet willen dat we Blooming Hall verwaarlozen. En ze had beslist gewild dat we als één familie bij elkaar blijven.'

Nara knikte nadrukkelijk. 'Ik ga mijn uiterste best doen om haar nagedachtenis in ere te houden. Mum en dad hebben zoveel van zichzelf in Blooming Hall gestoken. Het landhuis moet hoe dan ook behouden blijven, en de kwekerij al helemaal. Dat moeten we in alle rust met elkaar bespreken.'

Toen Dalia en Nara terugliepen naar het landhuis hoorden ze al van verre de luide stemmen in de salon.

'Wat is daar nou aan de hand?' Dalia keek Nara ongerust aan, maar Nara haalde slechts haar schouders op en liep verder.

Eenmaal binnen zagen ze dat Magnolia iedereen aankeek met ogen die fonkelden van woede. 'Hebben jullie dan helemaal niet in de gaten wat er vlak onder jullie neus gebeurt?' riep ze uit.

Rond de tafel was inmiddels een aantal stoelen leeg. De vrienden van hun ouders waren blijkbaar tijdens het wandelingetje van Dalia en Nara vertrokken. Alleen hun naaste familieleden zaten er nog, en de stemming was duidelijk verre van ontspannen.

'Neem liever een voorbeeld aan het Eden Project.' Magnolia leunde op haar stoel achterover en sloeg haar armen over elkaar.

Dalia was nog maar één keer in die botanische tuin geweest, die in de buurt van St. Austell lag. In de twintig jaar sinds de aanleg was het Eden Project uitgegroeid tot een toeristische trekpleister en een van de bekendste bezienswaardigheden van Cornwall. Het doel van de tuin was onder andere het tonen en behouden van oude en deels in hun voortbestaan bedreigde plantensoorten. De voornaamste attractie waren de twee reusachtige kassen. In de ene werd een vochtig-tropische klimaatzone nagebootst, met de bijbehorende beplanting, terwijl in de andere de flora uit het gebied rond de Middellandse Zee een onderkomen had gevonden. Dalia kon zich nog goed herinneren hoe geboeid ze door die talloze verschillende soorten was geweest.

'Het Eden Project!' Lilian stak haar handen op. 'Magnolia, dat is appels met peren vergelijken.'

Magnolia schudde haar hoofd. 'Het is maar een voorbeeld. Natuurlijk is Blooming Hall veel kleiner, maar ook voor jullie zouden duurzaamheid en een klimaatneutrale aanpak het allerbelangrijkste moeten zijn!'

'Magnolia, je idealisme is bewonderenswaardig,' begon Gunnar, maar hij werd meteen door zijn nichtje onderbroken.

'Het heeft niets met idealisme te maken!' Magnolia sprong woedend overeind.

Dalia ging stilletjes zitten. Wat was hier in vredesnaam gebeurd dat de gemoederen zo hoog waren opgelopen? Natuurlijk wist ze dat haar nicht al jaren vocht tegen onwetendheid op het gebied van klimaatverandering, en vaak deed ze dat met middelen die balanceerden op het randje van wat was toegestaan.

'Kijken jullie weleens naar het nieuws? Verdiepen jullie je af en toe nog in de actuele toestand van onze planeet?' Magnolia's stem droop van het sarcasme. 'We zijn bezig om onze eigen wereld te gronde te richten. Zo onwetend kunnen jullie toch niet zijn!'

'Misschien moeten we allemaal eerst even tot bedaren komen,' stelde Cedar voor.

Zijn dochter ijsbeerde heen en weer voor de brede glazen pui die uitkeek op het terras en haalde haar handen door haar haar. 'Tot bedaren?' Ze lachte minachtend. 'Je hebt er niks van begrepen, dad.' Haar stem klonk gefrustreerd.

'Magnolia,' begon Lilian voorzichtig, 'de investeringen die jij voorstelt zijn ongelooflijk kostbaar. Heb je enig idee wat het onderhoud van een landgoed als Blooming Hall kost? We zijn elke maand blij als er voldoende opdrachten binnenkomen om alles zo in stand te kunnen houden als jouw grootouders het hebben gewild.'

Magnolia schudde haar hoofd en mompelde iets onverstaanbaars.

Maia fluisterde haar man iets in zijn oor en Cedar trok een bezorgd gezicht. Hij antwoordde iets, waarna Maia opstond en zonder verder iets te zeggen de salon verliet. Haar man keek haar na totdat ze in de hal was verdwenen.

'Ik denk dat Lilian en Gunnar lang genoeg in de kwekerij hebben gewerkt om te kunnen inschatten hoe het levenswerk van mum en dad in de toekomst kan worden voortgezet,' mengde Sage zich in het gesprek. Lali zat zwijgend naast hem en kneep in haar vingers.

Magnolia hield abrupt op met heen en weer lopen en keek haar familieleden een voor een aan. 'In Afrika verandert steeds meer landbouwgrond in woestijn. De bevolking daar raakt haar middelen van bestaan kwijt, maar dat interesseert helemaal niemand. Miljoenen mensen moeten elke dag weer afwachten of ze een maaltijd op tafel kunnen zetten of dat ze honger moeten lijden.' Ze knikte. 'Maar goed, het enige wat voor jullie belangrijk is, is blijkbaar of de kwekerij op korte termijn genoeg geld in het laatje brengt.'

'Dat is niet eerlijk, Magnolia,' merkte Nara op kalme toon op. 'We doen hier al heel veel om niet uitsluitend van de verkoop van snijbloemen afhankelijk te hoeven zijn. De verkoop van potplanten is in de afgelopen tien jaar meer dan verdubbeld.'

'En dat is nog altijd te weinig,' kaatste Magnolia afgemeten terug.

'Denk je nu echt dat Blooming Hall de wereld kan redden?' zei Gunnar nors tegen zijn nichtje. 'We zijn maar één kwekerij, Magnolia. Zelfs als heel Engeland opeens duurzaam zou gaan werken, zou dat dan echt zoveel uitmaken?'

Magnolia rolde met haar ogen. 'Met dat argument sla je elke discussie dood. Hoe kan ik als individu nu voor verandering zorgen als de rest niet meedoet?' Ze plofte op een stoel neer. 'Wie moet er dan beginnen?' Weer keek ze hen een voor een aan. 'Wij blijkbaar niet. Wie dan? Onze buren, de Schotten? De Europeanen? De Amerikanen? Of de Chinezen? De Russen? Wie moet de eerste stap zetten? We kunnen erover praten totdat we een ons wegen, en ondertussen verandert er niets.' Ze liet een korte stilte vallen. 'Of in elk geval veel te weinig.'

'Als mum zegt dat er geen geld is voor zulke verstrekkende investeringen, dan moet je dat accepteren,' merkte Soley op.

Magnolia lachte spottend. 'Ja, onze veelvlieger, die elke maand wel een keer naar de andere kant van de wereld reist, maakt zich natuurlijk niet druk over klimaatverandering of haar CO_2-uitstoot. Waarom zou ze? Als er maar concertkaartjes worden verkocht.'

'Magnolia, dat slaat echt nergens op...' Soley keek haar oudere nicht woedend aan.

'O nee?' zei Magnolia. 'Ook niet als alles volledig in het honderd loopt en niemand daar wakker van ligt?' Ze slaakte een zucht en maakte een afwijzend gebaar. Alle kracht leek haar lichaam te hebben verlaten.

'Natuurlijk is het belangrijk om het milieu te beschermen,' zei Gunnar zacht. 'Op de lange termijn kan het niet zo doorgaan. Maar ingrijpende veranderingen hebben tijd nodig.'

'En tijd hebben we niet,' zei Magnolia.

'We moeten er tijd voor maken,' deed Lilian een poging om haar nichtje mild te stemmen.

Magnolia zei niets meer en keek naar Welwitschie, die naast haar aan de tafel zat te tekenen.

Dalia slaakte een zucht. Ze kon zich herinneren dat Cedar en Sage elkaar vanwege een aanstaande verbouwing een keer zo in de haren waren gevlogen dat ze dagenlang geen woord met elkaar hadden gewisseld. Alleen dankzij de onvermoeibare pogingen van granny om de twee mannen weer tot elkaar te brengen was de lucht ten slotte geklaard. Dalia's grootmoeder had aan niets zo'n hekel gehad als aan onenigheid in de familie. Nu werd des te meer duidelijk hoezeer ze als vredestichter werd gemist.

'Ik snap het standpunt van Magnolia heel goed, maar Lilian en Gunnar verrichten uitstekend werk,' zei Nara zacht tegen haar. 'We kunnen niet zomaar alles wat hier is opgebouwd zo drastisch veranderen. Wie gaat dat betalen?'

'Magnolia was altijd al fanatiek als het om dingen ging die haar na aan het hart liggen. Soms meer dan goed voor haar is.' Heimelijk bewonderde Dalia haar nicht om haar onverzettelijkheid. Zelf kon ze lang niet met zoveel overtuiging voor haar mening uitkomen als Magnolia, nu zelfs nog minder dan vroeger. Sinds de dood van granny voelde ze zich ontworteld en onzeker. Wat wilde ze eigenlijk op de lange termijn? Wat was haar doel? Ze was nog niet eens dertig. Haar laatste relatie was meer dan twee jaar geleden geweest. Haar toenmalige vriend was tot de conclusie gekomen dat hij nog even van het leven wilde genieten voordat hij zich echt ging settelen. De breuk was voor haar als een donderslag bij heldere hemel gekomen. Dalia was heel erg verdrietig geweest en had maanden nodig gehad om over hem heen te komen.

Een paar van haar vriendinnen hadden al kinderen, waren getrouwd, hadden een huis gekocht. Zelf woonde ze nog steeds in het huis van haar grootouders. Hoewel ze succes had als grafisch ontwerper, voelde ze zich inwendig steeds leger. Het was duidelijk dat ze dringend iets moest veranderen. Ze wist alleen nog niet wat en ook niet hoe ze dat moest doen. Maar ze wilde niet, ze kón niet op deze manier doorgaan.

3

Dalia zat net aan haar bureau toen Lilian en Gunnar haar kamer in liepen.

'Heb je een momentje?' vroeg Lilian.

'Natuurlijk. Waar gaat het om?'

Lilian zette een stoel naast Dalia's bureau recht en ging zitten. Gunnar ging naast haar staan. 'We wilden het nog even hebben over de nieuwe inrichting van de verkoopruimte.'

'Ik ben net bezig om een paar foto's te bewerken,' vertelde Dalia, maar ze merkte opnieuw dat haar werk haar amper nog iets interesseerde. 'Momenteel werk ik aan een boomvaren, maar ik wil ook nog iets met rozen en anjers doen.'

Haar tante knikte enthousiast. 'Ja, dat weet ik, dat zei Nara al. Kun je ons iets laten zien? Ik ben heel benieuwd.'

'Natuurlijk kan dat.' Ze draaide het beeldscherm naar hen toe, zodat ze het ook konden zien.

'Dat ziet er goed uit!' riep Lilian geestdriftig uit. 'Ik ben benieuwd naar de andere ontwerpen. Door zulke afbeeldingen op een groot formaat zal de winkel een heel andere uitstraling krijgen.'

'We wilden je nog iets vragen,' zei Gunnar. 'Heb je zin om voor Blooming Hall een mooi logo te ontwerpen?'

Dalia keek fronsend van Lilian naar Gunnar. 'Wat hebben jullie in gedachten?'

'Nou, een ontwerp dat een bepaalde eenheid uitdrukt,' legde Lilian uit. 'Dan kunnen we ook de website in dezelfde stijl vormgeven. Dat logo willen we natuurlijk ook gebruiken op het bord dat buiten staat, en natuurlijk op ons briefpapier, de facturen en de prijskaartjes.' Lilian kon haar enthousiasme amper beteugelen.

'Ik snap het,' antwoordde Dalia zonder enige emotie.

'Wat vind je daarvan?' Lilian keek haar onderzoekend aan.

Dalia haalde haar schouders op. 'Denken jullie dat het al die moeite waard is?'

'Je vindt het een dom voorstel,' stelde Gunnar nuchter vast.

'Nee, dat niet. Het...'

'Wat is er met je, Dalia?' Lilian boog zich voorover en pakte haar hand vast. 'Het is me niet ontgaan dat je tegenwoordig zo in jezelf gekeerd bent. Komt dat door de dood van granny? Daar hebben we allemaal veel verdriet van, maar mijn moeder was vijfentachtig. Laat het een troost zijn dat ze die leeftijd heeft mogen halen, veel mensen worden niet zo oud. En ze was tot op het laatste moment erg kwiek. Ze heeft een erg vol leven geleid.' Voorzichtig streek Lilian over Dalia's vingers.

Dalia aarzelde. 'Natuurlijk ben ik verdrietig. Granny was alles voor me. Zij en opa waren mijn familie.' Ze keek Lilian recht aan. 'En jullie ook.'

Haar tante knikte. 'Maar er is nog iets, heb ik dat juist?'

'Ik weet niet of mijn werk nog voldoende voor me is,' legde Dalia zacht uit. 'Ik voel me... opgebrand, leeg... Ik vraag me af wat het allemaal voor zin heeft.'

'Je zit in een crisis,' concludeerde Gunnar. 'Maar dat gaat wel weer over. Hoor eens, ik moet weer aan de slag, lieverds. Kan ik jullie alleen laten?'

Lilian knikte bemoedigend naar hem. 'Natuurlijk. Tot later.'

Nadat haar oom de kamer uit was gelopen, liet Dalia haar hoofd hangen. 'Ik mis een moeder.'

'Ach, Dalia.' Lilian streelde haar over haar haar. 'Ik mis Camellia ook heel erg. Zelfs na al die jaren nog.'

'Ik heb het gevoel dat ik helemaal niet meer weet waar ik thuishoor.' Dalia deed haar best om haar gevoelens in woorden te vatten. 'Granny en grandpa waren altijd mijn anker. Als ik bij hen was, wist ik dat alles in orde was. In de laatste weken voor granny's dood was ik steeds weer van plan om het met haar over mijn moeder te hebben, maar...' Ze slikte. 'Maar ik durfde het niet. Ik dacht dat ze misschien verdrietig zou worden als ik haar aan de dood van haar dochter zou herinneren.'

Lilian glimlachte zwakjes. 'Ze heeft beslist elke dag aan Camellia gedacht. De dood van een kind slaat een gat in je ziel. Ze liet weliswaar niets merken, want ze wilde voor ons allemaal sterk zijn, maar als een van je kinderen sterft, verandert je leven voor altijd. Dat gemis blijft, tot aan je dood.' Ze keek in gedachten verzonken uit het raam. 'Granny had je graag over je moeder verteld. Misschien dacht ze hetzelfde over jou en wilde ze je niet verdrietig maken.' Lilian keek Dalia weer aan. 'Als je over haar wilt praten, mag je dat altijd met mij doen. Ze was mijn zus, maar ze was ook mijn beste vriendin.' Ze liet een korte stilte vallen. 'Wat zeg je ervan om een tijdje vrij te nemen? En naar jezelf te luisteren? Uit te zoeken wat je echt wilt?'

Het duurde een tijdje voordat Dalia antwoord gaf. 'In mei is er in Londen een rondreizende expositie met werk van Frida Kahlo,' zei ze ten slotte.

'De Mexicaanse kunstenaar?'

Dalia knikte. 'Ik vind haar schilderijen erg mooi. Misschien moet ik naar Londen gaan om de tentoonstelling te bezoeken.'

'Ja, doe dat,' raadde Lilian haar aan. 'Het is goed als je er even uit bent. Behalve de kust, schapen, gras en heel veel wind is hier niks.

Misschien krijg je in Londen nieuwe energie. De reuring van de grote stad zal je goeddoen.'

'Ik wou dat ik zo goed kon schilderen als zij,' merkte Dalia nadenkend op.

'Als Frida Kahlo?' Lilian perste haar lippen opeen. 'Aan talent ontbreekt het je niet. Vroeger heb je heel veel geschilderd.'

'Dat is al een hele tijd geleden.' Dalia legde haar hoofd in haar nek en staarde naar het plafond. 'Heel lang geleden. Misschien had ik door moeten gaan met schilderen en geen opleiding tot grafisch ontwerper moeten volgen…'

'Ik snap het heel goed als je even behoefte hebt aan iets anders, Dalia. Neem de tijd en denk rustig na over wat je in de toekomt wilt doen.' Ze zweeg en leek met haar gedachten ergens anders te zijn.

'Wat is er?' vroeg Dalia na een tijdje.

'Ik denk dat Soley momenteel met hetzelfde worstelt als jij. Sinds ze hier is, lijkt ze vooral heel erg met zichzelf bezig.'

'Hoe is het eigenlijk met Greg?' wilde Dalia van Lilian weten. Greg Fairchild was een bekende Britse acteur met wie Soley al ruim een jaar een relatie had. Dalia had haar nicht niet rechtstreeks naar hem durven vragen, bang dat het misschien alweer uit was tussen die twee. 'Ik had gedacht dat hij misschien wel naar de uitvaart zou komen.'

'Hij zit momenteel in Zuid-Afrika voor opnamen.' Lilian slaakte een zucht. 'Het is niet gemakkelijk voor die twee. Als Soley niet de halve wereld rondreist, werkt Greg wel ergens op locatie.'

'Ach, als ze maar gelukkig zijn.'

'Dat hoop ik. Soley praat natuurlijk niet met haar moeder over haar liefdesleven.'

'Ik zie haar later nog, voordat ze vertrekt.'

Lilian pakte opnieuw Dalia's hand vast. 'Jullie zijn nog zo jong, met een heel leven voor je. De hele wereld ligt voor jullie open. Soley heeft in de afgelopen paar jaar heel veel gezien en meegemaakt. Volgens mij wordt het haar inmiddels allemaal een beetje te veel. Jij hebt daarentegen je hele leven hier doorgebracht, in deze afgelegen streek. Waarom neem je niet een paar dagen langer vrij en blijf je nog even in de hoofdstad? Misschien heeft Nara wel zin om mee te gaan.'

Dat idee beviel Dalia wel. 'Ik zal erover nadenken en het aan haar vragen.'

Haar tante stond op. 'Goed, dan is alles duidelijk. Dat logo heeft geen haast, je hebt vast nog genoeg ander werk liggen.' Ze rolde met haar ogen. 'Nu ga ik eerst maar eens mijn dochter zoeken. Ze wilde nog twee nummers repeteren, wie weet krijg ik een voorproefje.'

'Wanneer zien we elkaar weer?' Dalia omhelsde Soley en hield haar een tijdje tegen zich aan.

'Snel,' antwoordde haar nicht glimlachend. 'Dat beloof ik.'

'Ik wens je uitverkochte zalen toe, en heel veel uitgelaten fans die de tent afbreken.' Dalia maakte zich van haar los en keek haar aan.

'Dank je, lieverd.' Soley aarzelde.

'Is alles oké?'

Ze knikte. 'We praten volgende keer als we elkaar zien wel verder, goed?'

'Zeker weten,' stemde Dalia in. 'Je bent weer veel te kort hier geweest.' Hun band was vroeger zo hecht geweest, toen ze hier al hun zomers hadden doorgebracht. Wekenlang hadden de vijf meisjes door de bloemenvelden van de kwekerij gezworven, ze hadden in de kamers van Blooming Hall gestoeid en het huis gevuld met hun gelach en gegiechel. Dalia verlangde soms zo terug naar die kinderjaren.

'Ik ben van plan binnenkort een langere pauze te nemen,' vertelde Soley, terwijl ze Dalia een vluchtige kus op haar rechterwang gaf. 'En dan kom ik beslist een tijdje hier logeren. Ik heb echt tijd voor mezelf nodig.'

Nadat Soley in de taxi was gestapt, liep Dalia terug de hal in. Lilian en Nara hadden een afspraak met een belangrijke klant en hadden daarom al een uur geleden afscheid van Soley genomen. Cedar en Maia had Dalia vandaag nog helemaal niet gezien, en Magnolia had met een kennis afgesproken.

Dalia keek naar de brede marmeren trap die naar de bovenverdieping van Blooming Hall leidde, en de herinneringen overspoelden haar als woeste golven. Soley, die haar stem als een klok tegen deze muren had laten weerkaatsen. Lali, die nooit had willen opvallen en zich daarom achter de anderen had verstopt, maar die er was geweest wanneer je haar nodig had. En Magnolia, die altijd het voortouw had willen nemen en zich om de anderen had bekommerd, zeker wanneer het met een van hen niet goed ging. Die steevast met een idee was gekomen als niemand wist hoe het verder moest. Nara was daarentegen de grote pragmaticus geweest, altijd kalm, altijd zakelijk. Dalia kon zich niet herinneren dat ze Nara ooit in woede had zien uitbarsten.

En zij, Dalia? Hoe zagen de anderen haar? Hoe zouden ze haar karakter omschrijven? Soms iets te temperamentvol? Soms te onnadenkend, te direct, niet al te diplomatiek? Dalia had geen idee.

Toen ze het zonlicht zag dat door de ramen van de hal op de gladde, lichte marmeren vloer viel, kreeg ze een idee. Ze keek door een van de ramen, dat tot aan de vloer reikte, naar de hemel buiten. Tussen al dat grijs was hier en daar een blauw vlekje te zien. Vastberaden liep Dalia naar buiten, naar haar kleine autootje.

Porthcurno Beach lag op twintig minuten rijden van Blooming Hall en was het mooiste strand dat Dalia kende. Altijd als ze ergens over wilde nadenken, reed ze naar deze plek aan de zuidkust van Cornwall, waar ze helemaal alleen kon zijn. De weg ernaartoe voerde door verschillende kleine dorpjes en over smalle weggetjes, net breed genoeg voor één auto, die werden omzoomd door de dichte heggen en de kloeke stenen muurtjes die zo kenmerkend waren voor deze streek. Ten slotte bereikte ze de parkeerplaats bij het Minack Theatre, het openluchttheater op de kliffen, waar ze haar auto neerzette. Ze had 's zomers vaak met granny telkens andere voorstellingen in dit theater gezien.

Via een lange trap en een smal zandweggetje bereikte ze het strand. Op weg naar beneden keek Dalia af en toe naar het onstuimige water onder haar, dat rond de grijze granieten rotsen kolkte. Eenmaal beneden bleek ze het strand, dat aan een door rotsen omringde baai lag, bijna helemaal voor zich alleen te hebben. Op haar gemak liep ze over het zand naar de vloedlijn. De bewolking was inmiddels weggetrokken en de hemel strekte zich stralend uit boven de kust. Dalia deed haar ogen dicht en genoot van de zachte wind op haar wangen. Ze ademde de zilte lucht in, die naar zeewier en algen rook, en genoot van de eindeloze rust om haar heen. Alleen de branding was te horen, de hoge golven rolden in een regelmatig ritme het strand op. Het water kolkte en bruiste.

Ze deed haar ogen weer open en liet haar blik over de uitgestrekte zee dwalen. In de zomer glansde het water van Porthcurno Beach bijna turquoise en zou je, als je niet beter wist, nog denken dat je in het Caribisch gebied zat. Dalia kwam in het hoogseizoen niet graag op het strand, dan was het haar te druk en te lawaaiig. De winter was haar favoriete tijd voor een bezoek.

Ze stak haar armen uit en ademde diep in. De zon viel op de steile rotswanden links en rechts van haar, waardoor het leek alsof het gesteente het glinsterende water naar de kroon probeerde te steken. Dalia slenterde langzaam langs de vloedlijn en luisterde naar het geruis van de golven. Aan de andere kant van het strand zag ze een vrouw lopen, en twee jongens klommen over een paar grote keien. Dalia merkte dat ze vanbinnen langzaam tot rust kwam. De aanhoudende leegte maakte plaats voor aarzelend optimisme. Misschien was ze inderdaad ondankbaar, misschien had ze geen oog meer voor de schoonheid die het leven haar te bieden had. Hoe kon je bij een prachtige aanblik als deze nu blijven somberen? De steile kust strekte zich aan beide zijden van het strand uit en aan de zee leek geen einde te komen. Was dit geen echte vrijheid? Zonder gepieker, zonder twijfel, zonder angst?

'Dalia?'

Verbaasd draaide ze zich om. Op enige afstand zag ze Maia staan. 'Maia, wat doe jij hier?'

Haar tante glimlachte aarzelend. 'Ik was op zoek naar... een beetje rust.'

Dalia schoot in de lach. 'En daarom kwam je hiernaartoe?'

Maia knikte.

'Hoe wist je dat dit strand hier ligt?'

'Cedar heeft het me jaren geleden laten zien. Vlak nadat we elkaar hadden leren kennen.'

Dalia wist dat Cedar en Maia elkaar voor het eerst in Londen waren tegengekomen. 'Het is mijn lievelingsstrand,' legde ze bijna trots uit.

'En ook dat van mij,' antwoordde Maia. 'Elke keer wanneer we in Cornwall zijn, kom ik hier minstens één keer. Het doet me denken aan vroeger, toen ik nog jong was. Toen ik Cedar nog niet zo lang kende.' In haar stem was een bepaalde weemoed te horen.

'Het doet mij aan mijn kindertijd denken. Grandpa nam ons vaak mee naar dit strand. In de zomer, wanneer alle meisjes op Blooming Hall logeerden.'

'Dat moet heel erg fijn zijn geweest,' merkte Maia op. Ze streek met haar hand over haar voorhoofd. 'Magnolia raakte wekenlang niet uitgepraat over haar bezoeken aan Cornwall.'

'Het was zeker fijn,' beaamde Dalia in gedachten verzonken. 'Ik vind het heerlijk om hier te zijn. Om van de rust te genieten, van het gevoel dat je helemaal alleen op de wereld bent.'

'Dat snap ik heel goed. Ik voel het net zo.' Maia bleef staan. 'En ik dacht altijd dat het mij niet somber genoeg kon zijn.' Weer glimlachte ze flauwtjes.

Dalia trok haar wenkbrauwen op. 'Op dit moment ben ik het liefst alleen, maar ook als dat niet zo is, heb ik soms rust nodig om mezelf te kunnen zijn. Om naar mezelf te kunnen luisteren.'

'Dat is belangrijk.' Maia knikte. 'Daar kun je veel aan hebben, aan zelfreflectie.'

Dalia keek haar tante aan. 'Hoe gaat het eigenlijk met jou?'

Maia slaakte een diepe zucht. 'Op en af.'

'Hoelang blijven jullie nog in Cornwall?'

'We gaan overmorgen weer naar huis. Cedar heeft daarnet nog naar vluchten gekeken.'

'Het was fijn dat jullie er waren. Al waren de omstandigheden... erg droevig.'

'Jullie granny zal heel erg worden gemist,' zei Maia. 'Rose was een heel bijzondere vrouw. Ze heeft me nooit iets verweten, hoewel ze wist dat haar zoon en haar kleindochter heel erg onder mijn ziekte lijden. Ze was altijd begripvol en deed niet alsof het niks voorstelde, zoals zoveel anderen.'

'Ja, granny begreep anderen altijd heel goed. Ze had oog voor een ander. Ze had voor iedereen belangstelling en was altijd bereid om te luisteren.'

'Ze leeft voort in onze herinneringen.' Maia raakte voorzichtig Dalia's arm aan. 'Die kan niemand ons afpakken.'

Ze liepen verder en Dalia vertelde over haar ontevredenheid, haar onzekerheid.

'Je bent achtentwintig. Je vindt je weg nog wel,' zei haar tante. Ze sloeg een arm om Dalia heen.

Toen Dalia een tijdje later de oprit van Blooming Hall op reed, voelde ze zich iets lichter en meer ontspannen. De frisse lucht aan zee had haar goedgedaan.

Ze stapte uit en liep naar de voordeur, die op hetzelfde moment werd opengetrokken. 'Dalia! Eindelijk, daar ben je!' riep Nara.

'Is er iets gebeurd?' Zo opgewonden had Dalia haar tante nog nooit meegemaakt.

'Nee. Of ja, eigenlijk wel.'

Dalia probeerde kalm te blijven, hoewel haar hart hevig bonkte toen ze de treden naar de voordeur op liep. Een onaangenaam voorgevoel maakte zich van haar meester. 'Wat is er aan de hand?'

Nara pakte haar bij haar pols en trok haar mee de hal in.

'Nara!'

'Kom.' Nara sloeg een arm om Dalia's schouders en duwde haar zachtjes de salon in. 'Ga zitten,' zei ze.

Dalia verbaasde zich over Nara's toon, maar ging niet tegen haar in en deed wat haar werd gevraagd. Nara trok een stoel bij en ging op nog geen meter afstand van Dalia zitten.

Zo langzamerhand werd Dalia nerveus. 'Moet ik me zorgen maken?'

Zonder iets te zeggen pakte Nara een doorzichtige insteekhoes van de tafel en gaf die aan Dalia. Op haar gezicht was een ernstige, zelfs bezorgde uitdrukking te zien.

Dalia werd steeds ongeruster. 'Wat is dit?' wilde ze weten. Ze zag dat er een envelop met een brief, een kleiner briefje en twee kleine kleurige voorwerpen in de hoes zaten.

'Ik had vanmiddag toch een belangrijke afspraak met een klant, samen met Lilian en Gunnar,' begon Nara.

Dalia knikte.

'Daarna besloot ik de werkkamer van mum op te ruimen, om al het papierwerk daar uit te zoeken en te sorteren. Wat kan er weg? Wat moet er nog worden afgehandeld? Welke verzekeringen moeten worden geïnformeerd? Dat soort dingen.'

Weer knikte Dalia. Ze benijdde Nara niet om die taak, want het zou haar nooit zijn gelukt om granny's papieren uit te zoeken, maar ze wist dat dit soort dingen niet te vermijden was.

'En toen heb ik dit gevonden,' ging Nara verder.

'En dit is?' vroeg Dalia.

Nara aarzelde even. 'Dalia, het is een brief van je vader.'

Er trok een huivering door Dalia heen. Opeens werd het heel stil om haar heen en voelde haar keel kurkdroog aan. 'Wat?' Dat moest ze verkeerd hebben verstaan.

Nara knikte. 'Ik heb hem gelezen, dat spijt me, maar ik wist helemaal niet waar het om ging.'

'Maar...' Dalia's gedachten buitelden over elkaar heen. Haar vader! Dit kon niet waar zijn. Niemand wist wie hij was. En nu had Nara een oude brief van hem gevonden? Tussen de papieren van granny? Ze keek weer naar de envelop. De tekst was al behoorlijk verbleekt, de brief moest jaren geleden geschreven zijn. Ze keek nog eens beter. De kleine voorwerpen in de hoes waren oorbellen. Kleine kleurige dahlia's, van keramiek. De tranen sprongen haar in de ogen. 'Dit bestaat niet.' Ze knipperde hevig.

'Ik snap er ook niks van, lieverd.' Nara schoof haar stoel naar haar toe en legde haar hand op Dalia's knie.

'Waarom zeiden granny en grandpa dan altijd dat ze niets van hem wisten?' Dalia begreep er niets van. Hoe was deze brief hier terechtgekomen?

'Lees hem maar,' zei Nara op aangedane toon. 'In alle rust.' Ze schraapte haar keel.

'Wat is dat voor adres?' Dalia wees op het papiertje dat de brief deels bedekte.

'Dat weet ik niet. Misschien een vroegere vriendin van Camellia? Het is in elk geval een adres in Mexico-Stad.'

'Mexico-Stad,' herhaalde Dalia aandachtig.

'Dit moet een enorme schok voor je zijn,' zei Nara zacht.

'Ik weet niet wat ik moet zeggen.'

Nara knikte. 'Dat snap ik. Ik was ook compleet verbijsterd.'

Er schoten wel duizend gedachten door Dalia's hoofd. Wat had dit allemaal te betekenen?

'Dalia, ik laat je nu alleen. En als je erover wilt praten of gewoon iemand nodig hebt die een arm om je heen slaat...' Nara glimlachte zwakjes. 'Dan ben ik er voor je. Ik ga weer terug naar mums werkkamer, dus ik zit hiernaast.'

Dalia knikte als vanzelf. Een brief. Van haar vader. Van wie niemand scheen te weten wie hij was.

4

Nadat Nara de salon had verlaten, haalde Dalia met trillende handen de brief uit de hoes. De letters op de gekreukte envelop waren zo verbleekt dat het adres van de afzender niet langer leesbaar was. Dalia kon met veel moeite de ontvanger ontcijferen. Granny. Ze slikte. Haar vader had haar grootmoeder een brief geschreven. Waarom had ze Dalia daar nooit iets over verteld? Opeens was ze bang voor wat ze dadelijk te weten kon komen. Ze veegde haar tranen weg en probeerde zich te herpakken. Na een korte aarzeling begon ze te lezen.

Beste mevrouw Carter,
Uw woorden hebben me een groot verdriet bezorgd. Mijn hart is gebroken. Ik kan me niet voorstellen dat ik ooit nog gelukkig kan zijn. Alles in me is nu leeg en donker. Ik weet niet meer waarom ik 's morgens opsta, waarvoor ik eigenlijk nog leef.
Tegen het einde van Camellia's tijd hier in Mexico ging het tussen ons niet zo goed. Dat lag volledig aan mij. Ik was zo dom, zo blind, zo ongelooflijk onwetend. Er zijn geen woorden om uit te drukken

hoeveel spijt ik heb van mijn verachtelijke gedrag, maar ik kan wel zeggen dat ik heel, heel veel van uw dochter heb gehouden.
Het voelt als een straf dat Camellia en ons kind de bevalling niet hebben overleefd. Een tragische ingreep van het lot, alleen maar omdat ik niet in staat was om toe te geven aan mijn gevoelens.
Ik kan het nog altijd niet bevatten. Toen ik uw brief met dat vreselijke nieuws ontving, moest ik die een paar keer lezen voordat ik eindelijk begreep wat er was gebeurd.
Ik wil u mijn oprechte deelneming betuigen. U hebt uw dochter en uw kleindochter verloren, en ik mijn grote liefde en mijn ongeboren kind.
Het is voor mij heel erg moeilijk om te accepteren dat Camellia en ik nooit een kans op een toekomst samen hebben gekregen en dat ik mijn kind nooit zal zien opgroeien. Maar ik wil u niet met mijn problemen lastigvallen, niet nu u zo'n verdriet hebt.
Wat kan ik anders doen dan u schrijven? Camellia is dood. En het ongeboren kind ook. Een kind dat nooit het levenslicht mocht aanschouwen. Ik kan de juiste woorden niet vinden, maar zijn die er wel, in een situatie als deze?
Beste mevrouw Carter, ik kan alleen maar uit de grond van mijn hart wensen dat u het overlijden van uw prachtige dochter op de een of andere manier zult kunnen verwerken. Dit verlies zal me tot aan het einde van mijn dagen pijn doen. Mijn hart is van Camellia, ze zal altijd bij me zijn.
In diepe en verdrietige verbondenheid,
Ricardo

Ricardo. Haar vader heette Ricardo. Dalia mompelde zijn naam telkens weer, in de hoop dat de man die haar moeder als zijn grote liefde had beschouwd daardoor tastbaarder werd. Echter. Concreter. Maar het lukte haar simpelweg niet om deze voornaam met een mens in verband te brengen. Hoe zag hij eruit? Hoe klonk zijn stem? Wat was zijn beroep? Was hij rustig of juist temperamentvol, net als Dalia? Ze kon het niet geloven! Juist nu ze het gemis van een moeder zo sterk had gevoeld, hield ze een brief van haar vader in haar handen.

Dalia liep naar het raam en zag dat de schemering aan de andere kant van het glas steeds meer plaatsmaakte voor een ondoordringbare duisternis. Ricardo. Haar vader. Die dacht dat zij, Dalia, dood was. Waarom dacht hij dat? Als ze zijn brief goed had begrepen, had hij dat van haar granny vernomen. Dat kon toch niet kloppen? Waarom zou haar oma daarover liegen? Dalia moest zijn woorden op de een of andere manier verkeerd hebben begrepen. Misschien had granny hem nadat ze deze brief had ontvangen willen uitleggen dat hij het mis had. En misschien was de brief waarin ze dat had gedaan om de een of andere reden nooit bij hem aangekomen.

Al die tijd was Dalia ervan uitgegaan dat ze nooit zou weten wie haar vader was. En ook nu wist ze niet meer dan dat hij Ricardo heette. En dat hij een erg mooi handschrift had. Dat in feite onbelangrijke gegeven ontlokte haar een glimlach.

'Lieverd, hoe is het met je?'

Dalia dook in elkaar. Ze had helemaal niet gemerkt dat Nara de kamer weer in was gelopen.

'Geen idee,' mompelde ze. 'Ik... heb geen idee wat ik hier allemaal van moet denken.'

'Dat snap ik.' Nara ging naast haar staan en keek ook naar buiten.

Dalia knikte. 'Weet jij iets meer over hem?'

Nara slaakte een zucht. 'Ik was nog een kind toen jouw moeder overleed. Die tragedie sloeg de hele familie uit het lood. Van de ene op de andere dag hing er een naargeestige stilte in huis, terwijl het hier daarvoor altijd een drukke, luidruchtige boel was geweest.' Ze liet een korte stilte vallen en sloeg een arm om Dalia's schouder. 'Maar mijn moeder heeft het nooit met mij over je vader gehad. Ik heb net als jij al die jaren gedacht dat ze niet wist wie hij was.'

'Waarom heeft ze nooit iets tegen me gezegd?' Wanhoop maakte zich van Dalia meester. Wanhoop omdat er zoveel jaren verloren waren gegaan, omdat ze nu misschien nooit zou weten waar haar vader was. En ze hem misschien nooit zou leren kennen.

'Ik weet het niet.' Nara klonk net zo moedeloos als Dalia zich nu voelde.

'O, daar zijn jullie.' Lilian liep de salon in en ging aan de andere kant van Dalia staan. 'Nara heeft me net verteld wat ze heeft gevonden.'

Dalia legde in een opwelling haar hoofd op de schouder van haar tante. Ze had behoefte aan het gezelschap, aan de bemoedigende woorden en de troost van haar familie. Het lukte haar niet langer om de tranen in te houden en een zachte snik ontsnapte aan haar keel.

'Wat dacht mum eigenlijk?' zei Lilian, vooral in zichzelf.

Dalia snoof en wreef in haar ogen. 'Heeft ze jou… toen ook helemaal niets verteld?'

Lilian streelde haar over haar haar. 'Na de dood van Camellia verkeerden we allemaal in een soort shock. Zo hadden we het nog over haar zwangerschap, en dat ze zo naar jou uitkeek, maar het volgende moment was ze er niet meer. Voor altijd weg. Onherroepelijk. Mum was dagenlang niet aanspreekbaar. Het enige wat haar nog interesseerde, was jij. Ze heeft je verzorgd, ging een frisse neus met je halen, was altijd bij je, maar…' Lilians stem brak. Hoewel het al zo'n tijd geleden was, leek ze toch overmand door herinneringen. 'Ik kon het heel lang gewoon niet geloven. Mijn lieve zus… Ze was nog zo jong.' Er gleed een traan over haar wang. 'Ze had nog een heel leven voor zich. En jij was er ook nog. Een baby, een klein meisje, dat haar moeder nooit zou kennen.' Ze trok Dalia tegen zich aan. 'Het was verschrikkelijk.'

'Heeft mum je nooit verteld wie mijn vader was? Je bent haar zus, jullie waren bijna even oud.'

'Dat is waar, we scheelden maar elf maanden. En natuurlijk wist ik dat ze iemand had leren kennen.' Lilian lachte. 'Toen ze zwanger naar huis kwam, wist iedereen dat. Maar ze had het mij al eerder verteld, toen ze nog in Mexico zat. Dat er iemand was.'

'Verder niets?' Dalia draaide haar hoofd om en keek naar het sierlijke gezicht van haar tante. Dankzij oude foto's wist ze dat Lilian en Camellia sprekend op elkaar hadden geleken. Zou dat vandaag de dag ook nog zo zijn geweest? Haar moeder zou nu in de vijftig zijn geweest, maar Dalia zag haar altijd voor zich als de jonge vrouw die ze van foto's kende. Dat zou nooit veranderen.

Lilian aarzelde. 'Nee, verder niets. Ze wilde er niet meer over loslaten. Daardoor heb ik nog even gedacht dat ze misschien een relatie met een getrouwde man had aangeknoopt. Maar afgaande op die brief... denk ik dat dat niet zo was.'

'Waarom is ze eigenlijk naar Engeland teruggekomen als hij blijkbaar haar grote liefde was?'

'Ze had een beurs voor een studiereis naar Mexico. Het was niet eenvoudig geweest om te blijven als ze geen werk had. Maar heel precies weet ik het niet,' antwoordde Lilian.

'Het is zo oneerlijk,' bracht Dalia uit. 'Er is niemand meer die me antwoorden kan geven.' Met ogen vol tranen keek ze Nara aan, die zwijgend naar Lilian had staan luisteren, en toen keek ze weer naar buiten. 'Ik had hem graag gekend. Ik had graag willen weten wie hij is. En ik had hem willen vragen waarom mijn moeder helemaal alleen en zwanger naar Engeland is teruggekeerd.'

'We kennen alleen zijn voornaam,' zei Nara zacht.

'Ja, dat is zo,' bevestigde Dalia, opeens vastberaden. 'We kennen alleen zijn voornaam, maar daarmee weet ik meer dan ik ooit eerder heb geweten.'

Dalia had de waarheid gesproken: de voornaam van haar vader was het allereerste wat ze ooit over hem te weten was gekomen. Ricardo uit Mexico. Ricardo, die blijkbaar heel veel van haar moeder had gehouden. Ricardo, die weliswaar van haar bestaan had geweten, maar had gedacht dat ze bij haar geboorte was gestorven.

Ze staarde naar de vlammen die oplaaiden in de haard en alles in een fel schijnsel hulden. De warmte omhulde haar. Haar wangen begonnen te gloeien. Ergens ver weg zat Ricardo misschien met een nieuw gezin aan het avondeten, of misschien zat hij moederziel alleen in een kleine tweekamerwoning en dacht hij vol weemoed aan hoe het leven had kunnen zijn als zijn grote liefde en zijn dochter niet waren overleden. Wie weet.

Dalia keek op haar horloge. Hoe laat was het nu in Mexico? Vroeger dan hier. Scheelde het zes, zeven of acht uur? Dan zat Ricardo eerder aan het middageten. Weer pakte Dalia de brief, zodat ze de paar woorden van haar vader nogmaals in zich kon opzuigen. Aandachtig streek ze met haar wijsvinger over zijn handschrift. De oorbellen in de vorm van de dahlia's lagen op het tafeltje naast de bank. Had hij die aan haar moeder gegeven? Er gingen zoveel vragen door haar hoofd. Kon ze maar op eentje ervan een antwoord krijgen!

'Welwitschie ligt in bed,' meldde Nara, die zich naast Dalia op de zachte kussens liet vallen. Ze deed heel even haar ogen dicht en keek Dalia toen aan. 'Ik hou zo van deze gezellige warmte, van het knappen van het hout. Dit is zo knus.'

Dalia moest glimlachen. 'Ik ook. Weet je nog dat grandpa altijd met de haard bezig was omdat die nooit zo wilde branden als hij wenste? "Het hout is veel te vochtig,"' deed ze lachend de stem van haar grootvader na. '"Het ligt aan de luchtdruk, daardoor is de trek onvoldoende."' Ze legde de brief naast de oorbellen en zei vastberaden: 'Ik ga naar Mexico. Ik wil mijn vader gaan zoeken en hem vragen wat er toentertijd is gebeurd. Ik wil weten wat er tussen hen is gebeurd. Deze cryptische opmerkingen brengen me niet veel verder. Hij moet me toch iets over mijn moeder kunnen vertellen. Waar ze elkaar voor het eerst hebben gezien. Ik wil alles weten, zelfs de kleinste bijzonderheden.'

Nara keek haar sceptisch aan. 'Dalia, weet je hoeveel mensen er in Mexico wonen?'

'Een paar miljoen?'

'Meer dan honderdtwintig miljoen,' verbeterde Nara haar aarzelend. 'Twee keer zoveel als in Groot-Brittannië.' Ze liet een korte stilte vallen. 'Zo'n zoektocht is even vruchteloos als hier zoeken naar een man die James heet.'

Dalia voelde een zekere ergernis in haar opwellen. 'Raad je me soms aan om het maar te laten rusten?'

Nara zuchtte. 'Lieverd, dat weet ik niet. Maar op goed geluk naar Mexico vliegen, met alleen een voornaam, en ook nog eentje die erg vaak voorkomt en die waarschijnlijk duizenden mannen daar dragen... Dat lijkt me gewoon niet erg... verstandig.'

'Verstandig,' herhaalde Dalia. Ze sloeg haar armen over elkaar. 'Ergens aan de andere kant van de oceaan woont mijn vader. Die denkt dat ik dood ben. En dan moet ik hier maar een beetje duimen zitten draaien?'

'Dalia, dit is voor mij ook een enorme verrassing,' legde Nara uit. 'Maar denk je echt dat je hem kunt vinden?'

'Ik weet het niet, maar als ik dat niet probeer, kom ik er nooit achter. Denk je niet dat hij het ook fijn zal vinden dat zijn dochter nog leeft? Misschien ben ik wel zijn enige kind.'

'Ja, natuurlijk zal hij dat fijn vinden, maar daarvoor moet je hem wel eerst vinden. En de kans dat dat lukt lijkt me erg klein.'

Dalia dacht even na. 'Ik zit een beetje vast,' zei ze ten slotte. 'Al een tijdje. Mijn werk geeft me niet meer zoveel vreugde als vroeger. Het is alsof de muren op me afkomen. Ik heb geen inspiratie meer. Lilian heeft me aangeraden om er even tussenuit te gaan. Eigenlijk wilde ik in mei naar Londen gaan, voor een tentoonstelling van Frida Kahlo, en er nog een paar weken in de hoofdstad aan vastplakken. Wat is ertegen om nu al te gaan en dan vanuit Londen een vlucht naar Mexico te pakken?'

Nara pakte Dalia's hand vast. 'Ik hoop met heel mijn hart dat je vindt wat je zoekt. Maar Mexico is niet bepaald een veilig land. En

Mexico-Stad… Je bent gewend aan deze plek, aan het platteland. Ik hoop dat je geen cultuurshock krijgt als je daar aankomt.'

Dalia beantwoordde verbaasd haar blik. 'Wil je daarmee zeggen dat je achter mijn plan staat?'

Nara lachte ondeugend. 'Ja, natuurlijk. Wij Carters steunen elkaar toch altijd?'

Dalia knikte. 'Ik wil zo snel mogelijk vertrekken.'

'Doe niets overhaast,' raadde Nara haar aan. 'Zo'n verre reis moet je goed voorbereiden.'

'Ik heb achtentwintig jaar op dit moment gewacht, Nara,' verklaarde Dalia ernstig. 'En ik heb geen zin om nog langer te wachten dan strikt noodzakelijk is. Ik wil zo snel mogelijk het vliegtuig pakken. Deze week nog.'

Dalia's moeder was negenentwintig jaar geleden met een beurs van de Universidad Nacional Autónoma de México naar dat land vertrokken om de beroemde vindplaatsen van de Maya's, die ze tijdens haar studie archeologie had bestudeerd, met eigen ogen te zien en bij opgravingen te helpen. Camellia had als specialisatie precolumbiaanse culturen gekozen en had een grote belangstelling voor dat inheemse volk, dat tussen 600 en 900 zijn bloeitijd had beleefd en zich over het volledige schiereiland Yucatán in het oosten van Mexico had verspreid. Dalia meende zich te kunnen herinneren dat granny haar ooit had verteld dat Camellia vooral tijd in Chichén Itzá had doorgebracht, maar zeker weten deed ze het niet.

Die nacht bekeek ze in de woonkamer de ene na de andere website waarop de ruïnes van de bekendste steden van de Maya's werden beschreven. Ze bleef hangen bij een foto van de beroemde Piramide van Kukulcán. Het imposante bouwwerk telde negen lagen en vier hoge trappen. Dalia probeerde zich voor te stellen dat haar moeder al die jaren geleden de piramide had beklommen en in gedachten eeuwen was teruggegaan in de tijd.

Ze besloot haar zoektocht in Mexico-Stad te beginnen. Misschien kon iemand van de universiteit haar verder helpen. Haar moeder moest toch sporen hebben achtergelaten die Dalia kon volgen?

Ze pakte het briefje met de naam en het adres in de Mexicaanse hoofdstad dat bij de brief in de hoes had gezeten, en las nogmaals wat erop stond. Lilian had bevestigd dat dit het handschrift van haar moeder was. Almara Fuentes Sanchez. Haar wilde Dalia spraken. Misschien kon zij haar helpen om haar vader te vinden.

'Dalia, wat doe jij hier op dit uur?' Lilian stond in een lange blauwe nachtpon in de deuropening en knipperde slaperig in het licht van de kleine tafellamp.

Pas toen Dalia haar tante dat hoorde zeggen, voelde ze hoe moe ze was. 'Ik... Hoe laat is het dan?'

'Halftwee.'

Dalia schudde haar hoofd. 'Ik had helemaal niet door dat het al zo laat is.'

Nara had haar rond tien uur welterusten gewenst en was naar bed gegaan. Zat Dalia echt al langer dan drie uur op haar laptop naar informatie over Mexico te zoeken?

Lilian liep naar haar toe en ging naast haar op de bank zitten. 'Het is allemaal een beetje veel, vind je niet?'

Dalia deed heel even haar ogen dicht. 'Ik moet hem gaan zoeken.'

Lilian ademde diep in. 'Mexico is geen veilig land.'

'Je kunt me niet ompraten. Ik vertrek overmorgen. Mijn vlucht heb ik al geboekt.'

'Je lijkt heel erg op je moeder.' Lilian glimlachte. 'Die wist ook altijd wat ze wilde. Als tiener, nee, wat zeg ik, als kind had ze het al over de Maya's en hun indrukwekkende steden in het oerwoud. Die studiereis naar Mexico was een droom die uitkwam. Ze had al jong Spaans geleerd.'

'Dat wist ik helemaal niet,' zei Dalia verbaasd.

'Camellia was gewoon… bezeten van alles wat met Mexico en de Maya's te maken had. Wij, de andere kinderen, vonden dat allemaal erg saai, maar als er weer eens een documentaire over dat onderwerp op tv was, ging ze er samen met je opa volledig in op. Camellia wilde toen al per se archeoloog worden, zodat ze de raadsels van die verdwenen cultuur kon ontsluieren. Andere oude beschavingen vond ze ook boeiend, maar de Maya's fascineerden haar het meest.'

'Ik vind het zo jammer dat ik haar nooit heb gekend…' mompelde Dalia verdrietig. 'Dan had ik in elk geval mijn eigen herinneringen aan haar gehad. Nu moet ik het doen met jullie verhalen en een paar oude foto's. Verder is er niets. Ik weet niet eens hoe haar stem klonk.'

Lilian sloeg een arm om Dalia's schouders en trok haar tegen zich aan. 'Ze heeft heel erg veel van je gehouden. Zelfs toen je nog in haar buik zat sprak ze al met zoveel tederheid over je. Ze keek er zo naar uit om je te leren kennen, ze was zo blij dat ze moeder zou worden. Ik vind het heel erg dat het haar niet was gegund om jou in haar armen te houden. Om je te kunnen zien en trots op je te kunnen zijn.'

'Ze moet heel moedig zijn geweest,' zei Dalia. 'Helemaal alleen naar zo'n vreemd land gaan…'

'Ja, dat was ze.' Lilian keek Dalia van opzij aan. 'Heb je al een verblijf geboekt?'

Dalia schudde haar hoofd. 'Mexico-Stad is zo groot dat het me geen probleem lijkt om ergens een hotelletje of een pension te vinden. Ik wil eerst eens zien hoe het daar is. En ik weet niet eens of de hoofdstad wel de juiste plek is om naar sporen van Ricardo te zoeken.'

'Wees alsjeblieft voorzichtig.'

Dalia knikte. 'Gelukkig spreek ik Spaans, die lessen op school zijn nog niet zo lang geleden. En veel Mexicanen spreken Engels. Ik red me wel.'

'Daar twijfel ik geen moment aan. Je lijkt zoveel op je moeder, dat lukt je beslist.'

'Dank je,' zei Dalia ontroerd. 'Dat betekent veel voor me.'

'Laat me weten hoe laat je vlucht is, dan brengen Gunnar en ik je naar Londen, naar het vliegveld.' Lilian stond op. 'En nu naar bed. Anders komt Welwitschie straks naar beneden omdat ze het tijd vindt om op te staan.'

'Ga maar vast, dan zet ik mijn laptop uit en kom ik ook zo. Morgen is er weer een dag.'

Dalia sloot de browser af, keek Lilian na en schakelde haar laptop uit. Was het geen krankzinnig idee om op zoek te gaan naar haar vader, van wie ze alleen de voornaam kende? Maar ze had geen andere keuze. Ze moest weten waar haar wortels lagen.

5

Toen Dalia drie dagen later op de internationale luchthaven Benito Juárez in Mexico-Stad uit het vliegtuig stapte, voelde ze zich geradbraakt. De vlucht had bijna twaalf uur geduurd, ze was die morgen om zes uur in Londen ingestapt en hier was het pas twaalf uur 's middags. Haar benen deden pijn, haar rug was stijf. Terwijl ze samen met de andere passagiers voor de paspoortcontrole stond te wachten, trok ze haar gebreide vest uit. De grote hal had airco, maar toch was de lucht warm en klam. Ze was er. Dat kon ze amper geloven.

Bij de bagageband kwam ze weer de twee passagiers tegen naast wie ze onderweg had gezeten. Ellie en Peter, een stel van haar leeftijd, kwamen uit de buurt van Liverpool en gingen in Mexico een studiegenoot van vroeger opzoeken.

'Eindelijk even de benen strekken,' verzuchtte Ellie met een lach. 'Ik vind het vreselijk om zo lang stil te moeten zitten.'

Dalia knikte. 'Dit was mijn allereerste vlucht, maar...' Ze grinnikte. 'Ik vond het ook maar niks, moet ik zeggen.'

'Weet je inmiddels al waar je gaat logeren?' wilde Peter weten toen de eerste koffers hun kant op kwamen.

'Ik denk dat ik eerst rond ga kijken. Het is waarschijnlijk beter om iets in het centrum te zoeken.' Ze dacht even na. 'Al ligt de universiteit waar mijn moeder heeft gestudeerd twintig kilometer verderop.'

Dalia had het stel tijdens de urenlange vlucht over de reden voor haar reis verteld. De stad leek zo onmetelijk groot. Thuis had ze al de nodige plattegronden bekeken, waarmee ze in de onoverzichtelijke stadsjungle haar weg hoopte te kunnen vinden.

'We willen je graag helpen, Dalia,' herinnerde Ellie haar aan het aanbod dat ze haar onderweg al hadden gedaan. 'Mandy, onze vriendin, kent hier de weg en zal je zeker advies kunnen geven. Mexico-Stad kan op het eerste gezicht behoorlijk intimiderend overkomen.'

Dalia wuifde het voorstel weg. 'Dank je, echt, maar ik denk dat ik het in mijn eentje wel red.'

Ze had het ook met hen over haar tot nu toe zo kalme leventje in Cornwall gehad. En over haar verlangen om eindelijk haar eigen weg te gaan en haar wortels en haar Mexicaanse familie te vinden. Het was een kans om een andere richting in te slaan en haar toekomst opnieuw vorm te geven.

Op dat moment kwam Dalia's donkerrode rugzak in zicht. 'Daar is hij al.' Met een triomfantelijke lach stapte ze naar de band toe. Nadat ze het zware gevaarte op haar rug had gehesen, omhelsde ze eerst Ellie en daarna Peter. 'Heel erg bedankt, ik vond het leuk om jullie te leren kennen.'

'En jij heel veel succes. We hopen zo dat je je vader vindt,' zei Ellie. 'Als het iemand lukt om een speld in een hooiberg op te sporen, ben jij het.'

'En ook heel veel succes met alle andere dingen die je wilt bereiken,' vulde Peter aan. 'Het allerbeste, Dalia. En je hebt ons nummer, voor het geval er iets is. Je mag ons altijd bellen.'

Toen Dalia tien minuten later naar buiten liep, was ze verrast door de aangename temperatuur. Ze had gerekend op een graad of dertig, met een hoge luchtvochtigheid, maar in het zonnetje op het plein voor het luchthavengebouw leek haar T-shirt zowaar een beetje aan de dunne kant. De wind was koel, de lucht droog. Reisgidsen zaten er blijkbaar ook weleens naast.

Langs het trottoir stond een rijtje Volkswagen Kevers in groen en wit, met op het dak een bordje met TAXI erop.

Toen ze naar een ervan toe liep, kwam een jongeman met zwart haar en stralende ogen haar kant op. *'English, madam?'*

Dalia knikte. 'Ja.'

'Zoekt u kamer? In stad?' vroeg hij in gebroken Engels.

Weer knikte Dalia, en er kwam nog een man bij staan.

'Wij hebben mooie kamer. Centrum, betaalbaar,' ging de eerste man verder. 'Ik ben Juan, dit is Miguel, mijn maat.'

'Ik zoek inderdaad een hotel of pension in het centrum,' legde Dalia uit. 'Ik wilde net een taxi pakken naar het centrum van de stad.'

'Jaja, het centrum.' Juan knikte. 'Ga mee. *Vamos.*' Hij zette koers naar een van de vele taxi's en gebaarde dat Dalia hem moest volgen.

Ze aarzelde slechts een seconde, maar ze was zo opgelucht dat zich nu al een oplossing aandiende voor de vraag waar ze de nacht kon doorbrengen dat ze haar bedenkingen opzijschoof en achter de twee mannen aan liep.

Juan ging naast de chauffeur zitten en Miguel nam samen met Dalia plaats op de achterbank. Ze legde haar rugzak op haar bovenbenen.

Juan sprak in zo'n rap tempo met de man achter het stuur dat Dalia niet meer dan flarden kon opvangen.

'Eerste keer in Mexico?' wilde Miguel weten. Hij keek haar met een belangstellende blik in zijn bruine ogen aan.

'Ja.'

'Vakantie?'

Ze dacht even na. Waarom zou ze twee wildvreemde mannen over haar plannen vertellen? 'Ja, vakantie.' Ze deed haar best om te glimlachen.

Toen de chauffeur wegreed overviel haar opeens het nare gevoel dat ze te overhaast had gehandeld. Stel dat deze kerels haar wilden ontvoeren? Dit was een openbare taxi, stelde ze zichzelf meteen gerust, en ze keek naar het chaotische verkeer om hen heen. Bestuurders claxonneerden, iedereen riep van alles door elkaar heen, en fietsers scholden en brulden.

De chauffeur sloeg een brede laan met keurig onderhouden huizen in. Vermoeidheid maakte zich langzaam van haar meester. In Engeland was het inmiddels tijd voor het avondeten, rekende ze uit. Het liefst had ze nu haar hoofd achterovergelegd en haar ogen dichtgedaan, maar dat durfde ze niet. Ze zat met drie vreemde mannen in een taxi, negenduizend kilometer van huis. Ze moest waakzaam zijn en goed opletten.

'Ga je lang blijven?' vroeg Miguel, terwijl de chauffeur en Juan druk in gesprek waren.

'Weet ik nog niet,' gaf ze eerlijk toe. 'Zolang als het me hier bevalt.'

'Mexico mooi. Mexicaanse mannen ook mooi.' Hij grijnsde breeduit.

De wending die het gesprek dreigde te nemen beviel Dalia helemaal niet. Ze keek weer naar buiten en zag dat de huizen er nu sjofeler uitzagen dan een paar minuten eerder. Misschien moest ze Nara appen om haar te laten weten waar ze was? Dalia zag nergens een straatnaam. Mocht ze Nara wel ongerust maken met de mededeling dat ze in een taxi zat en geen flauw idee had waar die haar heen ging brengen? Hoe had ze zo ongelooflijk naïef kunnen zijn? Ze deed haar best om niet in paniek te raken. Er was immers nog niets gebeurd.

Als ze dadelijk uitstapten, zou ze meteen zeggen dat ze zelf op zoek ging naar een onderkomen. Een blik op haar horloge vertelde haar dat ze een kwartier onderweg waren. Dat was niet lang in een uitgestrekte stad als deze, waar de afstanden groot waren.

'Heb je man?'

Wat moest ze daarop antwoorden?

'Miguel, laat de señorita met rust,' klonk Juans stem streng van de voorstoel.

Opgelucht draaide Dalia haar hoofd om, en ze keek weer naar buiten. Misschien had ze de situatie verkeerd ingeschat.

Miguel antwoordde iets wat Juan tot een minutenlange monoloog verleidde. Ze spraken allebei zo snel dat Dalia er vrijwel niets van begreep, en dat ondanks jaren Spaans op school.

Toen de chauffeur kort daarop aan de rechterkant van de straat halt hield, greep Dalia de hengsels van haar rugzak steviger vast.

'Hier is het,' meldde Juan, die de rit afrekende.

Nadat ze waren uitgestapt, wilde Dalia de mannen uitleggen dat ze geen belangstelling meer had voor hun aanbod, maar Juan pakte haar bovenarm vast en schoof haar onzacht voor zich uit.

'Daar.' Hij wees met zijn andere hand naar een van de vele flats. 'Daar wonen wij. Daar krijg je... logeerkamer.' Hij kneep zijn ogen tot spleetjes. 'Hoe heet jij?'

Dalia merkte dat hij erg dicht naast haar stond, en bovendien voelde ze Miguels adem letterlijk in haar nek. 'Dalia,' antwoordde ze aarzelend. 'Maar ik...'

'Kom. Vamos.' Juan trok haar mee naar de voordeur van het pand, die op een kier stond.

De vloer binnen was kleverig en de muren, die ooit wit waren geverfd, brokkelden hier en daar af. Op een van de muren had iemand ROCO + MATILDA geschreven.

'Woning op derde verdieping.'

Hoe kon ze zich uit deze hachelijke situatie bevrijden? Waarom had ze niet gewoon de hulp van Ellie en Peter aangenomen? Er was niemand die wist waar ze nu was. Dat wist ze zelf niet eens.

Voor een van de voordeuren op de derde verdieping bleef Juan staan. Hij haalde omstandig een sleutel uit zijn broekzak.

Wat zouden die mannen doen als ze nu zou proberen te vluchten? Ze kon de trap af rennen en...

'*Bienvenido*. Hartelijk welkom.' Juan wees naar binnen en wachtte totdat ze de gang in was gelopen.

Miguel liep als laatste naar binnen en deed snel de deur achter hen dicht.

'Kom.' Juan pakte weer haar arm vast en nam haar mee een kamer in. 'Schoon en goedkoop.'

In de kamer stond een smal metalen ledikant met gebloemd beddengoed, met ernaast een wankel krukje dat als nachtkastje diende. Aan de andere kant van de kamer stond een houten wandrek. De stenen vloer zat vol vlekken en ook de muren hadden betere tijden gekend.

'Daar badkamer.'

Dalia deed haar ogen dicht en knikte. Toen ze die weer opendeed, was ze alleen in de kamer. Wat moest ze nu doen? Ze wilde in geen geval hier haar rugzak uitpakken en ze peinsde er niet over om in dat bed te gaan liggen. De deken zag er redelijk schoon uit, maar het kussen wekte de indruk dat er net nog iemand op had gelegen. Nee, hier wilde ze nog geen minuut slapen.

Misschien zouden Juan en Miguel dadelijk nog naar buiten gaan. In dat geval zou Dalia van de gelegenheid gebruikmaken om zo onopvallend mogelijk weg te glippen.

Nadat ze meer dan een uur in de kamer onrustig heen en weer had gelopen en minstens honderd verschillende scenario's om weg te komen door haar hoofd had laten gaan, hield ze het niet langer uit. Ze deed de deur open en tuurde voorzichtig de gang in.

Juan en Miguel stonden met een derde, onbekende man in de keuken op luide toon met elkaar te praten.

Dalia had er genoeg van. Ze ging nu haar rugzak omdoen en wegglippen. Die kerels konden haar immers niet tegen haar zin hier vasthouden.

Toen ze een tel later echter zag dat de onbekende man haar twee kamerverhuurders kleine zakjes aangaf, begreep ze meteen dat het probleem nog groter was dan ze aanvankelijk had gedacht. Juan en Miguel handelden zo te zien in drugs. Wat ze met haar van plan waren wist ze nog steeds niet, maar ze waren er vast niet blij mee als ze merkten dat Dalia had gezien dat ze zich met illegale activiteiten bezighielden.

Ze moest hier meteen weg zien te komen. Dalia trok zich weer terug in de kamer, ademde diep in en deed toen opnieuw de deur open, deze keer luidruchtig. Voor de zekerheid schraapte ze op de gang nog eens luid haar keel. De mannen keken haar verwachtingsvol aan toen ze naar hen toe liep. Juan stak haastig zijn hand achter zijn rug.

'Ik heb honger,' meldde Dalia, die probeerde om zo zelfverzekerd mogelijk te klinken. Ze stopte haar trillende handen in haar broekzakken. 'Ik ga eens kijken wat ik buiten kan vinden.' Ze wees overdreven naar de voordeur.

Juan wisselde een blik met Miguel en liep toen met grote stappen naar haar toe. 'Wij gaan mee.'

Dalia schudde haar hoofd. 'Dat is niet nodig, ik red me wel alleen.' Ze dwong zichzelf tot een lachje.

'Wij gaan mee,' herhaalde Juan op barsere toon. 'Je kent niet de buurt, je bent onze gast. We passen op jou.'

Zijn woorden waren anders allerminst vertrouwenwekkend. Snel liep ze terug de kamer in om haar rugzak te pakken.

Juan verscheen in de deuropening. 'Laat liggen.'

'Ik heb hem liever bij me,' antwoordde Dalia, die het inmiddels bestierf van angst. Hoe moest ze zichzelf in vredesnaam uit deze hachelijke situatie bevrijden?

'Veel straatrovers hier,' zei Juan op een toon alsof Dalia een klein kind was. 'Niet aardig tegen mooie jonge vrouwen. De rugzak kan beter hier blijven.'

Als ze niet het risico wilde lopen dat deze ellendelingen haar helemaal niet meer lieten gaan, kon ze Juan beter gehoorzamen, hoe erg ze dat ook vond. Woede en angst streden in haar om voorrang. Ze was zo ongelooflijk dom geweest.

'Oké,' stemde ze bedeesd in. 'Maar ik kan heus wel alleen gaan.'

'Ga je niet.' Juan wendde zich tot Miguel en de onbekende man en zei iets in het Spaans wat Dalia wederom niet verstond. 'Vamos!' Hij pakte haar arm vast en trok haar het huis uit, gevolgd door de anderen.

Toen ze even later buiten op straat stonden, ging de man die de drugs was komen brengen ervandoor, maar pas na een verlekkerde knipoog naar Dalia.

Vol walging wendde ze zich af.

'Wil je taco's?' wilde Miguel weten.

'Klinkt goed,' wist ze uit te brengen. Weer lachte ze als een boer met kiespijn.

Naast de flat lag een speeltuintje met een kapotte glijbaan en een gammel uitziend klimrek. Daarnaast stonden twee jonge Mexicaanse vrouwen vrolijk met elkaar te praten, terwijl drie kleine kinderen op de uitgedroogde grond met een stel blauwe knikkers zaten te spelen. De broeken van de kleintjes zaten vol scheuren en aan het jasje van het meisje ontbrak een mouw. Dalia kreeg een brok in haar keel toen ze de overduidelijke tekens van armoede zag. Hoe zou het leven van haar vader eruitzien? Meteen verdrong ze die gedachte. Ze had momenteel wel grotere zorgen.

'Verderop een winkel met taco's,' legde Juan uit. 'Niet ver.'

Dalia knikte en gaf geen antwoord toen ze tussen de beide mannen over straat liep. Ze voelde zich bijna een gevangene die werd meegevoerd.

'Beste taco's van de hele stad,' beweerde Juan vol trots toen hij de deur van het kleine eettentje openduwde. Binnen stond maar één andere klant, stelde Dalia teleurgesteld vast. Ze had gehoopt dat ze hier onopvallend om hulp zou kunnen vragen, maar de jongeman bij de toonbank voerde een geanimeerd gesprek met de verkoper en zag hen helemaal niet staan. Toen Juan en Miguel naar een schap met flessen drank liepen om het aanbod te bekijken, ging Dalia zo onopvallend mogelijk iets dichter bij de jongeman staan.

Hij draaide eindelijk zijn hoofd om en keek haar aan. Toen hun blikken elkaar een paar tellen lang kruisten, deed Dalia haar uiterste best om de angst in haar over te brengen.

Dat leek te werken. Hij keek haar met een vragend gezicht aan. Begreep hij dat ze in de problemen zat?

Ze knikte zo onopvallend mogelijk en wees met haar kin in de richting van Juan en Miguel.

Nadat hij een paar keer van haar naar de mannen en weer terug had gekeken, knikte hij grimmig.

'Zijn er problemen?' vroeg hij zo langzaam in het Spaans dat Dalia hem kon volgen. Ze knikte.

Juan wendde zich af van het schap en keek de man woedend aan. 'Zei je iets, amigo?'

'Ik ben je amigo niet,' antwoordde de vreemde op besliste toon. Hij keek Dalia aan. 'Heb ik het goed?'

'Zeg, je bent onze gast,' droeg Juan haar in zijn gebroken Engels op.

'Ik...' begon Dalia onzeker. 'Ik...'

'Ik heb het dus goed,' zei de onbekende jongeman in vrijwel accentloos Engels. 'Ik stel voor dat jullie deze dame met rust laten. En daarmee uit.'

Dalia slaakte een geschrokken kreet en deinsde terug toen Miguel opeens een mes trok.

'Doe dat mes weg,' zei de jongeman in het Spaans.

'Weg met dat wapen,' mengde nu ook de uitbater van het eettentje zich in het gesprek. 'Niet in mijn zaak. Ik wil geen gedoe.'

'Je krijgt ook geen gedoe,' zei zijn klant tegen hem. 'Doe dat mes weg,' zei hij nogmaals tegen Miguel. 'Nu.'

Miguels gezicht vertrok tot een boosaardige grimas. 'Denk maar niet dat je mij bevelen kunt geven, betweter. Ik ga onze gast beschermen met alle middelen die ik heb.' Hij zwaaide het mes voor het gezicht van de ander heen en weer.

Dalia sloeg het geheel met ingehouden adem gade en vroeg zich af of ze naar de deur moest rennen, die open moest trekken en de straat op moest vluchten. Helaas lagen haar rugzak, haar geld en haar paspoort nog bij de twee dealers thuis, en zonder haar spullen kon ze niks.

Toen Miguel de ander opnieuw met het mes bedreigde, stapte Juan naar Dalia toe en hij pakte hardhandig haar arm vast.

'Laat haar los!' De jongeman keek van Miguel naar Juan en weer terug.

'En als ik dat niet doe?' vroeg Juan uitdagend.

Zonder aarzelen sloeg de klant het mes uit de hand van Miguel. Daarna draaide hij zich om en plantte zijn rechtervuist in het gezicht van Juan. 'Laat haar met rust, nu! Anders krijgen jullie er spijt van.'

Het mes gleed over de tegelvloer, tot onder een van de schappen. Miguel dook er vloekend achteraan, en Juan, die Dalia na de stomp had losgelaten, greep met beide handen naar zijn gezicht. Hij had een flinke bloedneus.

'Mijn bagage...' stamelde Dalia. 'Die ligt nog bij hen thuis.'

De jongeman leek even na te denken en gaf Juan toen nog een klap. 'Waar wonen jullie?'

Juan mompelde iets wat Dalia niet kon verstaan.

'Als jullie verder geen problemen willen, donderen jullie nu op en houden jullie je gedeisd totdat deze dame en ik haar spullen hebben opgehaald.' De jongeman stak zijn hand uit. 'Sleutel!'

Juan schudde zijn hoofd, nog steeds met zijn handen tegen zijn bloedneus gedrukt.

'Sleutel!'

Vloekend haalde Juan zijn sleutel uit zijn broekzak en hij gaf die aan de onbekende.

'Over een uur kunnen jullie de sleutel hier weer komen halen,' beet de jongeman hem toe. 'En niet lastig worden, anders belandt hij bij jullie beste vrienden. Die weten vast wel een bestemming voor dat hol van jullie.'

Hij gebaarde dat Dalia met hem mee moest lopen.

In de deuropening bleef hij nog even staan om tegen de verkoper te zeggen: 'We spreken elkaar later, oké? De eetlust is me even vergaan.' Hij wendde zich weer tot Dalia. 'Kom, dan gaan we je spullen halen.'

6

'Ik ben Pablo.' Buiten voor het eettentje stak de jongeman zijn hand naar Dalia uit.

'Dalia.'

'Ben je Engels?'

Ze knikte.

'En waar wonen die nare lui?'

Dalia wees zonder iets te zeggen in de juiste richting.

'Kun je me vertellen wat er precies is gebeurd? Waar je die gasten bent tegengekomen? En waarom je bagage bij hen thuis ligt? En wat je hier in Mexico doet?' Toen stak hij lachend zijn handen op. 'Sorry, dat zijn wel erg veel vragen in één keer, maar dat van daarnet, dat was geen alledaagse situatie. Daarom wil ik graag weten wat er precies aan de hand is.'

Dalia schaamde zich voor haar naïeve gedrag. Hadden haar grootouders haar niet als kind al duidelijk gemaakt dat ze nooit met vreemde mannen mee moest gaan? En dan ook nog in een ver en onbekend land... Ze begreep het zelf niet eens.

Toch ademde ze diep in en ze stak van wal. Ze vertelde hem over de brief van haar onbekende vader, over haar besluit om eindelijk meer over hem te weten te komen en over haar aankomst op de luchthaven, waar ze Juan en Miguel was tegengekomen. Toen ze zichzelf hoorde praten, begreep ze maar al te goed dat dit voor buitenstaanders erg vreemd moest klinken.

'Wauw!' Pablo bleef staan en keek haar een paar tellen zwijgend aan. 'Dat is... Zo'n verhaal had ik niet verwacht.'

'Het was ongelooflijk dom van me,' bekende Dalia met een klein stemmetje. Nu voelde ze zich nog dommer. 'Ik snap niet wat me bezielde om samen met die twee in een taxi te stappen. En ook nog met hen mee naar huis te gaan.' Ze schudde haar hoofd. 'Zodra we uit de taxi stapten, had ik door dat het foute boel was, maar toen was het al te laat. Ik was bang dat ze me niet meer zouden laten gaan. Ik wilde daar alleen nog maar weg en aan die kerels ontsnappen.'

'Die twee hoef je nooit meer te zien,' verklaarde Pablo kalm. 'Dat beloof ik je.' Hij wees naar de portiek van de flat. 'We gaan je spullen halen en dan zijn we hier weg. Weet je al waar je gaat slapen? Wil je naar een hotel of liever een pensionnetje?'

Dalia haalde haar schouders op. 'Ik heb echt geen flauw idee. Ik... ben zo dom geweest.' Langzaam drong het tot haar door wat haar allemaal had kunnen overkomen, waardoor ze over haar hele lijf begon te beven. Ten slotte kon ze de tranen niet langer inhouden. Verlegen streek ze met haar hand langs haar ogen. 'Sorry,' bracht ze zachtjes uit, 'het wordt me allemaal iets te veel.'

'Daar hoef je geen sorry voor te zeggen.' Pablo leek niet goed te weten hoe hij moest reageren. Hij stak een hand uit, maar trok die toen snel weer terug. 'Het is uiteindelijk toch allemaal goed afgelopen.'

Ze snikte. 'Maar het had heel anders kunnen gaan. Wat bezielde me? Als ik jou niet was tegengekomen...'

Zwijgend liepen ze naar binnen om Dalia's rugzak te pakken, die nog steeds naast het bed op de vloer lag.

‘Dank je, voor alles,’ zei Dalia toen ze even later weer buiten stonden. ‘Het spijt me echt heel erg dat ik je hierbij heb betrokken. Ik wilde in geen geval dat je... Gelukkig ben je niet gewond geraakt. Miguel met zijn mes...’

Pablo glimlachte flauwtjes, waardoor er naast zijn mondhoeken twee kuiltjes verschenen. ‘Maak je daar maar niet druk over,’ zei hij, en zijn ogen glansden. ‘Ik woon hier al jaren en weet wat ik kan verwachten. En ik heb tijdens mijn jeugd op een vechtsport gezeten. Ik kan me uitstekend redden. We zijn hier trouwens in Venustiano Carranza, dat staat bekend als een van de slechtste buurten.’ Hij liet een korte stilte vallen. ‘Maar dat heb je zelf ook al gemerkt.’

‘Hoe komt het dat je zo goed Engels spreekt?’

Hij grinnikte. ‘Omdat ik Engels doceer aan de universiteit.’

‘Dus je ben geen drugsdealer,’ flapte ze er opgelucht uit.

Hij lachte. ‘Nee, dat zeker niet.’ Hij keek haar iets indringender aan. ‘Goed, wat doen we nu met jou?’

Twee jongens met blauwe Americanfootballshirts zoefden op skateboards voorbij en riepen op luide toon naar elkaar. Dalia zag hen om de hoek van de straat verdwijnen.

‘Ik heb jarenlang Spaans gehad en versta er nog steeds niks van,’ stelde ze gefrustreerd vast. ‘Ik dacht dat ik me hier wel zou kunnen redden, dankzij mijn talenkennis, maar dat was dus een vergissing.’

‘Mexicanen spreken erg snel,’ legde Pablo langzaam in het Spaans uit. ‘Als ik een beetje mijn best doe, moet je me zeker kunnen volgen.’

Verbaasd sperde Dalia haar ogen open. ‘O, dat begreep ik allemaal. Wat heerlijk.’ Ze dacht even na. ‘En daarnet in het eettentje verstond ik je ook.’

Hij knikte. ‘Zie je nou wel?’

‘Ik...’ begon Dalia onzeker, terwijl ze haar gewicht van de ene voet op de andere verplaatste. ‘Ik moet een nieuw onderkomen gaan zoeken. Ergens. Nu is het nog licht en...’

'Je kunt met mij mee naar mijn huis,' stelde Pablo snel voor. Hij keek haar afwachtend aan. 'Naar ons huis.'

'Naar jouw familie?'

Hij lachte. 'Nee, die woont gelukkig niet hier. Ik deel een huis met twee anderen, Estella en Ruben, die bezig zijn met promoveren. Een soort woongroep, zeg maar.' Hij bewoog zijn hoofd heen en weer. 'Maar ik snap het heel goed als je na die ervaring van daarnet je twijfels hebt en liever naar een hotel gaat.' Hij knipoogde geamuseerd. 'Een eigen kamer kan ik je helaas niet aanbieden, maar de bank in onze woonkamer ligt heel goed en het eten is bij ons altijd lekker. Ruben is een echte keukenprins.'

Dalia hoefde er niet langer over na te denken. Ondanks de vreselijke belevenissen van de afgelopen paar uur voelde ze instinctief aan dat Pablo geen enkel gevaar vormde. De jongeman straalde zekerheid en vertrouwen uit en maakte een intelligente indruk. 'Ik neem je aanbod graag aan,' zei ze. 'Dank je.' Alles om maar niet alleen te hoeven zijn.

'Graag gedaan.'

Ze liepen nog een stukje verder en kwamen aan bij de volgende kruising, waar veel meer verkeer was. Pablo hield een taxi aan en ze stapten in. Hij ging met Dalia op de achterbank zitten. Al snel werd ze zo door vermoeidheid overmand dat ze haar ogen dichtdeed.

Blijkbaar was ze ingedommeld, want toen Pablo haar wakker maakte zag ze dat er twintig minuten waren verstreken. De taxi stond inmiddels stil voor een keurig uitziend woonblok van vier verdiepingen.

'Welkom in de wijk Coyoacán,' zei Pablo opgewekt. Hij pakte Dalia's rugzak op. 'We zitten hier in het zuiden van de stad, ver uit de buurt van die rotzakken. De universiteit is hier ook in de buurt. Daarom zijn we hier gaan wonen, nu zitten we daar dichtbij.'

'Het is hier erg mooi.' Dalia keek naar de schone gevel. Voor het pand bloeiden rozen, en twee palmen wierpen schaduwen over het trottoir ervoor.

Pablo nam haar mee naar de ingang en haalde een sleutel tevoorschijn.

'We zijn vergeten om die sleutel terug te brengen naar het eettentje!' Geschrokken sloeg Dalia haar hand voor haar mond.

Pablo maakte een afwijzend gebaar. 'Ze krijgen er niks van als ze een nachtje buiten moeten slapen. Onkruid vergaat niet. Ik ga morgen nog wel even bij Felipe langs om de sleutel af te geven.'

Pablo woonde op de eerste verdieping. Toen hij de voordeur opendeed, hoorde Dalia binnen vrolijk gelach. Meteen voelde ze zich welkom en veilig. Op een plek waar zo uitbundig werd gelachen gebeurden vast geen nare dingen.

Pablo draaide zich naar haar om en legde glimlachend uit: 'Estella en Ruben zijn thuis, dus nu leer je meteen iedereen kennen.'

Op de vloer lagen lichtgrijze tegels, de muren waren witgeverfd. Meubels van zwart hout zorgden voor stijlvolle accenten in de lichte en uitnodigend uitziende kamer.

'Kom, dan stel ik je aan hen voor.'

Toen ze de woonkamer in liepen, zag Dalia een jonge, erg aantrekkelijke vrouw met lang zwart haar aan een kleine eettafel achter een laptop zitten. Naast haar stond een iets stevigere man, die zich over haar schouder heen boog en naar het beeldscherm wees.

'Hallo,' begroette Pablo het tweetal. 'Wat is er zo grappig? Ik heb een gast bij me.'

Ze keken hem allebei nieuwsgierig aan. 'Estella liet me net zien dat professor García de binnenplaats aan het vegen is omdat hij zich zo stoort aan het zand.' De jongeman lachte weer. Hij had een open, vrolijk gezicht.

'Dit is Dalia uit Engeland,' stelde Pablo haar voor.

'*Hola*, Dalia uit Engeland,' zei de man geamuseerd. 'Ik ben Ruben uit Mexico.'

'Doe niet zo mal,' zei de vrouw hoofdschuddend. Ze gaf Ruben een plagende por in zijn zij. 'Hola, Dalia, ik ben Estella.'

‘Hola,’ antwoordde Dalia met een zwak lachje. De schrik was nog niet helemaal uit haar lijf verdwenen. ‘Bedankt voor de ontvangst.’

‘Dalia is in Mexico omdat ze haar vader wil zoeken. Ze blijft hier een paar dagen logeren.’

‘Zoek je je vader?’ vroeg Ruben nieuwsgierig. ‘Dat klinkt als een spannend verhaal.’

‘Laat haar eerst even bijkomen,’ stelde Pablo voor. ‘Ze heeft een lange vlucht achter de rug, en morgen is er weer een dag.’

Dalia keek hem dankbaar aan. Deze mensen straalden alle drie zo’n hartelijkheid uit dat ze de hoop kreeg dat de nare gebeurtenissen van de eerste paar uur een uitzondering waren en dat ze zich van nu af aan zonder belemmeringen op haar echte doel kon richten.

7

Negenentwintig jaar eerder
Cornwall

Met trillende vingers streek Camellia keer op keer over de afzender van de licht verfrommelde brief. Wat moest ze doen als dit een afwijzing was? Ze mat de dikte van de envelop tussen haar duim en wijsvinger. Zou een afwijzing niet uit een enkel velletje bestaan? Misschien had de Universidad Nacional Autónoma de México haar wel meteen alle benodigde aanmeldformulieren gestuurd.

Camellia ademde diep in. Normaal gesproken aarzelde ze niet, integendeel. Haar moeder waarschuwde haar zelfs steeds dat ze niet zo onstuimig moest zijn. Hoe was dat twee jaar geleden ook alweer geweest, met dat hulpproject aan de universiteit hier? Onmiddellijk nadat Camellia de oproep op het mededelingenbord had gelezen, had ze zich aangemeld als vrijwilliger voor een weeshuis in West-Afrika. Acht weken lang nuttig werk doen, waarvoor ze ook nog studiepunten kreeg. Daar kon ze toch alleen maar ja op zeggen? Haar moeder had minder enthousiast gereageerd, maar dat kwam vast doordat het allemaal zo snel was gegaan. Drie dagen later was Camellia al vertrokken. En ze had er geen moment spijt van gehad. De ervaringen die ze daar had opgedaan zouden haar haar hele leven lang bijblijven.

Haar gedachten keerden weer terug naar het hier en nu, naar haar aanvraag voor een reisbeurs naar Mexico. Ze hoopte met heel haar hart dat haar grote wens in vervulling kon gaan: eindelijk met eigen ogen de vindplaatsen van de Maya's zien en die verdwenen beschaving van dichtbij leren kennen.

Camellia deed haar ogen dicht en zag de grote piramide voor zich. Hoeveel geïllustreerde naslagwerken en vakliteratuur had ze niet over dit onderwerp verslonden? Hoeveel reportages en documentaires van ontelbaar veel vooraanstaande wetenschappers had ze niet bekeken? Dat wist ze niet eens. Hoe zou het zijn om die oude, eerbiedwaardige muren zelf te kunnen aanraken? Om tussen de ruïnes rond te lopen en al die indrukken te verzamelen? En misschien zelfs wel aan een opgraving deel te nemen? En als alles meezat, bood deze reis haar meteen een geschikt onderwerp voor haar scriptie.

Toen ze drie maanden geleden op de universiteit in Londen de mededeling had zien hangen dat er een reisbeurs te vergeven was, had ze haar ogen aanvankelijk niet eens kunnen geloven. De steekwoorden Mexico, studiereis, Maya's, opgravingen en Yucatán sprongen haar gewoon tegemoet. Zo'n kans zou ze niet nog eens krijgen. Ook deze keer had het nog geen vierentwintig uur geduurd voordat ze haar aanmelding had ingediend. Nu kon ze alleen maar hopen dat haar twee wetenschappelijke essays over het onderwerp en de aanbevelingsbrief van een van haar docenten de organisatie hadden kunnen overtuigen.

Weer keek ze naar de brief in haar hand. Waarom zou ze nog langer wachten om die open te maken? Mocht het antwoord ja zijn, dan was elke minuut kostbaar, want dan moest ze heel veel dingen gaan regelen. En als het nee was? Dan kon ze meteen haar teleurstelling verwerken. De situatie zou over een halfuur, later op de avond of morgen hetzelfde zijn.

Ze pakte de messing briefopener en schoof hem onder de flap. Heel voorzichtig, bijna aandachtig, haalde ze hem langs het papier. Het moment van de waarheid was bijna aangebroken. Die melodramatische gedachte ontlokte haar een glimlach. Ze zat niet in een of andere film. Alleen zij maakte dit zenuwslopende moment mee.

Ze trok de brief uit de envelop en begon met bonzend hart te lezen.

Beste Miss Carter,
We willen u bedanken voor uw aanmelding en kunnen u tot onze grote vreugde mededelen dat we uw studiereis naar Mexico met een reisbeurs zullen financieren.

De tranen sprongen Camellia in de ogen. Het was haar gelukt! Ze ging naar Mexico om de ruïnes van de Maya's te verkennen en... Ze sprong snel overeind en rende met de brief in haar hand de kamer uit. 'Mum? Dad?'

'We zijn hier, schat,' klonk de stem van haar moeder vanuit de salon.

Camellia rende door de gang, bleef voor de open deur staan en haalde haar hand door haar haar. Toen liep ze naar binnen, met de brief als een trofee voor haar uitgestoken.

'Wat heb je daar?' Haar vader liet de krant in zijn handen zakken en keek haar fronsend aan over de rand van zijn leesbril.

'Wie heeft er net een ja uit Mexico ontvangen?' riep Camellia uit, niet langer in staat om haar vreugde te bedwingen.

'Je hebt die beurs?' Rond haar vaders lippen verscheen een trots lachje. 'Dus ze hebben ingezien hoe slim en leergierig mijn dochter is.' Hij knikte instemmend.

'Je gaat naar Mexico?' Haar moeder klonk minder blij.

Camellia knikte grijnzend. 'Ik ga de prachtige ruïnes verkennen. Chichén Itzá, Palenque... Al die plekken die ik tot nu toe alleen van tv ken, ga ik met eigen ogen zien!'

'Gefeliciteerd.' Dad stond op om haar te omhelzen.

Ook haar moeder stond op. Ze liep naar Camellia toe en sloeg ook een arm om haar heen. 'Ik ben blij voor je, schat, maar ik had liever gezien dat je bij Stonehenge onderzoek had gedaan in plaats van helemaal in Mexico.' Ze keek haar bezorgd aan.

Camellia rolde demonstratief met haar ogen. 'Stonehenge stamt uit de nieuwe steentijd, mum. Het zwaartepunt van mijn studie archeologie is de precolumbiaanse tijd, en dan vooral de grote beschavingen uit die periode.'

'Rose, laat haar toch. Wees blij dat je zo'n getalenteerde dochter hebt. Die Mexicaanse universiteit geeft zo'n beurs echt niet aan Jan en alleman.'

'Er is een beperkt aantal plaatsen beschikbaar,' bevestigde Camellia. 'Niet meer dan twintig, te vergeven aan studenten van over de hele wereld.'

'Twintig? Van over de hele wereld?' Haar moeder knikte bedachtzaam. 'Dan is het beslist een blijk van erkenning.' Weer sloeg ze haar armen om haar dochter heen. 'Ik ben echt heel blij voor je. Dat meen ik. Mexico is alleen niet zo'n... veilig land. De drugskartels, de corruptie, overvallen...'

'Rose,' zei Camellia's vader streng tegen zijn vrouw. 'Je dochter gaat naar Mexico om bij een opgraving te helpen, niet om de plaatselijke politie te ondersteunen.' Hij keek Camellia weer aan. 'Hoe gaat het precies in zijn werk?'

Camellia hield de brief omhoog. 'Ik heb nog niet alles gelezen.' Ze glimlachte. 'Toen ik zag dat ik de beurs krijg, wilde ik het eerst aan jullie vertellen. Ik ga in elk geval het eerst naar Mexico-Stad, om de andere deelnemers te leren kennen. Daar ontmoeten we ook de leiding van het programma, die ons over de verschillende vindplaatsen gaat verdelen.' Ze viel even stil. 'Ik hoop zo dat ik naar Chichén Itzá mag. Willen jullie voor me duimen? Een andere plaats is natuurlijk ook goed, Uxmal of Palenque bijvoorbeeld... Elke ruïne heeft weer eigen geheimen die kunnen worden ontdekt.'

'Onze dochter staat helemaal in vuur en vlam voor haar lievelingsonderwerp,' stelde haar vader glimlachend vast.

'Dad, je weet toch hoelang ik hier al van droom?' zei Camellia. 'En nu komt die droom uit. Ik... ben compleet in de wolken.'

'Je droomt er al van sinds je dat kinderboek kreeg,' kon haar moeder zich herinneren. Ze leek zich langzaam te verzoenen met het idee dat haar dochter maandenlang aan de andere kant van de wereld zou zitten. 'Toen was je een jaar of acht, negen.'

Camellia straalde over haar hele gezicht. 'Ik sta te trappelen.'

'Wat is er?' Lilian kwam binnen en keek van haar ouders naar haar zus. 'Heb ik iets gemist?'

'Ik heb antwoord van de universiteit,' meldde Camellia. 'Ik krijg een beurs voor een studiereis naar Mexico!'

Lilians ogen werden groot. 'Ze hebben je aangenomen?' Ze rende naar Camellia toe en omhelsde haar enthousiast. Samen dansten ze door de salon, waarbij ze af en toe een sprongetje maakten. Lilian slaakte telkens weer een jubelkreet.

'Een gekkenhuis is niks vergeleken met deze familie,' merkte hun moeder goedmoedig op.

Terwijl Camellia haar zus al juichend bijviel, voelde ze instinctief dat deze reis haar hele leven kon veranderen.

8

Heden
Mexico-Stad

Toen Dalia de volgende morgen wakker werd, wist ze in eerste instantie niet waar ze was, maar zodra haar blik op de eettafel viel waaraan Estella en Ruben gisteren hadden gezeten, kwamen de herinneringen meteen in haar op. De lange vlucht, de drukte op het vliegveld, het nare avontuur met Juan en Miguel, en ten slotte Pablo, haar redder in nood.

Gisteravond had Ruben de lekkerste enchilada's gemaakt die ze ooit had gegeten. Na het eten had ze haar ogen amper open kunnen houden en was ze bijna op haar stoel in slaap gevallen. Pablo had Estella en Ruben aangespoord om naar hun kamers te gaan, zodat Dalia in de woonkamer haar rust had. Nadat hij een deken en een kussen voor haar had gepakt, was ze nog geen vijf minuten later op de bank in slaap gevallen.

Ze voelde zich fris en uitgerust. Pablo had gelijk had, de bank lag erg lekker en was uitermate geschikt als bed. De slaap had haar goedgedaan. Maar waar waren de andere drie? Er was in huis geen enkel geluid te horen, maar door het raam, dat op een kier stond, zweefde het lawaai van het verkeer naar binnen.

'Buenos días.'

Toen Dalia zich omdraaide, zag ze Pablo in de deuropening staan. Hij droeg een groen shirt met lange mouwen en een donkerblauwe jeans.

'Ik moet dadelijk naar de universiteit, ik heb een belangrijke vergadering. Heb je zin om eerst samen te ontbijten?' Hij liep de woonkamer in en ging bij het raam staan.

Dalia ging rechtop zitten en keek naar zichzelf. Gisteravond had ze een legging en een T-shirt uit haar rugzak gehaald om in te slapen. Voor meer had ze de energie niet gehad.

Pablo lachte. 'Wil je soms even douchen?' Hij wees achter zich naar de gang. 'Tweede deur links. De handdoeken liggen in het kastje naast de wastafel. Ik maak in de tussentijd iets te eten voor ons klaar, goed?' Weer sprak hij zo langzaam dat Dalia elk woord kon verstaan.

'Ja, dank je.'

Ze pakte een schoon shirt en ondergoed uit haar rugzak en liep naar de badkamer. Onder de douche genoot ze van het warme water, dat haar huid liet tintelen. De donkerblauwe tegels aan de wand vormden een fraai contrast met de gele op de vloer. Typisch Mexicaans, schoot de geamuseerde gedachte door haar hoofd. Veel clichés waren op de werkelijkheid gebaseerd.

Terug in de woonkamer bleek de tafel voor de helft gedekt met kleine bordjes. Dalia zag gekookte eieren, omelet en spiegelei, een schaaltje met een in plakjes gesneden banaan, met ernaast papaja, mango, kaas en verschillende soorten worst. Midden op de tafel stond een pot chocoladepasta, die Dalia niet echt bij de rest van de lekkernijen vond passen.

'Wat is er?' Pablo keek haar vragend aan.

Ze stak een hand op en schudde haar hoofd. 'Sorry, ik ben even... Volgens mij heb ik nog nooit zo'n overvloedig gedekte ontbijttafel gezien. Wie moet dit allemaal opeten?'

'Wij.' Pablo wees op een van de stoelen. 'Ga zitten. Ik wist niet waar je trek in had, dus ik dacht: weet je wat, ik zet gewoon al het eten op tafel dat we in huis hebben.'

Pas toen Dalia was gaan zitten, merkte ze dat ze gilde van de honger.

'Tast toe.'

En dat deed Dalia. Nadat ze de verschillende eiergerechten had geprobeerd, vulde ze een tortilla met kaas en ham en legde ze nog wat fruit op haar bord.

'Vrouwen met een gezonde eetlust, dat zie ik graag,' merkte Pablo lachend op, terwijl hij met opgetrokken wenkbrauwen naar Dalia keek, die een partje papaja in haar mond stopte.

'Het is erg lekker,' zei ze met volle mond. 'Waar zijn Ruben en Estella trouwens?'

'Die hebben vandaag een afspraak met andere studenten. Het is momenteel eigenlijk vakantie, maar die twee kunnen het er niet van nemen. Ze zijn met hun proefschrift bezig.'

Dalia knikte begrijpend. 'En jij?'

'Ik heb het mijne al lang af.' Hij glimlachte.

'Dus je bent doctor?' Dalia was onder de indruk.

Pablo hield zijn hoofd schuin. 'Ja, dat kun je wel zeggen.'

Ze nam nog een partje papaja. 'Waarom heb je eigenlijk voor Engels gekozen?'

'Dat is een erg goede vraag, waarop ik niet echt een antwoord heb. Ik heb die taal altijd al interessant gevonden. De Engelse cultuur, de tradities... De Verenigde Staten zijn natuurlijk onze buren. Zo is het min of meer gekomen.' Hij keek haar belangstellend aan. 'En jij? Wat doe jij als je niet op zoek bent naar je vader?'

'Ik ben grafisch ontwerper. Aanvankelijk werkte ik op een reclamebureau, maar twee jaar geleden heb ik de sprong gewaagd en ben ik voor mezelf begonnen.' Ze trok een nadenkend gezicht. 'De kwekerij van mijn grootouders was mijn eerste vaste klant. Ik werk ook voor een paar reisorganisaties die vakanties in Cornwall aanbieden. Voor hen vervaardig ik beeldmateriaal en dergelijke, en ik maak verder vooral websites en advertenties voor uiteenlopende klanten.' Ze liet een korte stilte vallen. 'Vroeger heb ik ook nog geschilderd.'

Pablo trok zijn wenkbrauwen op. 'Geschilderd?'

Ze knikte. 'Vooral bloemen, maar ook mensen, portretten... Van alles wat. Maar dat is al een hele tijd geleden.'

'Een nieuwe Frida Kahlo,' merkte hij glimlachend op.

'Was het maar zo,' merkte ze met een zucht op. 'Ik vind haar werk geweldig, maar mijn talent kan zich beslist niet met dat van haar meten.'

'Hier vlakbij is een museum dat aan haar gewijd is.'

'Echt waar?'

Pablo pakte een tortilla en de pot chocoladepasta. 'Ja, echt waar. Als je wilt, kunnen we er samen een keertje naartoe gaan.' Hij fronste toen hij haar kritische blik zag. 'Wat is er?'

'Je gaat toch geen chocoladepasta op die tortilla doen?'

Hij lachte. 'Jazeker. Vind je dat niet goed?'

Dalia greep naar haar keel. 'O god!'

'Ik beleg een tortilla met van alles,' legde hij fijntjes lachend uit. 'Letterlijk alles.'

Ze schudde haar hoofd. 'Dat ziet er niet echt... Mexicaans uit.'

Hij barstte in luid gelach uit. 'Wil je nu beweren dat ik geen echte Mexicaan ben omdat ik chocoladepasta op mijn tortilla doe?'

Dalia moest grijnzen. 'Nou, je hebt mijn wereldbeeld aardig verstoord.'

'Dat spijt me heel erg. Je vertelde al dat er heel wat Mexicaans bloed door je aderen stroomt.' Hij werd weer ernstig. 'Weet je echt alleen de voornaam van je vader, en verder niets? Geen adres, geen werkgever, geen achternaam?'

Dalia schudde haar hoofd. 'Nee, alleen dat hij Ricardo heet.' Ze leunde achterover op haar stoel en keek Pablo aan.

'Ricardo? Die naam... die komt denk ik wel miljoenen keren voor in dit land. Hoe wil je hem alleen daarmee opsporen?'

Dalia slaakte een zucht. 'Geen idee. Ik denk dat ik eerst op zoek moet gaan naar sporen van mijn moeder. Die moeten me toch vroeg of laat naar hem kunnen voeren, want ze zijn elkaar hier ooit tegengekomen.'

'En wat weet je over je moeder? Over haar tijd hier?'

Dalia vertelde hem over de beurs van de universiteit in Mexico-Stad, over haar moeders grote belangstelling voor de Maya's en over de vindplaatsen die ze moest hebben bezocht.

'De kans is groot dat je vader een medestudent was,' mompelde Pablo nadenkend toen ze klaar was.

'Dat denk ik ook,' zei Dalia. 'O ja, ik heb ook nog een briefje met de naam en het adres van een vrouw, opgeschreven door mijn moeder. Het is haar handschrift. Ik heb die straat natuurlijk al op internet opgezocht, maar geen idee of die vrouw daar nog woont. Of misschien is ze inmiddels getrouwd en heeft ze een andere achternaam.'

'In Mexico houden vrouwen ook na hun trouwen hun eigen naam,' legde Pablo uit. Hij stond op en stapelde de bordjes op. 'Mag ik dat briefje eens zien? Dan maak ik er een foto van, misschien kan ik iets te weten komen. Nu moet ik helaas de deur uit.'

'Naar de uni?' vroeg Dalia.

Hij knikte.

'Dan ga ik mee, want ik wil daar met mijn zoektocht beginnen. Misschien weten ze daar iets over mijn moeder.'

'Hoelang geleden was ze hier?'

'Ik ben achtentwintig,' zei ze zacht.

Hij lachte weer. 'Welkom bij de club, ik ook.' Hij pakte hun kopjes van tafel. 'Maar ik ben eerlijk gezegd bang dat de universiteit de administratie van toen niet bijna dertig jaar lang heeft bewaard.'

'Ik wil het toch proberen,' zei Dalia vastberaden. 'Waar moet ik anders beginnen?'

'Zoals je wilt.' Hij bracht het servies naar de keuken.

Dalia liep met de laatste restjes fruit, die ze niet meer op had gekund, achter hem aan. Het viel haar in dat ze alleen zijn voornaam kende.

'Wat is eigenlijk jouw achternaam?'

'Hernández García. Hoezo?'

'O, zomaar.'

Ze haalde het briefje met de naam en het adres van Almara Fuentes Sanchez en Pablo maakte er een foto van. Daarna gingen ze op weg.

De Universidad Nacional Autónoma de México lag in het zuiden van de hoofdstad, en binnen een paar minuten waren Dalia en Pablo met een van de geel-oranje metro's al op de uitgestrekte campus aangekomen. In het treinstel hadden de passagiers dicht op elkaar gestaan en ook op de stations was het erg druk. Dalia had nog nooit in zo'n korte tijd zoveel mensen bij elkaar gezien. De Mexicanen leken niets liever te doen dan praten, ze waren luid en druk, maar het kwam niet agressief over. Ondanks het gekrioel voelde Dalia zich thuis tussen al die mensen. Ze begreep niet veel van hun gesprekken, af en toe een flard, maar helemaal een vreemdeling voelde ze zich zeker niet.

Toen ze afscheid namen, spraken ze af dat Pablo haar zou bellen zodra hij klaar was met zijn bezigheden aan de universiteit. Toen ze even later voor de schitterende centrale bibliotheek van de uni stond, keek ze vol ontzag naar het mozaïek waarmee de hele gevel was bedekt. Rechtsonder in de hoek herkende ze een krijger op een paard, bovenaan een hand met een opengeslagen boek, en er waren verder nog meer krijgers, een zon, engelen en dieren en schitterende gebouwen afgebeeld. Dalia was diep onder de indruk.

Had haar moeder hier op dezelfde plek naar dit bijzondere kunstwerk staan kijken? En wat was er toen door haar hoofd gegaan? En haar vader Ricardo? Hoe vaak was hij langs deze gevel gelopen?

Opeens werd Dalia overvallen door weemoed. Ondanks de hartelijke ontvangst van Pablo en zijn huisgenoten besefte ze weer hoe eenzaam ze eigenlijk was. Haar grootouders waren dood. Granny en grandpa had ze graag over haar indrukken van deze stad verteld. Over de herrie die overal te horen was. Over al die mensen in de stad, de metro en hier op de campus. Over de alomtegenwoordige muziek, over de ontspannen sfeer en de ongelooflijke levendigheid waarvan de hele stad was doordrenkt.

Er liep een groepje studenten langs die op luide toon razendsnel met elkaar praatten, waardoor Dalia er geen woord van verstond. Toch voelde ze meteen een zekere verbondenheid met de jonge vrouwen, die qua uiterlijk zo op haar leken. Veel meer dan granny, Lilian, Soley en Magnolia. Dalia had haar steile pikzwarte haar niet te danken aan de genen van de Carters. Alleen haar groene ogen, die had ze van haar moeder geërfd. De vorm van haar gezicht was duidelijk Mexicaans, met brede jukbeenderen en een getinte huid die zo anders was dan het bleke velletje van haar Britse familieleden.

Vastberaden liep ze naar het gebouw waar de administratie was gevestigd. In vergelijking met het felle zonlicht buiten was de entreehal vrij donker, maar zodra Dalia's ogen aan het schemerige licht gewend waren, liep ze naar de grote balie, waarachter een vrouw van een jaar of zestig troonde. Op het metalen naamplaatje naast haar toetsenbord was de naam SEÑORA TARDES te lezen.

'Buenos días,' begroette Dalia haar bedeesd. Ze schraapte haar keel.

De vrouw keek op. Haar grijzende haar zat in een strakke knot en haar huid deed denken aan gelooid leer. 'Ja? Kan ik u helpen?'

'Ik ben Dalia Carter,' begon ze, zoekend naar de juiste woorden. 'Mijn moeder, Camellia Carter, heeft hier ongeveer dertig jaar geleden met een beurs gestudeerd.'

'Leuk voor haar,' zei de vrouw, niet bepaald onder de indruk.

'Helaas is ze bij mijn geboorte gestorven,' ging Dalia onzeker verder, 'en ik vroeg me af of u me kunt vertellen waar mijn moeder destijds precies is geweest.'

Dalia hoorde zelf dat haar woorden voor iemand die haar en haar geschiedenis niet kende wel erg chaotisch en onsamenhangend moesten klinken. Ze had zich beter moeten voorbereiden.

‘Ik begrijp het niet helemaal,’ antwoordde Señora Tardes niet geheel verrassend.

‘Ik ken mijn vader niet. Hij is Mexicaans,’ legde Dalia haastig uit.

‘Dat dacht ik al.’ Voor het eerst verscheen er een zwak lachje rond de lippen van de vrouw.

‘En ik vermoed dat mijn moeder hem hier aan de universiteit heeft leren kennen. Tijdens haar studiereis.’

‘Het spijt me, Señorita Carter, maar we hebben geen gegevens meer uit die tijd. Zeker niet van internationale studenten die hier slechts korte tijd met een studiebeurs verbleven.’

De eerste tegenslag, maar Dalia wilde zich niet zo snel uit het veld laten slaan. ‘Het is heel belangrijk, señora. Haar studiebeurs van deze universiteit is mijn enige aanknopingspunt.’ Ze klonk bijna smekend, getroffen door de angst dat ze zonder bruikbare informatie zou worden weggestuurd.

‘Señorita, het spijt me, maar ik weet echt niet hoe ik u kan helpen.’ Ze keek Dalia vol medeleven aan. ‘Hoe heette uw moeder ook alweer?’

Dankbaar herhaalde Dalia haar naam.

De oudere vrouw zat een paar minuten te tikken en fronste daarbij haar voorhoofd.

Dalia wendde haar blik af en zag een paartje met Aziatische trekken druk in gesprek langslopen. Vooral de jonge vrouw was in een vreemde taal aan het woord, haar metgezel knikte of maakte af en toe een korte opmerking. Nadat ze in een van de ontelbare gangen waren verdwenen, keerden Dalia’s gedachten weer terug naar haar moeder.

‘Camellia Carter. Hier heb ik haar,’ verbrak Señora Tardes de stilte.

Dalia slaakte een opgeluchte zucht. ‘U hebt haar gevonden?’

De vrouw bewoog haar hoofd heen en weer. ‘Gevonden is een groot woord. Ik kan alleen zien dat uw moeder ooit van deze universiteit een beurs voor een studiereis heeft ontvangen. Zoals ik al zei, we hebben geen verdere gegevens meer.'

'Kunt u zien of er in haar groepje ook een Ricardo zat?' Dalia's opwinding nam toe.

Señora Tardes schudde vol spijt haar hoofd. 'Ik kan niet eens vinden wat voor studiereis het precies was.'

'Ze studeerde archeologie, met als specialisatie precolumbiaanse culturen,' legde Dalia hoopvol uit. 'Ze ging een van de vindplaatsen van de Maya's bezoeken en aan een opgraving deelnemen.'

'Helaas, daar kan ik niets over vinden. Hebt u de volledige naam van uw vader?'

Dalia liet haar hoofd hangen. 'Nee, alleen zijn voornaam.'

'Alleen zijn voornaam?' herhaalde Señora Tardes vol ongeloof, alsof ze dacht het verkeerd te hebben verstaan. 'Hoe wilt u hem dan vinden? Hebt u een adres?'

Dalia schudde haar hoofd. 'Nee, alleen zijn voornaam,' herhaalde ze bijna fluisterend. 'En verder kunt u niets over het verblijf van mijn moeder hier vinden?' voegde ze er voor een laatste keer aan toe. Toen de vrouw weer ontkennend antwoordde, bedankte Dalia haar en liep ze teleurgesteld naar buiten.

Op het grote gazon, dat door meerdere geplaveide paden werd doorsneden, zaten groepjes studenten van over de hele wereld. Geroezemoes steeg om hen heen op. Het grootste deel van hen zag er wel Mexicaans uit. Dalia kreeg een brok in haar keel. Ze was ook een van hen. Ze zag er net zo uit als deze jonge vrouwen, ze had een Mexicaanse vader, en toch had ze het sombere gevoel dat ze nergens echt bij hoorde. In Engeland was ze tussen haar medeleerlingen door haar uiterlijk altijd de vreemde eend in de bijt geweest, maar Engels was wel haar moedertaal, dat was haar cultuur, haar land. Hier in Mexico was alles vreemd, maar ze leek op het eerste gezicht veel meer op de mensen om haar heen.

Ze ging op een bankje zitten en verzonk in gepieker. Misschien had

Lilian toch gelijk gehad. Ze was veel te plotseling afgereisd, zonder zich goed voor te bereiden. Aan de andere kant, was het over twee weken anders geweest? Ze voelde zich verscheurd en wist niet wat ze moest doen. Moest ze haar poging staken en terugkeren naar huis? Nee. Ze had zich in de haalbaarheid van haar plan vergist, maar dat was helemaal niet erg. En ze had het in elk geval geprobeerd. Ze kon zichzelf niet verwijten dat ze geen enkele poging had gedaan om haar vader te vinden.

Op dat moment rinkelende haar telefoon. Het was Pablo.

'Dalia, waar zit je?'

'Nog steeds op de campus,' antwoordde ze.

'Hoor eens, ik ben iets meer te weten gekomen over die Almara Fuentes Sanchez.'

'Ja?'

'Ik heb nu nog een afspraak, maar daarna kunnen we met elkaar afspreken. Kun je naar het Parque Masayoshi Ohira komen? Dat ligt vlak bij de uni, het is een Japanse tuin die een bezoek waard is. Ik bel je weer als ik daar ben. Het is een veilige buurt, je vindt het er beslist mooi. Zullen we dat doen?'

'Ja,' zei Dalia nogmaals. 'Dank je, Pablo.'

Hij zei een paar tellen lang niets, en toen: 'Graag gedaan, tot straks.'

Ze hingen op en Dalia stond op. Nadat ze op haar telefoon de kortste weg naar het park had opgezocht, ging ze op weg. Misschien had ze toch nog een kans om meer te weten te komen over haar moeders tijd in dit land. Als deze Almara haar kon helpen, kon ze haar zoektocht voortzetten. Opgeven was voor Dalia nooit een optie geweest.

9

Negenentwintig jaar eerder
Mexico-Stad

‘Ik kan gewoon niet geloven dat ik hier echt ben,’ zei Camellia vermoeid, terwijl ze haar weinige bagage uitpakte en alles in de kleine kast opborg. De tweepersoonskamer lag op de derde verdieping van de studentenflat en was nog geen twaalf vierkante meter groot. Twee bedden, een nachtkastje en twee smalle kastjes. Plaats voor meer was er niet. Dat maakte Camellia helemaal niet uit. Ze was hier immers niet om de hele dag op haar kamer te zitten.

Almara lachte goedmoedig, plofte op haar bed neer en rekte zich uit. ‘Welkom in Mexico.’

Met de kleine Mexicaanse uit het noorden van het land moest Camellia de kamer delen. Almara bruiste van de energie en Camellia had haar meteen aardig gevonden. Ze studeerde al een paar semesters in Mexico-Stad en had ook een aanvraag voor de beurs ingediend, want ze wilde heel graag aan een van de opgravingen deelnemen. De andere beursstudenten zouden ze tijdens de introductie op de universiteit leren kennen, en dan kregen ze ook te horen wie de expeditie zou leiden. Camellia’s opwinding nam toe. Tot nu toe had ze van de stad alleen het onvoorstelbaar drukke verkeer en de duizenden mensen gezien, maar ze wist nu al dat Londen in vergelijking met deze miljoenenstad een dorpje leek.

Almara had haar verteld dat de totale oppervlakte van de hoofdstad van noord naar zuid meer dan zestig vierkante kilometer besloeg. Dat was even ver als van St. Ives naar Pentewan aan de zuidkust van Cornwall. Camellia kon zich amper een voorstelling van zulke afmetingen maken. Een kilometer of vijftien van je werk wonen gold hier als 'dichtbij', maar voor bijna alles had je een motorvoertuig nodig. Het was moeilijk te bevatten dat een stad zo groot kon zijn.

'Zullen we naar de stad gaan?' Almara kwam overeind van haar bed. 'Dan kan ik je het Zócalo laten zien.'

Camellia legde haar laatste T-shirts op de plank en deed de deur van haar kastje dicht. 'Wie of wat is het Zócalo?'

Almara lachte. 'Het grote plein van Mexico-Stad. Het centrum, zou je kunnen zeggen.'

'Heeft deze stad eigenlijk wel een centrum?' Camellia grijnsde. 'Tijdens de rit van het vliegveld naar hier had ik de indruk dat het een en al centrum was. Er was niets te zien wat op een buitenwijk leek.'

'Dat lijkt alleen maar zo,' legde Almara uit. Ze stond op. 'Maar je hebt gelijk. De drukte en de herrie, die vreselijke smog die voortdurend boven de stad hangt, dat is nogal overweldigend als je er niet aan gewend bent.'

'Ik kom uit Cornwall,' zei Camellia ernstig. 'Die hele regio telt nog geen half miljoen inwoners. Mijn ouders hebben een kwekerij, vlak buiten een dorpje van tweeduizend zielen. Het is een kilometer of drie naar de dichtstbijzijnde buren.'

Almara lachte weer. 'Dit moet een flinke cultuurshock voor je zijn.'

'Nou ja, ik studeer in Londen, dat is ook niet bepaald een gehucht, maar eerlijk gezegd had ik me Mexico-Stad heel anders voorgesteld.'

'We zijn hier in de hoofdstad, dit is niet Mexico. Wacht maar totdat we de stad verlaten,' stelde Almara haar gerust. Ze stak haar arm door die van Camellia. 'Vamos.'

Korte tijd later stond Camellia midden op de Plaza de la Constitución, die de stadsbewoners simpelweg het Zócalo noemden, en viel ze van de ene verbazing in de andere.

'Zoiets heb ik nog nooit gezien,' bekende ze met een blik op het Palacio Nacional, de zetel van de Mexicaanse regering.

'Ze zeggen dat de president het liefst thuis werkt, omdat het vanwege het drukke verkeer een eeuwigheid duurt voordat hij hier is.' Almara ging naast Camellia staan. 'Mooi, hè?'

Camellia knikte. Het imposante gebouw strekte zich bijna over de gehele breedte van het Zócalo uit en ervoor krioelden wel honderden mensen door elkaar. Boven op de koepel in het midden van het pand wapperde de Mexicaanse vlag.

Toeristen van over de hele wereld fotografeerden het paleis vanuit alle mogelijke hoeken, talrijke gidsen leidden in talloze talen hun groepjes rond en vertelden over de geschiedenis van dit gebouw, waarvoor de eerste steen in de zestiende eeuw was gelegd.

'Kom, dan gaan we de kathedraal bekijken.' Almara pakte Camellia's hand vast en trok haar een stukje mee.

Voor de ingang van de Catedral Metropolitana, die recht tegenover het nationaal paleis lag, stond een lange rij bezoekers te wachten.

'De grond hier is te zwak voor de zware gebouwen,' legde Almara uit, terwijl ze naar het godshuis toe liepen. 'De kathedraal zakt steeds verder weg en moet vanbinnen met steigers worden ondersteund. Daarnaast wordt er regelmatig een speciaal soort beton in de grond aangebracht, wat voor meer stabiliteit moet zorgen.'

'Het lijkt de scheve toren van Pisa wel,' merkte Camellia verbaasd op. 'Zeg, vind je het goed als we een andere keer binnen gaan kijken? Ik heb zo'n honger.' Ze trok een verontschuldigend gezicht. 'En ik ben bang dat we anders uren in de rij moeten staan.'

'Natuurlijk, geen probleem.'

Ze verlieten het plein en liepen een van de zijstraatjes in. Het trottoir stond vol met kraampjes die allerlei hapjes aanboden.

Almara keek Camellia vragend aan. 'Waar heb je trek in?'

Ze haalde haar schouders op. 'Kies jij maar.'

'Dat is goed.' De jonge Mexicaanse liep naar een van de kraampjes en bestelde twee *chilapita's*.

Camellia keek nieuwsgierig toe toen de uitbater het eten opschepte en in papier wikkelde. 'Wat is dit?' vroeg ze nieuwsgierig toen Almara haar een van de porties aangaf.

Ze gingen op een muurtje zitten en haalden voorzichtig hun eten uit het papier.

'Gebakken maistortilla's gevuld met bonen, kip en een overheerlijke saus van avocado's. Heel erg lekker,' legde Almara uit. 'Eet smakelijk!'

'Dat klinkt goed.' Camellia nam een hap van haar tortilla. 'En het smaakt fantastisch!' riep ze meteen uit.

'Zonder tortilla's is een maaltijd hier niet compleet,' zei Almara. 'Daar kun je maar het beste meteen aan wennen, dat je 's morgens, 's middags en 's avonds zo'n platte deegflap eet.' Ze zei even niets omdat ze moest kauwen. 'En ook als tweede ontbijt en in de loop van de middag eten we, schrik niet, tortilla's.'

Toen ze terugliepen naar de Zócalo had een groepje muzikanten zich voor de kathedraal opgesteld. De muziek straalde zo'n levensvreugde uit dat iedereen op het plein erdoor werd gegrepen. Sommigen dansten, anderen zongen de liedjes luidkeels mee.

'O, laten we even blijven luisteren,' zei Camellia, en ze bleef staan.

'Dit zijn mariachi's,' legde Almara uit. 'Je vindt in Mexico talrijke groepen zoals deze. Sommige zijn heel erg goed.'

De acht muzikanten droegen zwarte pakken met nauwsluitende broeken en op hun hoofd een sombrero met een brede rand. Twee speelden trompet, een ander viool, vier hadden een gitaar en de achtste zong.

Camellia deed haar ogen dicht en luisterde naar de muziek. Opeens leek haar thuis in Engeland heel ver weg. Ze ging volledig op in de melodie en liet zich meeslepen door het ritme, dat haar hele lijf in bezit nam. Dit was Mexico zoals ze zich dat had voorgesteld, het land uit haar dromen. De vreugde over wat haar de komende dagen, en ook daarna, allemaal nog te wachten stond, was bijna niet te bevatten.

10

Heden
Mexico-Stad

Het Parque Masayoshi Ohira, waar Dalia met Pablo had afgesproken, bleek een prachtig groen sieraad in het hart van de enorme, onoverzichtelijke stad. Toen ze langs een van de prachtig aangelegde en door grote keien omringde vijvers liep, vergat ze bijna waar ze was.

Rode houten bruggetjes overspanden het donker glanzende water en de weelderige vegetatie, in uiteenlopende tinten groen, gaf de wandelpaadjes een heel bijzondere uitstraling. Het park deed haar een beetje denken aan de vele tuinen in Cornwall, waar in alle jaargetijden wel iets groens te vinden was.

Dalia bleef naast een houten bankje staan en ging zitten. Ze legde haar hoofd in haar nek en deed haar ogen dicht, zodat ze zich kon concentreren op de geur van droge aarde, fris gras en exotische planten. Ze was pas vierentwintig uur in Mexico, maar het leek veel en veel langer. Weer moest ze aan Pablo denken. Als zij niet met de twee dealers was meegegaan, had ze hem nooit leren kennen. Ze was al heel lang niemand meer tegengekomen die op het eerste gezicht zo vertrouwd voelde.

Haar laatste relatie was alweer een tijdje geleden. Met David was ze bijna twee jaar samen geweest, maar ze waren er ten slotte achter gekomen dat ze ieder een heel ander beeld van de toekomst hadden. David was erg rationeel geweest en had maar weinig begrepen van Dalia's creativiteit. Ze was nu anderhalf jaar single, maar ze had niet het gevoel dat ze iets miste.

Waarom dacht ze uitgerekend nu aan dat soort dingen? Had ze geen dringender problemen? Dalia slaakte een zucht. Ze wist niet eens of Pablo een vriendin had. Waarom dacht ze eigenlijk op die manier aan de jonge academicus? Qua uiterlijk was hij niet eens haar type, en ze kende hem amper. En toch… het uitgebreide ontbijt dat hij voor haar had klaargemaakt, zijn aardige aanbod om bij hem en zijn huisgenoten te logeren en zijn hulp hadden diepe indruk op haar gemaakt.

'Diep in gedachten verzonken, señorita?'

Dalia deed geschrokken haar ogen open en keek recht in het lachende gezicht van Pablo. Geboeid staarde ze naar de twee kuiltjes naast zijn mondhoeken.

'Ben je je tong verloren?' Hij ging naast haar zitten en keek haar geamuseerd aan.

'Nee… Eh, ja…' Ze maakte een afwijzend gebaar. 'Sorry, ik was helemaal de tijd vergeten.'

'Dat heb je al snel in een omgeving als deze. Het is hier erg mooi, hè?'

'Prachtig,' was Dalia het met hem eens. 'Bedankt voor de tip, ik vermoed dat lang niet alle toeristen deze plek weten te vinden.'

'Nee, zeker niet. Maar het is geen toeval dat ik dit park heb uitgekozen.'

Dalia keek hem vragend aan.

'Almara Fuentes Sanchez woont hier drie straten vandaan.'

Dalia kon haar oren bijna niet geloven. 'Hoe weet je dat?'

Hij perste even zijn lippen opeen. 'Ik ken iemand die bij de gemeente werkt, en die kent weer iemand die…' Hij hield grinnikend op.

'Wat? Ik durfde er niet eens op te hopen dat die vrouw nog hier in de stad woont. Na al die jaren.'

'Ze woont niet meer op het adres dat op het briefje staat. Sinds drie jaar zit ze op haar huidige adres.' Hij leunde achterover. 'Zullen we hier nog even blijven zitten of kun je het niet langer uithouden?'

'We kunnen nog wel een kwartiertje wachten,' vond Dalia. 'Het is hier zo heerlijk rustig.'

'Je bent in Mexico-Stad. Hier is het nooit rustig,' grapte Pablo, en toen keek hij haar aandachtig aan. 'Hoe was het op de universiteit?'

Dalia vertelde hem in een paar woorden over haar gesprek met de vrouw aan de balie.

Toen een jongetje in een rafelige broek en met een schoenpoetsborstel in zijn hand naar hen toe kwam, zei Pablo iets tegen hem in het Spaans wat Dalia niet kon verstaan. Daarna drukte hij het kind een bankbiljet in de hand.

'Dus je kunt wel heel snel praten,' merkte ze op toen het jongetje weer was weggelopen.

'Ik praat altijd snel,' antwoordde hij zogenaamd verontwaardigd. 'Alleen met jou neem ik gas terug.'

Dalia boog haar hoofd. 'Dank je, dat beschouw ik als een grote eer.' Ze grijnsde.

'Ik heb alleen maar tegen hem gezegd dat we zijn diensten niet nodig hebben.'

'Maar je hebt hem toch wat geld gegeven,' zei Dalia.

'Het is een straatkind. Ik weet zeker dat hij niet naar school gaat en elke dag opnieuw zijn kostje bij elkaar moet scharrelen.'

'Zijn er dan geen kindertehuizen of andere instellingen waar zulke kinderen worden opgevangen?' wilde Dalia weten.

'Die zijn er wel, maar die barsten uit hun voegen. Het ontbreekt aan alle kanten aan overheidsgeld. Misschien heeft hij ooit in zo'n tehuis gezeten en is hij ervandoor gegaan.' Pablo trok een ernstig gezicht. 'Dat is een van de grote problemen in dit land, die alomtegenwoordige armoede. De politici zijn vooral bezig om hun eigen zakken te vullen. Hun kinderen eten wel hun buikje rond, maar het volk moet zich maar zien te redden.'

'Daar was ik me niet zo van bewust,' bekende Dalia verlegen.

'Zodra je iets beter kijkt, zie je het vanzelf,' zei hij op bittere toon. 'Ik hou heel erg veel van dit land en zou nergens anders willen wonen, maar...' Hij schudde zijn hoofd. 'Er zijn helaas veel te veel mensen die veel te weinig hebben.'

'Jij hebt geluk gehad,' stelde Dalia vast. Ze keek hem van opzij aan. 'Jij kon studeren.'

'Mijn ouders zijn niet rijk, als je dat soms bedoelt. Ik kom uit de buurt van Tulum, aan de Atlantische kust. Mijn familie heeft elke peso gespaard om ervoor te zorgen dat ik hier in de hoofdstad kon studeren. Omgekeerd stuur ik, sinds ik ben afgestudeerd en een baan heb, op mijn beurt geld naar huis.'

Dalia kreeg steeds meer bewondering voor Pablo. Zijn familie leek veel voor hem te betekenen. 'Dat vind ik mooi, dat je hun iets terug kunt geven,' zei ze eerlijk.

Korte tijd later stonden ze in een rustige zijstraat voor een wit gebouw met vier verdiepingen. Toen Dalia de naam op het plaatje naast de bel zag staan, versnelde haar pols.

'Wil je liever in je eentje met haar praten?' vroeg Pablo.

Ze schudde haar hoofd. 'Wil je alsjeblieft meegaan? Als je het niet erg vindt.'

Hij lachte. 'Geen probleem. Als het je allemaal te snel gaat, wil ik wel voor tolk spelen.'

'Dank je.' Met een trillende vinger drukte ze op het knopje van de bel. Nog geen tien tellen later ging de deur zoemend open.

Toen Dalia en Pablo de lichte hal in liepen, zwaaide er op de begane grond een deur open. Een Mexicaanse van een jaar of vijftig verscheen in de deuropening. 'Ja?'

'Señora Fuentes Sanchez?' vroeg Dalia onzeker.

'Wie wil dat weten?' De vrouw kneep haar ogen argwanend tot spleetjes en keek Dalia onderzoekend aan.

'Ik ben Dalia Carter. De dochter van Camellia Carter,' zei Dalia aarzelend in het Spaans.

'Ja, en?' Ze keek naar Pablo.

'Mijn moeder is negentwintig jaar geleden voor een studiereis naar Mexico gekomen. Ze kwam uit Engeland. En tussen haar papieren heb ik een briefje met uw naam gevonden.'

'Camellia Carter,' mompelde Almara Fuentes Sanchez een paar keer achter elkaar. 'Ja, haar kan ik me wel herinneren. Een knap meisje met blond haar, uit Engeland.'

Dalia glimlachte. 'Dat was mijn moeder.'

'Hoe gaat het met haar? En u bent haar dochter?' Het gezicht van de vrouw verzachtte meteen.

'Tijdens mijn geboorte traden er complicaties op,' antwoordde Dalia. 'Ze heeft het helaas niet overleefd.'

'Wat erg! O, dat vind ik naar om te horen.' De vrouw dacht even na. 'Misschien wilt u even binnenkomen?'

Dalia wisselde een blik met Pablo. 'Graag,' zei ze toen.

De woning was klein, maar netjes. Almara Fuentes Sanchez nam hen mee naar de woonkamer, waar een geel met oranje bank en twee fauteuils rondom een tafel van donker hout stonden. 'Gaat u zitten.'

Pablo en Dalia namen plaats op de bank en de vrouw liep de kamer uit, om even later terug te komen met een karaf water en drie glazen. 'Alstublieft.'

Dankbaar nam Dalia een grote slok, terwijl Pablo de vrouw uitlegde wie hij was.

'En nu volgt u het spoor van uw moeder?' De Mexicaanse keek Dalia met een vriendelijke lach aan.

'Ja en nee,' antwoordde Dalia. Ze vertelde over de brief en over haar besluit om op zoek te gaan naar haar vader.

'Had Camellia hier een vriend?' vroeg Almara Fuentes Sanchez verbaasd.

'Wist u dat niet?' Dalia voelde de teleurstelling in haar opwellen.

'We deelden een kamer in de studentenflat en hebben daar een paar dagen samen doorgebracht. We hebben ook samen de inleidende colleges gevolgd, maar voordat we werden ingedeeld voor het bezoek aan de vindplaatsen stierf mijn vader helaas onverwacht.' Almara Fuentes Sanchez slaakte een diepe zucht. 'Ik moest meteen naar huis, ik kom oorspronkelijk uit het noorden.'

'Dus u hebt mijn moeder daarna niet meer gezien?' Dalia wilde niet geloven dat ze opnieuw op een doodlopend spoor was beland.

Almara Fuentes Sanchez schudde haar hoofd. 'Ik had haar het adres van mijn nichtje hier in Mexico-Stad gegeven, voor het geval ze nog eens contact wilde opnemen.'

Dalia haalde het briefje van haar moeder uit haar handtas en legde het op de tafel.

Almara Fuentes Sanchez pakte het op en knikte. 'Ja, dat is het adres van mijn nicht.'

'Maar u hebt niets meer van haar gehoord,' concludeerde Dalia ontnuchterd.

'Helaas niet.' De Mexicaanse gaf haar het briefje terug. 'Ik weet niet eens waar ze is beland. Ze wilde heel graag naar Chichén Itzá om daar bij de opgraving te helpen.'

'Ik geloof dat ze daar inderdaad is geweest,' zei Dalia. 'Maar zeker weten doe ik het niet.'

'En nu zoekt u uw vader?' vroeg Almara Fuentes Sanchez.

'Dat probeer ik,' antwoordde Dalia voorzichtig. 'Maar ik weet alleen zijn voornaam.'

Pablo legde een hand op haar onderarm. 'We bedenken wel iets.'

Verbaasd keek Dalia eerst naar zijn vingers en daarna naar zijn donkerbruine ogen.

'Ik wens u in elk geval veel succes. Helaas kan ik u verder niet helpen,' zei Almara Fuentes Sanchez. 'Uw moeder was een bijzondere jonge vrouw. We konden het meteen goed met elkaar vinden en hadden tijdens de paar dagen die we hier samen in Mexico-Stad zaten veel plezier. Ik heb haar de stad laten zien, ik weet nog dat ze vooral de Zócalo erg mooi vond.' Ze keek Dalia aandachtig aan. 'U lijkt erg veel op haar, al denk ik dat u ook veel van uw vader hebt. Uw hartelijke glimlach is dezelfde als die van Camellia. Ze was zo'n aardige jonge vrouw. Ik mocht haar graag.'

Almara's woorden raakten Dalia diep. Verdriet welde in haar op, vermengd met een hevig verlangen om meer te weten te komen over haar overleden moeder en over haar eigen Mexicaanse wortels.

'Ik vind hem nooit,' liet Dalia zich ontvallen toen ze weer buiten op straat stonden. De teleurstelling was bijna niet te verdragen. 'Het was zo'n onnozel idee van me, hoe kon ik nu denken dat ik mijn vader in zo'n groot land als Mexico zou kunnen vinden.' De opwellende wanhoop dreigde haar te veel te worden en haar ogen begonnen te prikken van de tranen. Beschaamd wendde ze zich af, zachtjes snikkend.

Toen ze een hand op haar schouder voelde, draaide ze zich niet om. Pablo zei niets, maar wachtte geduldig totdat ze zichzelf weer een beetje in de hand had.

Ze haalde haar neus op en wreef in haar ogen. 'Het spijt me,' mompelde ze.

'Dat hoef je niet te zeggen,' stelde Pablo haar gerust. 'Het is heel begrijpelijk dat je langzaam de moed verliest. Ik kan me niet voorstellen hoe het is om niet te weten wie je vader is. Waar de wortels van een van je ouders liggen, waar je deels vandaan komt.' Hij klonk ernstig en meelevend.

Dalia had al heel lang niet meer het gevoel gehad dat iemand haar zo goed begreep. Met ogen die vochtig waren van de tranen keek ze naar hem op. In tegenstelling tot veel andere Mexicanen was hij een half hoofd groter dan zij. 'Waarom doe je dit?'

Hij hield zijn hoofd schuin. 'Wat bedoel je?'

'Nou, dit, hier. Je biedt me een plek om te slapen, je maakt tijd voor me vrij, terwijl je vast wel iets beters te doen hebt. Je spreek me moed in, en dat terwijl je me niet eens kent.'

Hij lachte zwakjes. 'Waarom wil je weten of ik niets beters te doen heb? Misschien vind ik het gewoon leuk om anderen te helpen. Misschien heeft mijn moeder me geleerd dat je niet moet aarzelen als je iets voor iemand kunt doen, maar gewoon je hulp moet aanbieden.'

Dalia schudde haar hoofd. 'Maar toch…'

'Niks toch,' zei Pablo beslist. 'Ik vind je aardig, oké? Is dat voldoende als reden?'

'Ja… Nee.' Haar wangen begonnen te gloeien.

'Dalia Carter,' begon Pablo op strenge toon, 'je bent in een vreemd land, dat toevallig mijn land is, en je kunt wel wat hulp gebruiken. En ik kan je met mijn kennis en mijn netwerk misschien bieden wat je nodig hebt. Wat is dan het probleem?'

Ze slaakte een zucht. 'Dat is het 'm dus, er is geen probleem. En dat is… ongebruikelijk.' Ze grimaste. 'Als ik weer aan die twee drugsdealers denk…'

'Pff,' zei Pablo kermend. 'Had je liever gehad dat ik een boefje was geweest? Had dat beter in je wereldbeeld gepast? Een kruimeldief die geen chocoladepasta op zijn tortilla smeert?' Hij keek haar vragend aan.

Dalia moest ondanks alles giechelen. 'Mafketel.'

Hij knikte. 'Zo wil je me dus bedanken voor mijn hulp, door me te beledigen.' Hij sloeg zijn armen over elkaar en wendde zich af.

Ze gaf hem een duwtje. 'Doe niet zo raar.'

'Mafketel, doe niet zo raar,' deed hij haar na. 'Ik zei het al, deze wereld is dom en slecht.'

'Dank je,' zei Dalia zacht. 'Dat meen ik. Het is helemaal niet zo vanzelfsprekend, wat jij voor me doet. Ik waardeer het heel erg dat je me wilt helpen. Als jij er niet was geweest… had ik nu misschien al in het vliegtuig terug naar huis gezeten.'

Pablo schudde zijn hoofd. 'Je hebt je doel nog niet bereikt. Tot dan toe wordt er niet naar huis gevlogen.' Hij keek om zich heen. 'Ik heb een voorstel: ik heb de nodige contacten aan de universiteit, en daaronder bevinden zich ook een paar archeologen en historici die zich bezighouden met de precolumbiaanse tijd. Ik zal eens rondvragen, wie weet kan iemand ons helpen om toch nog iets over je moeder of vader te vinden. Als ze elkaar tijdens die studiereis hebben leren kennen, dan moet er iemand zijn die daar meer van weet.' Hij pakte als vanzelfsprekend haar hand vast. 'En nu gaan we samen naar het Frida Kahlo-museum. Ik heb je al verteld dat het in de buurt van mijn huis ligt.'

Dalia keek hem verwonderd aan. 'Je bent ongelooflijk.'

Pablo maakte een kleine buiging. 'Bedankt voor het compliment, maar dat ben ik zeker niet.'

Dalia keek aandachtig naar het kobaltblauwe gebouw waar de wereldberoemde kunstenares meer dan honderd jaar geleden ter wereld was gekomen.

'Dit is... geweldig,' fluisterde ze vol ontzag. 'Ik ben dol op Frida. Haar werk, haar leven. Die vrouw had zo'n innerlijke kracht...' Ze ademde diep in. 'Alleen al die pijn waarmee ze na dat vreselijke ongeluk een leven lang te kampen had...'

'Daar kun je alleen maar bewondering voor hebben,' beaamde Pablo. Hij stak beide entreekaartjes omhoog. 'Zullen we? Ben je klaar voor een ontmoeting met je Mexicaanse zielsverwant in de kunst?'

Dalia lachte. 'Volgens mij ben ik nog nooit ergens zo klaar voor geweest.'

'Vamos.'

Bij de ingang stond een gids die een groepje toeristen in het Engels vertelde dat dit een van de geliefdste musea van de stad was, dat elke maand meer dan vijfentwintigduizend bezoekers trok. De Mexicaanse kunstenares was hier in 1907 geboren en was in 1954 op zevenenveertigjarige leeftijd veel te jong gestorven. Diep onder de indruk liep Dalia met Pablo naar binnen, waar ze de ene ruimte na de andere bekeken.

'Ik ben zo blij dat ik dit met eigen ogen kan zien,' zei Dalia. 'Ik wilde eigenlijk in mei naar een tentoonstelling met werk van Kahlo in Londen, maar toen kwam die brief ertussendoor. Dit is natuurlijk veel indrukwekkender.'

In een van de kamers op de begane grond waren verscheidene vroege werken van de kunstenares te zien. Dalia bleef staan om de bonte schilderijen aandachtig te bekijken. In elke penseelstreek zag ze de hartstocht, de geestdrift en de energie die de jonge Frida op haar doeken had vastgelegd.

'Waar denk je aan?' Pablo kwam naast haar staan en keek haar van opzij aan.

'Dat Frida Kahlo alles voor haar kunst heeft gegeven. Dit kwam van heel diep in haarzelf,' legde Dalia vol ontzag uit. 'Ze was een genie.'

Toen ze langs een schilderij liepen waarop verschillende soorten fruit te zien waren, merkte Pablo op: 'Ik merk dat ik best wel honger heb.'

Dalia trok plagend haar wenkbrauwen op. 'Cultuurbarbaar.'

'Helemaal niet. Ik ben ook dol op Frida's werk. Niet zoveel als jij, maar ze heeft veel voor Mexico gedaan. Ze staat voor de ziel van ons land en heeft de hele wereld met Mexico laten kennismaken. Alleen al daarvoor ben ik haar heel erg dankbaar.'

'Ze was beslist een groot kunstenares,' viel Dalia hem bij.

Ze liepen verder en bekeken ook een paar werken van Diego Rivera, de al even bekende Mexicaanse kunstenaar met wie Kahlo twee keer getrouwd was geweest. Hij was net als zijn echtgenote voor de Mexicanen een soort volksheld.

Ze bewonderden de tentoongestelde traditionele Mexicaanse kledingstukken die Frida tijdens haar leven had gedragen, lazen oude brieven van haar en bekeken foto's. Daarna slenterden ze door de keuken en de eetkamer, die in typisch Mexicaanse stijl waren ingericht. Dalia tuurde nadenkend naar de uitgestalde verzameling glazen en het handgemaakte servies.

In de aangrenzende slaapkamer stond een spiegel, die de kunstenares had gebruikt om haar talrijke zelfportretten te schilderen. Dalia bleef staan en liet haar blik door de kamer gaan.

'Het is ongelooflijk,' zei ze amper hoorbaar. 'Dank je wel dat je me mee hiernaartoe hebt genomen. Je had me nergens een groter plezier mee kunnen doen.' Voor haar stond de decennia oude rolstoel van Frida Kahlo, die ook tot de collectie behoorde. 'Alleen al deze middag was de reis naar Mexico waard.'

'En ik dacht nog wel dat je ging zeggen dat je hier alleen maar bent om mij te leren kennen,' grapte Pablo, maar Dalia had de vage indruk dat hij die woorden niet zo luchtig bedoelde als ze in eerste instantie overkwamen.

'Nou ja, zonder jou en je geniale inval had ik nu niet hier gestaan,' zei ze.

Pablo gaf geen antwoord, maar schonk haar slechts een wonderlijk lachje waarvan ze niet wist hoe ze het moest opvatten.

11

Dalia beleefde een gezellige avond met Pablo, Estella en Ruben, en met een grote pan *pozole*, een pittig eenpansgerecht met varkensvlees, mais, chilipepers en kleine kruidige tomaten. De volgende morgen moest Pablo naar de universiteit voor een afspraak met een studente, en Estella en Ruben gingen de voortgang van hun proefschrift met hun begeleiders bespreken.

Dalia besloot vandaag op eigen houtje de stad te verkennen. Misschien kreeg ze dan, door dezelfde dingen te bekijken die haar moeder jaren geleden ook had gezien, het gevoel dat ze dichter bij haar was. Haar tijdelijke huisgenoten hadden haar aangeraden om haar wandeling op de Zócalo te beginnen, het plein waar haar moeder met Almara was geweest.

Toen Dalia daar tegen tienen aankwam, liepen er al honderden bezoekers over het grote, uitgestrekte plein tussen de kathedraal en het nationale paleis. Dalia fotografeerde de imposante gebouwen van alle kanten en besloot de kathedraal vanbinnen te bekijken. Door de lichte muren had het grote, massieve godshuis een opvallend luchtige uitstraling. Dalia liep aandachtig tussen de houten banken door om de weidse ruimte in zich op te nemen.

Voor het altaar van de koningen bleef ze staan. De rijkversierde barokstijl gold als een van de mooiste voorbeelden van Spaanse koloniale kunst. Er gingen in de stille kathedraal wel duizend gedachten door haar hoofd. Had haar moeder hier ook gestaan om van de schoonheid en de stilte van het bouwwerk te genieten? En hoe zat het met Ricardo, haar vader? Kwam hij misschien uit Mexico-Stad? Of uit een heel ander deel van dit enorme land? Dalia werd overvallen door weemoed. Toen ze merkte dat de melancholieke stemming haar niet bepaald goeddeed, stak ze vastbesloten een kaarsje op. Terwijl ze nadenkend naar de vlam staarde, wenste ze dat ze hier met haar moeder en haar onbekende vader had kunnen staan, beschermd en geliefd en gekoesterd. Deel van een gezin. Een droevige zucht ontsnapte haar.

Eenmaal buiten ademde ze voor het eerst diep in. Het volgende onderdeel van haar programma was de Paseo de la Reforma. Na de rust van de kathedraal genoot ze van de drukte in deze veelgebruikte straat. Aan beide zijden rezen wolkenkrabbers op, waardoor de buurt een beetje op New York leek. Drommen mensen vulden pratend en lachend de trottoirs. Haar stemming klaarde meteen op. Ze nam foto's van de gedenktekens voor Columbus en Cuauhtémoc, de laatste heerser van de Azteken, die op rotondes tussen de afzonderlijke rijbanen stonden, en ze kwam ten slotte aan bij het monument van de onafhankelijkheid, een gouden engel die met gespreide vleugels boven de stad troonde.

Hier begon de wijk Zona Rosa, die volgens Pablo, Estella en Ruben ook een bezoek waard was. Nachtclubs, hotels en restaurants werden afgewisseld met ontelbare kunstgaleries, boetieks en winkels in antiek. Had haar moeder hier ook de nodige avonden doorgebracht? Was ze samen met andere studenten van de ene club naar de andere gegaan? Had ze hier misschien Ricardo leren kennen?

Op haar gemak kuierde Dalia langs de etalages van de galeries om de uitgestalde kunst te bekijken. Terwijl ze net een foto van een goed behouden gebleven Mayapiramide bekeek, gemaakt door een kunstenaar uit de regio, ging haar telefoon. Het was Nara.

'Hola, lieverd.'

Dalia lachte. 'Ook hola.'

'Hoe gaat het? Je berichtjes waren tot nu toe… erg kort.'

Daardoor voelde Dalia zich schuldig. 'Sorry, er is in een paar dagen zoveel gebeurd dat ik nog geen tijd had voor een uitgebreid verslag.'

'Het is geen verwijt,' legde Nara uit. 'Ik was alleen maar nieuwsgierig en wilde weten of je al resultaat hebt geboekt.'

Voordat Dalia ook maar over een antwoord kon nadenken, kwam het hele verhaal er al uit. Ze vertelde Nara over de twee dealers, het ingrijpen van Pablo, zijn verrassende aanbod om bij hem te komen logeren en zijn hulp bij haar zoektocht.

'Wauw,' liet Nara zich ontvallen. 'Zo te horen heb je echt nog geen minuut tijd gehad. En die Pablo? Die helpt je zonder enig eigenbelang?' Ze klonk sceptisch en dat kon Dalia haar niet kwalijk nemen.

'Hij is heel erg aardig, Nara. Het leek me eerst ook erg stug dat ik zoveel geluk had, maar hij is… heel voorkomend en erg behulpzaam.' Ze vertelde Nara dat hij haar de vorige dag zo'n plezier had gedaan met het bezoek aan het Frida Kahlo-museum.

'Dan moet hij een fijne vent zijn.'

Dalia zag gewoon voor zich dat Nara aan de andere kant van de lijn breeduit lachte. 'Dat is hij ook,' gaf ze op ernstige toon toe.

'En hoe zit het met je vader?'

Dalia zuchtte. 'Ik weet het niet, Nara, maar zodra ik hier aankwam, had ik meteen het gevoel dat ik hier thuishoorde. Dat ik welkom ben.' Ze viel even stil. 'De mensen zien er net zo uit als ik en daardoor voel ik me tussen hen op mijn gemak, al ken ik natuurlijk niemand. Je weet dat ik soms nogal onstuimig kan zijn, dat ik in vergelijking met de rest van de familie af en toe te luidruchtig en te springerig ben.' Ze moest er zelf om lachen. 'Maar de Mexicanen zijn net zoals ik. Of ik ben net zoals zij, dat weet ik niet, maar hier is iedereen luidruchtig. Het leven is druk, op straat hoor je altijd wel ergens muziek, er wordt gelachen en gedanst en gezongen… Hier val ik niet op…' Ze zuchtte. 'Het klinkt misschien stom, dat snap ik, maar ik denk dat ik nu weet waarom ik anders ben dan de andere Carters, en daarmee bedoel ik niet alleen qua uiterlijk.'

'Dat klinkt helemaal niet stom,' vond Nara. 'Ik snap heel goed wat je bedoelt, want voor mij is het soms net zo.' Nara zag er alleen al door haar donkere huid anders uit dan de anderen. Als er iemand was die begreep wat Dalia bedoelde, dan was zij het.

'Helaas konden ze me op de universiteit niet verder helpen, en Almara Fuentes Sanchez kon dat ook niet,' ging Dalia verder. 'En verdere aanwijzingen heb ik niet. Ik weet op dit moment niet hoe ik het verder moet aanpakken.'

'Zal ik nog eens met Lilian gaan praten?' bood Nara na een korte aarzeling aan. 'Misschien kan zij zich nog een paar dingen herinneren die Camellia haar destijds heeft verteld en die je mogelijk verder kunnen helpen. Het kan toch niet zo zijn dat je die reis voor niets hebt gemaakt.'

'Dat mag je wat mij betreft doen, maar ik denk dat ze alles heeft verteld wat ze weet. Maar toch…'

'Als ik haar straks zie, zal ik het erover hebben. Ik vraag wel of ze jou zelf belt. En laat je niet ontmoedigen, hoor je me?'

Nadat Dalia had opgehangen, slenterde ze verder. Het gesprek met Nara had haar goedgedaan. Nu merkte ze dat ze haar familie en haar thuis miste. In de afgelopen jaren was ze nooit alleen geweest, er was altijd wel een familielid in de buurt geweest. Nu was ze in een vreemde omgeving volledig op zichzelf aangewezen. En toch… Het was waar, wat ze net tegen Nara had gezegd. De mensen hier waren niet vreemd, ook al kende ze geen van hen. Niemand hier keek Dalia raar aan, ze gingen er allemaal van uit dat ze hier thuishoorde.

Nadat ze de buurt met de roze huizen uitgebreid had bekeken, rammelde haar maag en besloot ze iets te eten te halen in het Bosque de Chapultepec. Dat was het grootste stadspark van Latijns-Amerika en herbergde onder andere een kasteel, een dierentuin, het nationale museum voor antropologie en een botanische tuin. Dalia was volkomen overrompeld door het formaat van het uitgestrekte park. Ze kuierde op haar gemak langs een meertje, nam een foto van een mooie oude draaimolen en koos ten slotte voor een sappige enchilada met heel veel kaas. Ze ging met haar eten op een van de vele bankjes zitten om uit te rusten. Het vele lopen, de jetlag en de hoogte waarop de stad gelegen was, begonnen langzaam hun tol te eisen. Haar oogleden waren zwaar en haar voeten brandden.

Op het bankje naast haar zat een jonge moeder met twee kleine kinderen. Dalia schatte dat de vrouw amper ouder was dan zijzelf. De kinderen kauwden op een paar droge tortilla's, terwijl de moeder op luide toon een telefoongesprek voerde. Een meter of vijftig verderop zag Dalia twee mannen op houten stoelen zitten, met voor hen een tafeltje om op te schrijven. Pablo had haar uitgelegd dat Mexico ontelbaar veel analfabeten kende en dat er mensen waren die voor hen brieven schreven aan overheidsinstellingen.

Dalia at haar enchilada op en stond op. Pablo had haar een sleutel van het huis gegeven, voor het geval ze eerder thuis zou zijn dan hij, en ze liep naar de metro. Al die indrukken hadden haar nog veel vermoeider gemaakt, en nu wilde ze alleen nog maar terug naar haar bank.

12

Negenentwintig jaar eerder
Mexico-Stad

Met een hart dat bonsde van opwinding liep Camellia de collegezaal in. Hier zou ze horen bij welke vindplaats ze was ingedeeld. De andere beursstudenten had ze in de afgelopen dagen tijdens de inleidende colleges leren kennen, maar nu ging het pas echt beginnen. Ze was immers niet helemaal hiernaartoe gekomen voor een of andere theoretische opleiding die ze ook in Engeland had kunnen volgen, maar om de indrukwekkende bouwwerken van de Maya's met eigen ogen te kunnen bewonderen, om ze te kunnen aanraken en hun geur op te nemen. Ze keek er vooral naar uit om aan een opgraving deel te nemen. Wie weet op hoeveel meer geheimen van de Maya's ze daarbij zou stuiten en welke raadsels ze kon helpen op te lossen. Misschien ontdekten ze zelfs wel nieuwe overblijfselen. Camellia wilde zich volledig onderdompelen in die oude beschaving, met hart en ziel, met gevoel en verstand. Bij de gedachten aan wat er voor haar lag, kon ze een blij lachje niet onderdrukken.

'Je droomt met je ogen open,' stelde Carmen, een Spaanse uit Madrid, geamuseerd vast.

Camellia grijnsde. 'Ik sta gewoon te popelen.'

'Jij wilt toch per se naar Chichén Itzá?' Carmen haalde een notitieblok uit haar tas. 'Zullen we daar vooraan gaan zitten? Dan kunnen ze ons niet over het hoofd zien.'

'Ja, ik heb er altijd van gedroomd om daarnaartoe te gaan,' antwoordde Camellia. Ze liep achter Carmen aan de treden af. 'Als dat toch eens zou lukken...'

'De andere vindplaatsen zijn even indrukwekkend,' merkte Carmen op. 'Ik ben hier vroeger al een keer met mijn ouders geweest, toen hebben we een rondreis door Yucatán gemaakt. Die was natuurlijk nogal oppervlakkig, bedoeld voor toeristen.' Ze perste even haar lippen op elkaar. 'Maar ik was meteen gefascineerd.' Ze lachte.

'Hebben jullie al iets gehoord?' Sadie uit Washington DC kwam hijgend naar hen toe en keek gespannen van Camellia naar Carmen. 'Ik wil zo graag weten waar ik terechtkom. Het is allemaal vreselijk spannend.' Ze wuifde zichzelf koelte toe met haar hand.

Camellia lachte instemmend. 'Zeg dat wel.'

'Nee, wij hebben ook nog geen idee,' antwoordde Carmen op Sadies vraag. 'Ze vertellen ons met opzet niets van tevoren, zodat er niemand bezwaar kan maken of kan proberen om van plaats te ruilen.'

'Zou het niet leuk zijn als we allemaal bij elkaar zitten?' De blonde Sadie ging naast Camellia zitten. 'Waar is Almara eigenlijk?'

Camellia slaakte een zucht. 'Ze is gisteravond vertrokken.'

'Wat?' riepen Carmen en Sadie tegelijk uit.

'Haar vader is onverwacht overleden.' Camellia vertelde over het telefoontje van een dag eerder, waardoor haar kamergenote natuurlijk flink van streek was geweest. 'Haar moeder belde en... Almara stortte bijna helemaal in. Ik heb haar gisteravond laat nog naar het busstation gebracht, daar is ze op de bus naar huis gestapt.'

'Maar ze komt toch wel terug als...' Sadie liet een korte stilte vallen. 'Als ze zover is?'

Camellia haalde haar schouders op. 'Dat weet ik eerlijk gezegd niet. Ze heeft nu andere zorgen, dat arme kind.'

'O, dat vind ik heel erg voor haar,' zei Carmen vol medeleven. 'Ze verheugde zich er zo op.'

Camellia knikte. 'Ze heeft me het adres van haar nichtje gegeven, voor het geval ik contact wil opnemen. Dat kunnen jullie straks wel overschrijven.'

'Ja, graag,' antwoordde Sadie. 'Ik wil haar graag een briefje sturen, om haar te troosten en haar een hart onder de riem te steken.'

'*Buenos días, damas y caballeros.* Goedendag, dames en heren,' werden ze opeens door een mannenstem onderbroken.

Ze vielen alle drie meteen stil en draaiden zich om naar een man in een grijs pak, die tijdens hun gesprek achter de brede tafel in de collegezaal was gaan staan.

'Namens de Universidad Nacional Autónoma de México wil ik u allemaal nog eens hartelijk welkom heten. Ik ben Carlos Alonso Martin, het hoofd van dit studieprogramma. Als er vragen, problemen of onduidelijkheden zijn, kunt u altijd naar me toe komen. Ik vind het fijn om hier zoveel getalenteerde jonge mensen bij elkaar te zien, die allemaal belangstelling hebben voor de cultuur van onze voorouders. Zoals u natuurlijk allen weet, zijn de Maya's, in tegenstelling tot veel andere volkeren uit vroeger tijden, nooit uitgestorven. Integendeel, een groot deel van de hedendaagse bevolking van dit land stamt van de Maya's af.' Hij glimlachte. 'Dat geldt trouwens ook voor mij. Mijn betovergrootmoeder was een Maya, en ik ben er trots op dat ik een nazaat ben van zo'n hoogontwikkeld volk. U kent de vindplaatsen van de Maya's ongetwijfeld van de tv of uit de vakliteratuur, maar geloof me, u kunt zich niet voorstellen hoe overweldigend het is om de piramiden, de sterrenwachten en de tempels voor het eerst met eigen ogen te zien.'

Hij liet een stilte vallen en keek de beursstudenten een voor een aan.

'Ik zal u niet langer in spanning houden. Ik weet dat u allemaal gespannen wacht op het moment waarop u eindelijk te horen krijgt welke ruïnestad de komende tijd uw tweede thuis zal zijn. Er gaan telkens vijf studenten naar Uxmal, Palenque, Tulum, en natuurlijk ook vijf naar Chichén Itzá. Elke vindplaats is uniek. Ik geef nu graag het woord aan de leiders van de expedities, die bekend zullen maken wie er bij hen is ingedeeld en die uw verdere gegevens zullen noteren. Ik wens u allemaal een boeiend verblijf in ons prachtige land en hoop dat u in staat bent om nog meer geheimen van onze voorouders te onthullen. Er is nog zoveel te ontdekken.'

De vier jongere mannen die geduldig naast hem hadden staan wachten, stapten naar voren.

'Ook namens mij hartelijk welkom, allemaal,' zei een van de docenten. 'We gaan eerst de lijst met uw namen voorlezen, zodat u allemaal weet waar u naartoe gaat. We begrijpen dat u op hete kolen zit.'

Toen hij glimlachend om zich heen keek, merkte Camellia dat haar wangen begonnen te gloeien. Wie was hij? Ze schatte de wetenschapper op een jaar of dertig. Hij had pikzwart, golvend haar dat tot op de kraag van zijn lichtblauwe poloshirt viel. Zijn armen waren pezig en zongebruind en zijn ogen fonkelden levenslustig wanneer hij aan het woord was. Camellia was zo door hem geboeid dat ze niet eens meer goed luisterde toen hij de namen voorlas.

'Deze vijf studenten mogen zich verheugen op een verblijf in Uxmal,' legde hij uit.

'De kans op Chichén Itzá neemt toe,' fluisterde Sadie in haar linkeroor, en ze klapte geluidloos in haar handen.

'Dus hij heeft daarnet niet onze namen genoemd?' Camellia besloot beter op te letten.

'Heb je niet geluisterd? Daarnet stond je nog te trappelen van ongeduld,' fluisterde Carmen rechts van haar.

'Ik was... even afgeleid.'

'Jullie vijf mogen je voorbereiden op Tulum,' ging de knap uitziende docent verder.

Ook dit keer had Camellia de namen niet gehoord. Ze besloot zich nu goed te concentreren en al het andere om haar heen te negeren.

Op de lijst voor Palenque stond ze in elk geval niet. Omdat Almara er niet meer bij was, gingen er slechts vier studenten naar de overblijfselen van die stad.

Camellia, Sadie en Carmen grepen gespannen elkaars handen vast en hingen aan de lippen van de docent.

'Sadie March, Carmen Castillo Varela, Camellia Carter, Giovanni Bianchi en Armand Dupont, jullie gaan naar Chichén Itzá.'

Camellia deed haar ogen dicht, trok haar hand uit die van Sadie en stak met een triomfantelijk gebaar haar vuist omhoog. 'Ja!' ontglipte het haar, iets te luid.

De docent keek haar geamuseerd aan. 'Zo te horen is iemand daar heel blij mee.' Hij lachte. 'Dat is mooi.'

Camellia boog verlegen haar hoofd.

Toen ze tien minuten later aan de beurt was om haar gegevens te noteren, liep ze met een veel te snelle polsslag de treden af naar de tafel.

'Camellia Carter,' zei ze op bedeesde toon tegen de docent.

'Ah, de dame van de vreugdekreet. Hallo, Camellia. Ik ben Ricardo Murillo Flores, de begeleider van deze expeditie. Welkom in mijn team.'

13

Heden
Mexico-Stad

Toen Dalia wakker werd, stonden Ruben, Estella en Pablo bij het aanrecht in de keuken hoorbaar met elkaar te fluisteren. Ze had zo diep geslapen dat ze helemaal niet had gemerkt dat die drie thuis waren gekomen.

Eenmaal terug van haar rondje langs de bezienswaardigheden had Dalia het huis verlaten aangetroffen. Hoewel ze doodmoe was geweest, had ze de slaap niet meteen kunnen vatten. Haar hoofd tolde van alle indrukken die ze in de megastad had opgedaan, en ten slotte was ze weer opgestaan om haar schetsblok te pakken. Ze had het meertje uit het Bosque de Chapultec getekend, de gazons eromheen, een paar toeristen die naar het water keken, en op de achtergrond de mooie draaimolen die ze die ochtend al had gefotografeerd. Het tekenen deed haar goed. Toen ze merkte dat ze daardoor innerlijk tot rust was gekomen, ging ze weer op de bank liggen. Dit keer was ze binnen een paar tellen onder zeil.

'Doornroosje is wakker,' zei Ruben plagend. Hij liep naar haar toe. Vandaag droeg hij zijn lange haar in een vlecht. 'En, ben je uitgeslapen?'

Dalia lachte verlegen. 'Sorry.'

'Dat geeft toch niet,' vond Estella, die in de fauteuil tegenover haar ging zitten. 'Je was gewoon moe, en dat is geen wonder. Je hebt vast nog last van een jetlag, en dan ook nog de hoogte waarop we hier zitten, die vreselijke smog...'

'Ik dacht dat ik inmiddels wel aan het tijdsverschil gewend was.' Dalia sloeg de wollen deken van zich af en ging rechtop zitten.

'We hadden het trouwens net nog over je,' nam Pablo het woord. Hij gebaarde dat ze een stukje moest opschuiven.

Dalia maakte plaats voor hem. 'Niks ergs, hoop ik,' zei ze. Ze keek het drietal vragend aan.

Ruben en Estella schudden ontkennend hun hoofd.

'Over jou valt toch niets ergs te zeggen?' merkte Pablo fijntjes lachend op.

Dalia rolde met haar ogen.

'Behalve misschien dat je niks wilt weten van tortilla's met chocoladepasta.'

Ze schoot in de lach.

'Dat is ook vies,' was Estella het met haar eens. 'Pablo is wat dat betreft een uitzondering.'

'Ja, lach me maar uit.' Pablo trok een zogenaamd beledigd gezicht en werd toen weer ernstig. 'Maar goed, terug naar het eigenlijke onderwerp, de zoektocht naar je vader.'

Dalia trok verrast haar wenkbrauwen op. 'Hoe bedoel je?'

Pablo wisselde met Estella en Ruben een blik die Dalia niet goed kon peilen.

'Hebben jullie iets nieuws ontdekt?'

Hij schudde zijn hoofd. 'Helaas niet. Het verblijf van je moeder hier is al te lang geleden, niemand kan zich haar herinneren. En Ricardo... dat is wel erg vaag.'

'Dus jullie willen tegen me zeggen dat ik mijn poging beter kan staken? Dat het geen zin heeft omdat ik naar een speld in een hooiberg zoek?' Ze slaakte een teleurgestelde zucht. 'Al denk ik dat je zo'n speld nog eerder vindt.'

Pablo legde zijn hand op haar onderarm. 'Nee, Dalia, dat niet. We willen juist het tegendeel voorstellen.'

Niet-begrijpend fronste ze haar voorhoofd. 'Wat bedoel je?'

'Wat zeg je ervan als we samen met jou naar Yucatán gaan?'

'Naar Yucatán?' herhaalde Dalia volkomen overrompeld. 'Met jullie?'

Pablo schoot in de lach. 'Ja, met ons.'

Estella boog zich naar voren. 'Je vertelde dat je moeder zo bezeten was van de Maya's dat ze daarom archeologie met als specialisatie precolumbiaanse culturen is gaan studeren. Als ze aan een opgraving heeft deelgenomen, dan is ze zeker weten in Yucatán geweest. En als ze tijdens dat verblijf je vader heeft leren kennen, moet hij haar fascinatie voor de Maya's hebben gedeeld.' Ze stak haar handen op. 'We kunnen het natuurlijk niet zeker weten, maar op een plek waar veel archeologen komen, hebben we een veel grotere kans om een spoor van je ouders te vinden. Het is een klein wereldje, iedereen kent elkaar. Als we geluk hebben, vinden we daar iemand die ons verder kan helpen.'

Dalia was volledig overrompeld. 'Maar... waarom willen jullie met me mee naar Yucatán? Jullie zijn toch druk bezig met jullie proefschriften.' Ze keek Pablo aan. 'En jij moet werken.'

'Het is vakantie,' bracht hij haar glimlachend in herinnering. 'En ik heb je al verteld dat ik uit de buurt van Tulum kom. Mijn ouders zouden het heel leuk vinden als ik weer eens langskwam. Ik wilde eigenlijk over een week of twee vertrekken, maar eerder kan ook. Ik kan als het nodig is daar doorwerken.'

'En onze families wonen ook in Yucatán,' legde Ruben uit. 'Estella's oma is over een paar dagen jarig. Dat betekent een grote fiësta die we in geen geval willen missen.'

Dalia keek het drietal een voor een aan. 'Ik... ik weet niet wat ik moet zeggen.' Ze slikte. 'Jullie zijn...' Ze deed haar ogen dicht. 'Jullie zijn de fijnste mensen die ik in tijden ben tegengekomen. Dank jullie wel.' Ze kon haar ontroering bijna niet verbergen.

'Het is al goed,' zei Estella luchtig. 'Je moet het zo zien: wij gaan toch al op bezoek bij onze familie, en in het beste geval vind jij de jouwe.'

'Je hebt een erg verre reis gemaakt,' vulde Pablo aan. 'Dan is het toch zonde om er nu mee te kappen en met lege handen terug te keren? We pakken de bus, ik ga morgen meteen kaartjes regelen. We kunnen vragen stellen aan de onderzoekers die daar werken en als we echt geen enkel spoor vinden, dan heb je in elk geval het land van je vader beter leren kennen. Mexico-Stad is leuk, opwindend, jong, dynamisch en luid, maar ons land heeft nog veel meer te bieden. Neem in elk geval de moeite om de cultuur te leren kennen die ook een deel van jou vormt. En ik kan je één ding beloven.' Hij grijnsde.

Dalia keek hem afwachtend aan.

'Je hoeft geen tortilla's met chocoladepasta te eten!'

Ze barsten alle vier in lachen uit.

Toen ze weer tot bedaren waren gekomen, kreeg Dalia een idee. 'Vanavond kook ik,' kondigde ze aan. Ze keek om zich heen. 'Dan maak ik een gerecht klaar dat kenmerkend is voor mijn geboorteland. Als bedankje voor jullie geweldige hulp.'

'Dat is pas een goed idee! Ik kijk er nu al naar uit.' Ruben wreef in zijn handen. 'Dat betekent dat ik vandaag niets hoef te doen.'

'O nee?' merkte Estella op. 'Heb ik je eerder niet horen zeggen dat je voor morgen nog een klein artikel voor een tijdschrift moet afmaken?'

Ruben schudde zichtbaar huiverend zijn hoofd. 'Bedankt dat je me eraan herinnert, moeder.'

'Ik kijk er ook naar uit,' zei Pablo. 'Wat voor lekkers ga je maken?'

'Cornish pasty,' antwoordde Dalia. 'Dat zijn gevulde pasteitjes uit Cornwall, de regio waar ik vandaan kom.' Ze stond op. 'Ik ga meteen kijken of jullie alle ingrediënten in huis hebben.'

Ruben liep achter haar aan naar de keuken. 'Wat heb je allemaal nodig?'

Dalia somde alles op wat ze nodig had voor het deeg en de vulling.

'Dat hebben we allemaal,' zei Ruben niet zonder trots.

'Wat een voorbeeldig huishouden,' merkte Dalia lachend op. Ze ging meteen aan de slag.

Toen ze twee uur later alle vier aan tafel zaten, haalde Pablo een fles tequila uit de koelkast en zette die op tafel. 'Cornish pasty en Mexicaanse tequila. Die combinatie past perfect bij je afkomst.'

Dalia schudde geamuseerd haar hoofd.

'Dit is echt heel lekker,' zei Estella nadat ze haar bord tot op de laatste kruimel had leeggegeten. 'Ik dacht altijd dat de Engelsen geen echte culinaire traditie hadden. Het spijt me, dat is natuurlijk een cliché.' Ze veegde haar mond af en keek Dalia verontschuldigend aan. 'Die mening moet ik echt bijstellen.'

'Dank je,' zei Dalia. 'Daar ben ik blij om. En als we het toch over verkeerde ideeën over culinaire tradities hebben, kan ik wel een Mexicaans voorbeeld bedenken.' Ze keek lachend naar Pablo, die een neutraal gezicht probeerde te trekken.

Nadat ze de tafel hadden afgeruimd, schonk Pablo voor iedereen een glas tequila in. De stemming werd bij elk glas uitbundiger en Dalia, die normaal gesproken zelden aan de sterkedrank zat, voelde na het derde glas beslist de effecten. Haar lach klonk luider, haar uitspraak werd slordiger. Ze genoot van het gezelschap van de drie Mexicanen en dacht de hele avond geen seconde aan Engeland, dat nu ook figuurlijk heel ver weg lag.

Zo goed had ze zich al heel lang niet meer gevoeld. Thuis in Engeland was ze vaak te luidruchtig en te vrolijk, zeker in vergelijking met haar veel minder uitbundige familieleden, maar hier leek niemand zich eraan te storen dat ze zo druk was, integendeel.

Toen Dalia de volgende morgen in het centrum van Mexico-Stad aankwam, bonkte haar hoofd nog altijd, hoewel ze een pijnstiller had genomen. Gisteravond had ze duidelijk te veel tequila gehad. Hopelijk heb ik me niet te veel misdragen, dacht ze.

Toen ze tegen negenen wakker was geworden, hadden haar gastheren en gastvrouw het huis al verlaten. Ze waren duidelijk meer aan drank gewend dan zij. Bij de gedachte aan gisteravond moest ze even gniffelen. Ze hadden veel gepraat en nog meer gelachen. Estella had over haar familie verteld, over haar oudere broer Mateo, die in de VS studeerde en een Australische vriendin had. Ruben had het over zijn proefschrift gehad, dat hem de nodige stress bezorgde. Hij zei dat hij blij zou zijn als hij de universiteit achter zich kon laten. En Pablo had hen vermaakt met grappige anekdotes over zijn studenten.

Dalia had nog wel urenlang naar het drietal kunnen luisteren. Ondanks de effecten van de alcohol had ze hun gesprekken steeds beter kunnen volgen. Wanneer ze zelf iets zei, moest ze weliswaar vaak naar woorden zoeken, maar ook dat ging steeds beter.

Pablo wilde vanmorgen kaartjes voor de bus regelen, en als het lukte om op korte termijn vier zitplaatsen te regelen, konden ze misschien morgen al vertrekken. Daarom had Dalia besloten om vandaag nog een paar bezienswaardigheden af te gaan. Toen Ruben, Estella en Pablo haar over Yucatán hadden verteld, was haar voorpret steeds verder toegenomen. Ze keek heel erg uit naar haar reis door dit prachtige land, naar de oude ruïnes van de Maya's, over de woeste jungle waarvan ze dankzij internet al een eerste indruk had gekregen, en van de Caribische sfeer aan de Atlantische kust, waarover Pablo enthousiast had verteld.

Vandaag wilde ze als eerste het Palacio de Bellas Artes bezoeken, het Paleis voor Schone Kunsten. Op het grote plein voor het paleis lagen vier fraai aangelegde gazons met planten en struiken, en twee fonteinen en meerdere standbeelden droegen eveneens bij aan de imposante uitstraling. Dalia liep langzaam over het grote terrein en fotografeerde alle bezienswaardigheden.

Het paleis was het belangrijkste museum van Mexico. Binnen waren podia voor allerlei voorstellingen en in de zalen was kunst uit allerlei perioden te zien. Het gebouw zelf was ook een waar kunstwerk. Een halfrond, uitstekend stenen dak, dat op indrukwekkende ronde zuilen rustte, wierp zijn schaduw over de hoofdingang. Hoog boven op het paleis verrees een glanzende gouden koepel, die al van veraf te zien was en die werd omringd door bronzen beelden. Dalia was diep onder de indruk van de elegante, imposante uitstraling van het bouwwerk met zijn gevels van wit marmer.

Toen ze haar blik in het rond liet gaan, viel haar weer op hoeveel armoede hier heerste. Schoenpoetsers in versleten kleren zaten op de trottoirs om het meer vermogende deel van de bevolking van dienst te kunnen zijn, en straatkinderen in lompen bedelden om kleingeld voor een volgende maaltijd. Dalia vroeg zich af wat haar grootouders hadden gezegd als ze haar hier hadden kunnen zien. Ze had die twee nu graag bij zich gehad en met hen over het land van haar vader gesproken. Over het prachtige oude centrum van de stad, maar ook over de armoede.

Was haar moeder ook op dit plein geweest? Hoelang had ze eigenlijk in de hoofdstad gezeten voordat ze naar de opgravingen was vertrokken? Had ze Ricardo hier al ontmoet, of pas ergens tussen de ruïnes van de Maya's? En zou Dalia ooit het antwoord op die vragen vinden?

Ze liep het paleis in om het museum te bezoeken. De uitnodigende hal was uitgevoerd in kleurig marmer. Grote groepen toeristen liepen langs de talloze muurschilderingen, waaronder, zag Dalia, een fresco van de hand van Diego Riviera, de echtgenoot van Frida Kahlo. De indrukken waren overweldigend, want ze had zelden zoveel kunst en cultuur op een en dezelfde plek gezien.

Toen Dalia drie uur later weer naar buiten liep, kon ze amper geloven dat de tijd zo snel voorbij was gevlogen. Tot slot wilde ze nog een rondvaart door de wijk Xochimilco maken. Ze nam de metro en de Tren Ligero in zuidelijke richting en legde het laatste stuk te voet af.

In de beroemde kanalen van Xochimilco lagen gondels, de zogenaamde *trajinera's*, waarin bezoekers van een tochtje over het water konden genieten. Ze waren stuk voor stuk versierd met bloemen in bonte kleuren. Dalia vroeg aan een van de schippers of ze mee kon. Hij nodigde haar meteen uit om aan boord te stappen en noemde het tarief voor een rondvaart. Een jong Amerikaans stel besloot ook mee te varen.

Langzaam voeren ze steeds verder bij de oever vandaan. Terwijl de twee jonge mensen met elkaar zaten te praten, neuriede de schipper zachtjes in zichzelf. Dalia leunde ontspannen achterover en luisterde naar de melancholieke melodie. Ze genoot van het rustige tochtje en van de bijzondere sfeer. Toen ze zich voorstelde dat haar moeder naast haar zat en een arm om haar schouders sloeg, werd ze opeens overvallen door verdriet. Stel je voor dat ze de gebeurtenissen van de afgelopen dagen met haar had kunnen delen. Weer voelde ze zich heel erg eenzaam, en de gezellige avond met Ruben, Estella en Pablo leek opeens heel erg ver weg. Het leven van die drie zou hier gewoon verdergaan, ook als Dalia allang terug was in Engeland. Pablo leefde voor de wetenschap en Ruben en Estella zouden op zoek gaan naar een baan en een eigen leven opbouwen. En Dalia? Ze wist nog altijd niet hoe het verder moest.

Vastberaden pakte ze haar schetsboek uit haar rugzak, zodat ze het kanaal met de weelderig begroeide oevers kon vastleggen.

'Veel mensen van Mexico-Stad hier in het weekend, ontspannen,' legde de schipper in gebroken Engels uit. 'Allemaal natuurgebied.'

Dalia schetste de verschillende planten tot in het kleinste detail.

'U bent kunstenaar?' De Mexicaan kwam achter haar staan en wees op haar schetsboek.

'Ja, zoiets,' antwoordde Dalia glimlachend.

'Heel mooi.' Hij stak zijn duimen op. *'Muy lindo.'*

Voordat ze weer terugvoeren, kwam er een venter naast hen varen die gevulde taco's aanbood. Dalia's maag begon bij de aanblik van de lekkernijen meteen te rammelen en ze kocht een salade en een taco met rundvlees. Het smaakte allemaal heerlijk.

Terug bij het startpunt van de vaartocht zei het paartje gedag en stapte uit. Na een bedankje voor de schipper volgde Dalia hun voorbeeld.

Pablo stond al in de gang op haar te wachten en wapperde met zijn rechterhand, waarin hij vier kaartjes hield. 'Hola, señorita! Klaar voor het volgende avontuur?'

Meteen klaarde Dalia's stemming op. Ze dacht niet langer aan de eenzaamheid die haar tijdens het vaartochtje had overvallen. *'Claro,'* zei ze lachend.

'Morgen vertrekken we. De bus was al bijna volgeboekt, ik kon nog net de laatste plaatsen bemachtigen. Zelfs met korting, omdat het zo vlak voor vertrek is.' Zijn witte tanden fonkelden toen hij lachte.

Dalia schudde haar hoofd. 'Ik kan nog steeds niet geloven dat jullie met me meegaan. Dat is... Jullie zijn geweldig.'

Er verscheen een nog bredere lach op Pablo's gezicht. 'Het wordt beslist een erg boeiende reis. We gaan zo'n tweeduizend kilometer afleggen.'

Dalia sperde haar ogen open. 'Tweeduizend?'

'Met een paar tussenstops,' zei Pablo glimlachend. 'Maar inderdaad, het wordt een rit die je niet snel vergeet.'

14

Toen Dalia de volgende ochtend wakker werd, voelde ze zich geradbraakt. Ze had van pure opwinding de halve nacht wakker gelegen, piekerend over wat ze de komende dagen kon verwachten. Ze stuurde Nara een kort berichtje om haar van de plannen op de hoogte te stellen en begon daarna haar kleren in te pakken.

'Buenos días.' Pablo liep in een T-shirt en een verwassen jeans de woonkamer in. 'Uitgeslapen?'

Dalia maakte een afwijzend gebaar. 'Vraag maar niks.'

'Wat is er?' Hij kwam naar haar toe en keek hoe ze het koord van haar rugzak aantrok.

'Ach, er gaan wel duizend gedachten door mijn hoofd.' Dalia plofte vermoeid neer in de fauteuil. 'Ik heb me bijvoorbeeld afgevraagd hoe mijn leven eruit had gezien als ik mijn vader wel had gekend.'

Hij ging naast haar op de leuning zitten. 'Dan was je leven vast anders verlopen, maar nu heb je de kans om wat in te halen van wat je hebt gemist.'

Dalia glimlachte. 'Dat is optimistisch.'

'Zo ben ik nu eenmaal,' zei hij lachend. Hij stond weer op. 'Ik ga je helpen, hoor je me? Maar nu moeten we ons haasten, de bus wacht niet.'

Een uur later kwamen Estella, Ruben, Pablo en Dalia aan op busstation Oost. De knalblauwe touringcar zag er veel moderner uit dan Dalia had verwacht en er was zelfs een wc aan boord.

'Dat is een *rápido*,' legde Pablo uit. 'Helaas kon ik op zo'n korte termijn geen vier zitplaatsen vlak bij elkaar boeken.'

'We zitten dag en nacht op elkaars lip,' merkte Ruben goedgeluimd op. 'Dan is het misschien wel goed om een tijdje niet bij elkaar zitten.'

'Estúpido!' liet Estella zich ontvallen. Ze stak haar middelvinger naar hem op.

Pablo sprak de chauffeur aan, liet hem de kaartjes zien en wees naar hun bagage. Dalia zag dat een groot deel van de stoelen al bezet was.

'Stap maar in, dan kunnen jullie je zitplaats zoeken,' raadde Pablo aan. 'Ik regel dat onze bagage aan boord komt.'

Dalia wrong zich tussen de rijen stoelen door en las ondertussen de nummers op de stoelen. Toen ze zag dat ze naast een oude dame zat, begroette ze haar met een glimlach.

'Hola,' antwoordde haar tijdelijke buurvrouw met een nieuwsgierige blik op Dalia. 'Waar gaat de reis naartoe?'

Dalia ging zitten en deed haar heuptasje af. 'Dat weet ik nog niet precies.'

De Mexicaanse trok een vragend gezicht, waarop Dalia moed vatte en zo goed mogelijk in het Spaans probeerde uit te leggen dat ze op zoek was naar haar vader. Ze vroeg zich af hoe ze ertoe kwam om een wildvreemde zoiets persoonlijks te vertellen, maar het voelde niet raar of te intiem.

Een paar minuten later legde Pablo in het voorbijgaan even zijn hand op haar schouder. 'Tot later.' Dalia knikte en hij liep verder naar het achterste deel van de bus.

'Is hij je man?' wilde de oude vrouw weten.

Dalia zei glimlachend nee.

'Misschien je toekomstige man?' De Mexicaanse lachte fijntjes.

Verlegen schudde Dalia haar hoofd.

'En je moeder?'

Ze vertelde de vrouw, die Rosa bleek te heten, over de dood van haar moeder en de studiereis naar Mexico van tientallen jaren geleden. Nadat Dalia haar verhaal had besloten, keek Rosa een paar tellen lang zwijgend voor zich uit.

De bus reed langzaam het busstation uit.

'Ik ben een Maya,' zei de Mexicaanse toen op ernstige toon. 'Mijn familie stamt af van de Maya's uit Yucatán.'

Dalia keek haar geboeid aan. 'Dat is interessant.'

Rosa haalde haar schouders op. 'Niet echt.'

'Maar het is een volk met zo'n lange en boeiende geschiedenis,' merkte Dalia op. 'Uw voorouders waren erg intelligent en werden gedreven door een zucht naar kennis.'

'Dat is waar,' zei Rosa zacht. 'Ik ga vandaag naar mijn zoon. Hij heet Pedro en woont in Acayuan, vijfhonderd kilometer vanhier,' vervolgde ze. 'Daar werkt hij als metselaar. Als hij een klus kan krijgen.' Ze haakte haar vingers in elkaar. 'Het is voor ons allemaal niet gemakkelijk, weet je. Veel mensen wonen in sloppenwijken en zijn arm. De goede banen gaan doorgaans naar de mestiezen.' Ze klonk verbitterd. 'Dat zijn degenen die ook Spaans bloed hebben,' legde ze uit.

'Dat wist ik helemaal niet,' bekende Dalia bedeesd. Het was dus niet alleen armoede in het algemeen die Mexico teisterde, maar ook nog eens de ongelijkheid tussen het witte deel van de bevolking en de oorspronkelijke bewoners.

'Maar ik wil je niet met mijn problemen lastigvallen. Wij kunnen ze immers niet oplossen.'

Dalia knikte en keek uit het raampje. Inmiddels lieten ze de laatste huizen van de hoofdstad achter zich. Wat zou haar reis met onbekende bestemming haar brengen? Een reis door een land waar de kloof tussen arm en rijk zo diep was en waar zoveel ongelijkheid tussen de verschillende bevolkingsgroepen bestond. En hoe zat het met haar vader? Had hij een goede baan? Verdiende hij voldoende om van te leven? Als hij had gestudeerd, was de kans groot dat hij niet tot de allerarmsten behoorde.

Al verliep het leven niet altijd volgens plan. Misschien was haar vader ook een eenvoudige ambachtsman of arbeider geweest, die jaren geleden verliefd was geworden op een studente archeologie uit Engeland. Misschien moest hij net als veel van zijn landgenoten elke dag vechten om te overleven en wist hij niet waarvan hij het volgende paar schoenen voor zijn kinderen of het eten voor de komende paar dagen van moest betalen.

Terwijl de bus de ene kilometer na de andere aflegde, verviel Dalia in ernstig gepieker.

'Waar zijn we nu?' wilde Dalia vijf uur later weten. Pablo, Estella en Ruben waren in de schaduw van de bus naast haar gaan zitten.

'Ergens in de Sierra Mixteca,' antwoordde Estella. Ze hield haar hand boven haar ogen tegen de zon.

Dalia keek naar het kale heuvellandschap, waarvan de toppen karig waren begroeid. 'Het ziet er hier weer heel anders uit.' Ze kneep haar ogen tot spleetjes en keek naar een roofvogel die boven een heuveltop cirkelde en naar een prooi leek te loeren. Naast de strook zand waar de bus halt had gehouden, tjirpten de krekels in het gras.

'Wacht maar totdat we in Yucatán zijn,' merkte Pablo op. 'Mexico kent zo'n enorme verscheidenheid aan natuur. We zitten hier nog hoger dan in de hoofdstad, maar de lucht voelt heel anders aan, vind je niet?'

'Het is warmer, maar ook schoner, zonder al die smog. Nu pas merk ik dat die smerige lucht best benauwend was,' zei Dalia onder de indruk. 'Ik had niet gedacht dat we hier zo hoog zitten.'

'Het is toch echt zo. Sommige van die toppen zijn zelfs hoger dan drieduizend meter,' legde Ruben uit. 'Van dit landschap zal ik denk ik nooit genoeg krijgen. De weidsheid, de eenzaamheid, dat enorme contrast met de miljoenenstad. Ach, weet je, het leven is mooi.' Hij grinnikte goedmoedig.

Dalia keek hem van opzij aan. 'Maar hier wonen toch ook mensen?'

Pablo lachte. 'Jazeker. Er zijn heel veel dorpjes zoals dit hier.' Hij wees naar de stoffige straat, waaraan de nodige eenvoudige eethuisjes lagen. 'Hier in de Sierra Mixteca wonen trouwens vooral Mixteken. Die noemen zichzelf het regenvolk.'

'Het regenvolk?' herhaalde Dalia. 'Waarom dat?'

'Hun naam betekent voluit "het volk op de plek van de regengod". De Mixteken zijn een erg oud inheems volk,' legde Pablo geduldig uit. 'Vergelijkbaar met de Maya's.'

'Dat klinkt heel mythisch,' vond Dalia. 'Mijn honger is trouwens een stuk minder mythisch. Mijn maag rammelt.'

'Dan gaan we iets eten. Vamos.' Ruben gaf aan dat ze hem moesten volgen.

Nadat ze de menukaart van het eerste eettentje hadden bekeken, bestelde Pablo vier porties *cuitlacoche.*

'Wat is dit nu weer?' Sceptisch keek Dalia naar het gevulde baksel dat Pablo haar even later overhandigde.

'Dat zijn *chalupa's,*' antwoordde hij. 'Gemaakt van maismeel.'

'Van wat anders?' Dalia grinnikte. 'En de vulling?' Ze was er nog niet helemaal van overtuigd dat de bestelling eetbaar was.

Pablo trok zijn wenkbrauwen op. 'Ui, chilipepers, jonge kaas, specerijen en zure room.' Hij liet een korte stilte vallen. 'En natuurlijk cuitlacoche.'

'Slapende stront,' vulde Ruben gniffelend aan.

'Pardon?' Dalia keek niet-begrijpend van hem naar Pablo.

'Dat is de vertaling uit het Azteeks,' legde Pablo lachend uit.

'Ik weet niet of dat me geruststelt,' merkte Dalia argwanend op.

'Cuitlacoche zijn maiskorrels die door een bepaalde schimmel zijn aangetast,' mengde Estella zich in het gesprek. 'Het is heel erg lekker. Probeer het maar gewoon, dan kun je zelf bepalen wat je ervan vindt. Ik weet zeker dat je er geen spijt van krijgt.'

Nadat Dalia voorzichtig een hapje van een gevulde chalupa had genomen, smakte ze goedkeurend met haar lippen. 'Het is heerlijk!'

'Dat zeiden we toch,' riepen Ruben en Pablo in koor, en ze lachten allebei.

Ze gingen op twee houten bankjes zitten en genoten van het eten. De chauffeur had bij aankomst in het dorpje gemeld dat ze hier een uur pauze zouden houden, dus ze konden de tijd nemen.

Dalia was blij dat ze eindelijk haar benen kon strekken. 'Hoe vaak maken jullie deze reis met de bus?' Ze keek de drie een voor een aan.

Estella haalde haar schouders op. 'Drie tot vier keer per jaar, schat ik.'

Ruben knikte.

'Als het zo uitkomt,' viel Pablo hen bij. 'Vliegen is heel erg duur en er is niets mis met de bus. Dat heb je zelf al gemerkt. Natuurlijk moet je voor de heen- en terugreis een paar dagen uittrekken, want het is wel erg vermoeiend.'

Dat kon Dalia zich goed voorstellen. Al na een paar uur in de bus had ze verlangd naar de avond, wanneer ze hun eerste tussenstop zouden bereiken.

'Ciao.' Een jong stel, dat tijdens de rit drie rijen voor Dalia had gezeten, kwam bij hen zitten. 'Kunnen jullie ons iets aanraden?' De man wees naar de restjes van hun maaltijd.

Pablo legde in vloeiend Engels uit waaruit het gerecht bestond. 'Waar komen jullie vandaan?'

'Italië, uit Milaan,' antwoordde de jonge vrouw. 'Ik ben Giovanna en dit is Marco.'

'En waar gaan jullie naartoe?' wilde Estella weten nadat ze zich allemaal hadden voorgesteld.

‘Dat weten we nog niet,’ antwoordde Marco. ‘We willen graag Yucatán bekijken. De ruïnes van de Maya’s, de grotere plaatsen, en als het ons ergens bevalt, willen we er een tijdje blijven. En jullie?’

Ruben vertelde dat ze hun families wilden bezoeken.

‘Komen jullie allemaal van het schiereiland?’ Giovanna keek Dalia aan.

Ze schudde haar hoofd. ‘Ik kom uit Engeland.’

Giovanna fronste haar voorhoofd. ‘Ah, oké. Ik dacht dat je...’

Pablo knikte geamuseerd naar Dalia. ‘Dalia is beslist een van ons. Haar vader komt hiervandaan.’

Door zijn woorden ging haar hart iets sneller kloppen. Ze was een van ons, had hij gezegd. En zo voelde het voor haar ook. Ze merkte dat ze hier thuishoorde, dat haar wortels hier lagen. Niet alleen haar uiterlijk verbond haar met de Mexicanen. Ook het spreken van de taal ging steeds beter, en ze raakte gewend aan het dagelijks leven en aan het eten. Ze dompelde zich steeds verder onder in de cultuur van Mexico.

‘Ja, ik ben half-Mexicaans,’ bevestigde Dalia, en ze voelde dat haar borst opzwol van trots.

Het stelletje liep naar het eethuisje en bestelde hetzelfde als zij. Pablo leek het tweetal te hebben overtuigd.

Toen Dalia zich omdraaide, zag ze een groene leguaan van ongeveer een halve meter lang, die roerloos op een platte steen in de zon lag.

‘Kijk daar eens,’ wees ze de anderen op het reptiel. ‘Is hij niet schattig?’

‘Schattig?’ Ruben lachte. ‘Ik kan voor die beesten heel veel woorden bedenken, maar schattig...’ Hij schudde zijn hoofd. ‘Nee, dat is hij niet.’

‘Jawel,’ beweerde Dalia. ‘Kijk eens naar zijn sierlijke pootjes.’

Ruben knikte. ‘O ja, die zijn superschattig.’ Weer lachte hij.

‘Jullie mannen hebben er gewoon geen verstand van,’ viel Estella Dalia bij. ‘Ik vind die kleine ook een leuk beestje. Hij ziet er echt lief uit.’

Pablo ging naast Dalia staan en bekeek de leguaan aandachtig. 'Maar mooi kun je hem niet noemen, hè?'

'Hij is schattig,' herhaalde Dalia op koppige toon.

'Dan hoop ik maar dat ik nooit door een vrouw als schattig word omschreven,' merkte Pablo somber op. 'Want dan voel ik me net een lelijke leguaan.'

'Maak je maar geen zorgen,' zei Estella op droge toon. 'Dat gaat beslist niet gebeuren.'

15

Negenentwintig jaar eerder
Chichén Itzá

Ze was er. Camellia stond op de plek waarvan ze al die jaren had gedroomd. Wat had ze zich vaak voorgesteld hoe dat zou voelen, hoe het er zou ruiken, hoeveel inspiratie ze erdoor zou krijgen.

Ze waren gisteravond laat op het vliegveld van Chichén Itzá geland, na een vlucht van tweeënhalf uur in een klein toestel. Hun onderkomen in Kaua, een klein dorpje in de buurt van de wereldberoemde ruïnes, was eenvoudig en praktisch, maar schoon. Carmen deelde een tweepersoonskamer met Sadie, en aangezien zij de enige drie vrouwelijke deelnemers waren, had Camellia een eenpersoonskamer voor zich alleen.

Het temperatuurverschil met de hoofdstad en de hoge luchtvochtigheid waren voor Camellia heel erg wennen. Daarom was ze meteen na het eten naar hun kleine huisje teruggegaan om even te gaan liggen. Haar slaap was diep en droomloos geweest. Al die nieuwe indrukken hadden haar uitgeput.

En hoewel ze zich vlak na het opstaan uitgerust had gevoeld, leed ze nu opnieuw onder de intense hitte, die hier al om tien uur 's morgens als een onzichtbare stolp over het land hing.

'Laten we gaan zitten,' zei Carmen tegen haar, en ze stak haar arm door die van Camellia. 'Het opperhoofd wacht op ons.' Ze grijnsde.

Sadie zat met Giovanni en Armand in de schaduw van de grote piramide, die lang geleden door de Spanjaarden El Castillo was gedoopt. Ricardo stond voor hen in een korte broek en een overhemd, waarvan hij de lange mouwen had opgestroopt, en keek met een frons naar de papieren in zijn hand.

Camellia liet zich naast Sadie in het droge gras zakken en keek vol ontzag naar de piramide die naast hen oprees. Ze kreeg maar geen genoeg van het imposante bouwwerk. Hoe waren de Maya's er al die eeuwen geleden in geslaagd om die grote blokken steen op elkaar te stapelen?

'Buenos días,' zei Ricardo tegen zijn studenten. 'Ik hoop dat jullie lekker hebben geslapen en dat jullie uitgerust aan onze eerste dag in Chichén Itzá kunnen beginnen. Vandaag doen we dat iets later, want ik wilde jullie de gelegenheid geven om bij te komen van de reis van gisteren. Maar jullie hebben vast al gemerkt dat de zon nu al heel krachtig is, en daarom gaan we in de komende weken vooral 's morgens vroeg en tegen de avond aan de slag. Ik laat jullie natuurlijk niet meteen los op de opgravingen, jullie moeten eerst de Mayastad en de omgeving leren kennen, en ik ga door middel van korte lezingen bepaalde thema's uitdiepen. We houden 's middags een lange pauze. Die tijd mogen jullie zelf indelen, maar ik kan jullie aanraden om tijdens die uren de zon te mijden. Dit alles houdt concreet in dat onze werkdagen om zes uur 's morgens beginnen.'

Camellia was nooit een langslaper geweest, dus het klonk haar als muziek in de oren dat ze gebruik gingen maken van de koele ochtenduren, zodat ze het 's middags, tijdens die helse hitte, rustig aan konden doen.

'Ik hoor geen bezwaren,' stelde de jonge wetenschapper grinnikend vast. 'Blijkbaar zijn we een groepje vroege vogels. Na de lange middagpauze komen we om zes uur 's avonds weer bij elkaar. Om tien uur is het dan gedaan voor de dag.' Hij trok een ernstig gezicht. 'Ik weet dat de nachten daardoor kort zullen zijn, want jullie moeten natuurlijk ook nog eten en willen na het werk misschien gezellig bij elkaar zitten. Maar geloof me, op deze manier hebben jullie veel meer aan de dag. Als we tijdens de hitte van de middag zouden doorwerken om 's avonds vroeger te kunnen ophouden, wordt dat een beproeving. Jullie moeten deze warmte en de tropische broeierigheid niet onderschatten. Zijn jullie het hiermee eens?'

Camellia en de anderen knikten instemmend.

'We spreken onderling Spaans of Engels,' ging Ricardo verder, 'dat mogen jullie zelf bepalen. Hebben jullie verder nog vragen?'

'Ja, wat kun je tegen die stekende muggen doen?' vroeg Giovanni. Hij stak zijn arm omhoog, die onder de rode bulten zat.

Ricardo lachte begripvol. 'Bij de apotheek kun je verschillende middeltjes krijgen, die allemaal goed werken. Trek lichtgekleurde kleding aan die je armen en benen zoveel mogelijk bedekt. Veel meer kan ik jullie niet aanraden. De een wordt nooit gestoken, de ander valt meteen in de smaak bij die kleine bloedzuigers.'

'Kunnen we 's middags nog ergens naartoe?' wilde Sadie weten.

'Kaua ligt niet bepaald om de hoek, maar er rijden tamelijk vaak bussen naartoe. En als jullie overdag meerdere uren vrij hebben, kunnen jullie terug naar ons pension. Of jullie kunnen de andere dorpjes in de buurt gaan bekijken. Vergeet alleen niet dat het hier broeierig warm wordt. Velen van jullie hebben een lichte huid, en ik wil niet dat er iemand verbrandt of een zonnesteek oploopt.' Hij glimlachte. 'Goed, dan gaan we maar eens beginnen. Ik vermoed dat jullie staan te popelen. Vandaag werpen we een eerste blik op het hele terrein. Jullie zullen zien dat er nog maar een klein deel is blootgelegd en onderzocht. Een groot deel is nog niet eens opgegraven.' Hij keek Sadie aan. 'Willen jullie je in het kort voorstellen, voordat we beginnen? Waar jullie vandaan komen, wat jullie van je verblijf hier verwachten. Wil jij misschien beginnen?'

Sadie knikte. 'Ik ben Sadie March, drieëntwintig, en ik kom uit Washington DC. Als kind was ik al heel erg geboeid door de cultuur van de Maya's.' Ze haalde haar schouders op. 'Dat is het wel.'

Ricardo knikte. '*Gracias*. De volgende?'

'Ik ben Armand Dupont en ik kom uit Normandië. Dat ligt in het noorden van Frankrijk. Jaren geleden was ik op een tentoonstelling in Parijs, die aan de cultuur van de Maya's was gewijd. En vanaf dat moment wilde ik heel graag alles over dit mysterieuze volk weten.' De blonde Fransman dacht even na. 'Ik hoop dat we hier een fijne tijd gaan beleven en dat de muggen het niet te vaak op mij hebben gemunt.'

Ze schoten allemaal in de lach, en daarna nam Carmen het woord en vertelde ze hoe ze heette. 'Ik kom uit Madrid en ben hier al eens met mijn ouders geweest. Sindsdien wilde ik archeoloog worden, om meer over de Maya's en hun rituelen te weten te komen.'

Ricardo bedankte haar en wendde zich tot Camellia. 'Nu is het jouw beurt.'

Ze knikte en stelde zich ook voor. 'Ik kom uit Engeland, uit Cornwall om precies te zijn. Heel lang geleden gaven mijn ouders me een kinderboek over de Maya's, en vanaf dat moment keek ik naar elke documentaire op tv en verslond ik elk non-fictieboek dat ik in handen kon krijgen. Maar dat was niet genoeg. Daarom ben ik archeologie gaan studeren, met als specialisatie precolumbiaanse culturen, en heb ik deze beurs aangevraagd. En nu ben ik hier en kan ik deze unieke plek met eigen ogen aanschouwen.'

'Wat verwacht je van je verblijf in Mexico?' wilde Ricardo weten.

Camellia hield haar hoofd schuin. 'Nieuwe inzichten, meer stof tot nadenken… de waarheid.'

'De waarheid,' herhaalde Ricardo met een lachje. 'Dat klinkt goed. Daar zijn we als wetenschappers immers altijd naar op zoek, naar de feiten.' Hij keek Giovanni aan. 'Wil jij nog iets over jezelf vertellen? We weten al dat de muggen je aanbidden.'

Weer moesten ze allemaal lachen. Camellia vond het fijn dat er zo'n ontspannen en vrolijke stemming in het groepje hing.

Giovanni trok een verongelijkt gezicht. 'Ja, de muggen zijn gek op me. En ik ben gek op de Maya's. Mijn vader is ook archeoloog, maar hij richt zich op het oude Egypte. Ik zat dus van kleins af aan al tussen de oude stenen en heel veel geschiedenis. Het was niet meer dan logisch dat ik voor dezelfde richting zou kiezen.' Hij krabde aan zijn arm. 'Waarom de Maya's? Ik denk dat ik die op een bepaald moment in een van de vele boeken van mijn vader tegenkwam, en dat onderwerp leek me wel iets voor mij. Dus dat is niet zo spectaculair.'

'Dan zal je verblijf hier des te spectaculairder zijn.' Ricardo spreidde zijn armen. 'Jullie lijken me allemaal erg aardig en leergierig. Ik wil jullie nogmaals welkom heten in Chichén Itzá, een van de mooiste en best bewaard gebleven steden van de Maya's in Mexico, en ik kijk ernaar uit om samen met jullie nieuwe ontdekkingen te doen. We gaan ons samen laten betoveren door een beschaving die de mensen tot op de dag van vandaag fascineert.'

Het was een lange en erg warme dag geweest. Hoewel ze het 's middags heel rustig aan hadden gedaan, voelde Camellia de vermoeidheid in elke vezel van haar lichaam.

'Moe?' Ricardo keek haar van opzij aan.

Ze beantwoordde zijn blik en zag opnieuw de warmte in zijn uitdrukking. Camellia moest erop letten dat ze het hoofd van hun expeditie niet te opvallend aanstaarde. 'Je moet de hitte hier inderdaad niet onderschatten,' antwoordde ze. 'Het beeld dat ik tot nu toe van een archeologische opgraving had, behelsde geen Camellia die druipend van het zweet voortdurend op zoek is naar de volgende fles water.' Ze lachte. 'Het was me blijkbaar gelukt om dat volledig uit mijn gedachten te bannen.'

Ricardo knikte. 'De mens is bijna wereldkampioen in het negeren van minder aangename zaken. En als je dit klimaat niet gewend bent, kun je je niet voorstellen dat het zo warm kan zijn.'

Een jonge Mexicaanse kwam naar de tafel toe waaromheen ze zich hadden verzameld en vroeg wat ze wilden bestellen. Ricardo had vlak voor tien uur 's avonds voorgesteld om er voor vandaag een punt achter te zetten en de dag met een gezellig samenzijn af te sluiten.

'Voor mij graag een portie pozole,' zei Ricardo.

'Wat is dat?' wilde Camellia weten.

'Een erg smakelijk eenpansgerecht, dat oorspronkelijk afkomstig is van de westkust. Met veel kip, mais en natuurlijk chilisaus,' legde Ricardo glimlachend uit, terwijl de Mexicaanse instemmend knikte.

'Dat klinkt goed. Voor mij ook graag,' zei Camellia dapper.

'Dan mag ik hopen dat je van pittig eten houdt, Camellia,' zei Ricardo, terwijl de serveerster de bestellingen van de anderen opnam.

'Dat denk ik wel.' Camellia haalde haar schouders op. 'Wat pittig betreft verschilt de Engelse keuken heel erg van die van jullie.'

'Bestaat er eigenlijk wel een Engelse keuken?' Ricardo grijnsde. 'Dat was maar een grapje.'

Camellia trok een verontwaardigd gezicht. 'Ik zou ons Britten maar niet onderschatten als ik jou was, niet in de keuken en ook niet daarbuiten.'

Hij stak met een verontschuldigend gebaar zijn handen op. 'Ik zou niet durven.'

'Hoe ben jij er eigenlijk toe gekomen om je leven aan de geschiedenis van de Maya's te wijden?' veranderde Camellia van onderwerp. 'Wij hebben ons vandaag allemaal voorgesteld, maar jij hebt nog maar weinig over jezelf onthuld.' Ze hoopte eindelijk een paar persoonlijke details van hem te kunnen horen.

Ricardo keek haar indringend aan. 'Wat ben je nieuwsgierig, Camellia.'

Ze knikte. 'Wat is een wetenschapper zonder een portie nieuwsgierigheid? Als je niks vraagt, kom je nooit iets te weten. Dat is mijn motto.'

'Dat is waar.' Hij nam een slok van zijn cola. 'Ik kom uit de buurt van Tulum, de prachtige Mayastad aan de Atlantische kust.'

'Daarvan heb ik tot nu alleen maar foto's gezien. Het moet echt een droomplek zijn.'

'Dat is het zeker. En het is nog veel mooier als je die plek met eigen ogen ziet. De sfeer... Die is gewoon uniek. Toen ik nog een kind was, nam mijn vader, die visser was, me vaak mee het water op. En dan zag ik altijd die ruïnes, die turquoise zee, die azuurblauwe hemel en die eerbiedwaardige oude muren. Al die magische kleuren, die tot een schilderij versmolten.'

'Je bent een echte romanticus,' stelde Camellia onder de indruk vast.

Hij lachte. 'Dat weet ik niet, of mijn enthousiasme iets met romantiek te maken heeft. Maar toen is me duidelijk geworden dat ik per se meer wilde weten over de mensen die lang geleden in staat waren om zoiets moois te doen verrijzen.' Hij liet zijn blik over Camellia's gezicht gaan. 'Die passie heeft me nooit meer losgelaten. Tot op de dag van vandaag niet. En ik heb er geen seconde spijt van gehad dat ik voor dit beroep heb gekozen.'

'Dat klinkt allemaal erg mooi,' gaf ze toe. Zijn ogen hadden gestraald toen hij aan het woord was, en ze was erg gegrepen door zijn zorgvuldig gekozen woorden en de manier waarop hij vertelde over de dingen die hem aan het hart gingen.

Voordat ze het gesprek konden voortzetten, kwam de bediening hun eten brengen.

'Eet smakelijk,' zei Ricardo tegen iedereen aan tafel voordat hij aan zijn pozole begon.

Nadat Camellia de eerste hap in haar mond had gestopt, moest ze heel erg hoesten.

'Pittiger dan gedacht?' Ricardo's mondhoeken krulden geamuseerd op.

Camellia wuifde zichzelf met haar hand koelte toe. Haar wangen gloeiden en haar gezicht was vast zo rood als een overrijpe tomaat. 'Een beetje,' gaf ze met schorre stem toe.

Ricardo schoof een mandje met gefrituurde tortilla's naar haar toe. 'Neem er hier maar eentje van, dat helpt.'

Camellia volgde zijn goede raad op en knikte. 'Dank je.'

Toen de serveerster korte tijd later de lege borden afruimde, bestelde Ricardo voor het hele gezelschap *pulque*.

'Wat is dat?' wilde Giovanni weten.

'Onze nationale drank,' antwoordde Ricardo. 'Gemaakt van agave. Pulque speelt een grote rol in de mythologie van ons land en bij veel religieuze rituelen van de inheemse bevolking.' Hij grijnsde. 'En het smaakt verdraaid goed.'

'Hebben de Maya's die drank uitgevonden?' Sadie keek Ricardo verwachtingsvol aan.

'Die was vooral bekend bij de Tolteken en de Azteken,' legde Ricardo uit. 'En er bestaan verschillende legenden over het ontstaan van pulque. Bij allebei die volken zijn oude kelken gevonden die voor deze drank zijn gebruikt.'

'En hoe zit het met jou?' mengde Carmen zich in het gesprek. 'Stam jij ook van een van de inheemse volken af?'

Ricardo lachte. 'De meeste Mexicanen hebben in meer of mindere mate inheems bloed in hun aderen. Bij mij overheerst het Spaanse deel.' Hij haalde verontschuldigend zijn schouders op. 'Maar de vader van mijn betovergrootvader was inderdaad een Maya.'

Camellia keek hem vol belangstelling aan. Hij was niet de eerste knappe en intelligente man die ze in haar leven was tegengekomen, maar hij had iets wat ze tot nu toe niet bij de andere mannen had gezien. Hij was open, gevoelig, aandachtig. Ze zei in gedachten tegen zichzelf dat ze voorzichtig moest zijn en wendde zich vastberaden tot

Carmen, die aan haar andere kant zat. Misschien was het beter om voorlopig op afstand te blijven en de gesprekken met Ricardo niet te persoonlijk te laten worden. Het was Camellia nu al duidelijk dat het niet gemakkelijk zou worden, maar ze moest zich richten op het doel waarvoor ze hier was en waarvoor ze zo haar best had gedaan.

16

Heden

Rosa was weer in slaap gevallen en ook Dalia zat een beetje te dommelen. Ze had haar hoofd tegen de leuning gelegd en streek met haar vingers keer op keer over de doorzichtige hoes met de brief van haar vader en de sierlijk gevormde oorbellen. Jarenlang had ze gedacht dat haar naam samenhing met de familietraditie om alle kinderen namen van bloemen of planten te geven, maar de oorbellen met de dahlia's wierpen daar een heel nieuw licht op. Had haar vader deze aan haar moeder gegeven? Of waren ze misschien zelfs voor zijn dochter bestemd geweest? Had haar moeder haar Dalia genoemd omdat ze door dit cadeau geïnspireerd was geraakt? En waarom had ze Ricardo niet aan haar ouders voorgesteld? Dalia's grootouders hadden hem niet eens gekend.

Nee, bedacht Dalia, dat was niet helemaal waar. Granny had hem immers een brief gestuurd en hij had daarop geantwoord. Er was dus in elk geval schriftelijk contact geweest, maar waarom haar vader had aangenomen dat zij net als haar moeder was overleden, was nog altijd een raadsel. Waarom had granny haar bestaan voor hem verzwegen?

Ze moest denken aan een gesprek dat ze jaren geleden met haar oma had gevoerd, op het terras van Blooming Hall. Die middag hadden ze, zoals zo vaak, samen van hun Cornish cream tea genoten en de bloeiende borders van de kwekerij bewonderd. Grandpa had een afspraak buiten de deur gehad. Granny had een melancholieke, weemoedige bui gehad, maar toen Dalia haar had gevraagd wat haar scheelde, had ze die vraag weggewuifd. 'Er zijn van die momenten in je leven waarop je bij alles wat je ooit hebt gedaan je vraagtekens zet. Je weet dat je goede bedoelingen had, maar je twijfelt of je wel de juiste beslissing hebt genomen.'

Dalia had toen niet echt begrepen wat haar oma met die cryptische opmerking had bedoeld.

'Als ik had geweten dat Camellia haar reis naar Mexico met de dood moest bekopen, had ik alles gedaan om haar tegen te houden. Een kind verliezen is het meest tragische wat je kan overkomen, dat is zo vreselijk en definitief, met niets te vergelijken.' Ze liet een korte stilte vallen. 'Al ben ik aan de andere kant ook heel erg dankbaar dat ik jou als kleindochter heb.'

Bedrukt had Dalia die woorden tot zich laten doordringen. Ze was nog te jong geweest om er passend op te reageren, ze had nog veel te weinig geweten om de juiste vragen te stellen.

Ze had geen idee waarom ze juist nu aan dat gesprek moest denken, maar ze zag het opeens in een heel ander licht. Had granny Ricardo soms de schuld gegeven van de dood van haar dochter? Dat was rationeel gezien natuurlijk een onzinnige conclusie. Maar de dood van je eigen kind had niets met verstand of logica te maken. Ouders zochten naar een schuldige, vroegen zich af waarom uitgerekend hun kind zo vroeg had moeten sterven. En toch begreep Dalia niet waarom haar nooit de volledige waarheid was verteld. Ook haar grandpa had er nooit met een woord over gerept. Hoe was dat mogelijk?

Had granny in dat gesprek soms de brief bedoeld die ze aan Ricardo had gestuurd? Als ze hem inderdaad had voorgelogen, om welke reden dan ook, dan verklaarde dat wat ze tegen Dalia had gezegd. Namelijk dat ze er spijt van had dat ze hem niet de waarheid had verteld. En toch… Granny had hem op om het even welk moment kunnen vertellen hoe het echt zat. En haar kleindochter Dalia ook.

Ze deed haar ogen open, stopte de plastic hoes weg en slaakte een zachte zucht.

'Ik word ook altijd moe van een lange reis,' merkte een jonge vrouw aan de andere kant van het gangpad in aarzelend Spaans op.

'Dat is het niet. Of dat is het niet alleen,' antwoordde Dalia met een blik op de ander.

'Pardon, ik wilde niet onbeleefd zijn,' zei de jonge vrouw. 'Ik…' Ze glimlachte. 'Je ziet er gewoon… in gedachten verzonken en bedrukt uit.'

'Ik ben op zoek naar mijn vader,' zei Dalia zonder nadenken, terwijl ze haar rugzak teruglegde in het bagagerek boven haar stoel. 'Het is erg ingewikkeld.' Ze ging weer zitten en haalde verontschuldigend haar schouders op. 'Waar ga jij naartoe?'

'Naar een dorpje in de buurt van Palenque. Ik werk voor een hulporganisatie die onder andere Mexicaanse boeren helpt om hun manier van werken aan te passen aan de klimaatverandering. Ik ben trouwens Grace, ik kom uit Florida.'

'Ik ben Dalia en woon eigenlijk in Cornwall,' stelde Dalia zichzelf in het Engels voor.

'Je komt uit Engeland?' Grace keek verbaasd. 'Ik dacht dat je…

'Dat ik Mexicaans ben, ik weet het,' maakte Dalia lachend haar zin af. 'Dat is me in de afgelopen paar dagen vaker gebeurd.'

'Dus je komt hier helemaal niet vandaan.'

'Nee, dit is mijn allereerste keer in Mexico.'

'Een prachtig land,' vond Grace. 'Ik ben al in veel landen geweest, maar nergens ben ik zulke aardige en behulpzame mensen tegengekomen als hier. Velen van hen hebben zo weinig, maar ze zouden hun laatste beetje nog met je delen.'

'Het is me al opvallen hoe behulpzaam de Mexicanen zijn,' bevestigde Dalia. Ze moest aan Pablo, Ruben en Estella denken. 'Ben je hier vaker geweest?'

'Wel in Mexico, maar nog niet in het dorp waar ik word verwacht. De boeren hebben al langere tijd problemen met de teelt van mais,' legde Grace uit. 'En Mexico zonder mais...' Ze lachte. 'Ze moeten zo snel mogelijk op een andere manier gaan werken, misschien ook met andere soorten. Er is een aantal knoppen waaraan we kunnen draaien om de oogst toereikend en rendabel te maken. Voor de kleine boeren is dat van het grootste belang, want alleen dan kunnen ze overleven.'

'En jij gaat daarbij helpen,' begreep Dalia. 'Dat moet fijn zijn, als je zulk nuttig werk kunt doen.' Ze hoorde zelf hoe afgunstig dat klonk.

'Ik ben eigenlijk opgeleid tot sociaal werker,' antwoordde Grace. 'Ik heb altijd al mensen willen helpen. Hoe, dat maakte me niet veel uit. Ik vind het vooral belangrijk dat ik iets in beweging kan brengen. Dat ik de wereld een beetje beter kan maken. Dat klinkt allemaal erg idealistisch en overdreven, dat weet ik. Maar ik ben nu eenmaal een onverbeterlijke optimist, dus ik zal er nooit genoegen mee nemen dat ik iets niet kan veranderen.'

'Wauw,' zei Dalia onder de indruk. 'Je lijkt echt je weg in het leven te hebben gevonden.'

'Ach, ik weet niet of het echt een weg is of dat je gewoon een volgend zijpad een nieuwe naam geeft.'

'Ik zou graag willen dat ik het begin van die weg kon vinden,' flapte Dalia eruit.

Grace keek haar afwachtend aan. 'Wil je er soms over praten?'

'Heb je even?'

Grace lachte. 'Volgens mij hebben we nog een paar honderd kilometer te gaan.'

Na een korte nacht in een eenvoudig pension genoten ze van een uitgebreid ontbijt, dat bestond uit koffie en *chilaquiles*, gefrituurde stukjes tortilla die werden geserveerd met een warme tomatensaus, uien, knoflook, chilipepers, kaas en koriander. Estella en Ruben gebruikten de ochtend om verder te werken aan hun proefschrift, Pablo en Dalia pakten de bus naar de archeologische vindplaats Palenque.

Daar aangekomen wist Dalia niet waar ze het eerst moest kijken. Ze was volkomen overweldigd. Als ze de kring van staande stenen van Stonehenge buiten beschouwing liet, kon ze stellen dat ze nog nooit iets als dit had gezien.

'Welkom in Palenque,' verklaarde Pablo vrolijk. 'Dit is een van de mooiste vindplaatsen van het land.'

'Midden in de jungle.' Dalia draaide langzaam een rondje en liet haar blik over de imposante tempel met de inscripties gaan, die ruim twintig meter hoog oprees. Steile stenen trappen voerden vanaf de onderkant naar een vlak platform waarop de eigenlijke tempel stond.

'In de piramide ligt de grafkamer van een van de belangrijkste koningen die ooit over Palenque hebben geheerst. Hij heette Pakal.'

Dalia draaide zich om naar Pablo, die twee stappen achter haar stond, en kneep haar ogen half dicht tegen het felle zonlicht. 'Ben je ook expert op het gebied van de Maya's?'

Hij grijnsde. Toen wees hij achter zich. 'Niet echt. Maar waarvoor heb je anders informatieborden?' Toen hij opzijstapte, zag Dalia het dichtbedrukte witte bordje, waarop uitgebreid de betekenis van de verschillende gebouwen beschreven was.

'Je bent in elk geval eerlijk,' gaf ze toe, en ze draaide zich weer om naar de ruïnes.

'Het gebouw hiertegenover is het paleis,' ging Pablo verder. 'Dat is een van de grootste bouwwerken van Palenque, de zetel van de toenmalige heerser.' Hij wees naar een toren van vier verdiepingen, die boven de andere gebouwen uitstak. 'De toren was waarschijnlijk een sterrenwacht en is qua bouwwijze uniek te noemen.'

Dalia knikte, diep onder de indruk. 'Ik had al gelezen dat de Maya's meesters van de sterrenkunde waren.'

'Niet alleen van de sterrenkunde,' vulde Pablo aan. 'Ook in de wiskunde waren ze hun tijd ver vooruit.'

'Ze kenden het cijfer nul al,' gaf Dalia haar opgedane kennis ten beste.

'Ah, de señorita heeft zich ingelezen.' Pablo ging naast haar staan en keek haar van opzij aan.

'Een beetje,' gaf ze met een glimlach toe. 'Ik moet toch voorbereid zijn. Kijk eens naar die inscripties, dat zijn wel honderden verschillende tekens. Hoeveel tijd denk je dat ze nodig hadden om een steen op die manier te bewerken?' Ongelovig keek ze naar de talloze tekens, die dicht op elkaar stonden.

'Je kunt je in onze tijd niet eens voorstellen hoe deze mensen vijftienhonderd jaar geleden iets als dit hebben kunnen bouwen,' zei Pablo. 'Zonder metaal, zonder grote hulpmiddelen. En hoe ze al hun kennis gedetailleerd hebben vastgelegd. Een groot deel van de geschriften uit die tijd is door de Spanjaarden vernietigd. Helaas. Er zijn toen waardevolle schatten en herinneringen aan lang vervlogen tijden voor altijd verloren gegaan.'

'Ik begin zo langzamerhand te begrijpen wat mijn moeder zo boeiend vond aan deze cultuur,' zei Dalia, meer in zichzelf. Was haar moeder hier ook geweest? Had ze op dezelfde plek gestaan waar Dalia nu stond, overweldigd en gefascineerd door de bouwkunst van deze hoogstaande beschaving? Hoewel ze nog steeds niets had gevonden wat haar echt verder kon helpen, voelde Dalia zich wel heel erg met haar moeder verbonden, op een manier die niet te verklaren was.

Palenque was net een reusachtig openluchtmuseum. Dalia kreeg maar geen genoeg van al die sierlijke versieringen en stenen reliëfs met soms boosaardig ogende dierenkoppen. Nadat ze de drie tempels hadden bekeken, die de Tempel van het Kruis, de Tempel van de Zon en de Tempel van het Bladerenkruis werden genoemd, stelde Pablo voor om op zoek te gaan naar de archeologen die hier werkzaam waren, om te vragen of zij iets meer wisten over Dalia's ouders.

Aan de rand van het terrein stegen opeens ongewone schrille kreten uit het oerwoud op.

'Wat is dat?' vroeg Dalia met een verbaasde frons.

'Brulapen.'

Ze keek hem verbaasd aan. 'Brulapen?'

Hij knikte. 'Ja, hier in de jungle wonen apen. Wist je dat niet?'

Ze schudde haar hoofd. 'Niet echt, nee. Dat is erg interessant.'

Pablo haalde zijn schouders op. 'Voor jou misschien, omdat je uit Europa komt. Misschien zien we er later nog eentje van dichtbij. Eerst je vader, dan de apen,' verklaarde hij grijnzend.

Hij voerde haar zachtjes weg van de tempels en naar een groepje mensen die in de schaduw van een enorme kapokboom met elkaar zaten te praten. Een paar van hen maakten notities, anderen wezen naar een plek waar net een opgraving plaatsvond.

'Die zien eruit als archeologen,' merkte Pablo lachend op. Hij begroette het groepje vriendelijk. 'Hola, we willen jullie iets vragen.'

'Wat kunnen we voor jullie doen? Als jullie een rondleiding willen, moeten jullie bij de dame bij de ingang zijn,' antwoordde een van hen.

Pablo wuifde die woorden weg. 'Bedankt, maar daar gaat het niet om.' Hij stelde snel Dalia en daarna zichzelf voor en legde uit dat ze op zoek waren naar Dalia's vader.

Omdat de archeologen van hun leeftijd waren, konden die hen niet verder helpen. 'Maar vraag het eens aan Alberto, die werkt al decennia in Yucatán. Misschien kan hij jullie helpen. Hij kent veel Mayakenners persoonlijk,' stelde een van de Mexicanen voor. 'Hij moet ergens in de buurt van het balspeelveld zijn, daarachter.' Hij wees naar de ruimte achter de tempel. 'Dik grijs haar, donkere bril, slank, ongeveer mijn lengte.'

Ze bedankten hem en liepen verder naar het balspeelveld. Voor een van de muren zagen ze inderdaad een oudere man staan die er net zo uitzag als de beschrijving van de jonge onderzoeker. Hij was in gesprek met een jonge vrouw en leek iets uit te leggen over een afbeelding op de muur.

Toen ze naar hem toe liepen, keek hij vragend in hun richting.

Pablo knikte naar hem. 'Hola, bent u Alberto?'

'Ja, dat klopt. En wie zijn jullie?'

Pablo stelde opnieuw Dalia en zichzelf voor en herhaalde zijn vraag van daarnet.

Alberto wendde zich tot de jonge vrouw. 'Neem maar even pauze, Lucia. We praten straks wel verder.'

'Dat is goed, Alberto. Tot straks.' De studente stak haar hand op en knikte bij wijze van afscheid naar Pablo en Dalia. Toen liep ze naar het paleis en verdween tussen de muren.

'En jullie zoeken naar Ricardo, die ongeveer dertig jaar geleden als student in Yucatán werkte?'

Dalia knikte, zich ervan bewust hoe krankzinnig haar plan moest klinken.

De wetenschapper gaf aan dat ze hem moesten volgen naar een beschaduwd hoekje. 'Hier is het momenteel nog enigszins vol te houden,' legde hij uit, en hij veegde met zijn hand over zijn voorhoofd. 'We zijn hier al sinds zes uur vanmorgen bezig.' Hij liet zich vermoeid op een klein stukje uitstekende muur zakken.

Dalia en Pablo volgden zijn voorbeeld.

'Het klinkt wel een beetje gestoord, als ik dat zo mag noemen.' Hij keek van Pablo naar Dalia. 'Er komen elk jaar een heleboel onderzoekers en wetenschappers hiernaartoe. Archeologen, historici en deskundigen op het gebied van het oude Amerika.'

'Dit is mijn enige kans om hem te vinden,' antwoordde Dalia, die het gevoel kreeg dat ze haar plan moest verdedigen. 'Mijn moeder is bij mijn geboorte gestorven en ik heb onlangs mijn grootouders moeten begraven. Mijn vader is het enige puzzelstukje van de familie dat nog ontbreekt.'

De wetenschapper op leeftijd knikte vol begrip. 'Ik weet niet of ik jullie echt kan helpen, maar ik kan me zo spontaan twee Ricardo's herinneren. De ene is Ricardo Ortiz Delgado, die zou het qua leeftijd kunnen zijn. Hij moet nu halverwege de vijftig zijn. Een erg goede wetenschapper, een expert op het gebied van de rituelen van de Maya's. Ik geloof dat hij momenteel onderzoek doet in Uxmal, maar dat weet ik niet zeker.'

'Uxmal is de volgende bestemming op onze route,' merkte Pablo op. 'Als hij daar werkt, vinden we hem zeker.'

'Ik ken ook nog een Ricardo Murillo Flores. Hij is van mijn leeftijd en professor aan de universiteit in Mexico-Stad. Ik heb hem al heel lang niet meer gezien en weet dus niet waar hij momenteel zit. Misschien kunnen ze jullie daar in Uxmal meer over vertellen.'

Dalia had beide namen in haar notitieboekje opgeschreven. Ze haalde de brief van haar vader tevoorschijn en gaf die aan de wetenschapper. 'Dit is zijn handschrift. Misschien komt dat u bekend voor?' Ze kon de toenemende hoop in haar stem bijna niet verbergen.

Hij wierp een korte blik op het vel papier en schudde toen zijn hoofd. 'Het spijt me, maar ik kan de handschriften van mijn collega's echt niet herkennen.' Hij grijnsde zwakjes. 'Ik ben al blij als ik dat van mezelf kan ontcijferen.' Hij keek nogmaals naar de brief. 'Het is een erg mooi handschrift. Dat van de meesten is… tja, hoe zal ik het zeggen, vrijwel onleesbaar.'

Na het gesprek met Alberto besloten ze zich spontaan bij een groepsrondleiding te voegen, die deels in het Engels en deels in het Spaans werd gegeven. Ze vernamen dat Palenque ooit een invloedrijke grootmacht in het westen van het rijk van de Maya's was geweest. De gids van de ruïnestad liet hun een paar in steen uitgehouwen reliefs zien en legde uit wat de afzonderlijke symbolen betekenden, en dat de Maya's de schelp als symbool voor het getal nul hadden gebruikt.

Dalia had urenlang naar de jonge Mexicaan kunnen luisteren, die zijn diepgaande kennis over de Mayacultuur met de groep toeristen deelde. Ze merkte dat de magie van deze plek haar steeds meer in zijn ban kreeg. Ze was onder de indruk van de wijsheid en van de verbondenheid met de natuur van dit volk en begreep steeds beter waarom haar moeder zo door de Maya's gefascineerd was geweest. Weer kreeg ze de indruk dat ze iets dichter bij haar was, en ze leek zelfs bijna haar lichte omhelzing te kunnen voelen.

Die middag hadden Dalia en Pablo in het hedendaagse Palenque afgesproken met Estella en Ruben, en daar slenterden ze met z'n vieren over een kleine, typisch Mexicaanse markt. Dalia verbaasde zich over de kleurenpracht van de specerijen en de vruchten. Een van de handelaren bood prachtig houtsnijwerk aan, van maskers en borden tot kleine Mayapiramiden. Omdat Dalia niet wist waarheen haar reis haar nog zou voeren, besloot ze geen grote aankopen te doen en koos ze ten slotte voor een kunstig uitgevoerde miniatuursombrero, die ze als souvenir aan Welwitschie wilde geven.

Daarna namen Estella en Ruben afscheid, want zij hadden afgesproken met een paar schoolvrienden van vroeger die in de buurt woonden. Pablo stelde Dalia voor om er samen een gezellige avond van te maken.

Korte tijd later zaten ze in een rustig zijstraatjes voor een van de vele eethuisjes van de stad te wachten op hun *sopa de lima,* een limoensoep die volgens Pablo de moeite waard was.

Dalia moest alle indrukken die ze die dag had opgedaan eerst rustig verwerken. Mexico en de Mexicanen, het landschap en de natuur: alles was zo anders dan in haar geboortestreek Cornwall. Daardoor kreeg ze steeds meer het gevoel dat er twee zielen, twee culturele identiteiten, in haar lichaam huisden.

'Waar denk je aan?' onderbrak Pablo haar overpeinzingen.

Ze concentreerde zich weer op het heden en beantwoordde zijn blik. Zijn donkere ogen glansden in het duister en rond zijn lippen was een lachje te zien.

'Je ziet er erg peinzend uit.'

Dalia knikte. 'Er gaat ook erg veel door mijn hoofd.' Ergens in de buurt blafte een hond, in het gras tjirpten de krekels.

'Je vader?'

'Onder andere. Ik had zo graag een concreet beeld van hem gehad, van hoe hij eruitziet.' Ze keek vanaf de veranda naar de stoffige straat, waar net een oudere vrouw op een luid knetterende brommer langsreed. Een jong stel kuierde gearmd langs het eethuisje en wierp een korte blik op het groene bord waarop de gerechten vermeld stonden.

'Het voelt allemaal zo onwerkelijk. Granny is nog maar kortgeleden overleden en ik mis haar heel erg. En nu zit ik hier... midden in Mexico.' Ze moest lachen. 'Met jou. Tot voor kort kenden we elkaar niet eens. En nu ben je samen met mij op zoek naar mijn wortels.'

Pablo trok zijn wenkbrauwen op. 'Zo gaat dat soms in het leven. Verdriet en vreugde gaan hand in hand.'

'Vertel eens wat meer over jezelf en je familie,' verzocht Dalia hem. 'Welke dromen heb jij? Hoe zie jij je toekomst voor je?'

Hij maakte een lichtelijk overrompelde indruk. 'Mijn familie? Daar valt niet veel over te vertellen. Mijn vader is een ambachtsman, mijn moeder werkt in een kleine supermarkt. Ik heb een jongere zus, Clara, die op een particuliere kleuterschool werkt. En mijn broer Rafael is vier jaar ouder dan ik. Hij is leraar, getrouwd, en heeft twee kinderen.'

'Zo te horen hebben jullie het best goed,' stelde Dalia vast.

Hij haalde zijn schouders op. 'We kunnen ons aardig redden, dat is waar.'

De serveerster zette twee grote gele aardewerken borden met de soep op tafel. De rand van de borden was versierd met rode dahlia's.

Dalia keek naar de inhoud. 'Dat ziet eruit als een echt eenpansgerecht.' In de soep ontwaarde ze reepjes tortilla, kleine stukjes varkensvlees, tomaten, paprika, en verschillende kruiden en specerijen.

'Ik vermoed dat je je buik er wel rond aan kunt eten.' Pablo grinnikte en pakte zijn lepel. 'Eet smakelijk.'

Een tijdlang genoten ze van het eten en zeiden ze bijna niets. De sterren fonkelden aan de donkere hemel. De maan rees langzaam op vanachter de aangrenzende huizen.

De soep smaakte fantastisch en Dalia lepelde hem tot de laatste druppel op. 'Wat lekker, bedankt dat je me dit hebt aangeraden. Ik zit nu echt vol.' Ze schoof het bord opzij en keek Pablo aan. 'Je bent me nog twee antwoorden schuldig.'

Zijn mondhoeken trilden. 'Dat is waar. Je hebt me naar mijn dromen gevraagd.'

'En naar je toekomst,' voegde Dalia eraan toe. Ze hield haar hoofd schuin en keek hem afwachtend aan.

'Tja, mijn dromen...' Hij keek naar de hemel. 'Ik denk dat ik van dezelfde dingen droom als de meeste mensen. Een fijn leven, op een bepaald moment een gezin, kinderen...' Hij keek haar weer aan. 'Ik wil gewoon gelukkig worden.'

Dalia keek aandachtig naar zijn gezicht. Hij maakte een tevreden, evenwichtige indruk. Rustig. 'Ben je dat nu dan nog niet?'

In zijn ogen vonkte iets. Toen knikte hij. 'Op dit moment wel. Ik zit hier met een intelligente en erg knappe vrouw in een prachtige omgeving. Na een erg smakelijke maaltijd.' Hij keek haar opgewekt aan. 'Hoe kan ik dan niet gelukkig zijn?'

'Dank je.' Verlegen klemde Dalia haar vingers steviger rond haar glas.

'Wat is er met je?' Zijn stem klonk zacht.

Ze zuchtte. 'Het was een erg fijne dag,' antwoordde ze zacht. 'Ik heb niet eens de woorden om uit te drukken hoe dankbaar ik ben omdat je dit allemaal voor me doet. Het lijkt wel... een droom.' Strikt genomen voelde ze meer dan dankbaarheid, maar dat wilde ze niet hardop zeggen.

'Maar?' Hij glimlachte.

'Hoe bedoel je?' Ze streek met haar hand over haar voorhoofd.

'Het klonk alsof er nog een "maar" aan zat te komen.' Hij boog zich voorover, waardoor hun gezichten nu vlak bij elkaar waren.

Ze haalde haar schouders op. ‘Er ontbreekt nog iets.’ Ze legde een hand op haar borst. ‘Ik kan het niet precies omschrijven, maar… er zit een bepaalde leegte in me, een gat, alsof er een deel van me ontbreekt, alsof ik niet compleet ben.’ Ze schudde haar hoofd. ‘Dat klinkt stom, ik weet het, maar het is de enige manier waarop ik het kan omschrijven.’

‘Dat klinkt helemaal niet stom,’ zei Pablo op ernstige toon. Hij stak zijn hand uit en legde die op haar vingers. Zijn warmte vloeide haar hand in, en daarna verder naar haar arm en haar bovenlichaam. Op de plek van zijn aanraking begon haar huid te kriebelen. ‘Je zoekt naar een deel van je identiteit.’ Zijn blik gleed over haar gezicht. ‘Ik hoop zo voor je dat we hem vinden.’

Dalia slikte moeizaam. ‘Je bent echt een heel bijzonder iemand, Pablo. Ik ben heel blij dat ik je heb leren kennen.’

En ze voelde zich meteen minder alleen.

17

De volgende dag zat Dalia naast Pablo te dommelen, terwijl de bus de ene kilometer na de andere aflegde. Rosa, de oudere Mexicaanse, was in Palenque uitgestapt om een oude vriendin te bezoeken en zou daarna verder reizen naar haar zoon. Daarom konden Dalia en Pablo nu naast elkaar zitten.

Terwijl Pablo zwijgend uit het raam keek, hield Dalia hem van opzij onopvallend in de gaten. Hij maakte een nadenkende, in zichzelf gekeerde indruk. Was het hem na het gesprek van gisteravond, na het eten, net zo vergaan als haar?

In bed waren haar gedachten telkens weer teruggekeerd naar hun gesprek. Ze waren erg open tegen elkaar geweest. Ze hadden elkaar dingen toevertrouwd die je niet snel tijdens een avondmaaltijd met een kennis ter sprake zou brengen. Pablo had verteld over de problemen in zijn familie. Zijn vader sukkelde met zijn gezondheid en als hij op een bepaald moment niet meer zou kunnen werken, moesten de kinderen een manier bedenken om hun ouders te onderhouden. Pablo hielp zijn ouders financieel al zo goed als hij kon, maar het leven in de hoofdstad was niet goedkoop.

Dalia moest aan haar grootouders denken, die tot op hoge leeftijd in de kwekerij hadden meegewerkt. Het was hun levenswerk, en toen ze zich langzaam steeds meer uit het bedrijf hadden teruggetrokken, waren ze Lilian, Gunnar en Nara blijven helpen door de kennis te delen die ze in al die jaren hadden opgedaan.

Dalia had Pablo ook over haar familie verteld, over de soms ingewikkelde verhoudingen, over de hechte band tussen de meisjes en over de zomers die ze altijd samen met haar nichtjes had doorgebracht. Hij was meerdere keren in lachen uitgebarsten vanwege haar anekdotes, en Dalia had zich al heel lang niet meer zo op haar gemak gevoeld in het gezelschap van een man.

Voor de deur van hun kamers in het pension hadden ze geen van beiden geweten hoe ze afscheid moesten nemen. Ten slotte had Pablo heel even een arm om Dalia heen geslagen en haar welterusten gewenst. Geen zoen, geen innige aanraking. Maar daarvoor kenden ze elkaar toch ook nog niet goed genoeg?

Dalia liet haar blik zakken en keek naar Pablo's handen, die op zijn bovenbenen rustten. Hoe zou het zijn om door hem te worden aangeraakt? Hoe zou het...

Ze dook geschrokken ineen toen ze opeens een hand op haar rechterschouder voelde. Ruben en Estella zaten op de stoelen achter hen.

'Mijn moeder vraagt of jullie morgen naar ons toe willen komen om de verjaardag van *abuelita* te vieren.'

'Wie is abuelita?' wilde Dalia weten.

'Haar oma,' antwoordde Pablo namens Estella. Toen draaide hij zich om. 'Dat vráágt je moeder?' Hij knipoogde vergenoegd.

Estella grijnsde. 'Nee, natuurlijk niet. Ze heeft al besloten dat jullie er per se bij moeten zijn, dus jullie hebben maar te komen.'

Dalia keek van Estella naar Pablo. 'Maar we willen verder naar Uxmal.'

Pablo knikte geruststellend. 'Uxmal ligt niet ver van Campeche.

Honderdvijftig, honderdzestig kilometer, schat ik. We kunnen samen met Estella en Ruben uitstappen en op de ochtend na het feestje meteen verdergaan.'

'Je bent vast nog nooit op een echte Mexicaanse fiësta geweest,' kwam Ruben tussenbeide. 'Zoiets mag je niet missen, dat vergeet je nooit meer.'

'Abuelita zou het ook geweldig vinden,' voegde Estella eraan toe.

Dalia merkte dat haar verzet wegebde. Ze haalde haar schouders op en liet haar hoofd tegen de rugleuning rusten. 'Waarom ook niet? Een Mexicaanse fiësta, dat klinkt erg verleidelijk.'

'Dan moet je met me dansen,' grapte Pablo, maar de serieuze ondertoon in zijn stem maakte haar duidelijk dat gisteravond ook hem niet onberoerd had gelaten.

Een kwartier later stapten ze uit en wachtten ze totdat de chauffeur hun bagage had uitgeladen.

Net toen ze zich in beweging wilden zetten, stormde een kleine Mexicaanse van een jaar of vijftig met gespreide armen op hen af. 'Estella, *mi hija*, mijn dochter!'

Estella slaakte een vreugdekreet, zette haar rugzak neer en beantwoorde de stormachtige omhelzing van haar moeder.

Bij de aanblik van het ontroerende weerzien voelde Dalia dat haar keel werd dichtgesnoerd. Minutenlang hielden moeder en dochter elkaar stevig vast, ze wiegden heen en weer en spraken allebei zo snel dat Dalia er geen woord van verstond.

'Familie op z'n Mexicaans,' merkte Pablo geamuseerd op.

'Wat mooi!' liet Dalia zich verlangend ontvallen.

Toen de twee vrouwen elkaar eindelijk loslieten, pakte Estella haar rugzak weer op en wendde haar moeder zich tot Pablo en Dalia.

'Ik ben Renata,' stelde ze zichzelf voor, waarna ze Dalia stevig in haar armen sloot.

'Ik ben Dalia.'

Daarna omhelsde Estella's moeder eerst Pablo en daarna Ruben. 'Wij kennen elkaar al,' merkte ze lachend op. '*Vamonos*, Emilio wacht op ons. En die is niet te genieten als hij honger heeft.'

'Wie is Emilio?' fluisterde Dalia in Pablo's oor.

'Estella's *papa*.'

Na een wandeling van ruim twintig minuten kwamen ze aan bij een roodgeverfde haciënda die betere tijden had gekend. Het pleisterwerk bladderde van de oude muren, het smeedijzeren hek vertoonde roestplekken en de donkere kozijnen waren verweerd. Ergens in de verte hoorde Dalia schapen blaten en naast een lage vaas van geel aardewerk zaten twee grijze cyperse katten.

Verdroogde palmen sierden het voorste deel van de met steenslag bedekte binnenplaats. In het midden stond een kobaltblauwe fontein, waarvan het water in de middagzon fonkelde in alle kleuren van de regenboog. Dalia vond alles er erg romantisch uitzien en voelde zich meteen thuis.

'Bienvenido in mijn huis,' zei Estella, die zich naar hen omdraaide.

'*Mi casa es tu casa,*' meldde Renata. Mijn huis is jouw huis. Ze deed de voordeur open en wees naar binnen. 'We hebben genoeg logeerkamers. In de loop van vandaag komen er nog een paar gasten aan, en morgen barst het feest los. Een groot deel van hen kan bij de buren overnachten. De mariachi's komen morgenochtend pas, die hebben vanavond nog ergens anders een optreden.'

In de gang was het aangenaam koel. Op de vloer lagen blauwe tegels en de muren waren in een lichte terracottakleur geverfd. Renata nam het groepje mee door de gang en deed een paar deuren open. 'Dat zijn jullie kamers, voor iedereen eentje. Vroeger sliepen de dienstmeisjes hier, maar die tijd is allang voorbij.' Ze wapperde ongeduldig met haar hand. 'Ik moet weer terug naar de keuken. Over tien minuten gaan we eten.'

Nadat ze was weggelopen, moest Dalia eerst eens diep ademhalen. Die vrouw was net een tornado.

'Rustig maar.' Estella lachte. 'Zo is mama altijd. Ze zit geen moment stil, ze is altijd druk bezig in de keuken, de tuin of ergens in huis. Dat is bij een eerste kennismaking soms wat overweldigend.' Ze wees naar een van de kamers. 'Jij mag deze nemen, Dalia. Maar denk eraan, je hebt maar tien minuten.' Ze stak haar wijsvinger op. 'Er zwaait wat als we dan niet in de keuken zitten.'

'Dank je.' Terwijl Ruben en Pablo ieder ook een kamer uitzochten, liep Dalia de hare in en liet haar rugzak van haar schouder glijden. Langs de muur stond een ledikant van donkerbruin hout, opgemaakt met beddengoed dat was versierd met grote paarse bloemen. Naast het bed stond een smal nachtkastje met een oude bijbel, en aan de muur hing een afbeelding van de Maagd van Guadalupe, de beschermheilige van Mexico. De enige andere meubels waren een hoog wandrek en een ouderwetse kaptafel.

Dalia liet zich op het bed zakken en bleef even rustig zitten. Buiten op de gang stonden Estella en Renata met elkaar te praten. Het gesprek deed haar denken aan het opgewonden gesnater van een stel ganzen. Dalia lachte in zichzelf. Ze was nog geen stap dichter bij haar doel gekomen, haar vader vinden, maar ze had dit land en zijn bewoners al vanaf het allereerste begin in haar hart gesloten. Ook Renata had haar begroet op een manier die Dalia nog maar zelden was tegengekomen, zo open en hartelijk. Het was precies zoals Grace al had gezegd, je vond nergens zulke vriendelijke mensen als in Mexico.

Dalia haalde een borstel uit haar rugzak en borstelde haar haar. Daarna wreef ze een beetje crème op haar gezicht. Ze stond op en stelde na een blik in de spiegel boven de kaptafel vast dat je bijna niet kon zien dat ze zo'n lange reis achter de rug had. Ze liep de kamer uit en keek besluiteloos om zich heen. Waar waren de anderen? Misschien had ze even moeten wachten, dan had ze kunnen zien waar iedereen sliep. Onzeker draaide ze een rondje.

'Dalia, kom!' klonk het aan het einde van de gang. Daar stond Renata, die haar met een energiek gebaar wenkte.

Opgelucht liep Dalia naar haar toe.

'Kom, deze kant op,' legde Renata uit.

Dalia liep achter Estella's moeder aan een grote ruimte in. Het bleek de keuken van de haciënda te zijn, die haar qua formaat deed denken aan die van Blooming Hall. Aan een lange houten tafel zat een nors kijkende man met een grote snor.

'Dat is Emilio, Estella's papa,' stelde Renata hem voor. 'De anderen komen zo. Ga toch zitten.'

Dalia knikte naar de vader van Estella en trok een van de zware houten stoelen onder de tafel vandaan.

'Dalia is een vriendin van Estella,' legde Renata uit aan haar man, die daarop iets onverstaanbaars bromde.

'Mateo kan er helaas niet bij zijn,' vervolgde Renata, terwijl ze in de pannen op het fornuis roerde, waaruit heerlijke geuren opstegen. 'Mateo is de broer van Estella. Hij studeert in de Verenigde Staten,' zei ze vol trots, waarna ze weer met haar rug naar Dalia toe ging staan en een pan heen en weer schoof.

'Estella heeft me over hem verteld,' antwoordde Dalia.

Renata knikte. 'Mateo en Estella zijn goede kinderen. Allebei. Intelligent. Slim.'

'En duur,' bromde Emilio. Hij schraapte zijn keel. 'Die universiteiten kosten een fortuin.'

'Ach, ouwe brompot,' zei Renata tegen hem. 'Had je soms liever gehad dat ze geen moer uitvoerden, zoals Javier en Donato van hiertegenover?'

Haar echtgenoot antwoordde iets wat Dalia niet kon verstaan, maar gelukkig kwamen op dat moment Pablo, Estella en Ruben de keuken in.

'Daar zijn jullie eindelijk,' luidde Renata's begroeting. Ze gebaarde dat ze naast Dalia moesten gaan zitten. 'Kom, we gaan eten, dan kan Emilio weer snel zijn akker op.'

De middag brachten ze buiten in de natuur door. Dalia genoot van de prachtige omgeving. Alles stond in bloei en de lucht trilde van de zoemende bijen.

Vlak voordat Dalia ging slapen, kwamen Renata en Estella naar haar kamer om te vragen of Dalia voor de fiësta van morgen misschien ook traditionele kleren wilde dragen. Ze hadden een prachtige zwarte jurk bij zich. Dalia knikte en keek meteen of de jurk paste. Het zachte lijfje zat strak, maar de wijde, enkellange rok, die was versierd met een motief van grote bloemen, zwierde losjes rond haar benen. In deze jurk voelde ze zich een echte Mexicaanse.

De talloze indrukken van die dag hadden Dalia zo moe gemaakt, dat ze kort daarop uitgeput in bed kroop.

18

Dalia had nog nooit van haar leven zo'n feest als dit meegemaakt. Ze was diep onder de indruk van al de bonte kleuren die de haciënda vulden, van de heerlijke geuren van exotische planten, van het gelach van de gasten en het meeslepende gezang van de mariachi's. Nadat ze zich had terugtrokken van de dansvloer, die onder de blote hemel was opgebouwd, sloeg ze nippend van haar cola de drukte om haar heen gade.

De acht muzikanten, gekleed in rode pakken en met grote sombrero's op hun hoofd, hadden sinds elf uur vanmorgen vrijwel onafgebroken gezongen en gespeeld. Ze wisselden temperamentvolle ritmes af met melancholieke liederen, en Dalia genoot van het Mexicaanse gezang en de meeslepende melodieën. Ze was inmiddels de tel kwijtgeraakt van het aantal mannen met wie ze een dansje had gemaakt. Minstens het halve dorp moest haar al de dansvloer op hebben gelokt.

'Zo, zit je alleen, fraaie dame?' Pablo kwam naast haar zitten en liet zijn blik goedkeurend over haar jurk gaan. 'Deze traditionele kleding staat je fantastisch.'

'Dank je,' zei ze. 'Het is ook een erg mooie jurk.'

Pablo wees naar de dansende en joelende gasten. 'En, heb je het hier een beetje naar je zin?'

Ze glimlachte. 'Het is echt geweldig. Ik heb nog nooit zo'n uitgebreid buffet gezien.'

Renata had op de veranda lange tafels aan elkaar geschoven. Er waren allerlei exotische vruchten, ontelbare torens opgestapelde tortilla's, sauzen in alle smaken, en verschillende soorten vlees, groenten en aardappels. En ook nog erg aanlokkelijk uitziende desserts.

'En ik heb geloof ik nog nooit van mijn leven zoveel gegeten,' voegde ze eraan toe. Ze streek over haar buik. 'Ik ga de komende dagen maar vasten.'

'Bij een beetje fiësta hoort heel veel eten,' antwoordde Pablo berustend, 'eten, muziek en dans.'

'O ja.' Dalia knikte. 'Dat ik heb gedanst, dat voel ik aan mijn voeten.'

De haciënda van Estella's ouders bleek veel groter en ruimer dan Dalia in eerste instantie had gedacht. Achter het huis lagen de nodige stallen voor kippen, schapen, geiten en vijf varkens.

Renata had, geholpen door een aantal buurvrouwen, op het hele terrein kleurige ballonnen en talloze lichtsnoeren opgehangen. Overal waren bonte kleuren en lichtjes te zien. Voor de haciënda stonden minstens vijftig auto's geparkeerd. Een groot deel van de gasten was pas die ochtend aangekomen.

Binnen in huis gonsde alles van de drukte. Dalia was diep onder de indruk van de bedrijvigheid van de talloze vrouwen. Het ene radertje greep keurig in het andere, met Renata als organisatorisch talent en middelpunt. Ze verloor geen seconde het overzicht en wist precies welke taak wanneer door wie moest worden verricht.

Pablo zette zijn glas op een van de hoge tafels. 'Wat zeg je ervan, had je mij niet ook een dans beloofd?' Hij stak zijn hand naar haar uit.

Dalia lachte schalks naar hem. 'Ja, graag.' Bereidwillig liet ze zich door hem meevoeren naar de dansvloer. Daar liet hij haar los en begon op de maat van de muziek te bewegen en luidkeels mee te zingen. Ze legde haar hoofd achterover, keek naar de sterrenhemel boven de haciënda en stak haar armen uit. Had ze zich ooit zorgelozer gevoeld dan nu? Haar benen bewogen als vanzelf op het stampende ritme. Haar hoofd was vrij, haar gedachten waren licht als een veertje.

Ze gaf zich volledig over aan dit moment en schonk Pablo, die ze nog niet eerder zo uitgelaten had meegemaakt, een opgewekt lachje. Het leek wel alsof de fiësta alle zorgen en problemen van de gasten verdreef, alsof er alleen maar dit ogenblik bestond, deze muziek, deze ongebreidelde levensvreugde. De mensen genoten van het samenzijn en vierden het leven op een manier die Dalia zich zelfs in haar stoutste dromen niet had kunnen voorstellen.

Toen de mariachi's het einde van hun lied hadden bereikt, bleef Dalia besluiteloos voor Pablo staan, maar amper een seconde later zetten de muzikanten alweer een rustige, ontroerende melodie in.

'Mag ik?' Opeens maakte Pablo voor haar een buiging en pakte hij haar rechterhand vast. Onzeker legde ze haar linkerhand op zijn schouder.

Terwijl de zanger van de groep over zijn verloren liefde zong, deed Dalia haar ogen dicht en concentreerde ze zich op de nabijheid van Pablo. Zijn hand rustte op haar middel, zijn adem streek langs haar gezicht. Opeens hing er een heel andere sfeer tussen hen. De gesprekken om hen heen verstomden, het gelach klonk opeens van heel ver weg. Dalia werd overvallen door het prikkelende gevoel dat ze helemaal alleen met Pablo op de dansvloer stond.

'Een erg mooi lied,' zei hij zacht in haar oor.

Ze knikte alleen maar, bang dat haar stem haar in de steek zou laten. Toen ze haar ogen weer opendeed, zag ze dat de paren om hen heen net zo opgingen in de muziek. Het was een volmaakt moment.

Ze werd omhuld door Pablo's warmte en ze voelde zijn gespierde lijf tegen haar lichaam. Was ze ooit gelukkiger geweest?

'Waar denk je aan?' Pablo keek haar aan.

'Dit is op een bepaalde manier... magisch,' trachtte ze haar gedachten in woorden te vatten. 'Ik heb het gevoel dat ik in een heel andere wereld ben beland.'

Hij lachte teder. 'Mexico is voor jou natuurlijk ook een andere wereld.'

'Dat is waar. En tegelijkertijd heb ik het gevoel dat ik hier thuishoor. Alsof ik nooit ergens anders ben geweest. Dat is zo... vreemd.'

'Maar je hoort hier ook thuis, Dalia. Je bent een van ons.' Hij streek zacht met zijn hand over haar rug.

Die aanraking zorgde voor een heerlijke huivering.

'Het lot heeft ons hiernaartoe gevoerd,' ging Pablo verder. 'En daar ben ik heel blij om.'

Dalia lachte verlegen. 'Je bent dus toch een romanticus,' merkte ze plagend op, om de spanning tussen hen een beetje te verminderen.

Hij keek haar weer aan. 'Heb ik ooit iets anders beweerd?' Zijn mondhoeken trilden. 'Ik heb hier trouwens nog geen enkele tortilla met chocoladepasta weggewerkt.'

De luchtige stemming tussen hen was weer terug, de betovering was verbroken.

'Maar ik wil niet dat je last krijgt van ontwenningsverschijnselen,' zei Dalia schertsend. Ze keek naar de rand van de dansvloer, waar abuelita vanaf haar stoel alles wat er gebeurde met een wakkere blik gadesloeg. 'We hebben helemaal geen cadeautje voor Estella's oma,' viel haar opeens in.

Pablo volgde haar blik. 'Ik heb aan Renata gevraagd wat oma wilde hebben, maar ze hoefde geen cadeaus, alleen dit feest. En het is niet eens een kroonjaar, over drie jaar wordt ze tachtig. Dat wordt pas een fiësta! Daar moet je beslist voor terugkomen.' Zijn toon was ernstig.

‘Op dit moment kan ik me niet eens voorstellen dat ik hier ooit wegga. Het voelt allemaal zo vanzelfsprekend, zo juist.’ In een opwelling legde Dalia haar hoofd op Pablo’s schouder, en wederom liet ze zich meevoeren door de droevige stem van de zanger.

Pablo pakte haar nog steviger vast en trok haar dichter tegen zich aan. Samen wiegden ze langzaam heen en weer op de maat van de muziek, zonder acht te slaan op de geluiden om hen heen. Ze richtten zich volledig op elkaar.

Dalia kon amper bevatten wat er in de afgelopen dagen allemaal was gebeurd. Dat ze hier vandaag feestvierde met mensen die ze tot voor kort niet eens had gekend. Ze was in haar eentje naar Mexico gereisd, naar een land dat ze tot dan toe alleen uit verhalen en uit haar lessen op school had gekend. Ze was hier nog maar een paar dagen, maar ze had nu al meer over zichzelf geleerd dan in de afgelopen jaren in Cornwall. Ze had vrienden gevonden die haar hielpen, mensen die haar accepteerden zoals ze was, zonder dat ze iets hoefde te bewijzen. En ze had een man ontmoet die haar op zijn geheel eigen heerlijke manier het hoofd op hol bracht.

19

Negenentwintig jaar eerder
Chichén Itzá

Camellia keek met groot ontzag naar het glanzende groene water in de cenote, een met zoet water gevulde holte in het kalksteen.

'Vaak werden de handen en de voeten van de mensenoffers geboeid voordat ze in het water werden gegooid,' legde Ricardo uit. Hij wees naar het midden van het gat. 'Vraag me niet hoeveel botten er al uit zijn gehaald. Er zaten ook skeletten van kinderen en dieren bij, in totaal bijna tweehonderd.'

Camellia voelde een ijskoude rilling over haar rug lopen toen ze zich probeerde voor te stellen dat de gevangenen hier aan de rand van de poel hadden gestaan, wachtend op een wisse dood. Een gruwelijker einde was bijna niet voor te stellen.

'Die tegenstelling boeit me telkens weer,' zei ze nadenkend. 'Aan de ene kant hebben we het over een hoogstaande beschaving die haar tijd ver vooruit was. De Maya's gebruikten een ingewikkelde kalender en beschikten over veel wiskundige en astronomische kennis. En aan de andere kant kenden ze zulke gruwelijke mensenoffers.' Ze schudde haar hoofd.

Giovanni ging iets dichter bij de rand van het gat staan. 'Het is echt griezelig.' Hij tuurde ook in de diepte.

'Er zijn nog zoveel elementen van de manier van leven van de Maya's die we niet begrijpen,' merkte Ricardo op. Hij krabde aan zijn kin. 'Ze geloofden dat de regengod Chaac in de cenote huisde, en aan hem werden de offers gebracht. De Maya's zagen hem als een wezen met het lichaam van een mens, maar dan bedekt met de schubben van een reptiel. In plaats van een mond had hij een slurf, en ook nog kromme hoektanden.' Hij glimlachte flauwtjes. 'Die hoogstaande beschaving had erg veel fantasie.'

'Werden de offers levend in het gat gegooid?' wilde Armand weten.

'Ook dat weten we niet zeker. Veel offers werden eerst onthoofd, andere werden verbrand, en weer andere zijn in de cenote verdronken,' somde Ricardo schijnbaar onaangedaan op. 'Als het ging om het behagen van de goden waren de Maya's niet bepaald kleinzerig, maar wel erg vindingrijk.' Hij liet een korte stilte vallen. 'De nazaten van de Maya's kennen nog de nodige rituelen waarvan de wortels in het verre verleden liggen. Dat betekent natuurlijk niet dat er nog steeds mensenoffers worden gebracht.' Hij keek glimlachend van Camellia naar Armand en Giovanni. 'De regengod had vier helpers, de zogenaamde *bacabs*, kleine mensen. Daarom geloofden de mensen dat de god van kinderen hield, en dat zal de reden zijn geweest voor de vele kinderoffers.' Hij wees naar het oppervlak van het water onder hen. 'Tot op de dag van vandaag wordt de zogenaamde regenceremonie gehouden, waarvoor vier kinderen als bacabs in de vier hoeken van het feestterrein gaan staan. En er zijn nog veel meer voorbeelden. De Maya's zijn nooit echt uitgestorven. We kunnen als wetenschappers het nodige leren van hun levende nazaten, die ons kunnen helpen om de oude tradities beter te begrijpen.'

Camellia had al die tijd geboeid staan luisteren. Ricardo's ogen fonkelden wanneer hij over zijn onderzoek vertelde. Het lukte hem elke keer weer om het verleden voor hen tot leven te wekken. Ze zag duidelijk voor zich hoe de offerrituelen, waarover Ricardo hen vandaag had verteld, moesten zijn uitgevoerd.

'Dit is allemaal heel spannend,' zei ze, diep onder de indruk.

Ricardo keek haar aandachtig aan. 'Dat is het zeker. Soms denk ik dat een heel leven nog niet genoeg is om alle geheimen te ontsluieren die hier liggen te sluimeren en op ontdekking wachten.'

'Ik wil graag weten of –'

Armands woorden werden onderbroken door een plotselinge gil die door merg en been ging.

Geschrokken keek Camellia naar Ricardo. 'Wat was dat?' vroeg ze. Ook op de gezichten van Giovanni en Armand was een ontzette uitdrukking te zien.

Hun docent keek vragend om zich heen en maakte in eerste instantie een onzekere indruk. 'Ik heb geen idee.'

Er klonk weer een kreet, uit de richting van de grote piramide.

'Ricardo, kom snel!' hoorden ze Sadie in verte roepen. 'Help!'

Ricardo zette het meteen op een rennen, op de voet gevolgd door Camellia, Armand en Giovanni.

Toen ze vanuit het dichte bos waarin de cenote lag het open terrein bereikten, zag Camellia voor de Piramide van Kukulcán haar medestudente Sadie staan, die wild naar hen gebaarde. Naast haar lag Carmen in het zand. Ze leek te kronkelen van de pijn.

Ricardo rende naar hen toe en legde meteen zijn hand op Carmens voorhoofd. 'Wat is er gebeurd? Ze gloeit helemaal.'

Sadie begon te snikken. 'Ik weet het niet zeker, ik geloof dat ze is... gebeten. Ze begon opeens te brullen alsof ze werd afgeslacht, maar meer kon ze niet tegen me zeggen.'

Carmen lag hevig hijgend op de grond en hield haar ogen stevig dichtgeknepen.

Ricardo bekeek eerst haar blote armen en trok daarna voorzichtig haar rechterbroekspijp omhoog, maar de huid daar was ongeschonden. Toen hij vervolgens haar andere broekspijp optrok, slaakte hij zelf een ingehouden kreet. Carmens been was rood en opgezwollen, de huid van haar knie had een vurige kleur gekregen.

'Ze is door een slang gebeten,' zei hij bezorgd. Hij keek zoekend om zich heen, maar het was nog vroeg en er was afgezien van hun groepje bijna niemand bij de ruïnes aanwezig. 'Armand, ga naar de ingang en vraag of ze meteen een ambulance willen bellen. Zeg dat het waarschijnlijk om de beet van een gifslang gaat, hoor je me? En haast je. Er is geen tijd te verliezen.'

Armand draaide zich om en rende zonder iets te zeggen naar de ingang van het terrein.

Ricardo legde nogmaals zijn hand op Carmens voorhoofd en keek de studenten een voor een aan, met zo'n ernstige blik dat Camellia er bang van werd.

'Carmen.' Hij boog zich over de gewonde jonge vrouw heen. 'Carmen, kun je me horen?'

De Spaanse ademde nog altijd veel te snel en veel te luid. Ricardo's woorden leken helemaal niet tot haar door te dringen. Ze reageerde niet op zijn vraag.

'Carmen, luister naar me. Ze gaan een dokter halen,' sprak hij op opzettelijk rustige toon verder. 'Je moet wakker blijven, hoor je me, dat is belangrijk.' Hij pakte haar rechterhand vast en klemde de zijne er stevig omheen. 'Voel je dit? Ik blijf bij je, goed? We blijven allemaal bij je. Je moet nog even volhouden. De dokter komt eraan, die gaat je meteen helpen. Dan wordt de pijn minder en komt alles goed.'

Hij wendde zich tot Camellia, Sadie en Giovanni. 'We moeten haar in een stabiele zijligging leggen. Kunnen jullie me even helpen? Heel voorzichtig, ja?'

Ze draaiden Carmen centimeter voor centimeter op haar zij. Het gezicht van de studente gloeide en het zweet droop van haar slapen.

'Ze heeft koorts,' stelde Ricardo vast.

Camellia kon aan zijn stem horen hoeveel zorgen hij zich maakte.

'Het was waarschijnlijk een lanspuntslang,' mompelde hij, vooral in zichzelf. Hij trok zijn T-shirt uit en depte het zweet van Carmens voorhoofd. 'Je redt het, Carmen.' Weer pakte hij haar hand en kneep erin. 'Ik ben bij je. We zijn allemaal bij je,' herhaalde hij als een mantra.

Camellia's hart klopte in haar keel. In gedachten bad ze dat Carmen dit zou overleven. Het been van de Spaanse studente zwol steeds meer op en op haar huid verschenen kleine blaasjes. De rode vlekken waren binnen een paar tellen donkerder geworden en waren nu lichtpaars.

Camellia begreep instinctief dat de situatie veel ernstiger was dan Ricardo wilde laten merken. Terwijl hij Carmen moed bleef inspreken, keek Camellia zoekend om zich heen. Waar bleef Armand? En waar was de ambulance? Waarom duurde het allemaal zo lang? Carmen had dringend hulp nodig. Camellia kon bijna niet meer helder denken, zo bang was ze dat dit veel slechter zou aflopen dan ze allemaal hoopten. Carmen moest de beet overleven en weer gezond worden. Aan iets anders wilde Camellia niet eens denken.

20

Heden
Uxmal

Toen Dalia en Pablo de volgende dag bij de archeologische site Uxmal aankwamen, was Dalia nog niet helemaal bijgekomen van de fiësta, en ze gaapte dan ook een paar keer flink. Pas na middernacht hadden ze hun bed opgezocht. Pablo en zij hadden op het ene na het andere lied gedanst, ze hadden zich laten meevoeren door het ritme van de mariachi en genoten van de uitgelaten, feestelijke stemming.

Pablo keek haar lachend aan. 'Maar het was het toch wel waard?'

Ze knikte. 'O ja, zeker weten. Het was geweldig.'

Voordat ze vandaag voor dag en dauw in de bus waren gestapt, had Dalia de traditionele jurk teruggeven aan Renata en haar bedankt voor de uitnodiging. Daarna had ze afscheid genomen van Estella en Ruben, die nog een paar dagen bij hun families bleven en zich later bij Dalia en Pablo aan de Atlantische kust zouden voegen.

'Hoe zit het eigenlijk tussen Estella en Ruben?' Dalia stelde eindelijk de vraag die haar al dagen bezighield. Hadden die twee iets of waren ze gewoon erg goede vrienden? Tot nu toe had Dalia niet echt kunnen bepalen wat voor relatie de beide huisgenoten hadden.

'Hoe bedoel je?' Pablo keek haar aan.

'Nou ja, zijn die twee… een stel?' Dalia kneep haar ogen toe tegen het felle zonlicht.

Pablo schudde zijn hoofd. 'God, nee, zeg. Estella is volgens mij iets te kieskeurig als het om mannen gaat. Voor haar is niemand goed genoeg. En Ruben? Die is beslist niet op zoek naar een vaste relatie. Vrouwen zijn dol op hem, en op zijn kookkunsten. En hij is dol op vrouwen.' Pablo lachte. 'Ruben geniet met volle teugen van het leven. Hij en Estella… Dat zou niet werken. Ze kunnen erg goed met elkaar opschieten, ze zijn deels samen opgegroeid, want ze komen uit dezelfde plaats en hebben op dezelfde school gezeten, maar ze voelen zich eerder broer en zus.'

Dat bevestigde wat Dalia al had vermoed, maar ze had het zeker willen weten. 'Dat is mooi, dat een platonische vriendschap tussen man en vrouw soms toch mogelijk is.'

'Ze kennen elkaar al van kind af aan en daarom hoeven ze niet bang te zijn dat er toch nog een vonk overslaat,' antwoordde Pablo op ernstige toon. 'Ben je er klaar voor om Uxmal te bekijken?' veranderde hij toen van onderwerp. Hij wees naar de ingang van het terrein, waar verschillende souvenirwinkels, een restaurant en een klein museum lagen.

Dalia voelde dat haar hart sneller begon te kloppen. 'Ja, dat zeker.'

Ze kochten een entreekaartje en bekeken het eerst de Piramide van de Waarzegger, een ovaal bouwwerk van zevenendertig meter hoog, dat volgens het bordje ernaast in de loop der tijd vier keer was uitgebreid.

'Die ovale vorm is heel bijzonder,' merkte Pablo op, terwijl Dalia de piramide fotografeerde.

'Ik vind het erg interessant dat de Maya's er telkens delen aan hebben toegevoegd.'

'Dat deden ze in bijna alle gebieden waar ze hebben gewoond,' legde Pablo uit. 'En de naam Uxmal betekent "drie keer gebouwd".'

Ze liepen langzaam verder naar de Cuadrángulo de las Monjas, oftewel de Vierhoek van de Nonnen, die bestond uit vier afzonderlijke gebouwen rondom een grote binnenplaats. Op de gevels waren de uitstekend bewaard gebleven maskers van de regengod Chaac en de talloze dierenfiguren duidelijk te herkennen. Dalia bleef vol verwondering staan en probeerde zich voor te stellen dat haar moeder hier als jonge vrouw had rondgelopen, voortgedreven door een brandende nieuwsgierigheid en een ontembare drang tot onderzoeken. Ze herinnerde zich dat granny haar jaren geleden de oude aantekeningen van haar moeder had gegeven. Toen had Dalia niet echt belangstelling voor Mexico en de Maya's gehad, maar nu had ze er spijt van dat ze die papieren niet had meegenomen. Aan de andere kant, veel plaats had ze niet in haar rugzak.

Toen Dalia verder liep naar het Huis van de Schildpadden werd ze opnieuw overvallen door het gevoel dat haar moeder heel dichtbij was. Had ze Ricardo hier soms leren kennen?

Ze bleef voor het informatiebordje staan en las de toelichting. Sommige wetenschappers geloofden dat de schildpad voor de Maya's het symbool voor de zonnewende was geweest en dat dit gebouw was bedoeld om de bewegingen van de hemellichamen te volgen. Tot op de dag van vandaag kon niemand dat met zekerheid zeggen.

'Kijk daar eens,' onderbrak Pablo haar gedachten.

'Hm?'

'Die drie oudere mannen daar vooraan, met die grijze werkjassen,' zei Pablo. 'Zien die er niet uit als archeologen?'

Dalia haalde haar schouders op. 'Geen idee.'

Hij pakte zachtjes haar pols vast en trok haar mee. 'Kom, dan gaan we het vragen.'

'Zo spontaan?'

Pablo bleef staan en keek haar aan. 'Ja, Dalia, zo spontaan.'

'Maar wat moet ik zeggen als hij...' Ze slikte moeizaam. 'Als hij het echt blijkt te zijn?' fluisterde ze amper hoorbaar.

Pablo zuchtte. 'Dat zien we dan wel.'

Hij liep doelbewust naar de drie mannen toe en Dalia volgde hem met enige tegenzin. Stel dat een van hen echt haar vader was? Weer ging haar hart sneller kloppen.

'Hola,' begroette Pablo het groepje. 'We willen u iets vragen.'

De mannen keken aandachtig op.

'Is een van u toevallig Ricardo Ortiz Delgado?'

Een man met een grijze baard hield zijn hoofd schuin en trok een verbaasd gezicht. 'Ja, dat ben ik. Kennen we elkaar?'

Pablo wisselde een snelle blik met Dalia. 'Nee, eigenlijk niet. Het is...'

'We zoeken iemand die hier jaren geleden samen met mijn moeder, die hier op studiereis was, onderzoek naar de Maya's heeft verricht,' schoot Dalia hem haastig te hulp.

De mannen lachten goedmoedig. 'Onderzoek naar de Maya's? Nou, dat doen we hier allemaal.'

'Zegt de naam Camellia Carter u iets?' wilde Dalia weten. Ze liet zich niet van de wijs brengen en was opeens niet meer verlegen. Ze had immers niets te verliezen. Aan een duidelijk ja of nee had ze meer dan aan eindeloos speculeren.

Ortiz Delgado keek fronsend naar de grond.

Het hart klopte Dalia in de keel in terwijl ze op een antwoord wachtte.

Toen schudde de wetenschapper zijn hoofd. 'Een Amerikaanse?'

'Engelse,' verbeterde Dalia, die opeens de hand van Pablo op haar rug voelde. Dankbaar keek ze naar hem op. Hij schonk haar een bemoedigende glimlach.

'Nee,' antwoordde Ricardo Ortiz Delgado voor haar gevoel een halve eeuwigheid later. 'Die naam zegt me helaas niets. Wanneer moet ze hier zijn geweest?'

'Negenentwintig jaar geleden,' antwoordde Dalia gefrustreerd.

'Nee,' zei de man weer, 'het spijt me.' Hij keek naar de twee andere mannen. 'Hebben jullie die naam ooit gehoord?' Maar zij schudden ook hun hoofd.

'Gracias,' bedankte Pablo hen, terwijl hij bij wijze van afscheid zijn hand opstak. Ook Dalia bedankte de mannen, en ze liepen weer weg.

'We vinden hem nooit,' zei ze somber. 'Het was gewoon een bespottelijk idee.' Haar stemming had een nieuw dieptepunt bereikt.

Pablo bleef staan en pakte haar bij haar bovenarmen. 'Er is nog een andere Ricardo.' Zijn blik werd indringender. 'En we komen vast nog heel veel andere wetenschappers tegen. We vragen het aan iedereen die we tegenkomen. Zodra we hier alles hebben bekeken, gaan we terug naar de ingang en vragen we welke archeologen hier op dit moment werkzaam zijn. En die gaan we allemaal het vuur aan de schenen leggen, de een na de ander.' Hij glimlachte flauwtjes. 'Of wil je het echt nu al opgeven?'

Dalia ademde diep in en schudde toen haar hoofd. 'Nee, dat niet. Dank je. Zonder jou...' Ze maakte haar zin niet af.

'Ik heb een idee,' meldde Pablo vastberaden. Hij trok haar mee en wees naar een stuk gras dat in de schaduw lag. 'Wat zeg je ervan als jij uitrust en ik verderga met jouw Ricardo zoeken?' Hij trok een vragend gezicht.

Dalia schoot in de lach. 'Je bent geweldig.'

Hij knikte ernstig. 'Dat ben ik zeker. Fijn dat je dat doorhebt.' Toen keek hij haar grijnzend aan. 'Heb je nog iets nodig?'

Nu grijnsde Dalia. 'Schilderslinnen. En verf,' zei ze, niet echt serieus. De aanblik van de eeuwenoude ruïnes wekte haar creativiteit tot leven, op een manier zoals ze die al een hele tijd niet meer had ervaren. Haar vingers kriebelden, zo graag wilde ze alles wat ze had gezien op doek vastleggen. Haar verlangen om met verf aan de slag te gaan was enorm.

Pablo keek haar een paar tellen aan, zijn mondhoeken trilden, en toen draaide hij zich zonder iets te zeggen om en verdween achter de piramide. Dalia volgde zijn goede raad op en ging in het gras liggen. Het duurde niet lang voordat ze was ingedommeld.

Dalia hield haar hoofd schuin en keek naar het reliëf dat rondom in de piramide was uitgehouwen. Haar blik ging heen en weer tussen de foto die ze vanmorgen vroeg in Uxmal had gemaakt en de eerste aanzet van het schilderij dat ze op het kastje naast het bed had gezet. Iets eraan klopte niet, maar ze wist niet goed wat haar er niet aan beviel. Telkens weer vergeleek ze de foto met het schilderij, totdat ze het eindelijk zag. Het perspectief van de ovale piramide klopte niet. Daardoor zag het bouwwerk er op het schilderij tweedimensionaal uit. Dalia had onvoldoende oog gehad voor de verschillen in grootte. Blij dat ze de fout eindelijk had gevonden, pakte ze lichtbruine verf om verbeteringen aan te brengen.

Haar mond was opengevallen van pure verbazing toen Pablo aan het begin van de middag was komen aanzetten met linnen, verf en penselen. Nu zat ze in hun pension, een oude haciënda die tot gastenverblijf was omgebouwd, en ze schilderde de oude gebouwen die tot voor kort nog volkomen onbekend voor haar waren geweest. Ze had er enorm veel plezier in, want ze zag het als een nieuwe uitdaging om de ruïnes op haar manier tot leven te brengen. Ze wilde de bouwwerken op zo'n manier afbeelden dat het voorbije verleden, waarin ze zo belangrijk waren geweest voor een groot volk, tastbaar en realistisch tot leven kwam. Dit was heel iets anders dan het ontwerpen van logo's en websites, waaraan ze de afgelopen paar jaar haar tijd had gewijd.

Dalia liet haar penseel zakken toen er op de deur werd geklopt. 'Ja?'

Pablo liep haar kamer in, met in zijn rechterhand een tas waaruit heerlijke geuren opstegen. 'En, Frida, hoe gaat het?' Lachend ging hij achter haar staan om het kunstwerk te bekijken. 'Wauw, dat ziet er goed uit!'

'Vind je dat echt?' Dalia twijfelde nog steeds of het schilderen van gebouwen iets voor haar was.

'Ja, dat vind ik echt,' antwoordde Pablo op ernstige toon. Hij zette de tas neer. 'Heb je trek in taco's?'

Verbaasd keek Dalia hem aan. 'Ben je helderziende?'

'Nee, maar we hebben vanmorgen vroeg niet veel gegeten en mijn maag rammelt.' Hij haalde twee servetten uit de tas, spreidde die uit en legde de gevulde tortilla's erop. 'Wat zeg je van een korte pauze?'

Dalia stond op van haar krukje en strekte haar rug. 'Hoe laat is het eigenlijk?'

'Vlak na achten.'

'Zo laat al?' Dat kon ze bijna niet geloven. Had ze echt vier uur achter elkaar zitten schilderen? De tijd was voorbijgevlogen, Dalia was alles om haar heen vergeten en had zich volledig ondergedompeld in haar eigen, creatieve wereldje. Dat was haar al heel lang niet meer overkomen.

Pablo wees naar de terrasdeur. 'Wil je soms buiten eten? Of vind je het te donker?'

'Te donker?' Ze schudde haar hoofd. 'Ik kom uit Cornwall, te donker bestaat niet. En het is nog warm genoeg.'

Hij bracht lachend het eten naar buiten en zette er een fles water bij.

Nadat ze aan het ronde tafeltje waren gaan zitten, deed Dalia haar ogen dicht en ademde diep in. 'Ruik je dat?'

'Wat, die cactussen en palmen? Niet echt,' antwoordde Pablo op droge toon.

'Grappenmaker, dat bedoel ik niet. Nee, het ruikt naar… naar aarde, naar mos, naar een of andere exotische bloem waarvan ik de naam helaas niet ken.'

'Een of andere exotische bloem. Dat klinkt inderdaad erg romantisch,' merkte Pablo geamuseerd op. 'Eet smakelijk.'

Na de eerste hap was Dalia al diep onder de indruk. 'Waarom smaken al jullie gerechten zo verrukkelijk?' Ze keek op naar de hemel, waar duizenden sterren stonden te fonkelen. Een zacht briesje streelde het landschap. Zo te zien waren zij de enige gasten in de rustieke haciënda.

'Als je het eten nog steeds lekker vindt, is je hoeveelheid Mexicaanse genen blijkbaar groot genoeg.'

Dalia keek hem met een verbaasde frons aan. 'Wat bedoel je daarmee?'

'Nou ja, het is elke dag tortilla's. Het liefst 's morgens, 's middags en 's avonds. Veel toeristen hebben daar al snel genoeg van, maar jij vindt het nog steeds niet te eentonig.'

Dalia trok een verwonderd gezicht. 'Eentonig? Ik heb tot nu toe nog niet één keer een tortilla gegeten die precies zo smaakte als eentje die ik eerder had geproefd. Die sauzen… Ik begin me af te vragen hoeveel recepten daarvoor bestaan. En de specerijen…'

Pablo knikte. 'Dat is waar, iedereen heeft een eigen recept en maakt ze weer anders klaar. Mijn moeder maakte trouwens de beste enchilada's van heel Mexico.'

'Ik dacht dat Ruben dat deed.' Dalia veegde haar mondhoeken af.

'Die van Ruben zijn zeker niet te versmaden,' beaamde Pablo, 'maar die van mijn moeder…' Hij keek haar aan. 'Die moet je echt proeven. Ze zijn goddelijk. Ik heb nog nergens betere gegeten. En ik ben al op veel plaatsen in dit land geweest.'

Heel even keek ze hem onderzoekend aan. Zijn donkere ogen glansden in het zachte maanlicht. Nu hun blikken elkaar zo kruisten, begon het in haar binnenste aangenaam te kriebelen.

Verlegen schraapte ze haar keel. 'Ja, die wil ik graag eens proeven,' zei ze met verstikte stem.

'Dan zal ik…'

'Bastardo!' riep opeens een vrouwenstem ergens op het gazon.

Dalia kromp ineen van schrik.

'Ik wist wel dat je vreemdging, maar uitgerekend met Mariella!' Het was de eigenares van de haciënda, die net de met kiezels bedekte strook op liep waar een paar auto's geparkeerd stonden.

'*Cariña*, liefje,' probeerde haar man haar te kalmeren. Met grote stappen liep hij achter haar aan. 'Je weet toch dat ik alleen van jou hou?'

'Niks cariña,' riep de vrouw. 'Uitgerekend met haar! Je weet als geen ander hoe ze me al die jaren heeft behandeld, en dan duik je juist met die snol het bed in? Bastardo!' Ze draaide zich met een ruk om en verdween achter het huis. Haar man liep morrend en vloekend achter haar aan.

Bedremmeld keek Dalia Pablo aan, maar die haalde alleen maar zijn schouders op. 'Zo zijn de Mexicaanse mannen helaas,' zei hij bijna verontschuldigend. 'Echte macho's. Het spijt me dat we hier zo'n typisch voorbeeld tegenkomen.'

'Maar zo zijn ze toch niet allemaal?' Ze vertrok haar lippen tot een glimlachje.

Hij schudde zijn hoofd. 'Nee, niet allemaal, maar een groot deel wel. Zeker de oudere generatie denkt nog altijd dat ze hun vrouwen kunnen vernederen en zich van alles kunnen permitteren. "Kijk mij eens, ik heb vier minnaressen, ik ben zo'n toffe peer." Ze hebben totaal geen respect voor vrouwen, ze leven nog in de vorige eeuw.'

'En dat zeg jij,' merkte Dalia op. 'Je bent zelf ook een man.'

Hij deed alsof hij erover nadacht. Toen knikte hij. 'Ja, ik denk dat ik ook een man ben.'

'Gekkie!'

'Nee, even serieus.' Zijn blik werd ernstiger. 'Mijn moeder zou dergelijk gedrag nooit pikken. Ze heeft ons van jongs af aan opgevoed met het idee dat we iedereen met evenveel respect moeten behandelen, als gelijken, welk geslacht of welke huidskleur iemand ook heeft. Als ik mijn vriendin of vrouw zou bedriegen, zou ze me zeker weten het huis uit smijten en nooit meer een woord met me wisselen.'

'En je vader?' wilde Dalia weten.

Pablo lachte. 'Hij weet ook hoe zij in elkaar zit, hij zou het nooit wagen om een andere vrouw aan te raken.' Hij liet een korte stilte vallen. 'En ik denk dat hij heel veel van mijn moeder houdt en daarom nooit een ander zal willen. Maar helaas hoort een buitenechtelijke verhouding er hier voor veel mannen gewoon bij, dat is de normaalste zaak van de wereld.'

'Je schildert je medemannen niet bepaald goed af,' merkte Dalia op, die aan haar eigen onbekende vader moest denken. Had hij ook zulke ideeën gehad? Was dat misschien de reden dat de verhouding met haar moeder op de klippen was gelopen? Als ze al een verhouding hadden gehad. Zelfs dat wist Dalia niet zeker.

'Heb je verder nog iets kunnen ontdekken?' vroeg ze aan Pablo.

'Helaas niet. Ik heb met een paar andere studenten en onderzoekers op de vindplaats gesproken, maar geen van hen had ooit van je moeder gehoord. Haar naam zegt niemand iets.'

'En er was ook niemand die Ricardo kende?' zei Dalia ontgoocheld. Al te veel mogelijkheden had ze niet meer. Ze kon zich er maar het beste op instellen dat ze tijdens haar reis nooit haar uiteindelijke doel zou bereiken.

'Jawel, twee van hen noemden de naam van die andere Ricardo, die Murillo Flores. Hij schijnt een ware beroemdheid in zijn vakgebied te zijn.'

Dalia zuchtte. 'Maar hij is vast ook niet de juiste Ricardo.'

21

De volgende morgen zat de bus naar Chichén Itzá zo vol dat Dalia en Pablo weer niet naast elkaar konden zitten. Dalia kon een plekje naast een jonge vrouw bemachtigen, die vlak achter haar twee kinderen zat. Terwijl de moeder de beide meisjes toesprak, was ze elke keer bijna in tranen. Bedremmeld keek Dalia uit het raam toen de bus zich in beweging zette. Ze hield de oorbellen met de dalia's in haar hand en streek met haar vingers over de aardewerken bloemen. Had haar moeder deze ook gedragen? Of waren ze van het begin af aan voor Dalia bestemd geweest? Al die vragen, en op geen ervan had ze een antwoord.

Toen de vrouw naast haar een zakdoek uit haar tas haalde en zachtjes haar neus snoot, keek Dalia haar onopvallend van opzij aan. Vlak onder haar linkerslaap zat een lichtpaarse vlek en onder haar ogen waren donkere schaduwen te zien.

Dalia kreeg een akelig vermoeden. 'Gaat het wel goed met u? Kan ik u misschien ergens mee helpen?'

De vrouw keek op en leek Dalia voor het eerst te zien. '*Disculpe.* Pardon. Ik...' Ze schudde haar hoofd en begon amper hoorbaar te slikken.

'Ik wilde niet...' begon Dalia, en ze keek beschaamd de andere kant op. Ze had de vrouw in geen geval in verlegenheid willen brengen. Het was overduidelijk dat ze problemen had.

'Het spijt me,' fluisterde de jonge vrouw in de richting van Dalia.

'Het geeft niet,' stelde Dalia haar gerust. 'Ik had u niet moeten aanspreken.'

De vrouw slikte en knikte toen. 'Jawel.' Ze keek Dalia aan. 'Jawel, en het is erg vriendelijk van u dat u dat vroeg.' Afwezig streek ze het oudste meisje, dat recht voor haar zat, over haar haar. 'Dit zijn mijn dochters. We... gaan naar mijn familie.'

Dalia wist niet wat ze moest antwoorden.

'Ik ben... bij mijn man weg.' Ze raakte voorzichtig de blauwe plek op haar gezicht aan. 'Hij is...' Haar stem brak en ze veegde opnieuw in haar ogen. Het was duidelijk dat ze naar woorden zocht.

'U hoeft me niets te vertellen,' zei Dalia zacht. De meisjes hadden hun hoofden bij elkaar gestoken en fluisterden giechelend met elkaar.

'Zij hebben er niets van gemerkt.' De moeder knikte in de richting van haar kinderen. 'Hij is... Ramon drinkt te veel, en dan weet hij niet meer wat hij doet. Hij heeft al een paar maanden geen werk meer. Het is erg moeilijk.'

'Dat vind ik heel naar voor u.'

'Zo kan ik niet doorgaan,' ging de vrouw vastberaden verder. 'Ik ben zo ontzettend bang dat hij vroeg of laat ook de meisjes gaat slaan.'

'U weet zelf als geen ander wat het beste is,' begon Dalia voorzichtig. Welke moeder zou haar kinderen niet tegen een gewelddadige man willen beschermen?

De vrouw lachte bitter. 'Mijn ouders weten er niets van.' Ze schudde haar hoofd. 'Ik heb geen idee hoe ik aan hen moet uitleggen wat... er is gebeurd.'

'Daar kunt u toch niets aan doen?'

De vrouw aarzelde even. 'Dat weet ik niet zo zeker. Wat ben ik voor vrouw als ik er niet eens in slaag om mijn echtgenoot gelukkig te maken?'

Dalia dacht even na. 'Uw man is de enige die verantwoordelijk is voor zijn gedrag. U bent het slachtoffer,' bezwoer ze de jonge moeder. 'Het is niet uw taak om hem gelukkig te maken.'

Er waren nog altijd veel te veel vrouwen die hun man om een of andere twijfelachtige reden in bescherming namen. Een man die zijn vrouw sloeg, koos daar helemaal zelf voor, en als hij een ander daarvan de schuld gaf, liet hij daarmee alleen maar zijn eigen zwakte zien.

'Ik wil geen slachtoffer zijn,' meldde Dalia's reisgenote met een zekere onverzettelijkheid.

'Dat bent u ook niet meer. U hebt het heft in eigen handen genomen. U hebt uw kinderen beschermd en kiest uw eigen weg in het leven. U zorgt ervoor dat uw dochters weer gelukkig kunnen worden.'

De vrouw haalde een telefoon uit haar tas en bladerde door haar foto's. Dalia dacht eerst dat de jonge moeder haar een foto van het gezin in gelukkiger tijden wilde laten zien, maar toen de vrouw haar de telefoon toestak, zag ze dat het een bonte, zelfgebreide poncho was.

'Die heb ik zelf gemaakt,' verklaarde de andere vrouw trots. 'Ik had hem binnen een week af.'

Dalia bekeek het kledingstuk. 'Dat is echt een heel mooie poncho,' zei ze bewonderend.

'Ik dacht, misschien kan ik er een aantal maken en die op de markt verkopen,' ging de vrouw verder, en voor het eerst hoorde Dalia iets van hoop en optimisme in de stem van de ander. 'Wat denkt u, zouden toeristen daar belangstelling voor hebben?'

Dalia glimlachte. 'Nou, ik ben een toerist, en ik kan uw vraag met grote zekerheid met ja beantwoorden.'

De vrouw zette grote ogen van verbazing op. 'U bent een toerist? Maar ik dacht dat...'

'Ik kom uit Engeland,' legde Dalia haar situatie uit, 'maar mijn vader is een Mexicaan.' Ze slaakte een zucht. 'Mijn onbekende vader, die ik nog nooit heb ontmoet.'

'Dat klinkt... ingewikkeld,' vond de vrouw.

Dalia bewoog haar lippen. 'Dat is het ook. Maar ik wil u niet met mijn problemen lastigvallen.' Ze keek weer naar de oorbellen in haar hand.

Opeens pakte de jonge vrouw Dalia's hand vast. 'Dat heb ik net toch ook gedaan? Het spijt me heel erg. Als u wilt, mag u me best vertellen wat u hier doet. Waarom u uw vader nog nooit hebt ontmoet. En wat dat met die prachtige oorbellen te maken heeft. Ik kan erg goed luisteren.'

22

Negenentwintig jaar eerder
Chichén Itzá

Carmen was dood. Overleden in de vroege ochtenduren, nadat de artsen bijna een hele dag hadden gevochten om de tengere Spaanse te kunnen redden.

Camellia kon haar tranen niet langer bedwingen. Was gisteren tijdens het ontbijt niet alles nog in orde geweest? Ze had met Sadie en Carmen aan de koffie gezeten, met een zoet stuk gebak erbij, en daarna waren ze naar de ruïnes vertrokken. Carmen had over haar eerdere vakantie naar Mexico verteld en dat ze zo onder de indruk was geweest van de verhalen die hun toenmalige gids over de Maya's had verteld. Dat haar ouders meewarig hun hoofd hadden geschud toen hun jonge dochter de ene vraag na de andere had gesteld, maar dat geen enkele hoeveelheid antwoorden haar zucht naar kennis had kunnen stillen. Carmen had beslist uit kunnen groeien tot een groot Mayakenner.

Camellia legde haar hoofd in haar nek en deed haar best om haar kalmte te bewaren. Twee uur geleden had Ricardo iedereen het droevige nieuws verteld en hun de rest van de dag vrijaf gegeven. Op dit moment konden ze toch geen van allen hun aandacht bij de ruïnes en de aloude gebruiken van de Maya's houden. Ook aan Ricardo was duidelijk te zien hoe geschokt hij was.

Ze dacht eraan dat hij gisteren geduldig, uiterst kalm en heel zeker van zichzelf had geprobeerd om Carmen bij bewustzijn te houden, totdat de ambulance er eindelijk was. De strijd was voor niets geweest. Carmen had het niet gered.

Ondanks de intense hitte, die zelfs 's morgens al heerste, rilde Camellia toen ze naar het balspeelveld liep. Ze had het in haar kamer niet langer kunnen uithouden en het gevoel gehad dat ze gek zou worden als ze nog een minuut langer in het pension bleef. Daarom had ze besloten om in haar eentje naar Chichén Itzá te gaan. Hier had ze meer rust, meer ruimte, meer vrede. Er waren nog maar weinig toeristen aanwezig, die zich hadden verspreid over het ruime terrein.

Ze dacht aan het geloof van de Maya's, die er zo zeker van waren geweest dat er een leven na de dood bestond. Ze hadden hun doden grafgiften zoals servies en sieraden meegegeven. In hun universum, dat uit drie verschillende delen bestond, verbond de wereldboom de onderwereld en de aarde van de levenden met de hemel voor de doden. Zou Carmen nu ook in de hemel zijn?

Camellia liet zich voor een van de muren rond het speelveld op de grond zakken en keek naar de grote, uitgestrekte vlakte. Het balspeelveld van Chichén Itzá was het grootste nog bestaande in zijn soort. Ze kneep haar ogen tot spleetjes en probeerde zich voor te stellen dat de spelers hier vijftienhonderd jaar geleden hun opwachting hadden gemaakt. Hun handen beschermd door een soort handschoenen, rond hun heupen een gordel van leer of hout met een lendendoek eraan, en ook nog getooid met uitbundig versierde hoofddeksels. Alleen hun ellebogen en schouders waren onbeschermd geweest, want daarmee hielden ze de rubberen bal in de lucht. En altijd met in hun achterhoofd de angst dat ze het spel konden verliezen, en daarmee hun leven. Tot op de dag van vandaag waren onderzoekers het er niet over eens of de aanvoerder van de verliezende ploeg, of misschien zelfs het hele team, altijd werd onthoofd of dat dit ritueel was voorbehouden aan bijzondere gelegenheden. Volgens andere theorieën moest ook de winnende ploeg sterven en werd het als een enorme eer gezien om je leven voor de goden op te offeren. Voor de Maya's was de dood niet het einde, maar simpelweg een overgang naar een andere wereld.

Camellia deed haar ogen dicht en probeerde opnieuw de opwellende tranen in te houden. Carmen was dood. Ze was niet in een andere wereld. Gisteren had ze nog bij hen gezeten, maar vandaag…

Opeens klonk er een stem die haar uit haar gedachten deed opschrikken. 'Camellia.'

Ze deed haar ogen weer open en zag Ricardo vlak voor haar staan.

'Wat doe je hier?' Hij ging op zijn hurken zitten en keek haar bezorgd aan. Zijn huid zag er vaal uit, zijn gezicht was ingevallen.

Camellia haalde haar schouders op. 'Dat weet ik niet. Ik hield het op mijn kamer niet meer uit. Ik…' Haar stem liet haar in de steek. Snel zocht ze in de zakken van haar korte broek naar een zakdoek.

Ricardo ging naast haar in het gras zitten. 'Ik heb net met haar ouders gesproken.'

Camellia keek hem van opzij aan. Aan zijn gezicht was duidelijk te zien hoe verdrietig dit hem maakte.

'Het was verschrikkelijk. Hoe vertel je ouders dat hun kind nooit meer thuis zal komen? Dat ze haar nooit meer zullen spreken?' Hij schudde zijn hoofd en haalde zijn rechterhand langs zijn ogen. Daarin was een veelbetekenende glans te zien.

'Ik kan het nog steeds niet geloven,' zei Camellia zacht. 'Dat ze er gewoon niet meer is. Gisteren zat ze nog hier met ons te lachen.'

Hij knikte. 'Het is niet gemakkelijk, de dood accepteren. Dat die zo definitief is. En Carmen was nog zo jong, ze had een heel leven voor zich.' Hij zweeg even. 'Veel Mexicanen beschouwen de dood niet als een afsluiting. Het leven wordt als een soort doorgaande reis beschouwd, die de mensen vanaf hier naar gene zijde voert. De ziel sterft niet, maar keert één keer per jaar terug uit het hiernamaals. Dan brengen we offergaven aan onze overleden dierbaren, dan denken we aan hen en houden we feesten voor hen.' Hij slaakte een zucht. 'Helaas kan ik niet veel met die oude traditie, ik vind dat die botst met mijn wetenschappelijke manier van denken, maar mijn ouders vieren deze dag wel.'

'Ze was zo ongelooflijk enthousiast,' zei Camellia nadenkend. 'De archeologie was alles voor haar, en zeker de Maya's. Ik vond haar heel erg aardig.'

'Helaas heb ik amper de kans gekregen om haar echt te leren kennen, maar ze maakte beslist een betrokken indruk op me,' viel Ricardo haar bij. Hij strekte zijn lange benen uit.

'Ik heb geen idee hoe het nu verder moet.' Camellia streek met haar handen over haar voorhoofd. 'Telkens als ik de ruïnes zie, moet ik aan haar denken.'

'Het zal nog wel even zo blijven,' merkte Ricardo op. 'En we zullen haar niet vergeten. Carmen heeft heel veel interessants bijgedragen. Ze kon zich goed in de oude cultuur inleven.' Weer viel hij even stil. 'Dat geldt trouwens ook voor jou, Camellia.'

Ze beantwoordde zijn blik, maar riep zichzelf meteen tot de orde toen ze zijn aantrekkelijke gezicht iets te aandachtig bekeek. 'Op dit moment lijkt het allemaal zo zinloos.'

Hij knikte langzaam. 'Een plotseling overlijden herinnert ons allemaal aan wat echt belangrijk is in het leven. We moeten dankbaar zijn dat we gezond zijn, dat we ons tijdens het onderzoek kunnen wijden aan wat ons het dierbaarst is. We moeten van het heden genieten en ons niet te druk maken over later, want niemand weet wat de dag van morgen brengt.'

'Waarom beseffen we dat pas nadat er iets verschrikkelijks gebeurt?'

Hij glimlachte flauwtjes. 'Omdat we het leven anders niet goed kunnen verdragen, denk ik. We verdringen het grote geheel en concentreren ons op de details. Op de kleinigheden die op dit moment belangrijk en essentieel lijken. Pas als er iets ergs gebeurt, wordt ons duidelijk dat we maar een beperkte hoeveelheid tijd tot onze beschikking hebben. En die moeten we beslist vullen met dingen die ons goeddoen en waar we blij van worden.'

Camellia maakte een kermend geluidje. 'Dat klinkt erg verstandig.'

Ricardo lachte. 'Niet echt. Zo... is het gewoon.'

Ze keek hem aan en zag dat hij ook naar haar keek. De lucht tussen hen leek te zinderen, de atmosfeer was opeens geladen.

Camellia kon zich niet aan het moment onttrekken, en ook Ricardo maakte geen aanstalten om de betovering te verbreken. Hij stak zijn hand uit en legde die voorzichtig op Camellia's wang. Ze deed haar ogen dicht en drukte haar huid tegen zijn warme vingers, ze genoot van de groeiende vertrouwdheid en zijn troostende aanwezigheid. Wat gebeurde hier eigenlijk? De seconden leken een eeuwigheid te duren. In haar buik kriebelde het verlangend.

Toen hij zijn keel schraapte en zijn hand terugtrok, deed ze haar ogen weer open. Verlegen haalde ze haar hand door haar haar.

'Wist je dat het bijvoeglijk naamwoord *pitzili* in de taal van de Maya's niet alleen "mooi" betekent, maar ook "spelend met een bal"? Voor ons zijn dat twee volkomen verschillende begrippen, maar daaruit blijkt wel hoe belangrijk het balspel voor de Maya's moet zijn geweest,' legde Ricardo na een korte stilte uit.

Camellia was opgelucht dat hij van onderwerp veranderde. Zijn aanraking had veel te fijn aangevoeld, maar ze wist dat Ricardo en zij nooit... dat ze beslist niet te veel op hem gesteld mocht raken. Hij was haar docent.

'Je spreekt hun taal?' vroeg ze ongelovig.

Zijn mondhoeken trilden. 'Niet vloeiend, alleen de belangrijkste begrippen. De gebouwen die de Maya's hebben achtergelaten zijn erg indrukwekkend, maar dankzij hun taal en hun geschriften, waarvan helaas een groot deel is vernietigd, kunnen we op een heel andere manier hun cultuur en hun dagelijks leven leren kennen.'

‘Als ik je zo hoor praten, heb ik de indruk dat we nooit alle facetten van hun cultuur zullen kunnen doorgronden,’ zei Camellia. ‘Er is te veel onbekend, er is te veel wat we nooit meer kunnen achterhalen.’

Ricardo aarzelde even. ‘Daarvan moeten we ons als wetenschappers inderdaad bewust zijn,’ zei hij ten slotte. ‘We kunnen ons met bepaalde thema’s bezighouden, maar we moeten ook accepteren dat we uiteindelijk maar een fractie van hun cultuur zullen kunnen ontsluiten.’

23

Heden
Chichén Itzá

Toen ze tegen het einde van de middag in Chichén Itzá aankwamen, had Dalia de jonge moeder haar hele levensverhaal verteld. De vrouw had gelijk, ze kon erg goed luisteren. Ze had Dalia laten praten en slechts heel af en toe, wanneer ze de draad kwijt dreigde te raken, een paar korte vragen tussendoor gesteld. Voor Dalia was het een goede gelegenheid geweest om de gebeurtenissen van de afgelopen paar dagen enigszins te verwerken.

Nadat ze uit de bus waren gestapt, nam Valeria, de jonge Mexicaanse met haar twee dochtertjes, erg hartelijk afscheid van Dalia en wenste ze haar alle goeds. Dalia moedigde op haar beurt Valeria aan haar ingeslagen weg te blijven volgen en wenste haar ook veel geluk en voorspoed.

'Je hebt geen gebrek aan nieuwe contacten,' merkte Pablo op toen ze van de bushalte wegliepen.

'Het was een fijne rit,' zei Dalia. Ze was erg opgetogen, haar hele lijf kriebelde, want ze hoopte hevig dat ze eindelijk een concreet spoor van haar vader zouden vinden. 'En jullie Mexicanen zijn zo heerlijk ongecompliceerd en gemakkelijk te benaderen.'

Pablo bleef staan en keek haar aan. 'Ongecompliceerd en gemakkelijk te benaderen?' Hij hield zijn hoofd schuin. 'Ik weet niet of ik dat als een compliment moet beschouwen.'

Dalia lachte en pakte zijn onderarm vast, zodat ze hem mee kon trekken. 'Dat mag je zeker, want zo bedoel ik het. Jullie zijn geweldig. Behalve dan natuurlijk...' Ze viel stil, want ze was de namen van de drugsdealers nu al vergeten.

'Dat waren een stelletje idioten,' zei Pablo ernstig. Hij leek te kunnen raden wat ze dacht. 'Daar moet je niet meer aan denken. Verder zijn we allemaal... ongecompliceerd en gemakkelijk te benaderen.'

Dalia wees naar een wegwijzer. 'Laten we meteen naar de ruïnes gaan.'

Pablo fronste. 'Heb je geen honger? En moeten we niet eerst een hotel of pension gaan zoeken?'

Dalia schudde haar hoofd. 'Nee, laten we eerst gaan kijken of... hij daar is.' Ze zuchtte. 'Ik kan de spanning bijna niet meer aan. En wat moet ik doen als we hem ook hier niet vinden?'

Pablo stapte naar haar toe en pakte haar handen vast. Weer kreeg Dalia door die onschuldige aanraking een heerlijk gevoel. 'Dan zoeken we verder.'

Ze keek hem een paar tellen lang aan. 'Je bent ongelooflijk.'

Zijn mondhoeken trilden. 'En ongecompliceerd en gemakkelijk te benaderen, dat klopt helemaal.'

'Gekkie!' antwoordde ze liefdevol.

'Gracias.' Hij knikte en gaf aan dat ze met hem mee moest lopen.

Omdat het al laat op de dag was, viel het met de hoeveelheid toeristen op deze wereldberoemde plek erg mee. De ruïnes gingen over twee uur dicht en de resterende tijd was bij lange na niet genoeg om het uitgestrekte terrein te verkennen.

'Zijn er momenteel archeologen bezig met onderzoek?' vroeg Pablo bij de ingang aan de vrouw achter de kassa.

Die keek hem geïrriteerd aan. 'Dat zijn ze hier altijd. Ik werk hier al acht jaar en heb nog geen dag meegemaakt waarop er geen archeoloog of historicus met als specialisatie het oude Amerika rondliep.'

'Zijn er ook onderzoekers die hier al langere tijd werken? Kent u misschien professor Ricardo Murillo Flores?'

De vrouw dacht even na en knikte toen. 'Ja, natuurlijk ken ik de professor.' Ze keek op haar beeldscherm. 'Ik weet alleen niet of hij vandaag aanwezig is. Ik heb hem al een tijdje niet meer gezien.' Ze viel even stil. 'Achter de piramide zijn momenteel een paar onderzoekers bezig. U kunt het aan hen vragen, volgens mij kennen ze hem ook.'

Pablo keek Dalia triomfantelijk aan. 'Dank u, dat gaan we meteen doen.'

Zonder om zich heen te kijken beenden ze doelbewust naar de voornaamste trekpleister van de beroemde Mayastad. Dalia bleef voor het imposante bouwwerk staan en ademde diep in. Voordat ze aan haar reis naar Mexico was begonnen, had ze natuurlijk al informatie op internet opgezocht, en ze had deze piramide toen al vol ontzag op haar computer bekeken. Nu stond ze er in het echt voor en kon ze alles met eigen ogen zien. Tijdens de rit met de bus had ze Lilian een berichtje gestuurd, en haar tante had bevestigd dat Dalia's moeder inderdaad in Chichén Itzá was geweest en dat ze er altijd al van had gedroomd om de opgravingen daar te bezoeken.

Dalia liet haar blik over de lange trappen naar boven dwalen en werd opnieuw overvallen door een intense droefheid. Waarom was het haar niet gegund geweest om haar moeder te kennen? Om hier samen met haar te staan en zich door haar enthousiasme te laten aansteken? Had ze haar moeder ooit zo erg gemist als nu? Haar ogen werden vochtig en het verlies dreigde haar te veel te worden.

'Wat is er?' Pablo leek te merken dat haar stemming was veranderd.

Ze beet op haar lip. 'Niks. Het... gaat wel weer.'

Hij kwam naast haar staan en sloeg een arm om haar schouder. Dankbaar leunde ze tegen hem aan. Het voelde zo fijn dat ze nu niet alleen was. Het betekende heel veel voor haar dat ze Pablo aan haar zijde had. Daardoor kon ze zich herpakken.

'Het is al goed,' zei ze kort daarop met vastberaden stem. 'Kom, dan gaan we die archeologen zoeken.'

'Je bent een erg sterke vrouw, Dalia,' merkte Pablo op. Hij liet haar los en liep naar het pad dat om de piramide heen voerde.

In de schaduw aan de andere kant stonden vijf vrouwen van rond de veertig op luide toon in het Spaans met elkaar te discussiëren. Toen Pablo en Dalia dichterbij kwamen, vielen ze stil en keken ze de twee nieuwsgierig aan.

Dalia vatte moed, stelde Pablo en zichzelf voor en vroeg naar Ricardo Murillo Flores.

'Die werkt hier niet meer,' antwoordde een van de vrouwen.

Een ander schudde haar hoofd. 'Ik ken hem niet persoonlijk. Zijn naam zegt me natuurlijk wel iets, maar ik heb hem nog nooit ontmoet.'

'Ik heb een keer een lezing van hem bijgewoond. Een uitstekende wetenschapper,' merkte een derde vrouw op.

'Ik geloof dat hij inmiddels in Tulum werkt en daar ook rondleidingen geeft,' nam de eerste vrouw weer het woord. 'Daarvoor heeft hij tientallen jaren hier gewerkt.'

Dalia spitste haar oren. 'Weet u misschien hoeveel jaar hij hier precies zat?'

De Mexicaanse dacht even na. 'Heel veel jaren. Echt heel lang. Hij was al wat ouder.' Ze wreef over haar kin. 'Rond de zestig, schat ik.'

De twee andere vrouwen knikten instemmend.

'Waarom vraagt u het niet bij de universiteit in Mexico-Stad?' stelde de eerste vrouw voor. 'Daar moeten ze weten waar hij nu zit. Al ben ik er vrij zeker van dat hij momenteel in Tulum zit. Daar komt hij ook vandaan, dat weet ik.'

'Mijn familie woont daar in de buurt,' mengde Pablo zich in het gesprek. 'Tulum ligt ongeveer honderdvijftig kilometer hiervandaan. We kunnen er morgen heen reizen en daar met hem praten.'

Dalia knikte. Ze bedankte de vrouwen, zonder te vertellen waarom ze op zoek was naar de professor, en liep weg van het groepje.

'We wilden toch al naar Tulum gaan,' zei Pablo toen ze in de richting liepen van de Templo del Jaguar, de Tempel van de Jaguar.

Dalia knikte afwezig. Zo langzamerhand kreeg ze het gevoel dat ze op een fantoom joeg, en dat terwijl ze niet eens wist of deze professor wel haar vader was. De enige aanwijzing was de voornaam Ricardo, maar was dat voldoende? Misschien had haar vader nooit iets te maken gehad met haar moeders onderzoek naar de Maya's. Misschien was hij een student kunstgeschiedenis, architectuur of pedagogiek geweest. Werd haar plan niet met de dag idioter? Een reusachtig land als Mexico doorkruisen, in de hoop dat ze een man kon vinden van wie ze alleen wist dat hij Ricardo heette…

'Wat zeg je ervan als ik iets te drinken ga halen en jou alleen laat rondkijken?' stelde Pablo voor.

Dalia keek hem verrast, maar ook dankbaar aan. 'Vind je dat niet erg?'

Hij knikte glimlachend. 'Anders zou ik het niet voorstellen. Ik denk dat je even wat tijd voor jezelf nodig hebt. Dit is de plek waar je moeder al die jaren geleden is geweest. Kijk zelf maar wat rond, ik zoek je later weer op.'

Kon Pablo soms gedachtelezen?

'Dank je,' zei ze.

Hij schudde zijn hoofd. 'Geen dank.' Hij keek op zijn horloge. 'Je hebt nog ruim een uur. Dan zien we elkaar straks bij de ingang, oké?' Hij gaf haar een tedere kus op haar wang, draaide zich om en liet haar alleen.

Verwonderd legde Dalia haar hand op de wang die hij met zijn lippen had aangeraakt. Droomde ze soms? Was dit echt gebeurd? Ze was op zoek naar haar vader, een zoektocht waarvan ze steeds minder geloofde dat die ergens toe zou leiden, en nu dreigde ze ook nog verliefd te worden op de man die haar sinds haar aankomst in Mexico vrijwel onafgebroken met raad en daad had bijgestaan. Waar kon dit allemaal toe leiden? Zij woonde in Cornwall, Pablo was diep geworteld in zijn geboorteland. Ze moest oppassen dat ze zich niet te veel liet meeslepen.

Ze bekeek de verschillende reliëfs waarmee de tempel was versierd. Voor een van de stenen jaguars binnen in het bouwwerk bleef ze staan, en ze beeldde zich in dat haar moeder hier met Ricardo had gestaan. Dat ze over de betekenis van het in steen uitgehouwen dier hadden gesproken en elkaar hadden gevonden in hun gedeelde hartstochtelijke belangstelling voor deze oude cultuur.

Dat is alleen maar romantisch gefantaseer, zei ze streng tegen zichzelf. Misschien was haar vader hier nooit geweest, misschien kende hij de oude ruïnestad niet eens. Ze schudde haar hoofd vanwege haar malle gemijmer.

'Deze heilige stad kan een wonderlijk effect op een mens hebben.'

Dalia draaide zich verrast om en zag een tengere Mexicaanse vrouw op leeftijd staan.

'Daar hebt u gelijk in,' beaamde ze. 'Ik ben er behoorlijk ondersteboven van.'

'U twijfelt,' sprak de vrouw.

'Hoe weet u dat?' Dalia keek haar vol belangstelling aan.

De oude vrouw glimlachte toegeeflijk. 'U noemt het vast ervaring, ik noem het spiritueel inzicht. Ik voel het. En het gezicht dat u trekt…' Ze hield haar hoofd schuin en knikte lichtjes.

'Ik…' Dalia slikte. Ging ze nu echt iedereen die ze tegenkwam haar levensverhaal vertellen? Maar deze vrouw straalde iets uit wat Dalia niet in woorden kon vatten. Het gaf haar het gevoel dat ze hier thuishoorde, dat ze was aangekomen waar ze moest zijn. En ja, ook dat ze welkom was. 'Ik ben Engels,' zei ze onbeholpen.

De oude vrouw knikte. 'Ben je dat echt?'

Dalia begon heen en weer te zwaaien. 'Dat weet ik niet,' bracht ze uit. 'Ik weet... helemaal niets meer.'

'Je zult het snel weten,' sprak de vrouw met diepe stem. 'Je zult je antwoorden vinden.'

Dalia sperde haar ogen open. 'Hoe weet u...'

De Mexicaanse schudde amper zichtbaar haar hoofd. 'Mijn voorouders woonden hier. Heel veel jaren geleden.'

'U bent... een Maya?'

De vrouw knikte.

'Mijn moeder is hier tijdens haar studie geweest. Ze was... heel erg geboeid door uw volk,' vertelde Dalia. 'En ze wilde per se meer over de Maya's leren.'

Weer knikte de Mexicaanse. 'Het effect van een plek als deze moeten we niet onderschatten, maar dat is voor iedereen anders.' Ze stak een hand op en bewoog hem heen en weer. 'Voel je de geesten van de voorouders die hier rondwaren?'

Die woorden bezorgden Dalia kippenvel, en ze begon lichtjes te beven.

'Hier zijn mensen gestorven. De goden werden mild gestemd, maar... de geesten hebben nooit rust gevonden.' Ze keek Dalia toegeeflijk aan. 'Ik wil je niet bang maken, integendeel. Alle antwoorden die je zoekt, liggen ergens verborgen. Je moet ze vinden. In deze grond sluimeren ontelbaar veel vragen en geheimen. Dingen die niemand meer weet. En soms is het beter om niet alles te weten te komen en bepaalde zaken juist niet aan het licht te brengen.'

'Ik zoek mijn vader,' flapte Dalia eruit. 'Mijn moeder is dood, ze kan me niets meer over hem vertellen. En ik... voel me zo ontzettend verloren. Ik mis mijn ouders. Mijn wortels. Mijn geschiedenis.'

'Het verleden is belangrijk om het heden te kunnen begrijpen,' legde de vrouw op zachte toon uit. 'Je zult je antwoorden vinden,' herhaalde ze nogmaals cryptisch.

'Ik begin zo langzamerhand de hoop te verliezen,' bekende Dalia.

'De hoop dat er iemand is die je vasthoudt, ook als je je nergens meer aan kunt vastklampen, die mag je nooit verliezen.' De vrouw knikte beslist. 'Je zult weer worden vastgehouden.'

Ze legde heel even haar rechterhand op Dalia's onderarm. Daarna draaide ze zich om en verdween ze even geluidloos als ze de tempel in was gelopen.

Dalia huiverde en liep ook naar buiten. Daar genoot ze van de warmte die nog steeds in de lucht hing. De oude Mexicaanse vrouw was nergens meer te zien.

In gedachten verzonken slenterde Dalia van de Templo de los Guerreros, de Tempel van de Krijgers, terug naar de Piramide van Kukulcán. Daar ging ze op de grond zitten, legde haar hoofd in haar nek en keek op naar de onbewolkte blauwe hemel. Beschikte de afstammelinge van de Maya's soms over een zesde zintuig? *De hoop dat er iemand is die je vasthoudt, ook als je je nergens meer aan kunt vastklampen, die mag je nooit verliezen.* Waarom moest ze daardoor weer aan Pablo denken? De jonge docent Engels had met zijn kalme, geheel eigen manier van doen haar hart geraakt. Hij had natuurlijk niet eeuwig de tijd om haar te helpen, vroeg of laat moest hij weer terug naar Mexico-Stad. En hoelang kon Dalia nog naar een onbekende blijven zoeken die ze misschien nooit zou vinden?

Weer dreigde ze door wanhoop te worden overvallen. Ze stond op en draaide zich om naar de piramide. Hoe vaak had haar moeder hier gestaan en precies hetzelfde gezien als zij nu? En waarom had haar granny jarenlang over haar vader gelogen? Dalia moest haar best doen om kalm te blijven en niet ten prooi te vallen aan moedeloosheid.

'Dalia!'

Ze keek in de richting van Pablo's stem. Hij kwam met grote stappen naar haar toe, met twee kartonnen bekers in zijn hand.

Haar humeur verbeterde meteen toen ze zijn optimistische gezicht zag.

'Ik heb goed nieuws,' deelde hij haar mede. Hij gaf haar een van de bekers aan. 'Papajasap,' legde hij glimlachend uit.

'Dank je.' Alleen al Pablo's aanwezigheid monterde haar op. Ze had hem echt gemist.

'Ricardo Murillo Flores werkt momenteel in Tulum,' ging hij met een knikje verder. 'Dat betekent dat je hem morgen zeker gaat ontmoeten.'

Haar hart begon meteen sneller te kloppen. De spanning en de onzekerheid waren meteen weer terug. 'Morgen,' herhaalde ze ernstig. 'En als ook hij het niet is?'

24

De kamer in het pension was klein en eenvoudig, maar wel gezellig ingericht. Op de smalle houten veranda voor de kamer hing zelfs een bonte hangmat, zo eentje als Dalia eerder al op de markt had bewonderd.

Ze waren vlak na elf uur 's morgens in Tulum aangekomen. Nadat Pablo een kamer voor haar had geregeld, was hij naar zijn familie gegaan. Hij had meerdere keren gevraagd of ze niet mee wilde gaan en daar wilde overnachten, maar Dalia durfde dat niet meer aan. Sinds de ontmoeting met de oude Mexicaanse was ze helemaal van slag. Elke keer wanneer Pablo haar heel onschuldig en toevallig aanraakte, deinsde ze geschrokken terug, want ze wilde niet dat de band tussen hen nog hechter werd. Zij woonde in Engeland en hij hier, ze hadden simpelweg geen toekomst samen. Daarom leek het haar verstandig om enigszins op afstand te blijven, in elk geval totdat haar gevoelens tot rust waren gekomen. Pablo was duidelijk teleurgesteld geweest omdat ze niet mee wilde, maar hij had verder geen commentaar op haar beslissing gegeven.

Dalia liep het terras op en keek naar de prachtige tuin. Grote palmen omzoomden borders met talloze verschillende bloemen. Aan de rand van de tuin was een klein perk met alleen maar orchideeën aangelegd, en daarnaast zag Dalia gele zwaardlelies en tweekleurige dahlia's, rood met witte randjes rond de bloemblaadjes. De geuren die hier hingen omhulden haar als een zachte omslagdoek.

Ondanks alle onzekerheid waardoor ze al haar hele reis werd begeleid, merkte ze dat ze langzaam tot rust kwam. Ze beleefde dit land met al haar zintuigen: het heerlijke pikante eten, de ongelooflijke verscheidenheid aan kleuren in zowel de flora als de kleding van de inheemse bevolking, en de hartelijkheid en openheid van iedereen die ze was tegengekomen. Elke dag weer maakte dat allemaal diepe indruk op haar. En de gedachte dat hier een deel van haar wortels lag, vervulde haar met een zekere trots. Ze hield van Cornwall, waar ze was geboren en getogen, en ze kon zich niet voorstellen dat ze ooit ergens anders zou wonen, maar hier in Mexico, waar ze met haar uiterlijk helemaal niet opviel, waar iedereen dacht dat ze een van hen was en ze overal als familie werd onthaald, voelde ze zich welkom en geaccepteerd, gewoon om wie ze was.

Toen er werd geklopt, liep ze weer naar binnen om de kamerdeur open te doen.

'Ben je klaar voor het moment van de waarheid?' vroeg Pablo met een brede lach.

Dalia was blij hem weer te zien. Hij was eerder hiernaartoe gekomen dan ze had verwacht. Zijn aanwezigheid deed haar goed, stelde ze vast.

Toen drong het tot haar door dat ze nog geen antwoord had gegeven. 'Ja, dat ben ik. Hoe zeggen ze dat ook alweer? Beter een ellendig einde dan ellende zonder einde.'

Hij schudde zijn hoofd en legde zijn handen op haar schouders. 'Het mag wel iets optimistischer, señorita.'

'Mexico-Stad, Palenque, Uxmal, Chichén Itzá...' Dalia telde de namen af op haar vingers. 'Daar zijn we allemaal al geweest, en met welk resultaat?' Ze trok haar wenkbrauwen op. 'Ik mag stellen dat ik tot nu toe behoorlijk optimistisch ben gebleven.'

'En nu zijn we in Tulum en ligt alles weer open,' merkte Pablo glimlachend op.

Ze rolde met haar ogen. 'Hebben jullie allemaal op school geleerd hoe je altijd maar positief blijft?'

'Nee,' antwoordde hij geduldig. 'Maar er is geen reden om sarcastisch te zijn. De professor is in Tulum en je gaat hem daar ontmoeten.'

'En hoe groot is de kans dat professor Ricardo Murillo Flores mijn vader is?'

Pablo's mondhoeken trilden. 'Eén op een miljoen?'

'Veel te positief, dat zei ik toch?' Dalia pakte haar kamersleutel van de ladekast en liep achter Pablo aan naar buiten.

Bij de ingang van de ruïnestad kon Dalia de zee al ruiken. De weelderige groene vegetatie, de droge lucht, de heldere kobaltblauwe hemel: hier zag Mexico er precies zo uit als ze het zich altijd had voorgesteld. Ze stond te popelen om eindelijk de oceaan te zien.

'Is professor Murillo hier vandaag aan het werk?' vroeg Pablo toen hij bij de vrouw aan de kassa de entreekaarten afrekende.

Ze knikte meteen. 'Hij is net met een rondleiding bezig. De volgende begint over twee uur. Wilt u daaraan deelnemen?'

'Nee, bedankt,' antwoordde Pablo, maar Dalia kwam tussenbeide met: 'Ja, graag.'

Ze negeerde zijn vragende blik en wachtte totdat de vrouw haar de kaartjes voor de rondleiding had overhandigd. 'De rondleiding begint hier bij de ingang,' zei ze.

'Gracias.' Dalia trok Pablo weg van de ingang en ging naast de toiletten in de schaduw staan.

'Waarom wil je met de rondleiding mee?' Pablo keek haar afwachtend aan.

Ze haalde haar schouders op. 'Het lijkt me gewoon een goede gelegenheid om hem eerst iets beter te leren kennen.'

Pablo fronste. 'Heb je me niet net nog uitgelegd hoe klein de kans is dat hij het echt is?'

Ze bewoog haar hoofd heen en weer. 'Ja, dat wel, maar... Mijn gevoel vertelt me dat hij het misschien toch is. En als dat zo is,' vervolgde ze op bezwerende toon, 'dan moet ik het stapje voor stapje aanpakken. Ik kan toch niet zomaar plompverloren tegen hem zeggen: "Hallo, ik ben Dalia, je dochter. Hoe is het met je?"'

Pablo schoot in de lach. 'Nee, natuurlijk niet. Weet je, laten we eerst iets gaan eten en daarna aan de rondleiding deelnemen. Dan zien we wel wat hij zegt.'

'Ik kan het bijna niet meer uithouden,' bekende Dalia zacht. 'Nog twee uur...' Ze wees naar het terrein om hen heen. 'Ik wil eerst graag de zee zien voordat we iets te eten halen. Vind je dat goed?'

'Je zegt het maar.' Pablo pakte heel vanzelfsprekend haar hand vast en liep met haar de brede, geasfalteerde weg op die naar de Atlantische Oceaan voerde.

Dalia deed haar best om het gekriebel te negeren dat het gevoel van zijn vingers tegen de hare in haar opwekte.

Zodra ze het turquoise water van de Atlantische Oceaan in het oog kreeg, vergat ze heel even de emotionele chaos in haar binnenste. 'Wauw!' flapte ze eruit. 'Dat is echt... Wauw!' Ze kon gewoon niet de juiste woorden vinden.

'Dit is Tulum,' meldde Pablo vrolijk. 'Een van de mooiste plekken op aarde, mag ik wel zeggen.'

Dalia keek naar de uitgestrekte watervlakte die roerloos een paar meter onder hen lag. Zachte golven rolden amper hoorbaar naar het lichte zand van het prachtige strand. De oogverblindend witgrijze muren van een Mayatempel, de groene palmen op de steile rotskust, met daarachter de glanzende oceaan, die met de bijna stralende horizon leek te versmelten… Het was een aanblik die Dalia nooit meer zou vergeten.

‘Het is prachtig,’ fluisterde ze met verstikte stem. ‘Het is net… een droom. Iets uit een fotoboek.’

‘Ik ben blij dat ik je mijn kleine paradijs kan laten zien.’ Pablo reikte weer naar haar hand.

Ze keek naar hem op en meende op zijn gezicht en in zijn blik te zien dat niet alleen zij werd geplaagd door gevoelens waarvan ze zich tot voor kort niet bewust was geweest. Wat moest ze doen? Hoe moest ze zich gedragen?

Op dat moment besefte ze dat ze hopeloos verliefd op Pablo was geworden. Op een Mexicaan die duizenden kilometers bij haar vandaan woonde.

25

Negenentwintig jaar eerder
Chichén Itzá

'*Milpa* is een methode van gewassen verbouwen die door de Maya's werd gebruikt, maar het woord "milpa" is Azteeks en betekent "akker". Voordat er ook maar iets kon worden aangeplant, moest de grond eerst worden voorbereid. Dat gebeurde door de vegetatie plat te branden, de eenvoudigste methode om de grond geschikt te maken. Alles wat er groeide, werd in brand gestoken, en de as die daarna achterbleef speelde een belangrijke rol bij de bemesting. Kenmerkend voor een milpa is een combinatie van bijvoorbeeld mais, pompoen en bonen, die op dezelfde akker worden aangeplant. Dat biedt namelijk de nodige voordelen...'

Camellia luisterde slechts met een half oor naar Ricardo. Een week na de dood van Carmen worstelde ze nog altijd met de vraag waarom de jonge vrouw had moeten sterven. Al dagenlang trok het leven aan Camellia voorbij zonder dat ze er zelf echt aan deelnam. Ze kon de zinloosheid van Carmens dood amper verdragen.

En sinds zeven dagen wachtte ze op een uitleg van Ricardo over wat er op het balspeelveld was gebeurd. Toen hij haar wang had aangeraakt, toen de lucht tussen hen geladen was geweest van de spanning.

Tot nu had Ricardo er niets meer over gezegd en ook niet geprobeerd om haar onder vier ogen te spreken. De dagen regen zich aaneen en Camellia slaagde er niet in om de vreugde terug te vinden die ze tijdens de eerste dagen in Mexico had ervaren. De dood van Carmen wierp een te donkere schaduw over hen allemaal.

'Camellia, kun jij ons misschien vertellen wat het verband is tussen deze methode, dus de milpa, en de ondergang van de Maya's?' De stem van Ricardo liet haar opschrikken uit haar overpeinzingen.

Camellia slikte en keek om zich heen. Sadie keek vol medeleven terug, Armand leek met zijn gedachten heel ergens anders te zijn en Giovanni lachte flauwtjes. Ze schraapte haar keel. 'Ik... Het spijt me, ik ben...' Ze kromp ineen onder Ricardo's blik.

'Het is voor ons allemaal zwaar, Camellia.' Zijn gezicht werd ernstig. 'Maar dit is een studiereis, waarvan jullie allemaal iets moeten opsteken. Je hebt de afgelopen paar dagen vrijwel niet aan onze discussies meegedaan.'

Ze stak koppig haar kin naar voren en keek hem uitdagend aan.

'Probeer je iets meer te concentreren,' voegde hij er op koele toon aan toe.

Camellia moest haar best doen om geen vinnig antwoord te geven. Hoe kon hij zo gevoelloos zijn?

'Giovanni, kun jij misschien iets meer over dit onderwerp zeggen?' ging Ricardo verder.

'We weten tot nu toe nog steeds niet waarom deze beschaving is verdwenen,' begon Giovanni met een lichtelijk triomfantelijke ondertoon in zijn stem. 'Er wordt vermoed dat een verkeerde voortzetting van de milpa een reden zou kunnen zijn. Dat systeem had eeuwenlang voortreffelijk gewerkt, maar de groeiende bevolking zorgde voor problemen. Op een bepaald moment raakte de bodem uitgeput en was het land niet langer vruchtbaar genoeg. Er kon niet meer voldoende voedsel voor iedereen worden verbouwd en...'

Ricardo stond met een aandachtig gezicht naar Giovanni te luisteren en had zich van Camellia afgewend. Ze balde haar handen tot vuisten en ergerde zich aan het feit dat hij haar zo botweg negeerde. Geïrriteerd keek ze zijn kant op, gefrustreerd over dat zwakke gevoel in haar buik dat de herinnering aan zijn aanraking bij haar opriep. Toen ze Sadie weer naar haar zag kijken, haalde ze verontschuldigend haar schouders op. Was er maar iemand met wie ze kon praten. Misschien zou Lilian haar begrijpen. Maar wat moest ze precies tegen haar zus zeggen? Hoor eens, ik ben verliefd geworden op de docent die onze expeditie leidt? Hij is weliswaar een paar jaar ouder dan ik en woont aan de andere kant van de wereld, maar ach, wat maakt dat uit? Ik ben stapelgek op hem geworden, maar nu negeert hij me.

Nee, dat kon ze beter voor zich houden. En waar ging het nu eigenlijk over, vroeg ze zich af. Misschien had Ricardo zonder enige bijbedoeling met zijn vingers haar wang gestreeld. Misschien had hij haar alleen maar willen troosten op een moment van gezamenlijk verdriet. En zij, dom gansje dat ze was, had dat onschuldige gebaar als een bewijs van genegenheid opgevat.

Toen ze later aan het middageten zaten en Camellia afwezig op haar taco met kip en kidneybonen kauwde, was Sadie degene die haar naar het hier en nu terughaalde.

'Zit je te dromen?' vroeg ze.

'Ze is er niet blij mee dat ze niet langer het lievelingetje van Ricardo is,' merkte Giovanni met een spottend lachje op.

'Doe niet zo stom!' beet Camellia hem toe. 'Het lijkt je geen moer te kunnen schelen dat een van ons er niet meer is.'

'Begin nu niet over iets anders,' kaatste Giovanni terug. 'De dood van Carmen is voor ons allemaal een flinke klap. Maar wat moeten we dan doen? Met z'n allen gaan zitten treuren? We zijn hier met een studiebeurs, om deze indrukwekkende cultuur van dichtbij te leren kennen.' Hij schudde afkeurend zijn hoofd. 'Als het je zo dwarszit dat Ricardo geen aandacht meer voor je heeft, moet je je niet op ons afreageren.'

Camellia wisselde een blik met Sadie en stond toen op. Zonder een woord te zeggen liep ze naar de toonbank om haar eten af te rekenen.

'Wat ga je doen, Camellia?' wilde Sadie weten.

Camellia maakte een afwijzend gebaar, legde het bedrag gepast op de toonbank en liep het eethuisje uit.

Toen ze bij de ruïnes aankwam, begroette ze de vrouw bij de kassa, die inmiddels alle studenten van gezicht kende en haar zonder iets te zeggen door liet lopen. Grote groepen toeristen zwermden om de afzonderlijke bouwwerken heen. Camellia vermeed het terrein doorgaans op dit tijdstip, want het was veel te warm om te werken, maar vandaag verlangde ze naar de troost die de oude gebouwen haar altijd konden bieden. Ze wilde de rust voelen die ze uitstraalden, ze wilde zich met de magie van de Maya's omringen en voor heel even het hier en nu vergeten.

Camellia slenterde in de schaduwen van de boomtoppen langs de Plataforma de Venus en zag op een omgevallen boomstam een grijsgroene leguaan zitten. Het reptiel bewoog alleen heel langzaam zijn ogen en bleef verder doodstil zitten. Camellia bleef staan om het indrukwekkende dier te bewonderen. Toen ze zich omdraaide, zag ze dat Ricardo voor de grote piramide stond en iets op zijn klembord noteerde. Ze deed een stap naar achteren om te voorkomen dat hij haar zag. Hij droeg een donkerblauwe korte broek en een wit T-shirt. Zijn kuiten waren gespierd en zongebruind. Toen hij zich opeens omdraaide, stapte Camellia nog verder naar achteren. De leguaan schrok zo van haar plotselinge beweging dat hij razendsnel van de stam gleed en op zijn korte pootjes tussen het kreupelhout verdween.

Camellia haalde haar hand door haar haar en liep vanuit de schaduw de zon in. Waarom verstopte ze zich eigenlijk? Op haar dooie akkertje slenterde ze langs de ruïnes, totdat Ricardo haar in het oog kreeg en gebaarde dat ze naar hem toe moest komen.

Maar ze knikte slechts naar hem, draaide zich snel om en liep de andere kant op, zonder hem een blik waardig te keuren.

'Waarom heb je me niet eerder gebeld, lieverd?' wilde haar moeder weten.

Camellia keek naar de prachtige vlinder die net was neergestreken op een klimplant voor het raam. 'Ik heb geen telefoon op mijn kamer, mum,' legde ze uit. 'En het is erg duur om naar Engeland te bellen.'

Aan de andere kant van de lijn slaakte haar moeder een diepe zucht. 'Ik vind het maar niks dat je daar in je eentje ergens in Mexico zit. Ik heb van het begin af aan gezegd dat –'

'Ik zit hier niet helemaal alleen in Mexico,' onderbrak Camellia haar. Al had ze zich eerlijk gezegd de afgelopen paar dagen wel moederziel alleen gevoeld. Carmen, met wie ze het beste had kunnen opschieten, was dood; Ricardo leek vastbesloten om haar sinds hun ontmoeting op het balspeelveld te negeren; en Sadie bracht vooral tijd door met Armand en Giovanni. Camellia kon de brutale, vaak provocerende Italiaan niet uitstaan en bemoeide zich zo weinig mogelijk met de anderen.

Ze leunde tegen de balie van de receptie van het pension. 'Ik heb voor deze reis een studiebeurs gekregen, mum. Dat is een unieke kans, dat weet je best. Ik kan die niet zomaar aan me voorbij laten gaan.'

'Maar je klinkt zo ongelukkig, lieverd,' merkte haar moeder op. 'Ik had nu zo graag bij je willen zijn, dan had ik je kunnen troosten.'

Camellia moest haar best doen om haar zelfbeheersing te bewaren. 'Dat had ik ook graag gewild,' bekende ze amper hoorbaar. 'Maar ik kan er nu niet zomaar mee kappen en naar huis komen.'

'Je hoeft niemand iets te bewijzen, hoor,' zei haar moeder op indringende toon.

'Dat weet ik, maar...' Zonder het te willen moest Camellia aan Ricardo denken. Dat hij deze middag nog had aangegeven dat ze naar hem toe moest komen. En ze dacht aan dat boeiende lachje dat hij haar af en toe schonk. Aan de warmte en de zelfverzekerdheid die hij uitstraalde. 'Ik moet hier even doorheen.'

'Dat zie ik anders, Camellia,' zei haar moeder in het verre Cornwall op strenge toon. 'We missen je.'

'Mummy, maak het niet nog moeilijker voor me.' Camellia's hart trok pijnlijk samen toen ze aan haar ouders en aan haar broers en zussen dacht. In Cornwall was het nu vroeg in de ochtend, maar in Mexico ging de nacht weldra beginnen. Camellia wist dat haar moeder elke dag om vijf uur opstond en had daarom niet geschroomd haar zo vroeg te bellen.

'Het komt allemaal wel goed,' zei haar moeder. 'Je merkt snel genoeg dat het weer beter gaat. Koester je herinneringen aan Carmen. De korte tijd die je haar hebt gekend kan niemand je afpakken.'

'Dank je, mum,' antwoordde Camellia ontroerd. Ze kende inmiddels de bezwaren van haar moeder en vond het fijn dat ze niet opnieuw werd overgehaald om naar huis te komen. 'Ik moet nu ophangen, anders heb ik straks geen geld meer,' zei ze met een zwak lachje. 'En ik ben moe. Het is hier elf uur 's avonds.'

'Slaap lekker, mijn schat. En als je iets nodig hebt of gewoon even wilt praten, dan bel je maar. Het maakt niet uit hoe laat.' Ze liet een korte stilte vallen. 'Hoor je me?'

Camellia voelde dat er een dik brok opwelde in haar keel. Ze slikte. 'Ja, dat zal ik doen. Dank je, mum, ik hou van je. En doe de groeten aan dad, Lilian en de anderen.'

'Dat zal ik doen. Ik hou ook van jou, lieve kind.'

Na het gesprek bleef Camellia even naast de balie staan en ze keek naar buiten, waar de fraaie vlinder nog altijd rond de plant danste. Camellia keek vol bewondering naar het ragfijne patroon op zijn kleurige vleugels. Om zo door de lucht te zweven, niet gehinderd door de zwaartekracht, en de problemen hier gewoon op aarde achter te laten. Dat klonk wel erg aanlokkelijk.

Wat was er toch met haar? Normaal gesproken was ze helemaal niet zo'n in zichzelf gekeerde piekeraar. Ze wendde zich van de vlinder af en liep terug naar haar kamer.

Ze liep de badkamer in en maakte haar gezicht nat. Het fijne stof van Chichén Itzá was tot al haar poriën doorgedrongen. Camellia hief haar hoofd en keek naar haar spiegelbeeld. Ze zag er verschrikkelijk uit. Hoewel de Mexicaanse zon haar gezicht de afgelopen paar dagen een voorzichtig bruin kleurtje had gegeven, zag ze er moe en uitgeput uit.

Toen er op de deur werd geklopt, trok ze verbaasd haar wenkbrauwen op. Wie was dat, zo laat op de avond? Sadie? Misschien was haar tandpasta op of had ze een tampon nodig. Camellia liep de badkamer uit en bleef voor de houten deur staan. 'Ja?'

'Ik ben het, Ricardo,' klonk het zacht.

Ricardo! Camellia ademde diep in en deed toen de deur open. 'Het is al laat. Wat is er?'

Ricardo keek haar even strak aan. 'Het spijt me, heb ik je wakker gemaakt?'

Ze schudde haar hoofd. 'Nee, maar ik wilde wel net gaan slapen. Het was een lange dag.'

'Ik heb je gezien... eerder vandaag.' Rond zijn lippen verscheen die prachtige glimlach die Camellia de afgelopen dagen zo had gemist. 'Ik dacht...' Hij zweeg en maakte toen een afwijzend gebaar.

'Wat wil je, Ricardo?'

'Je bent moe. Ik wilde je eigenlijk vragen of we... een stukje kunnen wandelen.'

Camellia keek hem verbaasd aan. 'Wandelen? Het is bijna nacht.'

Hij haalde verontschuldigend zijn schouders op. 'Het was een dom idee. Je hebt gelijk. Als het je niet uitkomt...'

Ze slaakte een zucht. 'Het is... Je hebt me de afgelopen paar dagen steevast genegeerd. Toen ik...' Ze ademde diep in. 'Vorige week, op het balspeelveld...'

Hij sloeg zijn ogen neer. 'Laten we een stukje gaan lopen, dan kunnen we praten. Alsjeblieft.'

'Oké.' Camellia pakte haar sleutel en trok geluidloos de deur achter zich dicht.

Ricardo sloeg het pad in dat naar de bosrand voerde. Naast mahonie groeiden hier ook blauwhout, *chicle* en kapok. Veel stammen waren begroeid met klimplanten of gastplanten. Het maanlicht dompelde het woud in een grijs, bijna onwerkelijk licht. Telkens weer was de onheilspellende roep van de mantelbrulapen te horen.

'Wist je dat chicle de grondstof voor kauwgom levert?' verbrak Ricardo na een paar minuten de gespannen stilte tussen hen.

Camellia bleef staan en keek hem aan. 'Wilde je daarom met me wandelen? Om me iets te leren over de flora van Mexico?'

Hij slaakte een zucht en schudde toen zijn hoofd. 'Nee. Nee, ik wil het natuurlijk niet met je over de planten van mijn land hebben.'

'Ricardo, het is al laat,' zei Camellia ongeduldig. 'En ik ben heel erg moe. Is er nog iets belangrijks wat je me per se nu wilt vertellen?' Ze deed haar best om onbewogen te klinken, want ze wilde beslist niets van haar gevoelens voor hem laten merken. Of was het daarvoor misschien al te laat?

Hij pakte haar handen vast en keek haar indringend aan. 'Ik ben je docent, Camellia. En jij bent een studente uit mijn team.'

Haar polsslag versnelde en haar maag trok verlangend samen. Maar dit mocht niet gebeuren. Ze schraapte haar keel. 'Dank je dat je me daar nog eens aan herinnert. Anders had ik het zomaar kunnen vergeten.' Ze keek demonstratief naar hun handen.

'Camellia, toe nou!'

Ze kon haar ellendige gevoel niet langer verbergen. 'Je hebt al dagenlang amper een woord met me gewisseld,' flapte ze eruit. 'En als je wel iets zegt, dan klinkt het kil en afwijzend.' Ze knipperde, want opeens werden haar ogen vochtig. Haar keel werd van pure zenuwen dichtgesnoerd. 'Wat was dat nou, de afgelopen week tussen ons? Nadat Carmen...' Haar stem liet haar in de steek.

'Dat had ik niet moeten doen,' zei hij met een schorre ondertoon in zijn stem.

Camellia lachte bitter. 'Wat niet? Wat bedoel je precies? Want voor zover ik weet is er niets gebeurd. Je hebt me heel even aangeraakt. Maar op een manier…' Weer brak haar stem.

'Ik ben je docent,' herhaalde hij amper hoorbaar.

'Ja, je bent mijn docent,' viel ze hem bij. 'Waarom klop je dan 's avonds laat op mijn deur? Waarom gaan we samen een stukje wandelen? En waarom pak je mijn handen vast?'

Een paar tellen lang heerste er een stilte tussen hen. De lucht trilde. De spanning werd ondraaglijk.

'Omdat ik iets voor je voel wat ik niet zou mogen voelen,' zei Ricardo na wat als een eeuwigheid voelde. 'Ik ben bang dat de anderen merken dat jij meer voor me betekent dan in deze situatie gepast is.'

Camellia's hart ging nog sneller kloppen. Wat zei hij nu? Zijn gedrag van de afgelopen dagen leek juist op het tegendeel te wijzen. Ze kon het niet geloven, en toch… Had hij daarom zo kil tegen haar gedaan? Zodat niemand iets zou merken? In haar buik begon een hele groep vlinders aan een stel dubbele salto's.

'Ik probeer er al dagen tegen te vechten,' vervolgde Ricardo op verstikte toon. 'Maar het lukt me niet. Als ik je 's morgens zie… Ik kan amper wachten totdat ik weer bij je kan zijn. Totdat ik je weer zie en je…'

Ze zette een stap naar hem toe. Hun gezichten raakten elkaar bijna. 'Wat doen we nu?'

Hij liet haar handen los en legde zijn vingers op haar wang. Net als een week eerder op het balspeelveld. Haar hele lijf werd warm. Ze rook zijn verleidelijke geur, voelde zijn nabijheid, zijn lichaam.

Toen ze haar ogen dichtdeed, raakten zijn lippen eerst heel teder haar wangen, daarna haar neus en ten slotte haar mond. 'Je bent zo mooi, Camellia.'

Ja, dat wilde ze horen. Daarop had ze al die tijd vol spanning gewacht.

Door de zoen die op zijn woorden volgde, vergat ze alles om haar heen. Ze sloeg haar armen om zijn nek en drukte haar lijf tegen hem aan. Ricardo pakte haar ook steviger vast. Ze proefde zijn tong, ze merkte hoezeer hij naar haar verlangde en ze liet zich door zijn geur omringen alsof die een beschermende zachte deken was.

Droomde ze of gebeurde dit echt?

Nadat ze zich hijgend van hem had losgemaakt, legde ze haar handen rond zijn gezicht. Ze keek hem gelukzalig aan. 'Hiernaar verlangde ik in Mexico-Stad al.'

Ricardo keek haar ongelovig aan. 'Sinds Mexico-Stad?'

Ze knikte. 'Sinds ik voor het eerst die knappe Mexicaan in de collegezaal zag.'

Hij lachte zwakjes. 'Als ik dat had geweten...'

'Waarom heb jij niks gezegd?' Ze kuste hem weer, teder en onbezwaard, met het gevoel dat ze de hele wereld kon omhelzen.

'We moeten voorzichtig zijn. Als het bekend wordt dat we –'

'Blijf je vannacht bij me?' viel ze hem ongeduldig in de rede.

'Je weet dat dat niet verstandig is.'

'Integendeel,' wierp ze tegen, 'dat is het allerbeste idee dat ik sinds mijn aankomst hier heb gehad.'

26

Heden
Tulum

'Tulum is rond het jaar 1000 gesticht en groeide binnen tweehonderd jaar uit tot een van de belangrijkste religieuze centra van de Maya's.' De Mexicaanse professor wees landinwaarts. 'De stad werd aan de landzijde omringd door een stenen muur van vier meter hoog en zeshonderdvijftig meter lang. Vanaf hier staken pelgrims over naar het eiland Cozumel.' Hij wees naar de oceaan. 'In die vestingmuur zaten vijf poorten, waarvan er eentje bewaard is gebleven.'

Dalia hing geboeid aan de lippen van de wetenschapper. Was deze man echt haar vader? Sinds hij hen had begroet en was begonnen om het dagelijks leven van deze beschaving in begrijpelijke taal uit te leggen had ze ingespannen naar zijn gezicht gekeken, op zoek naar overeenkomsten tussen hem en haar. Ze durfde niet met zekerheid te zeggen dat hij het niet was. Ze voelde dat Pablo naar haar keek en draaide glimlachend haar hoofd naar hem om. Toen keek ze weer naar Ricardo Murillo Flores, die net over de Templo del Dios Descendente vertelde, de Tempel van de Afdalende God.

'U kunt dit gebouw later nog in alle rust bekijken. In de middelste nis boven de deur is hij te zien.' Hij lachte schalks. 'De afdalende god.'

Een Amerikaanse toeriste wilde weten wat die vreemde god precies inhield.

De professor knikte. 'Een goede vraag, waarop we, zoals bij het onderzoek naar de Maya's zo vaak het geval is, geen eenduidig antwoord hebben, alleen maar vermoedens. De god is afgebeeld met vleugels en een kleine kroon op zijn hoofd en hangt met zijn hoofd naar beneden. Het kan zijn dat hij de zonsondergang symboliseert. Of dat hij de god van de bijen is.' Hij haalde zijn schouders op. 'Alleen uit dit voorbeeld blijkt al hoe weinig we van de Maya's weten. Ondanks de vele gebouwen die ze hebben nagelaten, en ondanks de talrijke in steen uitgehouwen reliëfs die voor een deel de geschiedenis en de levensverhalen van afzonderlijke heersers uitbeelden. We hebben heel veel informatie en het is heel spannend om die op de juiste manier te duiden, maar helaas tasten we wat veel zaken betreft nog in het duister.' Hij keek om zich heen en wachtte op verdere vragen.

Dalia moest op haar tong bijten. Ze wilde hem niet lastigvallen waar iedereen bij was. Het was het beste om tot na de rondleiding te wachten en te kijken of ze hem dan onder vier ogen kon spreken.

'Ik kan u in elk geval aanraden om de Templo de las Pinturas te bekijken, de Tempel van de Fresco's, ook wel de Tempel van de Friezen genoemd,' ging de wetenschapper verder. 'Daar ziet u diverse muurschilderingen, die onder andere slangen, hagedissen en zeedieren voorstellen. We nemen aan dat hier goden werden vereerd die voor vruchtbare grond moesten zorgen.'

De rondleiding duurde ruim een uur en Dalia kon niet eens al de nieuwe feiten verwerken die de professor met hen deelde. Hoe kon een enkel iemand zoveel weten? Zijn collega's hadden al aangegeven dat hij een expert in zijn vakgebied was, en nu begreep Dalia wat ze daarmee bedoelden. Zijn kennis leek onuitputtelijk te zijn. Op alle vragen van de toeristen gaf hij zonder aarzelen antwoord.

Toen de groep na de rondleiding langzaam uit elkaar viel, gaf Dalia aan dat Pablo met haar mee moest lopen. Ze stapte op Ricardo Murillo

Flores af en schraapte nerveus haar keel. Haar polsslag versnelde toen de professor haar aankeek. 'Señorita?'

Dalia vatte moed. 'Hola. We hebben net aan uw rondleiding deelgenomen. Het is erg indrukwekkend, zoveel als u over de Maya's weet.'

Toen er een lach rond zijn lippen verscheen, werden zijn fonkelende witte tanden zichtbaar. 'Dank u, dat doet me deugd. En eigenlijk weten we nog maar een fractie van wat de Maya's ons hebben nagelaten. Veel geheimen wachten nog op onthulling. Duizenden gebouwen liggen nog verborgen in het oerwoud, dus het zal nog enkele generaties duren voordat alle bronnen zijn bestudeerd. Er zijn nog zoveel raadsels dat er zelfs voor onze achterkleinkinderen nog veel te onderzoeken valt.'

Vol ontzag trok Dalia haar wenkbrauwen op. 'Mijn... moeder is jaren geleden in Chichén Itzá geweest. En ze was net zo onder de indruk van de Maya's als u,' stak ze voorzichtig van wal.

'Chichén Itzá is een must voor iedere Mayakenner,' antwoordde Ricardo Murillo Flores. 'Ik ben er zelf lange tijd werkzaam geweest, en ook daar liggen nog veel geheimen te sluimeren.' Weer keek hij haar met een vriendelijke glimlach aan. Toen hij met zijn wijsvinger over zijn voorhoofd streek, dook Dalia in elkaar. Dat gebaar maakte ze zelf ook wanneer ze ingespannen over iets nadacht. Dat kon toch niet waar zijn!

Was hij het? Haar opwinding nam toe. Zijn sympathicke, open manier van doen beviel haar, maar hoe moest ze nu verdergaan? Ze besloot niet langer om de hete brij heen te draaien. 'Wanneer hebt u daar gewerkt? Misschien bent u mijn moeder tegengekomen.'

'Is uw moeder ook archeoloog?' Zijn interesse leek gewekt.

'Dat... was ze,' zei Dalia aarzelend. 'Een hele tijd geleden.'

Hij knikte. 'Daar moet ik even over nadenken.' Toen lachte hij weer. 'Bij vragen als deze merk je dat je oud wordt, maar het is echt al dertig jaar geleden. Ik heb meer dan tien jaar in Chichén Itzá gewerkt, heb daarna een paar jaar onderzoek gedaan in Palenque en ben toen weer teruggekeerd naar Chichén Itzá. En uiteindelijk ben ik hier beland.' Zijn blik werd indringender. 'Wanneer was uw moeder daar precies?'

Dalia slikte, want ze had opeens een droge mond en moest haar best doen om haar kalmte te bewaren. Hij was het. De periode klopte, en dat gebaar... Vanbinnen beefde ze, maar het lukte haar niet om haar vermoeden uit te spreken.

'Vast niet toen u daar ook zat,' zei ze. 'Dat zou wel een erg groot toeval zijn.'

'Op alle vindplaatsen bij elkaar werken honderden, soms duizenden archeologen. Zoals ik net al zei valt er nog onnoemlijk veel te bestuderen. En iedere archeoloog heeft zijn of haar eigen interesses die om nader onderzoek vragen.'

'Dat klinkt spannend,' mengde Pablo zich in het gesprek.

De professor keek hem vol belangstelling aan. 'Dat is het zeker.' Hij wees naar El Castillo, dat op de klif hoog boven de Atlantische Oceaan troonde. 'Weet u, mijn familie woont niet ver van hier, en toen ik deze ruïnes voor de allereerste keer zag, wist ik meteen wat mijn roeping was.' Weer lachte hij. 'Dat klinkt misschien wat overdreven, maar zo was het. Ik was altijd al geboeid door oude verhalen. En dat zal nooit meer veranderen.'

Dalia bleef buiten adem staan en knipperde tegen de zon. De golven rolden het strand op. Ze ademde diep in. De professor en Pablo dachten ongetwijfeld dat ze gek geworden was.

Nadat Ricardo Murillo Flores had verteld waarom hij ervoor had gekozen om archeoloog te worden, waren in Dalia opeens meerdere sluizen opengegaan. Al die tegenstrijdige emoties die zich in de afgelopen dagen in haar hadden samengebald, waren opgestuwd als de oceaan die nu aan haar voeten lag. Zonder waarschuwing vooraf was ze opeens gaan beven en waren de tranen in haar ogen opgeweld.

Toen ze had gemerkt dat ze haar gevoelens niet langer in toom kon houden, had ze zich zonder een woord te zeggen omgedraaid en was ze weggerend. Over de weg die naar het strand leidde. Met een half oor had ze nog gehoord dat Pablo zijn verontschuldigingen aanbood en iets zei over de moeilijke tijd die ze achter de rug had.

Nu sloeg ze haar handen voor haar gezicht en liet ze haar gevoelens de vrije loop. De tranen liepen over haar wangen. Diep vanbinnen wist ze dat ze haar vader had gevonden. Dat besef was zo intens dat ze volledig van de kaart was. Het kwam aan als een mokerslag. Nog altijd trilden haar vingers, en haar hart bonkte woest. Ze keek naar de zee en probeerde tot bedaren te komen. Diep in en uit te ademen. Ricardo Murillo Flores was tegelijk met haar moeder in Chichén Itzá geweest. Zijn hele leven stond in het teken van onderzoek naar de Maya's. Net zoals bij haar moeder het geval zou zijn geweest als die was blijven leven. Dalia was nog maar één vraag verwijderd van de waarheid, één enkele vraag, maar opeens was ze doodsbang voor het antwoord. Was Ricardo Murillo Flores haar vader, zoals haar instinct haar overduidelijk maakte? Was hij al die jaren geleden de grote liefde van haar moeder geweest? En wat was er gebeurd waardoor hij geloofde dat niet alleen haar moeder, maar ook Dalia was gestorven?

'Dalia!'

Ze draaide zich om en zag dat Pablo naar haar toe liep. Nerveus streek ze een lok haar uit haar gezicht en veegde haar ogen af.

'Wat is er?' Hij zag er bezorgd uit.

Ze schudde haar hoofd.

'Maak je niet druk, ik heb de professor uitgelegd dat je... dat je een beetje van slag bent.' Hij pakte haar hand vast en kneep erin. 'Wat denk je ervan?'

Dalia legde haar hoofd in haar nek en keek naar twee meeuwen die boven haar rondcirkelden. Toen keek ze weer naar Pablo. 'Hij is het.'

Pablo tuitte zijn lippen. 'Dat zou kunnen. Maar dat weet je pas zeker als je hem ernaar vraagt.'

Dalia knikte. Haar knieën begonnen weer te beven.

'Kom,' spoorde Pablo haar aan. Hij trok haar voorzichtig mee naar een van de vele ligstoelen die in het zand stonden. Voorzichtig zette hij haar neer en toen keek hij haar onderzoekend aan. 'Wacht hier op me, oké? Ik ben zo terug.'

Nog geen vijf minuten later was hij dat, met twee lichtblauwe bekers in zijn hand. Hij ging naast haar zitten en gaf er haar eentje aan.

'Drink op.'

Dalia nam een grote slok en veegde weer haar ogen af. 'Lekker!'

'Mangosap,' legde Pablo lachend uit. Hij keek haar van opzij aan. 'Gaat het weer een beetje?'

Ze knikte dapper. 'Het is... Daarboven dacht ik opeens...' Ze slikte en keek een paar tellen lang naar het fijne witte zand voor haar. 'Hij is het,' herhaalde ze zacht voordat ze weer opstond. 'Hij is het,' mompelde ze weer. 'Zag je dat hij met zijn wijsvinger over zijn voorhoofd streek?'

Pablo kneep zijn ogen tot spleetjes en knikte toen langzaam.

'Dat doe ik ook vaak,' ging Dalia verder. 'Ricardo Murillo Flores moet mijn vader zijn.'

'Waarom ben je daar zo zeker van?' Pablo klonk een beetje geërgerd.

Dalia knikte aarzelend. 'Dat voel ik op een bepaalde manier. Hij is zo... aardig... vriendelijk... hartelijk.'

Pablo sloeg een arm om haar schouder en trok haar tegen zich aan. 'Dan moet hij het wel zijn. Met zo'n dochter.' Hij lachte kort. 'Maar serieus, je moet het hem vragen. Anders kun je het nooit zeker weten.'

Dalia beantwoordde zijn blik. 'Heb je hem net niet gehoord? Hij zat toen ook in Chichén Itzá. In dezelfde tijd als mijn moeder. Zijn voornaam is Ricardo. En dan dat gebaar... Hij moet het gewoon zijn.'

Pablo zei niets.

Twee kinderen gingen niet ver bij hen vandaan in het zand zitten en begonnen met twee grote scheppen een muurtje te bouwen. Afwezig sloeg Dalia het tafereel gade.

‘Ook de leeftijd zou kunnen kloppen,’ zei ze nadenkend. ‘Hij is een paar jaar ouder dan dat mijn moeder zou zijn geweest.’ Hoe moest ze nu verdergaan? Ze kon hem moeilijk zonder enige waarschuwing vooraf confronteren met het feit dat ze nog leefde. Hoe zou hij daarop reageren?

‘Wat wil je nu doen?’

Ze slaakte een zucht. ‘Afwachten. Een strategie bepalen. Misschien moet ik hem iets beter leren kennen voordat ik hem… de waarheid vertel.’

Ze draaide zich om en keek op naar El Castillo, dat boven de oceaan in het zonlicht troonde. Bij de gedachte dat hij nu ergens daarboven rondliep, verscheen het kippenvel op haar huid.

‘Wat vind jij van hem?’

Pablo glimlachte. ‘Hij is erg aardig.’

‘Denk je ook dat hij het is?’ wilde ze van hem weten.

Hij zuchtte. ‘Ik weet het niet, Dalia. Tijdens de rondleiding heb ik gezocht naar uiterlijke overeenkomsten, maar omdat ik je moeder niet ken… Het is heel moeilijk om iets te vinden als je niet goed weet waarnaar je moet zoeken. Jullie hebben allebei donker haar, dezelfde teint…’ Zijn mondhoeken trilden. ‘Als je alleen daarnaar kijkt, kunnen wij net zo goed broer en zus zijn.’ Hij grijnsde. ‘Gelukkig zijn we dat niet.’

Dalia legde haar hoofd op zijn schouder en keek naar de zee. Zijn nabijheid deed haar zo goed.

Drie pelikanen dreven op de golven. Hun gele snavels staken fel af bij hun witte verenkleed. Onaangedaan zetten ze hun tocht over de schuimkoppen voort, zonder zich te storen aan de badgasten die in het water dartelden en telkens hun pad kruisten.

‘Ben ik soms in het paradijs beland?’

Pablo lachte. ‘Dat zou heel goed kunnen.’

‘Dat heldere blauw van de hemel, die bijna dezelfde kleur heeft als de oceaan, dat weelderige groen van de palmen, het duidelijke grijs van de rotsen, de lichte muren van de ruïnes...' Dalia viel stil van ontzag. 'Ik hou heel erg veel van Cornwall, maar volgens mij heb ik nog nooit een plek gezien die zo mooi en stralend en onbedorven is als Tulum.'

'Mijn familie heeft ons vanavond voor het eten uitgenodigd,' antwoordde Pablo. 'Heb je zin in een typisch Mexicaanse avond in het paradijs?'

27

Dalia leunde met een volle buik achterover en liet haar blik over de grote tafel gaan. Pablo's broer Rafael was met zijn echtgenote Marcela in een druk gesprek verwikkeld over een feest op de school van een van hun kinderen. Clara, de jongere zus van Pablo, had haar hand op de onderarm van hun vader, Vicente, gelegd en sprak hem op zachte toon toe, terwijl Pablo's neefje Enrique en zijn nichtje Flora net van hun stoelen opstonden en het terras op renden.

Pablo boog zich naar Dalia toe. 'Het is allemaal een beetje veel, hè?'

Ze schudde krachtig haar hoofd. 'Ik vind het heerlijk.'

Pablo trok zijn wenkbrauwen op. 'Heerlijk? We zijn een erg luidruchtige familie. Voor buitenstaanders is dat soms een beetje... tja... veel.'

'Zijn niet alle Mexicaanse families luidruchtig?'

Hij dacht even na en knikte toen. 'Dat is ook weer waar. Maar jullie Engelsen...'

'Jullie Engelsen?' Dalia trok een gezicht. 'Heb je niet onlangs nog gezegd dat ik een van jullie ben?'

Zijn mondhoeken trilden. 'Ja, dat wel, maar je hebt toch nog maar weinig ervaring met de Mexicaanse cultuur opgedaan?'

Dalia knikte weemoedig en zag dat Alma, de moeder van Pablo, met een groot houten blad met verschillende kommen erop kwam aangelopen. Pablo stond meteen op om haar van de last te bevrijden. Hij zette het dienblad op de tafel en deelde de kommetjes rond.

'Wat is dat?' wilde Dalia weten.

Pablo's moeder liep weer naar binnen.

'Ananas, mango en sinaasappel,' somde Pablo op. 'Met siroop overgoten. Je vindt het vast erg lekker.'

Dalia legde een hand op haar buik. 'Maar ik zit al vol.'

Pablo wuifde haar woorden weg. 'Niemand zit hier voor middernacht vol.'

Op dat moment kwam Alma vanuit de keuken met een taart naar hen toe.

Dalia keek Pablo verstoord aan. 'Wie moet dat allemaal opeten?' fluisterde ze tegen hem.

Hij lachte. 'Wij natuurlijk.'

'Wat is er, Pablo?' Zijn moeder keek hem fronsend aan en zette de taart naast de kommetjes fruit op de tafel.

'Dalia wil weten hoeveel mensen je voor vanavond nog meer hebt uitgenodigd.'

Alma keek Dalia sceptisch aan. 'Dit is voor ons, Dalia. Voor de hele familie.' Ze wees op de taart. 'Dit is een *torta imperial*.' Ze keek naar haar zoon.

'Keizerstaart,' vertaalde Pablo.

Alma knikte tevreden. 'Met gemalen amandelen en heel veel eierdooiers,' legde ze uit. 'En met heel veel vanille en kaneel.' Ze drukte haar duim en wijsvinger tegen elkaar om Dalia duidelijk te maken wat ze van de smaak van de taart vond. 'Een Mexicaanse specialiteit.' Ze sneed de taart aan, pakte een bordje van de stapel en bood Dalia de eerste punt aan. 'Die moet je echt proeven.'

'Dank u.' Ze keek smekend om hulp naar Pablo.

'Het lukt je wel,' zei hij lachend. 'Neem er de tijd voor.'

Dalia nam een hapje en stelde vast dat de taart veel lekkerder smaakte dan ze had verwacht.

Ze vroeg zich af of ze ooit eerder zoveel had gegeten als vanavond, maar toen dacht ze aan de fiësta van Estella's oma, waar evenveel heerlijks op tafel was verschenen. Het verbaasde Dalia dat niet de hele bevolking aan flink overgewicht leed.

Alma verdeelde ijverig het fruit en de torta imperial onder de familieleden aan tafel, en binnen een paar minuten was de hele taart en al het fruit op.

'Wat doe je in Engeland, Dalia?' wilde Clara weten.

'Ik ben grafisch ontwerper,' antwoordde ze. 'Ik ontwerp websites voor bedrijven en werk daarnaast voor de kwekerij van mijn familie. Ik verzorg het reclamemateriaal, ontwerp de etiketten en ben momenteel bezig om een nieuw concept voor onze verkoopruimte te ontwikkelen.'

'En ze schildert als Frida,' vulde Pablo aan.

'Niet echt,' zei Dalia verlegen.

Pablo keek haar streng aan. 'Doe nu niet alsof dat niets voorstelt.' Hij pakte zijn telefoon en bladerde door zijn foto's. 'Hier.' Hij liet Clara het schermpje zien. 'Dit heeft Dalia in Uxmal geschilderd.'

Clara sperde haar ogen open. 'Heb jij dit gemaakt?' vroeg ze ongelovig.

Dalia wendde zich tot haar. 'Dat was niet meer dan een eerste poging. Vroeger schilderde ik vaker, maar ik ben er door tijdgebrek mee opgehouden...' Ze slikte. 'Ik vind het ontwerpen van websites en reclamemateriaal niet langer bevredigend genoeg, maar helaas heb ik geen flauw idee wat ik wel zou willen doen. Ik hoop dat ik hier een beetje tot rust kan komen en mijn gedachten kan laten gaan over hoe het verder moet.'

'Het is een erg mooi schilderij.' Clara gaf de telefoon door aan Rafael en Marcela. 'Kijk eens.'

'Excelente,' vond Marcela, en ook Rafael was duidelijk onder de indruk.

'Als je in Cornwall niks kunt vinden wat je bevalt, kun je altijd nog hier een kraampje huren en schilderijen van Mayaruïnes verkopen,' stelde Marcela voor. 'Als je elke week een doek verkoopt, kun je daar in Mexico aardig van leven.'

Dalia keek de jonge Mexicaanse verrast aan.

'Dat meen ik,' ging Pablo's schoonzus verder. 'Kunstenaars hebben hier altijd al in hoog aanzien gestaan.'

'Denk er eens over na,' zei Pablo zacht naast haar. 'Ik zou het in elk geval heel fijn vinden als je daarvoor koos.'

Daar was het weer, dat warme lachje waarvan Dalia aangenaam moest huiveren. Ze voelde zich bij deze familie veel te veel op haar gemak, met deze man naast haar. Hoe moest ze dit allemaal achter haar laten en terugkeren naar Engeland? Weer leek Cornwall heel erg ver weg.

'Pablo vertelde dat je je vader zoekt,' nam Carla wederom het woord.

Terwijl Dalia haar vertelde over de brief, de oorbellen en haar vermoeden dat de professor in Tulum haar vader zou kunnen zijn, hoorde ze met een half oor dat Alma aan haar zoon vroeg of Dalia zijn vriendin was.

Toen hij antwoordde van niet verstijfde ze inwendig een beetje. Maar wat had ze dan verwacht? Ze konden weliswaar erg goed met elkaar opschieten, maar tot nu toe had Pablo geen aanstalten gemaakt om meer te maken van hun vriendschap. Waarschijnlijk begreep hij, net als Dalia, dat de situatie veel te ingewikkeld was voor een relatie. En toch...

Inmiddels verlangde ze er zo naar dat hij haar in zijn armen nam, ze wilde zo graag zijn warmte voelen. Ze dacht aan een paar dagen geleden, toen ze met elkaar hadden gedanst. Minuut na minuut, het ene lied na het andere. Het had een nacht zonder einde geleken en ze had inderdaad gewenst dat er nooit een einde aan zou komen.

'Ik hoop voor je dat hij echt je vader is,' drong de stem van Clara door Dalia's chaotische gedachten heen.

'Ik moet eerst een beter beeld van hem krijgen. Wie hij is, wat hij doet,' antwoordde ze. 'Daarom heb ik me voor een workshop aangemeld.' Dalia haalde een hand door haar haar. 'Ik heb geen idee hoe ik tegen hem moet zeggen dat ik...'

'Maar je bent er niet honderd procent zeker van,' merkte Clara op.

Dalia glimlachte. 'Heb je soms met je broer overlegd?' Toen schudde ze haar hoofd. 'Nee, ik weet het niet zeker, maar... ik voel het.' Ze haalde haar schouders op. 'Dat klinkt dom, maar ik geloof echt dat hij het is. Het past allemaal zo goed en... ik hoop met heel mijn hart dat Ricardo Murillo Flores mijn vader is.'

28

Negenentwintig jaar eerder
Chichén Itzá

Terwijl Ricardo uitlegde hoe ze onder water moesten ademhalen, merkte Camellia dat haar gedachten telkens weer afdwaalden. De wetenschapper was de tederste minnaar die ze zich had kunnen voorstellen. Gisteravond had ze hem geen tweede keer hoeven vragen of hij bij haar wilde blijven. Ze waren samen naar haar kamer gegaan, waar ze eerst nog verlegen hadden gezwegen, en Camellia had op dat moment een onzichtbare barrière tussen hen gevoeld. Ze was zijn studente, een intieme verhouding tussen hen was volkomen ongepast. Maar toen hij een eerste stap in haar richting had gezet, was de ban in één keer verbroken. Bij de herinnering daaraan verscheen er een glimlachje op haar gezicht.

'Wat is er vandaag met jou aan de hand?' fluisterde Sadie, die naast haar stond.

Ze herpakte zich snel en schudde haar hoofd. 'Niks, hoor. Wat zou er moeten zijn?'

'Je staat te dromen, met je ogen open,' antwoordde Sadie botweg. 'Heeft het met Carmen te maken?'

Camellia slikte. Toen knikte ze aarzelend. 'Ja, dat ook.'

'Je moet echt beter je hoofd erbij houden, zeker nu we voor het eerst gaan duiken.'

Weer knikte Camellia. Ze deed haar best om eindelijk te luisteren naar wat Ricardo allemaal vertelde.

'We zijn geen sportduikers,' legde hij net uit. Hij keek hen een voor een aan. Zijn blik bleef een fractie van een seconde langer bij Camellia hangen, maar aan zijn gezicht was niet te zien dat hij een paar uur geleden nog in haar bed had gelegen. 'Daarom wil ik jullie dringend verzoeken om niet te gaan experimenteren en geen uitdagingen aan te gaan. Dit dient uitsluitend om jullie blik te verbreden. Ik wil dat jullie weten hoe het er in een cenote onder water uitziet. Jullie treffen er geen skeletten of iets dergelijks meer aan, die zijn inmiddels allemaal geborgen. Maar probeer te bedenken hoe het er eeuwen geleden moet hebben uitgezien. Stel je voor hoe het tijdens de hoogtijdagen van het rijk van de Maya's was. Voel hoe het de mensen moet zijn vergaan die hier werden geofferd.' Hij knikte nadrukkelijk. 'Zijn jullie er klaar voor?'

Camellia ademde diep in. Thuis had ze al een paar keer gedoken, maar nu ze wist welke gruwelijke rituelen hier in het verleden hadden plaatsgevonden, stond de aanstaande duik opeens in een heel ander, griezelig licht.

'Camellia, wil jij soms beginnen?' Zijn stem klonk net zoals anders.

Ze hapte even naar lucht. 'Ja,' antwoordde ze zacht. 'Graag.'

'Goed zo.' Hij gebaarde dat ze naar hem toe moest komen.

Voorzichtig waggelde ze op haar zwemvliezen langs de anderen, maar ze bleef op gepaste afstand van hem staan.

'Ik bijt niet.' Ricardo glimlachte. 'Laat je heel voorzichtig in het water zakken. Je hoeft niet erg diep te gaan, want het water is zo helder dat je ook van een afstandje al genoeg kunt zien.' Hij keek haar aan. 'Is alles duidelijk?'

Ze knikte.

'Goed, ga maar.'

Het water was warmer dan ze had verwacht. Camellia zwom met krachtige slagen naar het midden van de offerpoel en dook daar onder water. Alle andere geluiden, zoals het geroezemoes van de anderen en het geritsel uit het dichte oerwoud rondom de cenote, verstomden in één klap.

Zodra haar ogen waren gewend aan het turquoise licht onder water voelde ze zich iets meer op haar gemak. Camellia liet haar armen zakken en dreef gewichtloos door het groenig glanzende water. De steile rotswanden om haar heen waren begroeid met mos en algen. Diep onder haar zag ze een kleine opening, van waaruit waarschijnlijk water de cenote in stroomde en die een verbinding met andere grotten vormde.

Ze draaide zich om toen het water naast haar in beweging kwam en herkende Armand, die met zijn hand het v-teken naar haar maakte. Ze knikte en probeerde achter haar duikmasker te glimlachen. Daarna concentreerde ze zich weer op de omgeving, om elke indruk, hoe onopvallend die ook leek, in zich op te nemen en zelfs de details in haar geheugen op te slaan. De waterplant die rondom een spits oprijzende rots kronkelde. De kiezelsteentjes die zich in een kleine, natuurlijke kom hadden verzameld. Het patroon van golven op de deels modderige bodem. De onvoorstelbare rust die hier heerste, terwijl boven de eerste bussen met toeristen bij de ruïnes aankwamen.

'Voor een wetenschapper is het uiterst belangrijk om zich op de feiten te concentreren,' legde Ricardo twee uur later uit nadat ze allemaal hadden gedoken. 'Wat hebben we gevonden? Welke conclusie kunnen we met absolute zekerheid trekken? En wat kan de betekenis van het aangetroffen voorwerp zijn geweest? Daarop is niet altijd een eenduidig antwoord te vinden. Vaak kunnen we onze vragen helemaal niet beantwoorden omdat we simpelweg te weinig aanwijzingen hebben. Maar...' Hij liet zijn blik van de een naar de ander gaan. 'We komen telkens weer een stukje verder. We laten ons niet ontmoedigen. We gooien het bijltje er niet bij neer. We zullen telkens weer op een dood spoor belanden, dat zeker, maar dan draaien we ons om en kiezen het volgende pad.' Hij draaide zich een klein stukje om. 'Giovanni, wat dacht jij allemaal toen je daar beneden was?' vroeg hij aan de jonge Italiaan.

Die trok een gezicht. 'Dat het erg krap en erg nat was.' Hij grijnsde.

Ricardo trok zijn wenkbrauwen op. 'Bedankt voor deze bijzonder behulpzame bijdrage.' Hij keek naar Sadie en Camellia. 'Sadie?'

'Ik vond het erg spannend. Het liefst was ik nog iets langer beneden gebleven. Ik leek in een heel andere wereld te zijn. Het was zo onwerkelijk... en ook een beetje eng.'

'En jij, Camellia?' Zijn stem klonk zacht, warm.

Camellia werd duizelig toen ze zonder het te willen dacht aan zijn handen die haar lichaam hadden gestreeld. Aan de zoenen waarmee hij haar had bedekt. Aan...

'Camellia?'

Sadie gaf haar een por met haar elleboog.

Camellia knikte. 'Ik moest... aan de mensenoffers denken. Aan hoe zij zich moeten hebben gevoeld toen ze wisten dat ze niet meer konden ontkomen.'

'Ze zullen niet veel meer hebben gevoeld,' merkte Giovanni op.

'Wat ging er toen door je heen?' vroeg Ricardo, zonder op Giovanni in te gaan.

'Ik probeerde me voor te stellen dat ik een van hen was,' bekende Camellia. 'Dat mijn handen en voeten geboeid waren, dat ik niet eens meer een centimeter naar boven kon bewegen...'

'Wat zou een psycholoog van zo'n fantasie zeggen?' vroeg Giovanni grijnzend.

'Zo is het wel genoeg, ja?' zei Ricardo op scherpe toon tegen hem. Camellia was niet de enige die schrok van zijn felheid.

'Wat is er vandaag toch aan de hand?' Sadie keek Camellia van opzij aan. 'Is er iets gebeurd?'

Camellia beet op haar lip en zweeg.

'Zeg eens iets,' drong Sadie aan.

'Later, oké?'

'Jullie hebben wát gedaan?' Sadie schudde ongelovig haar hoofd.

Camellia wist dat ze de Amerikaanse beter niets had kunnen vertellen, maar ze had dringend behoefte aan een uitlaatklep en moest gewoon met iemand delen wat er was gebeurd. Nog altijd werd ze overvallen door wat ze allemaal voelde. Alleen al bij de gedachte aan Ricardo merkte ze dat ze over haar hele lijf begon te tintelen.

'Als dit bekend wordt, kom je flink in de problemen,' ging Sadie verder.

Camellia knikte bedremmeld. 'Dat weet ik. En dan raakt Ricardo waarschijnlijk zijn baan kwijt.'

'Maar je vond hem in Mexico-Stad al erg aantrekkelijk,' merkte Sadie glimlachend op. 'Ik hoop voor je dat niemand hierachter komt.'

'Je mag het tegen niemand zeggen, zeker niet tegen Giovanni,' zei Camellia, terwijl ze om zich heen keek. Zij waren de enigen die in de schaduw van de tempel zaten, de anderen waren nergens te bekennen.

'Die stommeling krijgt van mij niks te horen,' gaf Sadie een beetje gekrenkt toe. 'En verder ook niemand. Ik ben geen roddeltante.' Ze strekte haar benen uit. 'Hoe moet het nu verder met jullie?'

Camellia haalde haar schouders op. 'Geen idee, maar...' Ze keek Sadie onbevangen aan. 'Ik denk dat ik echt verliefd ben. Ricardo is niet alleen aantrekkelijk, maar ook heel erg intelligent. We hebben afgelopen nacht urenlang onderzoekshypothesen besproken. Hij weet zoveel, dat is niet te geloven.'

Ze hadden het inderdaad urenlang over Ricardo's proefschrift gehad, dat hij een paar jaar geleden had voltooid. Camellia was het niet met al zijn theorieën eens geweest en was zelfs tegen hem in gegaan, maar dat had hem alleen maar meer aangemoedigd om zijn visie op de vondsten van de Maya's toe te lichten. Ze had nog nooit zo intensief met een man gediscussieerd. Ze had hem over haar studieopdrachten verteld en dat ze hoopte hier een geschikt onderwerp voor haar scriptie te vinden.

'Bovendien is hij heel liefdevol en –'

Sadie stak haar hand op. 'Nee, geen details. Hij leidt deze studiereis en ik wil niet denken aan hoe hij er 's morgens naakt en met warrig haar uitziet nadat jullie...' Ze lachte. 'Ik wil hem als een groot kenner van de Maya's blijven zien.'

Camellia moest ook lachen. 'Dat snap ik. En Ricardo is een erg goede wetenschapper. Ik denk dat hem nog een grootse carrière te wachten staat. Hij weet zo ontzettend veel.'

'Ik denk dat je niet helemaal objectief bent, maar...' Sadie hield haar hoofd schuin. 'Daarin geef ik je gelijk.'

Camellia deed al sinds de aankomst in het restaurant haar best om Ricardo niet aan te kijken. Sadie had meteen gemerkt dat er iets met haar was, en daardoor was ze bang dat ook Giovanni en Armand lucht zouden krijgen van hun affaire. Affaire, herhaalde ze in gedachten, dat klonk zo goedkoop en groezelig. En dat was het zeker niet, wat er tussen haar en Ricardo was. Hun verhouding was mooier en eerlijker dan alles wat ze tot nu toe in haar leven had meegemaakt.

Maar wat was zij voor Ricardo? Meer dan een korte verliefdheid? Haar verblijf in Mexico duurde niet eeuwig. Wat zou er met hen gebeuren wanneer ze terugkeerde naar Engeland? Daar wilde ze nu nog niet aan denken.

Ricardo zat net met Armand over de regengod Chaac te praten. Camellia wierp een steelse blik op hem en keek vol verlangen naar zijn zinnelijke lippen, zijn markante neus, die warme ogen en dat volle haar. Nog nooit had ze een man zo fascinerend gevonden. Hij zag er niet alleen goed uit, maar was ook intelligent, een eigenschap die ze heel erg kon waarderen. Ze vond het vreselijk wanneer mannen geen idee hadden waarover ze sprak. Om die reden vonden sommigen haar waarschijnlijk arrogant, maar ze hield nu eenmaal van diepgaande gesprekken en kon urenlang discussiëren over onderwerpen die haar na aan het hart lagen. De meeste mannen die ze tot nu toe was tegengekomen, waren overrompeld geweest door haar dorst naar kennis en haar volharding. Voor Ricardo gold dat niet. Met hem kon ze urenlang praten. Uitgebreid, zonder dat ze tot een conclusie hoefden te komen, op gelijk niveau.

Camellia voelde zich betrapt toen ze merkte dat Sadie haar grijnzend aankeek. 'Valt het zo op?'

Sadie gaf geen antwoord, maar knikte wel instemmend.

Camellia slaakte een zucht.

'Wat zeg je ervan, Camellia? Zullen we het nog eens hebben over je fantasie van vanmorgen?' Giovanni maakte een obsceen gebaar met zijn tong. 'We kunnen het zelfs naspelen. Op mijn kamer.'

'Idioot,' beet Camellia hem toe. Ze keek de andere kant op.

Maar de Italiaan wist niet van ophouden. 'Dan bind ik je armen en benen vast...' Hij keek uitdagend om zich heen. 'En dan vertel jij me wat je daarvan vindt.'

Camellia perste woedend haar lippen opeen.

'Zo is het genoeg!' viel Ricardo tegen hem uit. Zijn ogen vonkten van woede.

Camellia hield haar adem in. Waarom bemoeide hij zich ermee? Wilde hij hun verhouding per se verraden?

'Hoezo, ben jij opeens haar beschermer of zo?' vroeg Giovanni uitdagend. 'Het was maar een onschuldig voorstel, hoor, tussen vrienden.'

'Ik heb hier de leiding,' legde Ricardo uit. Het was duidelijk dat hij zijn best deed om zijn kalmte te bewaren. 'En ik wil dat je zulke opmerkingen voortaan achterwege laat.'

'Nou, zeg.' Giovanni leek er helemaal niet blij mee te zijn dat hun docent hem ten overstaan van de anderen op de vingers tikte.

'Hou je gewoon in, oké?' Ricardo boog zich over de tafel heen en keek Giovanni woedend aan.

Camellia's hart klopte razendsnel. Waarom wond Ricardo zich zo op? Dacht hij soms dat ze deze lastpak niet alleen aankon? Woedend stond ze op. 'Nog een fijne avond. Ik heb geen trek meer.'

Toen ze de niet-begrijpende blik van Ricardo opving, keek ze de andere kant op. Zonder nog een woord te zeggen liep ze het restaurant uit.

Sadie riep haar iets na, maar dat kon ze niet verstaan. Giovanni en Ricardo hervatten op luide toon hun discussie, maar Camellia wilde er niets meer van horen. Ze wilde alleen zijn, haar rust hebben, weg van dit overdreven gedoe.

Toen ze twee uur later op het kleine terras voor haar kamer zat te lezen, werd er zacht op haar deur geklopt. In de tussentijd was haar woede iets gezakt, maar ze vond het nog steeds erg irritant dat Ricardo zich zo door Giovanni op de kast had laten jagen.

Ze liep de kamer door en deed de deur open. Ricardo stond op de gang.

'Mag ik binnenkomen?' Hij keek haar schuldbewust aan.

Camellia aarzelde niet langer dan een seconde, knikte en stapte opzij.

'Ik moest je zien,' legde Ricardo op zachte toon uit.

Hij wilde haar in zijn armen nemen, maar Camellia stak afwerend haar handen op.

'Wat is er?' Zijn blik werd indringender.

'Wat had dat eerder te betekenen, in het restaurant?' Camellia moest haar best doen om haar stem niet te verheffen.

'Hoe bedoel je?' Hij leek niet te begrijpen waarom ze zo kwaad was.

'Dat kinderachtige bekvechten van jou en Giovanni,' antwoordde ze bot.

Hij dacht even na. 'Hij ging tegenover jou veel te ver.'

Camellia sloeg haar armen over elkaar. 'Ik ben oud genoeg om voor mezelf op te komen. Ik heb niemand nodig die het woord voor me doet. Wil je echt dat iedereen doorheeft wat er tussen ons speelde?'

'Speelde?' Hij zette een stap in haar richting. 'Wat bedoel je daarmee?' Hij klonk onzeker.

'Zoals ik het zeg.' Ze wendde zich half van hem af, nog steeds boos.

'Camellia...' Hij leek naar woorden te zoeken. 'Ik... Het spijt me. Ik dacht gewoon... Ik wilde niet dat... een man zo tegen je praat.'

'Denk je dat ik hem dat niet zelf duidelijk kan maken?' Ze keek hem weer aan. 'Ik heb wel ergere types meegemaakt dan dit onbeduidende kereltje dat zichzelf graag als een casanova ziet.'

Ricardo moest gniffelen om haar woordkeuze, maar trok meteen weer een ernstig gezicht. 'Het spijt me, Camellia. Dat meen ik. Laten we er niet over ruziën. Mijn tijd met jou is veel te kostbaar.'

Zijn toon raakte haar midden in haar hart. Ze liet haar armen zakken en keek hem hulpeloos aan. 'Ik ben bang dat iemand...'

Hij knikte. 'Ik weet het, dat ben ik ook. We moeten voorzichtig zijn.' Hij stak zijn hand uit en legde die op haar wang. 'Ik heb je zo gemist.'

Camellia's polsslag versnelde. 'Je hebt me twee uur niet gezien.'

'En dat was twee uur te lang,' zei hij ernstig.

Hij trok haar tegen zich aan en bedekte haar haar met zachte zoenen. Camellia deed haar ogen dicht en gaf zich over aan zijn aanrakingen. Waarom maakten ze eigenlijk ruzie over zo'n onbeduidende figuur als Giovanni? Dat was hij niet waard. En ze zou het niet toestaan dat hij bedierf wat er tussen haar en Ricardo was opgebloeid.

'Camellia, ik wil zo graag dat je gelukkig bent,' fluisterde Ricardo in haar oor. 'Ik wil je gelukkig maken.'

Ze glimlachte. 'Dat doe je al.'

Zijn handen dwaalden af naar haar rug en zijn greep werd steviger. Haar onderlijf trok vol verlangen samen. Ze wilde hem. De andere studenten waren vergeten, de woede die ze in het restaurant had gevoeld ook. Nu, hier, bestond de wereld uit alleen haar en Ricardo.

Camellia maakte zich van hem los en knoopte langzaam haar blouse open, terwijl ze hem ondertussen uitdagend aankeek. 'Hoe gelukkig wil je me maken?'

Later zaten ze samen tevreden op het terras en vertelde Ricardo over zijn onderzoek naar de kalender van de Maya's. Zoals zo vaak zat Camellia geboeid naar hem te luisteren. Af en toe maakte ze een opmerking of vroeg ze hem uitgebreider uit te leggen waarop zijn veronderstellingen waren gebaseerd. Hij had onderzoek gedaan in verschillende musea en ruïnes en legde haar uit hoe hij te werk was gegaan. Camellia bracht hem met haar diepgaande vragen meerdere keren van zijn stuk. Ze zaten urenlang met elkaar te praten, en pas toen de eerste tekens van de dageraad het duister van de nacht verdreven, merkten ze hoelang ze al hier zaten. Ricardo nam haastig afscheid en ging terug naar zijn eigen kamer. Camellia kroop in haar bed en probeerde nog een paar uur te slapen.

29

Heden
Tulum

'De kunst van de Maya's staat bekend om de unieke schoonheid en de verhalende afbeeldingen,' begon Ricardo Murillo Flores nadat alle deelnemers aan zijn workshop om hem heen hadden plaatsgenomen. Naast Dalia waren er nog vier vrouwen en drie mannen: Amerikanen, een echtpaar uit Nederland en een Noor.

'Op de meeste vazen die we vandaag nader gaan bekijken staan historische gebeurtenissen afgebeeld, maar we zien ook goden of taferelen aan het hof,' vervolgde hij. Hij keek hen een voor een aan. 'Dit aardewerk laat duidelijk zien hoe technisch bedreven en creatief dit volk was, maar vertelt ons ook veel over hun intellectuele vaardigheden. Tot op de dag van vandaag is hun pottenbakkerskunst ongeëvenaard. Hun werk behoort tot het hoogst ontwikkelde ter wereld en steekt technisch en artistiek gezien zelfs de vazen van de oude Grieken naar de kroon.'

Dalia had zich een dag eerder al voor de workshop over de pottenbakkerskunst van de Maya's aangemeld, nadat ze met Pablo van het strand was teruggekeerd. Deze eendaagse cursus leek haar een goede gelegenheid om de man die misschien haar vader was op een onopvallende manier beter te leren kennen. Bij de kassa hadden ze haar verteld dat hij samen met een aantal andere wetenschappers in Tulum dit soort workshops hield om de toeristen meer over de Maya's te leren.

Inmiddels eiste helaas ook de lange avond met Pablo's familie zijn tol. Dalia onderdrukte een geeuw, want ze wilde in geen geval de indruk wekken dat het thema of Ricardo's manier van vertellen haar verveelde. Het tegendeel was waar. Ze hing aan zijn lippen en vond dit zo spannend dat het haar moeite kostte om zich op de inhoud te concentreren. Het liefst had ze elk woord opgenomen om er later in alle rust naar te kunnen luisteren, maar dat leek haar nogal gênant.

'De Maya's gebruikten voor de kleur van hun verf vooral ijzeroxide,' zei Ricardo Murillo Flores. 'Vooral rode en zwarte ijzeroxide. Daaruit kun je een grote verscheidenheid aan kleuren halen, van geel en bruin tot zwart, en wanneer je stoffen als mangaan of kobalt toevoegt, kun je bijvoorbeeld ook roze maken.' Hij keek in het rond. 'Zijn er al vragen?'

Een Amerikaanse met zwart haar stak haar vinger op.

'Zegt u het maar.' De professor wees in haar richting.

'Hadden de Maya's al echte pottenbakkersovens? Ik heb zelf vaker met klei gewerkt en weet dat de juiste temperatuur van grote invloed is op de stevigheid van de gebakken voorwerpen.'

Ricardo knikte. 'Een interessante vraag,' antwoordde hij glimlachend. 'Dat weten we niet precies. Ovens zoals we die vandaag de dag kennen zijn tot nu toe niet aangetroffen.' Hij stak zijn handen op. 'Maar dat betekent op zich niets. Er is nog heel veel niet onderzocht. De gevonden artefacten zijn bij relatief lage temperaturen gebakken, tussen de vijf- en zevenhonderd graden, en vermoedelijk in een open vuur of in een ondergrondse oven. De Maya's van nu bakken hun aardewerk nog steeds in open vuren en kuilen, en daarom gaan onderzoekers ervan uit dat het in het verleden ook zo is gegaan.'

Terwijl de andere deelnemers nog meer vragen stelden, waarop de wetenschapper elke keer uitvoerig antwoord gaf, merkte Dalia dat ze steeds meer ontzag voor hem kreeg. Hij kon over werkelijk alles iets boeiends vertellen.

'Goed, nu we de theorie hebben besproken, wil ik verdergaan met het praktische deel van onze workshop,' meldde Ricardo Murillo Flores zodra er geen vragen meer waren. 'Ik wil ieder van u vragen om een van de vellen papier te pakken die ik hier heb neergelegd.' Hij wees naar een stapeltje op het uitgedroogde gras. 'Denk aan een gebeurtenis uit uw leven die u graag zou willen vastleggen op een aardewerken vaas. De Maya's gebruikten hun aardewerk om te eten, te drinken en als grafgiften voor hun doden, maar ook als geschenken voor andere heersers of trouwe onderdanen. Uw fantasie hoeft dus geen grenzen te kennen. En bedenk voor welk doel u het voorwerp zou kunnen gebruiken.' Toen hij wederom glimlachte, fonkelden zijn tanden opnieuw stralend wit.

Dalia merkte dat de spanning in haar toenam. Ze wilde niets liever dan dat deze man inderdaad de grote liefde van haar moeder was geweest.

Alle deelnemers pakten een vel papier en een houten plankje als ondergrond. Terwijl Dalia zich afvroeg wat ze wilde afbeelden, liep de professor in het rond en sprak op zachte toon met iedereen. Toen hij naar Dalia toe kwam, ging haar hart sneller kloppen.

'De vrouw met de moeder die gefascineerd was door de Maya's.' Hij knikte bemoedigend.

Dalia keek hem verrast aan. 'Dat weet u nog?' Hij moest elke dag toch honderden mensen zien.

'Nou, zo vreemd is dat niet.' Hij lachte weer. 'U hebt immers gisteren nog mijn rondleiding bijgewoond.'

'Ja, dat is waar.' Ze beet op haar onderlip. 'En het spijt me dat... ik zomaar wegrende.'

Hij fronste even en schudde toen zijn hoofd. 'Dat geeft helemaal niet, señorita.' Hij wees naar het lege vel. 'Hebt u al een eerste idee?'

Ze aarzelde. 'Bloemen, misschien? Of een van de piramiden.'

Weer streek hij met zijn wijsvinger over zijn voorhoofd, een beweging die Dalia geboeid met haar blik volgde.

'Dat mag u zelf beslissen. Bloemen bieden u natuurlijk bijna onbegrensde mogelijkheden. Een statisch gebouw is wat dat betreft erg beperkend.' Hij knikte nog eens naar haar en liep verder naar de volgende deelnemer.

Nu pas merkte Dalia dat ze onbewust haar adem had ingehouden. Hij was het. Dat bekende gebaar...

'Hij is erg aardig, hè?' De Amerikaanse naast haar boog zich naar haar toe. 'Ik kom hier elk jaar en Ricardo biedt elke keer weer een andere workshop aan, over een veelvoud aan onderwerpen. Ik heb nog nooit een man ontmoet die over zoveel kennis beschikt.'

Dalia knikte instemmend. 'Dat vind ik ook erg boeiend.'

'Ik ken hem al meer dan tien jaar. Vroeger werkte hij in Chichén Itzá, later is hij teruggekeerd naar Tulum. Zijn gezin woont hier, zijn vrouw en kinderen.'

Dalia spitste haar oren. 'Hij heeft kinderen?' Ze slikte. Daar had ze tot nu toe helemaal niet aan gedacht, dat ze misschien broers of zussen had. Hoe zou het voelen om opeens geen enig kind meer te zijn?

De Amerikaanse lachte. 'Ja, twee dochters, geloof ik. Zoiets zei hij een keer.'

Toen Dalia's telefoon overging, verontschuldigde ze zich. Het was Pablo.

'En, hoe staat het met de kunst?' vroeg hij vrolijk.

'Het is... geweldig,' bekende ze eerlijk.

'Daar ben ik blij om. Zullen we later op het strand afspreken? Dan kunnen we gaan snorkelen.'

'Dat klinkt goed.' Ze wisselde een blik met de Amerikaanse.

'Ga je het straks nog tegen hem zeggen?' vroeg Pablo.

Dalia slikte. 'Dat weet ik niet. Ik denk het... nog niet. Geen idee. Hij is... heel erg aardig.'

Ze hoorde hem aan de andere kant van de lijn lachen. 'Ja, dat is natuurlijk een groot probleem.'

'Even serieus,' ging ze verder. 'Ik weet niet wat ik moet doen als... hij het niet blijkt te zijn.'

'Of hij het is weet je alleen als je het hem vraagt,' zei Pablo ernstig.

Dalia ademde diep in. 'Ja, dat weet ik. Ik wacht nog even af, ik ben nu nog bezig met mijn allereerste aardewerk.'

'Dan wens ik je daar veel plezier mee. Dan zien we elkaar later, oké?'

Dalia knikte. 'Oké.'

'Ik kijk ernaar uit.' Hij hing op.

Ze haalde het puntje van haar tong langs haar droge lippen. Hij keek ernaar uit. En zij? Voor haar gold hetzelfde. Haar blik ging weer naar Ricardo Murillo Flores. Twee mannen, die momenteel allebei haar leven flink door elkaar schudden. Ze moest echt proberen om die chaotische gevoelens in goede banen te leiden. Maar eerst de vaas. Stapje voor stapje, zei ze tegen zichzelf. Wat ze ook deed, ze mocht niets overhaast beslissen.

'Dit was fantastisch,' verklaarde Dalia tevreden, terwijl ze zich op haar handdoek liet zakken. De waterdruppels parelden in de zon op haar huid. Ze legde de snorkel en de duikbril naast haar op haar tas. 'Dank je wel dat je me dit paradijs hebt laten zien.' Ze was nog steeds diep onder de indruk van de bonte onderwaterwereld die ze had mogen aanschouwen.

Pablo nam plaats op de ligstoel naast haar en keek haar aan. Zijn bovenlijf was zongebruind en goed gespierd. Door zijn blik werd Dalia zich ervan bewust dat hij haar voor de eerste keer in bikini zag. Blijkbaar ging bij hem een vergelijkbare gedachte door zijn hoofd.

Verlegen haalde ze haar hand door haar natte haar. 'Wat waren dat voor schildpadden die we hebben gezien?'

‘Groene zeeschildpadden,’ antwoordde hij zonder aarzelen. ‘Die vind je aan de hele Riviera Maya.’

Dalia ging liggen en keek naar de azuurblauwe hemel. De zon was heerlijk warm en een zacht briesje speelde over haar huid. ‘Het is alsof ik op vakantie ben,’ mompelde ze genietend.

Pablo lachte. ‘Dat ben je ook.’

Dalia draaide haar hoofd naar hem om en keek hem aan. ‘De afgelopen dagen waren zo… onwerkelijk. Volgens mij heb ik nog nooit in zo weinig tijd zoveel nieuws ontdekt. Het zal wel even duren voordat ik al die indrukken heb verwerkt.’

Pablo haalde een fles water uit zijn rugzak en bood die aan Dalia aan. Ze pakte hem dankbaar aan en nam een flinke slok.

‘Wat moet ik nu doen?’ vroeg ze. Ze gaf hem de fles terug.

Pablo pakte hem aan en zette hem in het zand. ‘Met de professor, bedoel je?’

Dalia knikte.

‘Zijn moeder woont in Tulum…’ begon Pablo voorzichtig.

Dalia kwam overeind en keek hem fronsend aan. ‘Hoe weet jij dat?’

Hij bewoog even zijn hoofd heen en weer voordat hij iets zei. ‘Mijn moeder kent iemand die weer iemand kent die iemand…’

Dalia schudde lachend haar hoofd.

‘Nou ja, familie dus. De moeder van de professor heeft een winkeltje en…’ Hij lachte ondeugend. ‘Het zou heel goed kunnen dat je je artistieke talent van haar hebt geërfd.’

Dalia keek hem vragend aan.

‘Ze schildert, net als jij. En helemaal niet slecht, vind ik.’

‘Hoe weet je dat?’ herhaalde ze haar vraag van eerder.

‘Omdat ik er ben geweest.’

Dalia’s polsslag versnelde. ‘Je hebt haar gezien?’

Hij knikte. ‘Alleen uit de verte. Ik ben niet in de winkel geweest of zo. Maar ze had een paar schilderijen op straat uitgestald.’

Ondanks de hoge temperatuur ging er een koude rilling door Dalia heen. 'Als hij het echt is, heb ik nog een oma.'

Haar gedachten dwaalden af naar granny. Naar de lieve, vriendelijke oude vrouw die er haar hele leven voor haar was geweest. En die heeft verzwegen dat ze contact had met mijn vader, dacht ze vol weemoed.

'Wat vind je ervan?'

Dalia slaakte een zucht. 'Ik heb geen idee. Het zou kunnen dat ze mijn grootmoeder is, maar...' Ze viel stil.

'Maar dat weet je pas als je het hem eindelijk hebt verteld.'

Dalia draaide haar hoofd nog verder om, zodat ze recht in zijn ogen kon kijken. Zijn natte haar kleefde aan zijn hoofd en zijn donkere ogen fonkelden in het zonlicht. 'Ik ben bang,' mompelde ze. 'Als hij het niet is...' Ze voelde dat de tranen haar in de ogen sprongen.

Pablo schoof meteen naar haar toe en nam haar linkerhand in de zijne. Ze voelde de warmte van zijn vingers meteen in haar hele lichaam en haar buik trok vol verwachting samen.

'Je weet het pas als je met hem praat.'

Ze knikte. 'Daar heb je gelijk in.' Ze keek naar de lichte ruïnes op de kliffen en zweeg. 'Ik moet met hem gaan praten,' zei ze ten slotte. 'Het is niet eerlijk om hem in het ongewisse te laten. Als hij het echt is...' Ze kneep heel even haar ogen dicht. 'Ja, ik ga met hem praten.'

'Als je wilt, ga ik met je mee,' bood Pablo op zachte toon aan. 'Ik ben er voor je als je me nodig hebt. Dat weet je hopelijk.'

Ze keek naar zijn knappe gezicht. Had ze zich ooit zo met een man verbonden gevoeld als nu, op dit ogenblik? Waarom deed hij dit toch? Maar de blik in zijn ogen verraadde waarom.

'Dat weet ik,' zei ze met verstikte stem. 'En daarvoor ben ik je heel erg dankbaar, maar... ik denk dat ik dit alleen moet doen.'

'Vandaag nog?'

Ze schudde haar hoofd. 'Ik heb nog een nachtje nodig.'

Hij knikte vol begrip. 'Je hebt alle tijd van de wereld.'

'Nee, dat heb ik niet,' wierp ze tegen. 'Maar vandaag kan ik het niet. Het is te vroeg.' Opeens kwam er een idee in haar op. 'Wat zeg je ervan als we een hapje gaan eten en je me dat winkeltje laat zien? Dat van zijn moeder?'

Aan het begin van de avond stonden ze in een stoffige straat in Tulum van enige afstand naar het piepkleine winkeltje aan de overkant te kijken.

'Wil je naar binnen?'

Dalia liet haar blik over de schilderijen gaan die naast de winkeldeur op grote houten ezels stonden. Het waren zonder uitzondering abstracte doeken. Heel kleurig, met geometrische vormen, cirkels, rechthoeken en heel veel lijnen. Ze liet haar hoofd hangen.

'Ik moet eerst weten of hij het echt is,' zei ze ernstig. 'Ik zou het niet kunnen verdragen als ze net zo aardig is als haar zoon en vervolgens blijkt dat dit weer een doodlopend spoor is.'

'Dus eerst het gesprek, dan kennismaken met de familie.'

'Kennismaken met de familie,' herhaalde Dalia nadenkend. Ze moest aan haar ooms en tantes in Cornwall denken. En aan haar nichtjes, met wie ze als kind en tiener zoveel heerlijke zomers had doorgebracht en die ze als haar zussen beschouwde. Dat was allemaal zo lang geleden dat de herinneringen een pijnlijk gevoel van melancholie bij haar opriepen.

'Je denkt aan Cornwall,' raadde Pablo haar gedachten.

Ze knikte. 'Ja, ik had hier zo graag met mijn grootouders over willen praten.' Ze slikte. 'Ik mis die twee ontzettend.'

Pablo sloeg een arm om haar heen. 'Maar je bent niet alleen, Dalia. Dat weet je.'

30

Negenentwintig jaar eerder
Chichén Itzá

Camellia kon het gewoon niet geloven. Ze had drie zwangerschapstests gekocht, maar die hadden allemaal binnen een paar tellen hetzelfde resultaat laten zien.

Volslagen verbijsterd liet ze zich op het bed zakken. Wat moest ze nu doen?

In de afgelopen paar weken had ze bijna elke nacht met Ricardo doorgebracht. Het waren uren vol liefde geweest, vol innigheid, vertrouwdheid en hartstocht. Ricardo was de liefste man die Camellia ooit had ontmoet en ze kregen maar geen genoeg van elkaar. Op sommige avonden hadden ze alleen maar urenlang op het kleine terras voor haar kamer zitten eten en praten. Over de Maya's, Ricardo's onderzoek en Camellia's studie. Ze vonden altijd weer een nieuw gespreksonderwerp. Als er inderdaad zoiets bestond als verwante zielen, dan waren zij dat. Het was niet alleen lichamelijk, ze voelden zich ook geestelijk heel erg met elkaar verbonden. Vaak hadden ze niet eens woorden nodig om elkaar te begrijpen. En hun gedeelde fascinatie met de oude Mexicaanse beschaving maakte het voor hen helemaal af.

Camellia slaakte een zucht. Natuurlijk hadden ze voorbehoedsmiddelen gebruikt, maar toch was dit gebeurd. Voorzichtig legde ze haar hand op haar buik en probeerde zich voor te stellen dat daarbinnen een piepklein wezentje zat. Een minimensje. Een baby. Haar hart trok pijnlijk samen. Ze kreeg een kind van een geweldige man. En toch... Ze hadden het nooit over kinderen gehad. Als ze eerlijk moest zijn, hadden ze zelfs nooit over hun toekomstplannen gesproken. Ze hadden elkaar wel over hun dromen verteld, maar altijd in het hier en nu. Waarschijnlijk omdat ze allebei heel goed begrepen dat de duizenden kilometers die hun woonplaatsen van elkaar scheidden een onoverkomelijk probleem vormden. Wat moest ze nu doen?

Camellia keek op haar horloge. Over een uur moest ze bij de ruïnes zijn. Ze stond weer op en streek haar broek glad. Weer liet ze haar hand over haar platte buik gaan. Zes, zeven weken, langer kon ze niet in verwachting zijn. In gedachten rekende ze uit wanneer ze voor het laatst ongesteld was geweest. Wat zou Ricardo zeggen? Zou hij er blij mee zijn? Was zij dat? Daar had ze geen antwoord op. Mexico was een kind- en gezinsvriendelijk land, maar zij studeerde in Engeland en Ricardo had een aanstelling in Mexico-Stad. Een langeafstandsrelatie was van het begin af aan gedoemd te mislukken, of niet soms? Camellia was nog niet eens klaar met haar studie. Hoe moest ze een kind combineren met een opleiding? Met een vader die in Mexico woonde en daar zijn carrière had?

Ze werd overvallen door gelatenheid, maar ze besloot voor dit moment haar zorgen te negeren en begon snel haar rugzak in te pakken.

Voor vandaag stond het dagelijks leven in een eenvoudig Mayadorp van duizend jaar geleden op het programma. Ricardo vertelde over de bouw van de huizen, de teelt van mais en de rituelen die door de eeuwen heen waren overgeleverd.

Het kostte Camellia de grootste moeite om al die informatie in zich op te nemen. Tijdens de pauzes vermeed ze Ricardo opzettelijk, bang dat hij anders aan haar zou merken dat er iets mis was. Uit de geërgerde blikken die hij haar steeds weer toewierp, maakte ze helaas op dat haar merkwaardige gedrag hem al was opgevallen.

'Jullie draaien om elkaar heen alsof jullie een of ander lelijk geheim delen,' fluisterde Sadie, terwijl Ricardo net aan Armand en Giovanni uitlegde hoe het irrigeren van mais werkte. 'Is er iets gebeurd?'

Camellia keek haar verrast aan. Sadie trok een open en vriendelijk gezicht. Moest ze haar in vertrouwen nemen? Weer wierp ze een snelle blik op Ricardo, en daarna keek ze Sadie opnieuw aan. 'Nee, hoor, alles is in orde,' zei ze zo ferm als ze kon.

Sadie trok sceptisch haar wenkbrauwen op. 'Zeker weten?'

Camellia knikte.

'Als ik niet beter wist, zou ik nog denken dat Ricardo je heel graag wil spreken en dat jij dat juist probeert te vermijden.'

Camellia werd er onzeker van. 'Dat lijkt alleen maar zo,' antwoordde ze na enig nadenken. 'Het is... soms niet zo simpel, maar tot nu toe gaat alles goed.' Weer moest ze aan het kind in haar buik denken.

'Zullen we straks nog iets gaan eten?' Sadie strekte haar benen uit.

Camellia dacht even na. 'Nee, sorry, ik ben te moe. Ik denk dat ik terug in het pension een dutje ga doen. Morgen komt die deskundige uit Guatemala een lezing geven, dat wordt ook vast weer vermoeiend.'

'Dat is waar, dat wordt een lange dag.' Sadie slaakte een zucht. 'Was het maar iets minder warm... Ik kan me zelfs 's avonds amper concentreren.'

Camellia knikte instemmend, maar haar gedachten dwaalden wederom af. Eerlijk gezegd had ze er nooit over nagedacht of ze kinderen wilde of niet. In de afgelopen paar jaar had haar leven vooral in het teken van haar studie gestaan. Maar nu? Wat moest ze met een kind?

'Camellia, Sadie, letten jullie nog een beetje op?' drong Ricardo's stem op dat moment tot haar door.

'Ja,' antwoordde ze zonder aarzelen. 'Ja, dat doen we.'

'Daar leek het in het afgelopen uur anders niet op,' merkte hij op, met een lachje rond zijn lippen. 'Het zou leuk zijn als jullie nog even konden meedoen.'

'We zijn moe, Ricardo,' viel Sadie Camellia bij. 'Die hitte… Aan dit soort temperaturen zijn wij noorderlingen niet gewend.'

Ricardo rolde met zijn ogen en wisselde een korte blik met de twee studenten. Toen keek hij op zijn horloge. 'O, is het al zo laat?' zei hij verbaasd. Hij leek even na te denken en knikte toen. 'Goed, ik ben overtuigd, we stoppen er voor vandaag mee. Hoe je tortilla's bakt, daar kunnen we het ook op een later moment over hebben.' Hij keek de deelnemers een voor een aan. 'Wie heeft er trek in een late maaltijd?'

Camellia schudde haar hoofd, en ook Sadie zei nee. Giovanni en Armand zeiden echter ja, zodat Camellia en Sadie met z'n tweeën terug naar hun kamers gingen.

Toen er later op de avond op Camellia's deur werd geklopt, schrok ze wakker. Een blik op de wekker vertelde haar dat het al kort na middernacht was. Ze voelde zich geradbraakt toen ze uit haar bed stapte en naar de deur slofte.

'Ik ben het,' hoorde ze Ricardo zeggen.

Ze deed de deur voor hem open. 'Het is al laat.'

Hij keek haar indringend aan. 'Wat is er aan de hand?'

Zonder iets te zeggen gebaarde ze dat hij binnen moest komen.

'Wat is er, Camellia?' Hij pakte haar armen vast. 'Je hebt je de hele dag vreemd gedragen, je hebt me amper aangekeken. Heb ik iets verkeerd gedaan? Waarom wil je niet met me praten?'

Camellia legde een hand op haar borst en concentreerde zich op haar ademhaling. Toen schudde ze zwijgend haar hoofd.

Ricardo haalde zijn hand door zijn haar. 'Ik merk toch dat er iets aan de hand is? Wat is er gebeurd?' Hij klonk bezorgd.

Toen ze hem aankeek, zag ze de warmte, zijn liefde, de vertrouwdheid tussen hen in zijn blik. Hoe zou hij op het nieuws reageren?

'Camellia, vertel me alsjeblieft wat er aan de hand is,' drong hij aan.

'Ik...' stamelde ze geëmotioneerd. 'Ik ben... zwanger.'

Op Ricardo's gezicht verscheen een verbijsterde uitdrukking. 'Wat?'

Camellia knikte en wachtte angstig op een verdere reactie.

Hij liet zijn handen zakken en zette een stap naar achteren. 'Weet je dat heel zeker?'

Weer knikte ze. 'Ik heb drie keer een test gedaan.'

Hij deed zijn ogen dicht en streek met zijn wijsvinger over zijn voorhoofd. Toen hij haar weer aankeek, zag ze in zijn uitdrukking iets wat ze niet kon benoemen.

'Wat is er?' vroeg ze.

Bijna onmerkbaar schudde hij zijn hoofd. 'Ik...' Hij viel stil en wendde zich af.

Camellia voelde haar ingewanden samentrekken. Hij wilde het kind niet. Hij wilde geen kind met háár. Zijn afwerende reactie was overduidelijk, die liet geen ruimte voor twijfel.

'Ik zal je er verder niet mee lastigvallen,' zei ze volledig ontnuchterd. 'Het hoeft niet jouw probleem te worden.'

Secondelang zweeg hij. 'Het is...' Zijn stem trilde.

'Je wilt het niet,' stelde ze vast. Haar binnenste vulde zich met een ijzige leegte.

'Ik... Het spijt me, Camellia, maar ik moet gaan.' Zonder verder nog iets te zeggen draaide hij zich om en liep de kamer uit.

Verbijsterd keek Camellia hem na. Dit was niet te geloven. Was ze voor hem niet meer dan een manier geweest om de tijd te doden? Had ze zich zo in hem vergist?

Overvallen door wanhoop sloeg ze haar handen voor haar gezicht, en ze begon onbeheerst te huilen. Wat moest ze nu doen? Hoe kon hij haar zomaar laten staan? Ze dacht aan de hechte band die er in de afgelopen weken tussen hen was ontstaan. Was dat allemaal één grote leugen geweest? Zonder inhoud, zonder diepgaande gevoelens? Camellia kon amper nog helder denken, daarvoor was ze te veel van streek.

31

Heden
Tulum

Nadat Dalia voor de entree had betaald, wendde ze zich nogmaals tot de vrouw achter de kassa. 'Is professor Ricardo Murillo Flores vandaag in Tulum?'

De medewerkster keek naar het beeldscherm, tikte iets in en knikte. 'Ja, hij was hier vanmorgen al vroeg.' Ze keek Dalia aan. 'Ik denk dat u hem bij El Castillo kunt vinden. Daarvoor moet u –'

'Dank u, ik was hier gisteren al,' onderbrak Dalia haar opgetogen. 'Ik weet de weg.'

Doelbewust liep ze tussen de ruïnes door naar het imposante bouwwerk dat ze in de afgelopen dagen al meermaals had bewonderd. Vandaag had ze echter geen oog voor de schoonheid van de ruïnes. Vanaf het moment dat ze voor dag en dauw was opgestaan, kon ze aan niets anders meer denken dan aan het gesprek dat haar te wachten stond. Hoe zou hij reageren?

Toen ze hem van veraf voor een van de muren zag staan, raapte ze al haar moed bijeen. Daarna liep ze langzaam naar hem toe.

'Buenos días, señorita.' Hij glimlachte vriendelijk naar haar. 'U bent duidelijk ook gegrepen door dit oord.'

Dalia slikte. Ze legde haar hand op haar borstkas om haar ademhaling tot rust te brengen. 'Ik... ben hier omdat ik u moet... wil spreken.'

Hij trok een verrast gezicht. 'Heeft mijn workshop soms nog vragen bij u opgeroepen?'

Dalia beet op haar lip. 'Nee, ik wil graag... Het gaat om een persoonlijke kwestie.'

De professor streek weer met zijn wijsvinger over zijn voorhoofd. 'Een persoonlijke kwestie? Nu maakt u me nieuwsgierig.' Hij keek om zich heen. 'Helaas heb ik dadelijk een belangrijke afspraak. Kunt u misschien om één uur terugkomen?'

Dalia's hart klopte hevig. Bij het zien van dat vertrouwde gebaar had ze het gevoel dat haar keel werd dichtgesnoerd. Ze knikte. 'Ja, natuurlijk. Dank u.'

'Goed dan... tot later.' Ricardo Murillo Flores keek haar even onderzoekend aan, stak toen zijn hand op en liep weg.

Pas toen Dalia weer alleen was, merkte ze dat ze over haar hele lijf stond te beven. Een blik op haar horloge vertelde haar dat ze nog twee uur de tijd had. Nog twee uur, dan zou ze eindelijk zeker weten of de sympathieke wetenschapper inderdaad haar vader was. Ze besloot naar het strand te gaan en daar te wachten totdat hij klaar was met zijn afspraak.

Dalia staarde naar het fonkelende wateroppervlak. Haar hoofd liep over en kippenvel verscheen op haar armen bij de gedachte dat ze haar mogelijke vader dadelijk de waarheid ging openbaren. Wat moest ze doen als bleek dat hij helemaal geen Camellia Carter kende? Als hij die naam nog nooit van zijn leven had gehoord? En wat zou ze doen als bleek dat hij wel haar vader was? Dalia deed haar ogen dicht en genoot korte tijd van de warmte van de ochtendzon op haar huid.

Pablo had gisteravond nog eens aangeboden om vandaag met haar mee te gaan als steun en toeverlaat. Ze was hem heel erg dankbaar voor zijn aanbod, maar ze had er wederom op gestaan om in haar eentje met Ricardo Murillo Flores te praten. Dit ging alleen haar aan.

Het kriebelde in haar buik toen ze dacht aan de blik waarmee Pablo haar gisteren had aangekeken. Heel even had ze de indruk gekregen dat hij haar wilde kussen, maar op het allerlaatste moment had hij zich teruggetrokken. Wilde zij Pablo graag zoenen? Dalia deed haar ogen open en schudde haar hoofd. Hoe vaak ging ze zichzelf die vraag nog stellen? Ze kende het antwoord allang. Wanneer hij heel vanzelfsprekend haar hand vastpakte, wanneer hij haar aankeek alsof ze voor hem de allerbelangrijkste persoon op de hele wereld was, dan waren dat magische momenten. Ze wilde hem zo graag kussen, want hij was een van de boeiendste en aardigste mannen die ze in de afgelopen jaren had ontmoet. Pablo was heel bijzonder. Ze ging liggen, deed haar ogen dicht en dommelde in.

Tegen enen pakte Dalia haar spullen, kleedde zich om en liep terug naar de ruïnes.

Ricardo Murillo Flores stond voor El Castillo met een jongere man te praten, die Dalia van haar eigen leeftijd schatte.

Ze bleef op gepaste afstand staan en keek naar een van de vele informatieborden, waarop een uitgebreide uitleg over de bouwwerken was vermeld. Onrustig verplaatste ze haar gewicht van de ene voet op de andere, want ze kon haar opwinding amper beteugelen.

Toen de jongeman na wat een eeuwigheid leek eindelijk afscheid nam van de professor en tussen de muren van het oude gebouw verdween, kwam Dalia dichterbij. Hoe moest ze in vredesnaam beginnen?

'Ah, daar bent u weer,' begroette Ricardo Murillo Flores haar. 'Ik ben heel benieuwd waarover het gaat.'

Dalia probeerde haar opwinding te onderdrukken. 'Het gaat om mijn moeder,' begon ze aarzelend.

'Die ook zo geboeid was door de Maya's?'

Dalia voelde zich ongemakkelijk onder de blik van de Mexicaan. Ze knikte. 'Ja, mijn moeder…' herhaalde ze, amper hoorbaar.

Zijn blik bleef sceptisch, maar hij zei niets.

'Mijn moeder heette… Camellia Carter,' ging Dalia met verstikte stem verder. 'Ik ben haar dochter. Mijn moeder is achtentwintig jaar geleden bij mijn geboorte gestorven.' Ze viel stil en hapte naar lucht. 'Ik weet alleen dat mijn vader Mexicaans is en dat hij Ricardo heet.' Ze durfde hem bijna niet aan te kijken.

Een loodzware stilte bleef tussen hen in hangen. Toen Dalia eindelijk haar hoofd hief en de wetenschapper aankeek, zag ze… niets. Zijn gezicht verraadde geen enkele spanning, geen enkele emotie.

'U hebt mijn moeder gekend,' concludeerde ze aan de hand van zijn zwijgen. 'Ik heb kortgeleden een brief van u gevonden. U hebt al die jaren gedacht dat ik ook dood was.'

Hij reageerde nog steeds niet op haar woorden, hij draaide alleen zijn hoofd om en keek naar de ruïnes.

'U hebt mijn moeder gekend,' herhaalde Dalia ongeduldig. Waarom ging hij niet op haar woorden in? 'Alstublieft,' begon ze opnieuw, niet in staat om de beladen stilte te verdragen. 'Ik moet het eindelijk weten. Ik…'

Hij schudde zijn hoofd en wilde opnieuw met zijn wijsvinger zijn voorhoofd aanraken, maar halverwege die beweging hield hij in, en hij liet zijn hand weer zakken. 'Ik… moet gaan. Laat u me alstublieft met rust.'

Dalia staarde hem verbijsterd aan. 'Maar…'

Met een afwerend gebaar stak hij zijn hand op, en daarna draaide hij zich om en liep weg.

Dalia kon het niet geloven. Hij had haar gewoon laten staan. Zonder antwoord te geven. Of was zijn reactie al een antwoord op zich?

Een enorme teleurstelling maakte zich van haar meester. Was het mogelijk dat ze zich had vergist? Vastberaden liep ze naar de uitgang. Of had ze hem met haar verhaal zo onzeker gemaakt dat hij niet had geweten wat hij moest zeggen? Nee, na zijn meer dan wonderlijke gedrag was ze er rotsvast van overtuigd dat ze het bij het rechte eind had.

Ricardo Murillo Flores was haar vader. Ze wist nu hoe hij eruitzag, hoe zijn stem klonk. Ze had hem gevonden. En het was overduidelijk dat hij niets van haar wilde weten.

Dalia had de middag alleen op het terras bij haar kamer doorgebracht. Pablo had met een vriend van vroeger afgesproken, maar dat vond ze na haar gesprek met Ricardo Murillo Flores helemaal niet erg. Nog steeds was ze amper in staat om te geloven dat hij zo gevoelloos had gereageerd. Langzaamaan raakte haar teleurstelling steeds meer vermengd met een zekere koppigheid. Ja, hij had niet van haar bestaan geweten. En ja, het was oneerlijk en vreselijk geweest dat hem was verteld dat ze dood was. Maar daar kon Dalia niets aan doen. Ook tegen haar was een leven lang gelogen. Ze was vastbesloten om zich niet zo snel uit het veld te laten slaan. Ze had het recht om meer over haar afkomst te weten.

Ze haalde een glas versgeperst sinaasappelsap en zat net van het aroma van het zonovergoten fruit te genieten toen haar telefoon ging. Het was Soley.

'Dag, lieverd,' begroette Dalia haar nichtje.

'Hola, señorita,' antwoordde Soley met een lach in haar stem. 'Hoe gaat het in het warme Mexico? Hier is het momenteel acht graden.'

Dalia zette met een zucht haar glas neer. 'Het gaat. Warm is het hier zeker, ik denk dat we met gemak de dertig graden aantikken.'

'Wat heerlijk! Je boft maar. Ik hoorde van Nara dat je bezig bent aan een rondreis door het hele land. Dat is echt iets om een beetje jaloers op te worden.'

'Jij hebt de hele wereld gezien, Soley.'

'Maar ik ben nog nooit in Mexico geweest,' zei haar nichtje aan de andere kant van de lijn lachend.

Toen op het gazon voor Dalia's terras een kormoraan neerstreek, keek ze geboeid naar de statige vogel met zijn donkere verenkleed. 'Mexico is prachtig, ja,' zei ze in gedachten verzonken.

'Dat geloof ik meteen.'

'Wat ben jij nu aan het doen?' wilde Dalia weten.

'Ik heb morgen een optreden in Aberdeen. Ik zit nu in mijn hotel en dacht: weet je wat, ik bel Dalia even om te vragen hoe het met de zoektocht naar haar vader staat.'

'Ik heb hem gevonden,' zei Dalia met een zucht.

'Wat?'

'Ja, ik heb hem gevonden,' herhaalde ze aarzelend. 'Maar hij wil niets van me weten.'

'Weet je dat zeker? Dat hij het is, bedoel ik.'

De kormoraan liep met grote stappen over het gras en draaide zijn kop in de richting van Dalia.

'Ja, vrijwel zeker. Het klopt allemaal. Hij heeft het weliswaar nog niet bevestigd, maar zijn reactie... Die liet geen ruimte voor twijfel.'

'Is dat niet geweldig?' Soley liet een korte stilte vallen. 'Niet dat hij niks van je wil weten, dat niet, maar dat je hem hebt gevonden.'

Er werd op de deur geklopt. Toen Dalia opstond, liep de kormoraan snel weg.

'Soley, ik moet ophangen. Ik bel je als ik meer weet, oké?'

'Ja, doe dat. Ik duim voor je dat... hij zich toch nog bedenkt.'

'Dank je. En ik wens jou morgen een fantastisch optreden. Doe de groeten aan Aberdeen en je duizenden fans.'

Na die woorden hing Dalia op en ze liep naar de deur.

'En, hoe was het?' Pablo keek haar nieuwsgierig aan.

Dalia maakte een afwijzend gebaar. 'Niet zo goed als ik hoopte.'

Hij liep haar kamer in en keek haar fronsend aan. 'Is hij het niet?'

Dalia trok haar wenkbrauwen op. 'Ja, volgens mij wel, maar...'

In een paar zinnen vertelde ze hem over het wonderlijke gesprek bij El Castillo. Nu ze er wederom aan werd herinnerd dat haar vader niets van haar wilde weten, kon ze haar tranen niet langer bedwingen. Ze zocht alleen maar naar haar wortels. Had ze niet het recht om in elk geval één ouder eindelijk te leren kennen?

Pablo zette een stap in haar richting en streek voorzichtig een plukje haar uit haar gezicht. 'Het werd hem waarschijnlijk te veel,' zei hij zacht. 'Dalia, je moet hem wat tijd gunnen.'

Ze liet haar hoofd hangen en staarde naar de vloer. 'Ik weet het niet,' mompelde ze verdrietig. Ze wreef over haar gezicht. 'Ik heb me mijn leven lang afgevraagd hoe het zou zijn om een vader te hebben. Nu heb ik hem gevonden en…' Haar stem liet haar in de steek.

Pablo pakte haar hand en bracht die voorzichtig naar zijn lippen. Zachtjes drukte hij een kus op haar handpalm. 'Geef hem tijd,' herhaalde hij met verstikte stem.

Geboeid volgde Dalia zijn bewegingen, die voor een verrukkelijke rilling over haar hele lichaam zorgden. Ze meende bijna de vloer onder haar te voelen beven. 'Misschien,' fluisterde ze. Ze werd helemaal duizelig.

Pablo liet zijn lippen heel behoedzaam en als vanzelfsprekend over haar arm dwalen, waarbij hij telkens haar huid met amper waarneembare zoenen beroerde.

Dalia deed haar ogen dicht en bad zwijgend dat hij hier nooit meer mee zou ophouden.

Toen ze zijn handen op haar rug voelde, keek ze hem weer aan. In zijn ogen zag ze opnieuw de warmte, de genegenheid en het innige vertrouwen dat in de afgelopen dagen tussen hen was opgebloeid.

'Dit moeten we niet doen,' mompelde ze met haar laatste krachten, voordat ze haar armen om zijn hals sloeg en hem dichter tegen zich aan trok.

Op zijn gezicht was een genietende uitdrukking verschenen. 'Nee, dit moeten we beslist niet doen,' viel hij haar op zachte toon bij.

'Maar we kunnen het toch proberen,' ging ze verder, terwijl haar gedachten afscheid namen. Zijn handen dwaalden verder over haar lichaam en leken haar overal tegelijk aan te raken. Het was alsof haar onderlijf in brand stond.

Pablo knikte en glimlachte flauwtjes. 'Ja, dat kunnen we.' Hij liefkoosde haar hals, knabbelde aan haar oorlelletje en liet toen zijn lippen op de hare neerkomen. Dalia vergat op slag wie ze was en wat ze hier eigenlijk deed. Het enige wat nog belangrijk was, waren Pablo en zij. Zijn lichaam tegen het hare, zijn huid die haar huid beroerde, zijn geur in haar neus en zijn smaak in haar mond.

32

'Buenos días, *querida*,' fluisterde Pablo toen Dalia slaperig met haar ogen knipperde tegen de ochtendzon. Ze rekte zich uit, stak haar hand uit en raakte zijn wang aan.

'Buenos días,' zei ze net zo zacht terug. Haar hart ging meteen weer sneller kloppen toen ze zijn warme glimlach zag.

'Heb je lekker geslapen?' Hij liet zijn gewicht op zijn ene elleboog rusten, met zijn kin in zijn hand.

Ze knikte.

'Wat denk je nu?' Zijn blik werd indringender.

Ze perste even haar lippen op elkaar. 'Dat ik al dagen wenste dat dit hier zou gebeuren,' gaf ze na een korte aarzeling toe. 'Ik dacht er telkens aan dat wij…' Ze viel grijnzend stil.

Hij lachte hees. 'Ja, ik ook.'

'Dat weet ik,' zei ze plagend.

Hij trok zijn wenkbrauwen op.

'Dat… merkte ik aan je… Ik zag het… Ik weet het niet.' Ze rolde met haar ogen. 'Ik voelde het gewoon.' Liefdevol haalde ze haar hand door zijn donkere haar.

Pablo liet zijn arm zakken en bracht zijn gezicht tot vlak voor het hare. Voorzichtig raakte hij haar lippen met de zijne aan voor een tedere kus. 'Ik vroeg me de hele tijd af of jij... hetzelfde voelde,' fluisterde hij in haar oor. 'Ik... kon dat niet aan je merken.'

'Dat kwam vast doordat ik zoveel andere dingen aan mijn hoofd had.' Ze zuchtte. 'En nu wil mijn vader niks van me weten.'

Pablo streelde de huid vlak boven haar borsten. 'Dat weet je niet, Dalia. Misschien moet je nog even geduld hebben.'

'Ik ga dadelijk naar mijn...' Ze slikte, want het woord bleef bijna in haar keel steken. 'Grootmoeder.'

'Wil je dat ik meega?'

Toen ze de warmte in zijn uitdrukking zag, trok haar onderlichaam samen van verlangen. Toch schudde ze haar hoofd. 'Nee, dat... moet ik alleen doen.'

Pablo knikte vol begrip. 'Maar we hebben toch nog wel tijd om samen te ontbijten? Ik verheug me nu al op een paar tortilla's met...' Hij lachte.

'Met chocoladepasta, vrees ik.' Dalia knipoogde. 'We hebben nog tijd... voor een ontbijt.' Ze trok hem naar zich toe en legde haar handen op zijn heupen.

Zijn ogen fonkelden en op zijn gezicht verscheen een ondeugende uitdrukking. 'Dat klinkt goed.' Hij zoende teder haar sleutelbeen. 'Dat klinkt zelfs heel goed.'

Twee uur later stapte Dalia het winkeltje binnen van de moeder van Ricardo Murillo Flores.

'Buenos días,' begroette de oude vrouw haar met een glimlach.

Dalia beantwoordde de groet en keek naar de uitgestalde schilderijen. Haar eerste indruk was juist geweest, de moeder van Ricardo leek vooral abstract werk te vervaardigen. De bonte schilderijen blaakten van energie en levensvreugde, en Dalia kreeg maar geen genoeg van de asymmetrische patronen.

'Vindt u ze mooi?' De oude Mexicaanse kwam naast haar staan en volgde haar blik.

'Ja, heel erg mooi,' gaf Dalia eerlijk toe. 'Normaal gesproken ben ik niet zo van abstract, maar deze schilderijen...' Ze ademde diep in. 'Ze zijn fantastisch. Ze drukken echt iets uit. Ze... doen iets met me.'

'Gracias.'

'Ik heb zelf ook weleens geschilderd,' ging Dalia verder, 'maar...'

'Maar?' De oudere vrouw keek haar vragend aan.

Dalia haalde haar schouders op. 'Ik denk dat ik nog niet echt weet wat ik wil.'

'Hoe bedoelt u dat?'

'Ik ben opgeleid tot grafisch ontwerper en maak websites, logo's, reclamemateriaal, dat soort dingen, maar ik ontleen geen bevrediging meer aan mijn werk. Ik had er jarenlang plezier in, maar inmiddels vind ik het saai.'

'Kunt u me misschien iets van uw werk laten zien?'

Dalia keek haar aan, verbaasd door de plotselinge belangstelling. 'Ja, natuurlijk.' Ze pakte haar telefoon en bladerde door haar foto's. Toen ze op de afbeelding van een rozenstruik stuitte die ze al een hele tijd geleden met een grafisch programma voor de kwekerij had gemaakt, liet ze Ricardo's moeder het schermpje zien.

De vrouw knikte instemmend.

Dalia zocht verder en liet haar drie schilderijen van bloemen zien, die ze jaren geleden had gemaakt.

'Deze heb ik in de kwekerij van mijn grootouders geschilderd,' legde Dalia uit, opnieuw getroffen door het verdriet om het verlies van granny en grandpa. Daarna liet ze de piramide zien die ze een paar dagen eerder met olieverf hier in Mexico op het doek had vastgelegd.

'Dat is de beste,' verklaarde de oude dame beslist, met een knikje naar het bouwwerk. 'Ik ben trouwens Fernanda.'

'Ik heet Dalia.'

'Je hebt erg veel talent,' ging Fernanda verder. Ze tutoyeerde Dalia meteen. 'Maar je...'

'Ja?' Dalia keek haar afwachtend aan.

'Die schilderijen van die bloemen hebben geen ziel.' De oude dame knikte nadrukkelijk. 'Dat bedoel ik niet lelijk. Qua techniek kan niemand kritiek op je hebben, wat dat betreft hoef je niet veel meer te leren. Maar dat weet je zelf denk ik ook wel. Je werk is erg goed. En een leek zou er niets op aan te merken hebben. Maar dat doek met die piramide, dat is anders. Dat heeft een bepaalde uitstraling. Het is... Het laat een stukje van jezelf zien, van je innerlijk.'

Dalia keek vol ontzag naar het rimpelige gezicht van de oude vrouw, die ze minstens tachtig schatte. Fernanda had lang grijs haar dat ze in een vlecht droeg.

'Het was iets nieuws voor me. Ik wilde eens iets anders proberen,' bekende Dalia. 'Ik wilde...' Ze kreunde zachtjes. 'Ik weet momenteel echt niet meer hoe het verder moet.'

Fernanda knikte. 'Heb je tijd?'

Dalia glimlachte. 'Ik ben op vakantie.'

'Goed zo.' De oude vrouw wees op een houten stoel. 'Ga zitten, ik ben zo terug.'

Terwijl Dalia in het winkeltje zat te wachten, kreeg ze last van haar geweten. Had ze de vrouw niet meteen moeten vertellen wie ze echt was? Stel dat Ricardo dit te weten kwam? Ze voelde zich niet op haar gemak. Fernanda was erg vriendelijk en verdiende het niet dat er tegen haar werd gelogen.

Nog geen vijf minuten later kwam Fernanda terug met twee glazen, gevuld met een wit drankje. 'Alsjeblieft.'

Dalia pakte het glas aan. 'Wat is dit?'

'Horchata,' antwoordde Fernanda geamuseerd. 'Een soort melk gemaakt van rijst en amandelen, op smaak gebracht met kaneel. Proef maar, het is erg lekker.'

Dalia nam een slokje en knikte. 'Dat is het zeker.'

Fernanda lachte. 'Dat zei ik toch?' Toen keek ze Dalia aandachtig aan. 'Ik voel dat je met heel veel vragen rondloopt. Met veel onzekerheden. Wil je er misschien over praten?'

Door de meelevende klank van Fernanda's stem aarzelde Dalia geen moment. Dankbaar deed ze heel even haar ogen dicht. 'Ik zoek mijn vader,' zei ze toen ernstig.

Fernanda bleek goed te kunnen luisteren. In een paar zinnen legde Dalia uit waarom ze naar Mexico was gekomen, maar dat haar vader Ricardo heette en dat hij waarschijnlijk de zoon van Fernanda was, hield ze heel verstandig voor zich.

'Je zoekt inderdaad nog je eigen weg,' zei de oude vrouw toen Dalia was uitgesproken. 'Als je toch nog een tijdje in Tulum blijft, mag je morgen of op een andere dag terugkomen. Ik heb hier schilderslinnen en verf. Als je zin hebt, mag je komen schilderen. Misschien merk je hier, in het land van je vader, wat je nodig hebt om jezelf te kunnen vinden. We kunnen ook samen schilderen.'

Verrast beantwoordde Dalia Fernanda's blik. 'Meen je dat?'

De oude vrouw lachte gniffelend. 'Natuurlijk meen ik dat. Wij kunstenaars moeten elkaar steunen.'

'Dat is...' Dalia was zo overweldigd dat ze niet wist wat ze moest zeggen. 'Dank je.'

'Geen dank. Je bent nog zo jong. En je hebt nog een heel leven voor je. Misschien helpt de omgeving hier, de sfeer, je om je wat meer thuis te voelen.'

Dalia dacht over Fernanda's woorden na. De kunstenares had gelijk. Op dit moment kwam er te veel op haar af, en tot nu toe had ze nog geen gelegenheid gehad om haar gedachten op een rijtje te zetten. In de afgelopen paar dagen was er te veel gebeurd. Wat dat betreft zat ze in een emotionele achtbaan. Ricardo, Pablo, en nu ook nog Fernanda. Dalia moest eindelijk een beetje rust zien te vinden. Ze moest verwerken wat ze tot nu toe op haar reis had meegemaakt. Voordat ze naar Mexico was gereisd, had ze er nooit aan gedacht dat ze misschien een man zou tegenkomen die binnen een paar dagen op zo'n heerlijke manier haar hart zou veroveren. En een maand geleden had ze niet eens durven dromen dat ze ooit nog eens haar echte vader zou ontmoeten. En ook niet dat ze een lieve oude Mexicaanse zou leren kennen die ze meteen aardig vond en die misschien wel haar grootmoeder was. Die Dalia zag zoals ze was en die haar zo belangeloos wilde helpen. Nee, in haar stoutste dromen had Dalia zich niet kunnen voorstellen dat het land van haar vader dit allemaal voor haar in petto zou hebben.

'Ik kom graag terug,' zei ze ontroerd.

33

Negenentwintig jaar eerder
Chichén Itzá

'Wat betreft wiskunde en sterrenkunde waren de Maya's alle andere beschavingen van Midden-Amerika ver vooruit,' begon de deskundige uit Guatemala zijn lezing.

Ricardo had zich vandaag onverwacht ziek gemeld en Camellia werd daar zo zenuwachtig van dat ze zich bijna niet op de woorden van de wetenschapper kon concentreren. Was Ricardo echt ziek of wilde hij haar ontlopen?

'Op stenen monumenten hebben we inscripties aangetroffen, en daarnaast kennen we ook vier vouwboeken, gemaakt van papier uit boomschors, de zogenaamde codices. De Maya's gebruikten hun kennis onder andere voor het opstellen van hun kalender. Daardoor kunnen ze bepaalde gebeurtenissen voorspellen, maar ook aangeven welke bovennatuurlijke wezens die Maya's goedgezind waren verantwoordelijk waren voor deze verschijnselen.'

Hij haalde een afbeelding uit zijn map en hield die omhoog zodat ze de symbolen beter konden zien.

'Hier zien jullie de getallen van nul tot twintig.' Hij wees naar het eerste symbool. 'Ik heb jullie al eerder uitgelegd dat de Maya's het eerste volk waren dat met het getal nul rekende. Dat beeldden zij af als een schelp. Ze rekenden uitsluitend met positieve getallen, negatieve kenden ze niet, en ze konden optellen en vermenigvuldigen, vergelijkbaar met hoe wij dat met onze aan de Arabieren ontleende cijfers doen.' Hij keek de studenten een voor een aan. 'Zijn er tot nu toe vragen?'

Tijdens het vragenrondje lette Camellia bijna niet op haar omgeving. Ze werd nog steeds te veel in beslag genomen door Ricardo's gevoelloze reactie op haar mededeling dat ze in verwachting was.

'Wat is er aan de hand?' vroeg Sadie haar zacht. 'Wat is er met Ricardo?'

Camellia slikte, want door de ontgoocheling leek haar keel te worden dichtgesnoerd. 'Er is... niks. Ik heb geen idee wat er met hem aan de hand is.'

Sadie trok haar wenkbrauwen op. 'Ja, dat zie ik.' Ze keek Camellia onderzoekend aan. 'Je wilt er niet over praten,' stelde ze toen vast.

Camellia schudde haar hoofd. 'Later misschien,' mompelde ze. Ze moest haar best doen om haar tranen in te houden.

Toen ze even later achter de anderen aan drentelde, buitelden haar gedachten over elkaar heen. Hoe moest het nu verder met haar en Ricardo? Kon het wel verdergaan? Ze legde haar hand op haar buik en bleef even staan. De onderzoeker wees de andere studenten op een paar symbolen die voor bepaalde planeten stonden, maar Camellia kon haar aandacht er weer niet bij houden. Vierentwintig uur per dag moest ze aan het wezentje in haar buik denken. Ze kreeg een kind. Van Ricardo. Die niets meer van haar wilde weten. Verdriet welde in haar op.

'Het getal negen werd weergegeven door een hoofd waarvan de onderste helft met het vel van een jaguar is bedekt,' drong de stem van de man weer tot haar door. 'De negen heet *bolon*, de jaguar heet in de Mayataal *balam*.'

Weer deed ze haar best om de lezing te volgen. Haar keel voelde droog en rauw aan en haar gedachten dwaalden telkens af. Waarom deed Ricardo haar dit aan? Camellia draaide zich om en probeerde de stem uit te bannen. Hoe moest ze de dag doorkomen zonder hem te zien? Waar was hij? Wat dacht hij op dit moment? Haar lichaam beefde en haar maag was onrustig.

Op de een of andere manier hield ze de lezing vol. Die middag ijsbeerde ze onrustig door haar kamer heen en weer. Het ene moment was ze vastbesloten om Ricardo ter verantwoording te roepen, maar een tel later verwierp ze dat idee weer. Toen ze haar innerlijke onrust niet langer kon verdragen, pakte ze haar sleutel en liep haar kamer uit. Ricardo's kamer lag een verdieping lager. Ze rende de trap af en keek op de overloop zoekend om zich heen. Tot nu toe was Ricardo 's avonds altijd naar haar toe gekomen.

Moest ze dit echt doen? Maar wat had ze te verliezen? Was hij haar niet op zijn minst een uitleg schuldig voor zijn minne gedrag? Vastberaden klopte ze op zijn deur.

'Momentje,' klonk het aan de andere kant. De deur ging open. 'Camellia?' vroeg Ricardo verbaasd.

'Wie anders?'

Hij zuchtte. 'Kom binnen.'

Zijn kamer was net zo spartaans ingericht als de hare. Zo onopvallend mogelijk keek ze om zich heen, op zoek naar persoonlijke bezittingen. Maar afgezien van zijn papieren, die een groot deel van het bed en de stoelen bedekten, was er niets te zien.

Camellia draaide zich naar hem om en zette haar handen in haar zij. 'Ben je ziek?'

Hij wendde zijn hoofd af. 'Ik voelde me niet zo goed. Hoe was de lezing?'

Ze schudde haar hoofd. 'Meen je dit nou? Ik ben zwanger.'

Ricardo ademde diep in.

'Ik wil graag een uitleg van je.' Ze moest haar best doen om kalm te blijven. 'Was ik voor jou niet meer dan een aangenaam tussendoortje? Een van vele? Ik ga ervan uit dat ik niet de eerste studente ben met wie je het gezellig hebt gehad.' Bij die laatste woorden vormde ze met haar vingers aanhalingstekens in de lucht.

Ricardo liet zijn schouders zakken. 'Je was... Je bent de enige.'

Ongelovig kneep Camellia haar ogen tot spleetjes. 'Dan snap ik nog minder waarom je zo doet.'

'Ik weet niet wat ik tegen je moet zeggen. Hier in Mexico komt familie op de eerste plaats. Ik...'

'Het kind is dus geen familie,' concludeerde Camellia nuchter.

Ricardo slikte moeizaam. 'Zo bedoel ik het niet. Mijn ouders... Mijn familie komt uit Tulum. Die woont hier in de buurt...' Hij keek naar het plafond en slaakte een zucht. 'En er is een familie die ook al heel lang vlak bij ons woont.'

Camellia begreep er niets van. 'Wat wil je daarmee zeggen?' Ze kon haar woede amper beteugelen.

'Paula, hun dochter, die is...' Hij haalde zijn hand door zijn haar.

Camellia zag aan hem dat hij zich helemaal niet op zijn gemak voelde.

'We gaan trouwen.'

'Je bent verloofd?'

Hij aarzelde. 'Niet echt.'

'Hoe bedoel je, niet echt?' Ze werd duizelig. 'Ben je nou verloofd of niet?'

'Nee, maar... het staat al jaren vast dat we... Nou ja, dat we met elkaar gaan trouwen. Traditie en religie spelen bij ons een grote rol, Camellia.'

'Is dat als excuus bedoeld of zo?' Ze kon zich amper beheersen. 'Je bedriegt niet alleen deze vrouw, maar ook mij. En nu kom je aanzetten met de smoes dat het je religie is waaraan dit beroerde gedrag te wijten is.'

Hij zuchtte. 'Ik heb je niet bedrogen. Paula en ik... Tussen ons is er nog niets.'

Camellia kon haar oren niet geloven. Een bitter lachje ontsnapte haar. 'Nog niets? En tussen ons...' Ze wees eerst naar hem en daarna naar zichzelf. 'Tussen ons was er wel degelijk iets. Of niet soms? Heb ik me dat soms verbeeld?'

Hij schudde zijn hoofd. 'Nee, natuurlijk was er iets...'

Een paar tellen lang keken ze elkaar zwijgend aan. Camellia had geen idee wat ze hiervan moest denken. Een protestante Engelse paste dus niet in een streng katholieke Mexicaanse familie. Langzaam maakte haar woede plaats voor een diepe ontgoocheling. Ze hadden geen enkele kans. Die hadden ze nooit gehad, vanaf het begin al niet. En vanuit Ricardo gezien had een gezamenlijke toekomst er nooit in gezeten. Daar had hij met geen woord over gerept, hij had niet gezegd dat hij aan een ander was beloofd. Verdriet welde in haar op. Omdat haar kind geen vader zou hebben, maar ook omdat ze verliefd was geworden op een man die hun verhouding altijd al minder serieus had genomen dan zijzelf.

Toen ze merkte dat ze haar tranen niet langer kon inhouden, wendde ze zich zonder iets te zeggen af en rukte de deur open. De zwangerschap, het onmogelijke gedrag van Ricardo... Camellia wilde alleen nog maar naar huis. Weg uit dit land dat haar zoveel verdriet bezorgde. Waar haar hart zo wreed was gebroken. En waar nieuw leven in haar was ontstaan.

34

Heden
Tulum

Toen Dalia ’s middags weer het winkeltje in liep, keek Fernanda haar met een verraste glimlach aan. ‘En, kun je het niet langer uithouden zonder een penseel in je hand?’

Het was hartverwarmend, zo vriendelijk en open als Ricardo’s moeder was. Na het teleurstellende gesprek tussen de ruïnes had Dalia het niet meer aangedurfd om de professor nog eens te benaderen, en in plaats daarvan had ze besloten om zijn moeder beter te leren kennen. Ze vond de kunstenares met haar ongecompliceerde manier van doen erg aardig. ‘

Ik wil niet storen.’

Toen Fernanda haar lippen vertrok, werden de rimpels op haar voorhoofd en wangen dieper. Geboeid keek Dalia naar het fraai gevormde gezicht van de oude dame.

‘Je stoort helemaal niet, Dalia. Er komen momenteel weinig toeristen langs en zonder klanten zijn de dagen lang. En ik vind het altijd fijn om met jonge artistieke zielen van gedachten te kunnen wisselen.’ Ze viel even stil, stond toen op van haar houten krukje en draaide zich om. ‘Kom mee, ik wil je iets laten zien.’

Uiterst nieuwsgierig liep Dalia achter haar aan. Fernanda deed een deur achter in de winkel open en liep naar buiten. Daar lag een prachtige tuin, vol met heel veel verschillende bloemen die heerlijke geuren verspreidden, en overal gonsden insecten. Het was een lust voor het oog. Ze liepen door de tuin naar een klein gebouwtje dat nog het meest op een soort loods leek en dat Fernanda duidelijk als atelier gebruikte. Er stonden tientallen doeken van verschillend formaat tegen de wanden, in verschillende fasen van voltooiing. Het rook er naar verf en terpentine. Op een oude houten tafel lagen honderden penselen, met ernaast talloze tubes verf.

'Wauw!' liet Dalia zich bij de aanblik van dit schildersparadijs ontvallen. 'Dit is… geweldig.'

Fernanda straalde van trots. 'Hier trek ik me terug als ik in alle rust aan mijn schilderijen wil werken.'

'Hoelang schilder je al?'

Fernanda lachte. 'Ik ben nu drieëntachtig.' Ze lachte fijntjes. 'Dat is voor jou natuurlijk stokoud. En ik schilder al…' Ze knikte bedachtzaam. 'Ja, al meer dan zestig jaar.'

Dalia keek haar verbluft aan. 'Zestig jaar?' herhaalde ze vol ontzag. 'Dat is…'

'Erg lang,' maakte Fernanda lachend haar zin af. 'Oneindig lang, maar neem dit van mij aan, Dalia, als je eenmaal zo oud bent als ik, lijkt het alsof die tijd vliegensvlug is verstreken.' Ze schudde haar hoofd. 'Jij bent nog jong. Voor jou ligt het leven nog open.' Ze knipte met haar vingers. 'En als jij er ooit op terugkijkt, lijkt je leven in een oogwenk voorbij te zijn gegaan.'

Dalia's telefoon ging over en een blik op het schermpje vertelde haar dat het Pablo was. Ze drukte het gesprek weg omdat ze niet onbeleefd wilde lijken. Straks kon ze hem wel terugbellen.

'Je mag wel opnemen,' zei Fernanda.

'Nee, het komt later wel.' Dalia keek weer naar de deels voltooide schilderijen. 'Je werkt gelijktijdig aan meerdere doeken?'

'Ja, dat heb ik altijd al gedaan. Aan één schilderij werken, dat is me te... eentonig. En elke dag voelt anders aan, 's avonds hangt er een andere sfeer dan 's morgens. Het leven heeft zoveel te bieden waardoor ik word geïnspireerd, en daardoor heb ik soms aan vijf verschillende werken nog niet genoeg.' Ze streek met haar rechterhand over een van de doeken.

Dalia volgde met een blik vol ontzag die liefdevolle aanraking. 'Je leeft om te schilderen.'

Fernanda knikte. 'Zonder het schilderen zou ik een enorme leegte in mijn leven hebben. Als ik niet kan schilderen, ben ik niet te genieten. Ik moet me op het linnen kunnen uitleven, dat heb ik nodig zoals anderen zuurstof nodig hebben. Mijn zonen zijn daarentegen helemaal niet creatief. Ricardo, mijn oudste, is archeoloog, gespecialiseerd in het oude Amerika.' Ze lachte zacht. 'Hij duikt graag onder in allerlei culturen en doet onderzoek naar de Maya's.' Er verscheen een moederlijke uitdrukking op haar gezicht. 'En mijn jongste, Alfonso, is metselaar. Hij houdt van tastbaar en robuust en kan binnen een paar dagen hele huizen neerzetten.'

'En je man?' durfde Dalia met ingehouden adem te vragen.

Fernanda keek haar met een merkwaardige blik aan. 'Vind je dit echt interessant?'

Dalia knikte.

'José is... Hij is tien jaar geleden al overleden,' legde Ricardo's moeder op zachte toon uit. 'En ik mis hem nog steeds.'

'Wat erg voor je,' zei Dalia.

'José vond het heerlijk om me te zien schilderen.' Ze lachte schalks. 'Als hij 's avonds van zijn werk thuiskwam, hij werkte bij een bank aan de balie, dan kwam hij vaak bij me in mijn atelier zitten en kon hij urenlang naar me kijken. Daar werd hij rustig van, zei hij. Als ik schilder, ga ik daar volledig in op, dan lijk ik in een heel andere wereld te zijn. En die rust droeg ik blijkbaar op hem over.' Er verscheen een liefdevolle glans in haar ogen. 'Ja, ik mis hem heel erg, mijn José. Er was niemand die me zo goed begreep als hij. En hij heeft altijd achter me gestaan, ook in het begin, toen niemand mijn werk wilde kopen. Hij bleef zeggen dat ik niet mocht opgeven, dat ik ermee door moest gaan. Volgens hem deed het er niet toe wat anderen zeiden, het was niet erg als het eens wat minder liep. Hij zei altijd: Fernanda, schilderen is jouw grote droom, jouw leven, en dat moet je je door niemand laten afpakken.' Ze slaakte een zucht. 'En voor zijn dood liet hij me beloven dat ik ermee door zou gaan. Dat ik niet zou ophouden met schilderen, wat er ook gebeurde. Ja, zo was hij, mijn José. Een geweldige man.'

'Dat is een erg mooi verhaal,' vond Dalia. 'Zo te horen hielden jullie heel veel van elkaar.'

Fernanda knikte. 'Dat zeker. Hij was heel bijzonder.'

'Hallo?' klonk er op hetzelfde moment een mannenstem vanuit de winkel.

Dalia's polsslag versnelde zodra ze zag wie daar stond.

'Wie is dat?' Fernanda volgde haar blik.

'Dat is… Pablo,' legde Dalia uit.

Ze liepen het atelier door en daarna door de tuin terug naar het winkeltje.

'Ik dacht wel dat je hier zou zijn.' Pablo keek glimlachend van Dalia naar Fernanda.

'Is hij je vriend?' wilde Fernanda van Dalia weten.

Dalia aarzelde. 'We zijn… goede kennissen.'

Het gezicht van Pablo betrok meteen en zijn blik werd priemend. 'Kennissen?'

Dalia keek hem met opzet niet aan.

Fernanda, die de plotselinge spanning tussen hen leek op te merken, ademde diep in. 'Ik…' Ze wees achter zich. 'Ik moet even iets nakijken.'

Zodra ze alleen waren, stapte Pablo naar Dalia toe. Zijn ogen fonkelden van woede. 'We zijn goede kennissen, Dalia?'

Ze beet op haar onderlip.

'Kennissen dus,' herhaalde Pablo ontgoocheld. 'Dus onze nacht samen betekende helemaal niets voor je?'

Dalia keek achterom, want ze wilde voorkomen dat Fernanda iets van hun gesprek meekreeg. 'Kom, laten we naar buiten gaan.' Ze liep de straat op.

Met tegenzin liep hij achter haar aan.

'Jij woont hier, Pablo,' legde ze langzaam uit. 'Ik bedoel alleen maar dat...' Ze wist niet hoe ze het moest omschrijven.

'Erg scherpzinnig van je, ik woon inderdaad in Mexico,' merkte hij vol sarcasme op.

'En ik woon in Engeland,' ging Dalia verder. 'Dat kan toch niet werken?' Het was haar duidelijk dat dit gesprek de verkeerde kant op dreigde te gaan.

Hij lachte bitter. 'Tja, en in plaats van over een oplossing na te denken is het veel simpeler om meteen aan de noodrem te trekken.'

'Pablo, dat bedoelde ik helemaal niet.' Dalia voelde de wanhoop in haar opkomen. 'Ik wilde alleen maar...'

Hij keek haar strak aan. 'Nou, wat wilde je?' Zijn teleurstelling was overduidelijk.

Dalia liet haar schouders hangen. 'Tussen mijn moeder en Ricardo is het ook stukgelopen,' zei ze amper hoorbaar.

Pablo keek haar een paar tellen lang aan en schudde toen zijn hoofd. 'Je hebt geen flauw idee wat er tussen je ouders is gebeurd. Waarom vergelijk je hun situatie met ons?'

Daarop had Dalia geen antwoord.

'*Bueno*, als je verder niks te zeggen hebt, kan ik beter gaan.' Hij draaide zich om en liep zonder nog een woord te zeggen in de richting van het centrum.

Als verstijfd staarde Dalia hem na. Wat moest ze nu doen? Hij had haar helemaal verkeerd begrepen. Ze wist zelf niet eens wat ze wilde. Ja, dat weet ik wel, verbeterde ze zichzelf meteen. De nacht met Pablo was heel erg mooi geweest. Ze had zich bij hem geborgen en begeerd gevoeld, maar Pablo had haar daarnet overrompeld. Ze had geen ruzie met hem willen maken. En ze had hem vooral niet voor het hoofd willen stoten. Wat moest ze nu doen? In elk geval dringend het misverstand oplossen.

Terwijl Dalia over de markt in Tulum slenterde, merkte ze dat haar onrust toenam. Waarom had ze zo onbeholpen op Pablo's opmerking gereageerd? Ze hadden de nacht met elkaar doorgebracht, dat was voor hen allebei magisch geweest. Wat had haar ertoe aangezet om tegen Fernanda te zeggen dat ze goede kennissen waren? Hoe zou zij zich hebben gevoeld als Pablo zich tegenover haar zo afstandelijk had opgesteld? Ze dacht aan de vertrouwde intimiteit die er in de afgelopen weken tussen hen was ontstaan. Wanneer had ze voor het laatst zoiets meegemaakt? Ja, Pablo woonde in Mexico en niet bij haar om de hoek. En net als eerder had ze geen flauw idee of ze samen een leven konden opbouwen en hoe dat er dan uit zou zien.

Bij een kraampje met bontgekleurd aardewerk bleef ze staan om het vrolijk getinte aanbod te bewonderen. Haar granny had deze kunstig beschilderde potten en kommen beslist erg mooi gevonden, maar Dalia kon haar niet over haar belevenissen in dit prachtige land vertellen. Er waren geen grootouders die haar bij haar terugkeer zouden omhelzen en zouden vragen hoe haar reis was geweest. Ze kon nooit meer thuiskomen bij de mensen die het meest voor haar hadden betekend en ze miste dat gevoel van geborgenheid heel erg.

Haar hart voelde zwaar aan. Dat vreselijke gesprek met de man van wie ze vermoedde dat hij haar vader was, de volkomen onnodige ruzie met Pablo, het plotselinge, hevige verdriet om het verlies van haar grootouders, dat alles bij elkaar zorgde voor een intens zwaar gevoel in haar borstkas. Om zichzelf daarvan af te leiden liep ze verder en bewonderde de kleurige tassen, de vervaarlijk uitziende houten en aardewerken maskers, de geurige specerijen, hangmatten in allerlei soorten en maten, en de overvloed aan groenten en fruit.

Telkens keerden haar gedachten terug naar de onenigheid met Pablo, en ze besloot de lucht tussen hen te gaan klaren. Vastbesloten sloeg ze het smalle zijstraatje in dat naar het huis van Pablo's familie leidde.

Toen ze daar aankwam, liep Dalia rechtstreeks naar de blauwgeverfde voordeur, die half achter palmen verstopt lag.

'Wat wil hij met die Engelse?' hoorde ze op hetzelfde moment de stem van Pablo's moeder door het open keukenraam, dat zich vlak naast de voordeur bevond.

'Ik vind Dalia heel erg aardig,' antwoordde zijn zus.

Dalia's hart hield bijna op met kloppen toen ze begreep dat de twee vrouwen het over haar hadden. Besluiteloos keek ze om naar de straat. Als die twee zo openlijk met elkaar spraken, was Pablo vast niet in de buurt.

'Wil hij dan naar Engeland verhuizen of zo? Waarom zoekt hij hier geen aardig meisje?' ging zijn moeder verder.

'Tot nu toe heeft hij het nooit lang met een vrouw uitgehouden,' merkte Clara lachend op.

Een kastdeurtje viel dicht en servies rammelde.

Dalia verstopte zich achter een van de palmbomen, leunde tegen de stam en deed haar ogen dicht. Haar hart bonsde, haar handen trilden. Wat moest ze doen? Haar onbehagen nam steeds verder toe.

'Die vrouw zal nooit naar Mexico verhuizen.' Dat was zijn moeder weer.

'Waarom niet? Je hebt toch gehoord dat haar vader ook hiervandaan komt,' bracht Pablo's zus ertegen in.

Dalia deed haar ogen dicht. Had Pablo haar niet verteld dat zijn familie graag wilde dat ze weer eens kwam eten? Dat kon ze zich bijna niet voorstellen, niet nu ze zijn moeder zo over haar hoorde praten. Toen viel het haar in dat het wel erg min was om zijn familie zo af te luisteren. Ze had hem alleen maar haar excuses willen aanbieden, ze had nooit kunnen vermoeden dat ze per ongeluk getuige van een gesprek als dit zou worden.

'Ze weet toch helemaal niets van de Mexicaanse cultuur?' ging Pablo's moeder verder. 'Dit is haar allereerste bezoek aan ons land. Ik kan me niet voorstellen dat ze haar leven in Engeland zou willen opgeven om hier bij hem te blijven.'

Dalia ademde diep in. Had Pablo's moeder daar niet gelijk in? Kon ze zich dat voorstellen, dat ze naar Mexico zou verhuizen? Was het niet verstandiger om er nu meteen een punt achter te zetten? Voordat ze nog meer op elkaar gesteld raakten? Voordat haar hart het niet meer zou kunnen verdragen dat Pablo hier zat en zij thuis op een heel ander continent?

'Maar dat weet je niet.' Dat was Clara weer. 'En Pablo is docent Engelse taal- en letterkunde. Als Dalia echt zoveel voor hem betekent, kan hij net zo goed naar Engeland verhuizen. Toen ze hier kwam eten, had ik trouwens niet de indruk dat ze… echt iets met elkaar hebben. Hij heeft haar in feite alleen maar geholpen.'

Haar moeder lachte luid. 'Heb je niet gezien hoe hij steeds weer naar haar keek? Nee, ik ben er vrij zeker van dat Pablo iets voor haar voelt. Ik ken mijn zoon. Zo verliefd…' Ze slaakte een zucht.

Een paar tellen lang was het binnen in het huis stil.

Een toekan vloog vanuit een palm naar beneden en liep over het gras. Ergens in de verte klonk het opgewonden gekrijs van een stel brulapen.

'Ik wil niet dat hij naar Engeland verhuist,' zei de moeder van Pablo, deze keer zachter. 'Pablo hoort hier, bij zijn familie.'

'Hij woont in Mexico-Stad, mama. Je ziet hem drie keer per jaar.'

'Maar toch,' hield zijn moeder vol.

Dalia had genoeg gehoord. Zachtjes liep ze terug naar de straat.

Pablo's familie zou er vast niet blij mee zijn als ze hoorden dat Dalia en Pablo samen de nacht hadden doorgebracht. En alles wat zijn moeder net had gezegd was waar. Ze kwamen uit twee heel verschillende werelden. Tussen haar en zijn thuis lagen letterlijk duizenden kilometers.

Doelloos liep Dalia door de straten, niet in staat om helder te denken. Wat moest ze nu doen? Dat intense gevoel van eenzaamheid overviel haar opnieuw, dat gevoel dat ze eigenlijk al haar hele leven met zich meedroeg en dat na de dood van haar oma sterker was geworden.

Het gezicht van Pablo dook voor haar geestesoog op. Zijn warme bruine ogen, die prachtige mond die zo heerlijk kon zoenen. Zijn liefdevolle handen, zijn slanke maar sterke vingers, die Dalia gevoelens hadden ontlokt die ze tot nu toe nooit had ervaren. Kon ze hier weggaan terwijl hij geloofde dat deze nacht en zijn tederheid niets voor haar hadden betekend?

Dalia kende het antwoord op die vraag, maar ze was er nog niet klaar voor. Het liefst had ze het nu uitgeschreeuwd, had ze van pure frustratie alles eruit gegooid. Pablo's familie wees haar af, maar wat wilde ze zelf? Ze besloot naar de zee te lopen. De weidse oceaan en de wind op haar verhitte huid hadden haar tot nu toe altijd geholpen om haar gedachten op een rijtje te zetten en naar haar innerlijke stem te luisteren.

Op het strand aangekomen pakte ze haar potlood en notitieboekje en begon ze te schetsen. Bij elke lijn die ze aan het papier toevertrouwde, kwam er meer rust over haar. Dalia deed heel even haar ogen dicht en genoot van de warme zon op haar gezicht. Het regelmatige geruis van de golven kon iets van de chaos uit haar hoofd verdrijven. Ze was altijd al een vrije geest geweest, maar ze merkte hoe erg ze de steun van haar grootouders miste, hoewel er in Engeland een grote familie op haar wachtte: Nara, Welwitschie, Lali, Soley, hun ouders... Dalia was niet alleen. Ze had mensen om haar heen die om haar gaven.

Vastberaden pakte ze haar potlood weer op om verder te gaan met haar tekening. Wanneer ze Pablo's ogen zag, voelde ze verlangen in haar opwellen. Kon liefde dan niet sterker zijn dan afstand en culturele verschillen, hoe groot ook?

Die avond zat Dalia op haar terras twee enchilada's naar binnen te werken die ze bij een eethuisje niet ver van haar pension had gehaald. De tekening lag voor haar op het tafeltje.

Ze draaide de oorbellen met de dahlia's tussen haar duim en wijsvinger heen en weer. Telkens weer streek ze met haar vingertoppen over het bewerkte oppervlak. Wanneer had haar moeder deze oorbellen gedragen? Bij welke gelegenheid? Sinds haar onenigheid met Pablo miste Dalia haar moeder nog veel meer. Had ze deze sieraden op een van de talloze markten gekocht? Of waren ze inderdaad een cadeau van Ricardo geweest? Haar gedachten bleven in kringetjes ronddraaien.

Met een zucht legde Dalia de oorbellen op de tafel. Ze pakte haar telefoon en keek wederom op het schermpje. Pablo had niets meer van zich laten horen. De hele dag niet. Waarom zou hij ook? Wat hem betreft was waarschijnlijk alles al gezegd.

Dalia legde haar hoofd in haar nek en staarde naar de donkere hemel. Daar fonkelden duizenden sterren, die bijna een strijd leken te leveren. Welke straalde het felst, welke was het mooist?

Ze moest aan een zomer denken die ze met haar nichtjes had doorgebracht op Blooming Hall. Granny en grandpa hadden hen meegenomen naar de dierentuin in Newquay. Het was een warme dag in augustus geweest, dat wist Dalia nog goed. Hoe oud was ze toen geweest? Twaalf, dertien? Ze hadden cavia's, tapirs, schildpadden, zebra's, maki's, kangoeroes en nog heel veel andere diersoorten gezien, maar Dalia was het meest onder de indruk geweest van de humboldtpinguïns. Ze was zo dol op die kleine waggelende watervogels. Nara en Magnolia hadden haar liefdevol geplaagd omdat ze niet bij hun verblijf weg te slaan was. Wat was het leven toen mooi geweest! Granny had een picknick voorbereid en de avond ervoor een heleboel Cornish pasties gebakken, voor hen allemaal met de vulling die ze het lekkerst vonden. Ja, zo was haar oma geweest. Ze had altijd aan het welzijn van haar kinderen en kleindochters gedacht.

Daar werd Dalia weemoedig van. Waarom had granny haar nooit verteld dat ze contact met haar vader had gehad? Dat ze wist hoe hij heette, dat hij haar een brief had gestuurd? Net als eerder begreep Dalia niet wat de reden voor die geheimzinnigdoenerij kon zijn geweest. Hoe had haar oma zo tegen haar kunnen liegen, terwijl ze wist hoe erg Dalia onder de afwezigheid van haar onbekende vader had geleden? En grandpa? Waarom had hij niet op zijn minst met haar erover gepraat? Wat was er toen gebeurd? Tijdens haar reis was ze geen stap dichter bij de antwoorden op die vragen gekomen. En de enige die haar die antwoorden kon geven, wilde niets van haar weten.

Dalia concentreerde zich op de geluiden van de nacht. De wind liet de bladeren ritselen en in de verte riep een uil. Toen haar telefoon overging, versnelde haar polsslag. Was dat Pablo? Die hoop verdween na een blik op het schermpje. Het was Nara.

'Goedenavond, lieverd,' klonk de opgewekte stem van haar tante.

'Ben je uit je bed gevallen?' Dalia keek hoe laat het was. In Engeland was het nu erg vroeg in de ochtend.

Nara kreunde. 'Ik kon niet meer in slaap komen. En toen ik op de klok keek, bedacht ik dat het een goed moment was om jou te bellen.' Ze lachte zacht. 'Voordat jij naar bed gaat.'

'Ach, Nara, het is zo fijn om je stem te horen. Je had geen beter moment kunnen uitkiezen,' gaf Dalia gelaten toe. 'Ik dacht net aan ons uitstapje naar Newquay. Met granny en grandpa naar de dierentuin. Weet je dat nog?'

'Ja, natuurlijk,' klonk het meteen. 'Ben je toen niet verliefd geworden op die schattige pinguïns?'

Dalia zuchtte. 'Ja, toen waren het de pinguïns,' flapte ze er zonder het te willen uit.

'O, dat klinkt niet goed,' zei Nara meteen. 'Heb ik iets gemist?'

Dalia vertelde haar wat er in de afgelopen dagen was gebeurd. Het was fijn om er eindelijk over te kunnen praten met iemand die haar goed kende.

'Ach, Dalia, ik weet echt niet wat ik daarvan moet zeggen,' zei Nara aarzelend toen Dalia haar hele verhaal had gedaan. 'Je weet dat ik niet de beste raadgever ben als het om de liefde gaat.'

'Blijkbaar heb ik alles fout gedaan wat je fout kunt doen,' zei Dalia.

'Maar hij is erg belangrijk voor je, hè?' vroeg Nara.

Dalia aarzelde even. 'Ik denk het wel.'

'Dat denk je?' herhaalde haar tante sceptisch.

'Hij is belangrijk voor me,' verbeterde Dalia zichzelf meteen. 'Maar zijn moeder heeft gelijk. Een relatie tussen ons kan nooit werken.'

'Ik ken die Pablo natuurlijk niet, maar ik heb de indruk dat hij je meer doet dan je misschien voor jezelf wilt toegeven,' merkte Nara voorzichtig op. 'En als jullie het allebei willen, is er altijd een oplossing te vinden.'

'Was je maar hier,' antwoordde Dalia. 'Dan hadden we papajasap kunnen drinken, heerlijke taco's kunnen eten en de hele nacht op het terras kunnen blijven babbelen.'

Nara schoot in de lach. 'Ja, maak me even jaloers.'

'Ik mis je heel erg,' bekende Dalia zacht. 'En Welwitschie en de anderen ook...'

'Weet je al hoelang je daar wilt blijven?'

Dalia streek met haar wijsvinger over een nerf in het hout van de tafel. 'Nee, geen idee. Het ene moment denk ik erover om mijn spullen te pakken en naar huis te vliegen, maar een tel later... Waarom wil hij niet met me praten, Nara?'

'Je vader, bedoel je,' concludeerde haar tante aarzelend.

'Ja.'

'Geef hem de tijd. Hij heeft immers tientallen jaren gedacht dat je dood was. Het moet een enorme schok voor hem zijn geweest toen jij opeens in levenden lijve voor hem stond.'

'Zoiets zei Pablo ook al.' Voor het terras sloop een leguaan door het gras. Dalia kneep haar ogen tot spleetjes en volgde de snelle bewegingen van het reptiel.

'Die Pablo van jou lijkt me een slimme vent,' merkte Nara hoorbaar geamuseerd op.

'Dat was precies wat ik wilde horen,' zei Dalia met een spottend lachje.

'Dat dacht ik al,' zei Nara plagend. 'Lieverd, ik ben er zeker van dat je wel weet wat je moet doen. Er komt nu heel veel op je af, maar je hebt een sterk karakter en hebt altijd al uitstekend geweten wat je wilt. En als de waarheid zich aandient, herken je die meteen.'

Dalia kreunde opnieuw. 'Dat is me op dit late tijdstip iets te filosofisch.'

'Het komt allemaal goed, geloof me,' zei Nara ernstig.

Nadat ze Dalia uitgebreid had verteld over Welwitschies schoolreisje maakten ze een einde aan hun gesprek.

Dalia bleef nadenkend op het terras voor zich uit staren. Misschien had Nara gelijk. Misschien zag Dalia gewoon te veel problemen. Op een bepaalde manier zou alles wel zijn plek vinden. Dat haar vader niks van haar wilde weten en dat ze de man had weggejaagd die zo stormachtig haar hart had veroverd, waren immers niet de eerste tegenslagen die ze in haar leven had gehad. Misschien moest ze alles even tijd gunnen. Zichzelf niet onder druk zetten. Maar dat was gemakkelijker gezegd dan gedaan.

35

Negenentwintig jaar eerder
Chichén Itzá

Camellia was volledig uitgeput. Hun ruzie was nu drie dagen geleden en Ricardo had meerdere keren geprobeerd om een gesprek met haar te beginnen, maar ze wilde niet naar hem luisteren. De ontgoocheling was te groot. Op dit moment vertelde hij de groep over de goden van de Maya's, maar ze kon zich niet concentreren.

'We hebben al kennisgemaakt met de regengod Chaac, maar er was ook een god van de dood, een god van de koningsdynastieën, een god van de onderwereld, een scheppingsgod en, dat zal jullie niet verbazen, een god van de mais.' Hij keek flauwtjes glimlachend in het rond. 'Waaraan ontlenen we die kennis? Een belangrijke bron is het vele aardewerk dat bewaard is gebleven. Op talrijke potten staan de goden in verhalende scènes afgebeeld. Ook het hiërogliefenschrift geeft ons aanwijzingen over het geloof van de Maya's. Er bestaat een speciaal hiëroglief dat het hoofd van een godheid afbeeldt.' Hij hield een illustratie omhoog. '*K'uh* is het Mayawoord voor "god". We treffen dit teken veelvuldig vóór de namen van bepaalde godheden aan. Dezelfde goden werden trouwens op verschillende plaatsen aanbeden, en hun rol kon van plaats tot plaats variëren. Dat hing vermoedelijk samen met de politieke situatie van dat moment.'

Camellia liet haar blik over de omgeving dwalen. Terwijl Ricardo verder vertelde over de religie van de Maya's en de betekenis van hun goden, nam Camellia een besluit. Ze ging naar huis, want hier kon ze het niet langer uithouden. Ze kon het niet verdragen om dag in, dag uit de man te zien die haar zo schofterig had behandeld. Ricardo was aan een ander beloofd, aan een meisje uit de buurt, en toch was hij iets met haar, Camellia, begonnen. Hij had haar zelfs het gevoel gegeven dat ze verwante zielen waren.

Voorzichtig legde ze een hand op haar buik. Ze moest hier zo snel mogelijk weg. Vandaag wilde ze tijdens de pauze haar ouders opbellen om te zeggen dat ze de volgende vlucht naar huis nam. Waarom zou ze zichzelf nog langer kwellen? Ze kon zich al dagen niet meer op de lessen concentreren.

Ze bekeek de andere studenten, die geboeid naar de woorden van de wetenschapper luisterden. Ze hadden geen van allen een vermoeden van wat er in haar omging. Ook Sadie wist niets van haar ongeplande zwangerschap. Camellia deed haar ogen dicht en hoopte hevig dat deze ochtend snel voorbij zou gaan, dan kon ze tijdens de pauze meteen haar vlucht naar huis regelen.

Sadie was met Armand en Giovanni een hapje gaan eten, maar Camellia had gedaan alsof ze last had van buikpijn, zodat ze de gelegenheid had om haar terugreis te organiseren. Ze wilde net naar de uitgang lopen om een telefoon te zoeken en het vliegveld te bellen toen ze achter zich de stem van Ricardo hoorde.

'Camellia!'

Als in slow motion draaide ze zich naar hem om. 'Wat moet je?'

'Kan ik je even spreken?' Hij keek haar smekend aan.

Camellia keek naar zijn knappe gezicht en voelde het verlangen in haar opwellen. Meteen haatte ze zichzelf vanwege die ongewenste gevoelens. 'Waarover?'

Hij wees zonder iets te zeggen naar de Templo del Jaguar.

Met tegenzin liep Camellia achter hem aan naar de schaduw van het gebouw. 'En?'

'Je betekent heel veel voor me en ik wil dit graag oplossen,' begon hij.

Camellia rolde met haar ogen. 'Jaja, dat zal wel.' Ze ademde diep in. 'Luister eens, Ricardo, ik wil dit kind houden. De baby kan er niks aan doen dat zijn of haar vader een eikel zonder ruggengraat is.'

'Camellia, ik wil graag –' probeerde hij haar te onderbreken, maar ze ging onmiddellijk verder.

'Ik ga dit kind alleen opvoeden. Zonder jou. En ik wil je nooit meer zien. Word maar gelukkig met die Paula van je.' De tranen sprongen haar in de ogen.

'Kunnen we niet proberen of we een oplossing kunnen vinden?' Zijn blik werd indringender.

'Hoe moet die er dan uitzien? Wil je soms dat ik het kind laat weghalen?' Camellia trok haar wenkbrauwen op. 'Dat ga ik niet doen. Echt niet.'

Natuurlijk had ze aan abortus gedacht, maar dat voelde niet goed. De baby kon er immers niets aan doen dat Ricardo zich zo verachtelijk had gedragen. En bovendien wist ze niet of het voor zo'n ingreep misschien al te laat was. Ze had zich nog nooit verdiept in de termijnen voor een abortus en dat wilde ze eerlijk gezegd ook niet doen. In elk geval niet nu. Eenmaal thuis in Engeland kon ze er altijd nog over nadenken, maar hier, tegenover Ricardo, wilde ze niets van haar twijfel laten merken.

Hij schudde zijn hoofd. 'Nee, dat bedoel ik niet, maar –'

'Ik ga naar huis.' Ze viel hem weer in de rede, want ze wilde niets meer horen. 'Zo snel mogelijk.'

'Camellia, dat kun je niet maken.' Hij klonk hulpeloos, onzeker.

Camellia's woede nam toe. 'Dat kan ik niet maken? Wil jij mij nu gaan vertellen wat ik wel of niet kan doen? Je hebt niks over mij te zeggen. Helemaal niks, hoor je dat?' Voordat ze wegliep, keek ze hem nog een laatste keer aan. 'Laat me gewoon met rust. Dit is allemaal te triest voor woorden.'

Op weg naar de uitgang beefde Camellia over haar hele lichaam. Ze kon haar tranen niet langer inhouden en strompelde blindelings in de richting van het voetpad toen ze opeens iets hards onder haar rechtervoet voelde. Ze verloor haar evenwicht en viel voorover van twee steile stenen treden. Haar rechterscheen raakte hard de zijkant van de trap, en meteen ging er zo'n hevige steek van pijn door haar heen dat ze niet langer helder kon denken.

Instinctief legde Camellia haar handen op haar onderlichaam. Terwijl Ricardo ergens achter haar iets riep, raakte ze met haar hoofd de stoffige grond. De steken van pijn werden steeds erger, ze werd duizelig. O god, als er maar niets met de baby gebeurde! En toen verdween alles om haar heen in een dikke mist.

36

Heden
Tulum

‘Buenos días.’ Vermoeid liep Dalia het winkeltje van Fernanda in. Ze had de halve nacht liggen woelen en haar gedachten hadden maar door haar hoofd gebuiteld. Moest ze nog eens met Ricardo gaan praten? Moest ze aan Fernanda onthullen wie ze was? En ze miste Pablo ook nog eens heel erg. Ze wilde niets liever dan die domme ruzie tussen hen uitpraten.

‘Buenos días, Dalia,’ begroette Fernanda haar. Ze kwam achter de toonbank vandaan. ‘Hoe is het met je? Ik heb me gisteren zorgen om je gemaakt.’

Bedremmeld beantwoordde Dalia haar blik. ‘Dat vind ik vervelend, dat was niet mijn bedoeling.’ Ze wist dat ze gisteren niet zomaar had moeten weglopen zonder gedag te zeggen, maar het allerminst fraaie gesprek met Pablo had haar meer aangegrepen dan ze wilde toegeven. En daarna had ze graag alleen willen zijn.

‘Is alles in orde?’

Dalia zuchtte. ‘Het is je niet ontgaan, hè?’

‘De jongeman,’ concludeerde Fernanda. ‘Wil je praten of schilderen?’

Ondanks alles moest Dalia gniffelen om de directe manier van doen van de oude dame. 'Als je het zo stelt: schilderen.'

Fernanda moest ook lachen. 'Kom dan maar mee.'

In het atelier haalde de oude vrouw een houten ezel achter een kast vandaan. Ze haalde het doek eraf en pakte een leeg stuk schilderslinnen. 'Groter of kleiner?'

Dalia hield haar hoofd schuin en bekeek het witte vlak. 'Het is precies goed.'

Fernanda knikte tevreden en zette het doek op de ezel. 'Olieverf of acryl?'

Weer dacht Dalia na. 'Acryl,' besloot ze ten slotte.

'Je moet zelf beslissen wat het thema wordt.' Fernanda legde tubes verf op een bijzettafeltje en zette dat naast de ezel. 'Op het bureau liggen penselen. Water vind je daarachter.' Ze wees naar de wand. 'Als je je kleren wilt beschermen... Naast de wasbak hangen schorten, neem er gerust eentje.'

Dalia was zo overweldigd door de vanzelfsprekende vriendelijkheid en voorkomendheid dat ze haar best moest doen om zichzelf te beheersen. Fernanda vermoedde helemaal niets, ze had geen flauw idee wie Dalia was. En toch behandelde ze haar als familie. Ze deed Dalia zelfs een klein beetje aan haar granny denken. Die zou zich ook zo hebben gedragen.

'Wat is er?' Fernanda keek haar indringend aan. 'Mis je nog iets?'

Snel schudde Dalia haar hoofd. 'Nee, helemaal niet. Ik moest alleen... aan iemand denken.'

'Aan die jongeman?'

'Nee, niet meteen. Wel aan mijn grootmoeder,' bekende Dalia. 'Maar dat met Pablo is zo... ingewikkeld.'

Fernanda glimlachte. 'Dat komt wel weer goed. Wacht maar af.'

'Hij woont hier en ik in Engeland,' verklaarde Dalia zacht.

'Liefde houdt helaas geen rekening met grenzen,' zei Fernanda ernstig. 'Mijn zoon...' begon ze, maar toen hield ze op.

Dalia spitste haar oren. 'Wat is er met je zoon?'

Ze schudde haar hoofd. 'Niets,' antwoordde ze na een korte aarzeling. 'Helemaal niets. Het is al een hele tijd geleden.' Het was duidelijk dat ze er niet op in wilde gaan.

Wat had Fernanda willen zeggen? Wat wist ze van Ricardo's liefde voor Dalia's moeder? Dalia wilde dolgraag meer vragen, maar ze was bang dat ze Fernanda daarmee misschien zou ergeren.

'Kan ik je even alleen laten?'

Dalia knikte.

Nadat Fernanda het atelier had verlaten, trok Dalia een krukje bij, waarop ze voor het stuk linnen ging zitten. Ze deed haar ogen dicht en luisterde naar haar innerlijk. Minutenlang bleef ze zo zitten, totdat ze in gedachten El Castillo in Tulum voor zich zag. De steile kust met de ontoegankelijke rotsen, het lichte zand daarvoor, het stralende blauw van de zee, die in de verte samensmolt met de horizon. De lichtgrijze muren van het oude gebouw. Dalia wachtte totdat het beeld zou vervliegen, maar het werd steeds duidelijker. Ze keek keurend naar de tubes verf, pakte een palet en begon de kleuren te mengen. Rechts de zee, links de kliffen met El Castillo. Daartussen het zandstrand, dat fel oplichtte in de zon. Kordaat pakte Dalia een breder penseel, waarmee ze de basis op het doek aanbracht.

Ze was al snel zo verdiept in het schilderen dat ze niet doorhad hoeveel tijd er verstreek. Pas toen er in de winkel twee hoge stemmen te horen waren, keek Dalia voor het eerst op van het doek. Het duurde even voordat ze weer wist waar ze was, want ze was nog nooit zo opgegaan in het schilderen. Tevreden keek ze naar het resultaat tot nu toe. De zee was bijna klaar, de overgang naar de blauwe hemel zag er realistisch en evenwichtig uit. Dalia meende het zout in de lucht bijna te kunnen ruiken.

'Dalia, heb je trek?' Fernanda verscheen in de deuropening. 'Mijn kleindochters zijn er, we gaan met elkaar eten. Ik heb burrito's met tonijn gemaakt.'

'Je hebt eten gekookt?' Dalia had helemaal niet gemerkt dat Fernanda de winkel had verlaten.

'Burrito's zijn snel klaar.' Fernanda lachte. 'Blijkbaar was je alles om je heen vergeten. Ik heb je nog geroepen om te zeggen dat ik de winkel even dichtdeed.'

Ongelovig schudde Dalia haar hoofd. 'Dat heb ik niet eens gehoord.'

'Goed zo.' Ricardo's moeder wees naar het schilderij. 'Je bent nog niet klaar, maar het is nu al veel beter dan je eerdere werk. Dit schilderij heeft... een ziel.'

'Vind je dat echt?' Dalia keek haar aan.

Fernanda knikte. 'Ja, dat vind ik echt.' Ze gebaarde naar Dalia. 'Kom, anders verhongeren Cristina en Valeria dadelijk nog.'

Pas nu drong het tot Dalia door wat Fernanda had gezegd. Haar kleindochters. Waren dit kinderen van Ricardo? Dan zouden ze haar halfzusjes zijn. Die gedachte benam haar bijna de adem. Ze legde het penseel neer en stond op van het krukje. 'Ik was even mijn handen.'

'Dat is goed, dan zien we je zo.'

Toen Dalia het atelier uit liep, zag ze aan een gedekte ronde tafel twee meisjes zitten die ze een jaar of dertien, veertien schatte. Hun lange donkere haar was gevlochten en hun huid was net zo lichtgetint als die van Fernanda. En die van Dalia.

'Hola,' begroette Dalia het tweetal. Ze stelde zichzelf voor en de meisjes noemden ook hun naam.

'En, hebben jullie je al voorgesteld?' vroeg Fernanda, die met twee schalen vol dampende burrito's de winkel uit kwam. Ze zette het eten op de tafel en ging zitten. 'Dit zijn de dochters van mijn oudste zoon.'

Dalia slikte. Dit waren dus echt de dochters van Ricardo!

'Hoe oud zijn jullie?' Dalia hoopte maar dat ze geen van drieën het trillen in haar stem hoorden.

'Ik ben dertien,' meldde Valeria.

'En ik ben twaalf,' voegde Cristina eraan toe.

'Ricardo is pas laat vader geworden,' legde Fernanda op bijna verontschuldigende toon uit. 'Hij heeft...' Ze viel stil. Toen deelde ze de borden rond en legde op elk ervan een burrito. 'Eet smakelijk.'

De gevulde tortilla smaakte fantastisch. Dalia's liefde voor de Mexicaanse keuken werd elke dag, bij elke maaltijd, weer een beetje groter. 'Dit is heel erg lekker,' zei ze gemeend, maar ze voelde vanbinnen een onrustig gekriebel, zo zenuwachtig maakte de kennismaking met Ricardo's dochters haar.

Zonder aarzeling legde Fernanda een volgende burrito op haar bord. 'Neem er dan nog eentje!'

Dalia schoot in de lach.

'Abuelita maakt de allerlekkerste burrito's,' verklaarde Cristina met een tevreden lach.

Dalia knikte. 'Ik denk dat je daar weleens gelijk in zou kunnen hebben.'

'Waar kom jij vandaan?' wilde Valeria weten.

Dalia vertelde over Engeland, over Cornwall en over de kwekerij.

'Dalia is op zoek naar haar vader,' legde Fernanda haar kleindochters uit. 'Hij komt ook uit Mexico.'

'Waarom zoek je hem?'

Dalia zei dat haar granny onlangs was overleden en dat haar moeder al veel langer geleden was gestorven.

'Dus nu ben je helemaal alleen,' concludeerde Cristina aangedaan.

Dalia moest even slikken. 'Nou ja...'

'Dalia is niet alleen,' kwam Fernanda tussenbeide. 'Ze heeft hier al heel veel mensen leren kennen. Jullie en mij en Pablo...'

'Wie is Pablo?' Valeria keek van haar oma naar Dalia.

'Een vriend,' antwoordde Dalia langzaam. 'Geloof ik.'

'Weet je dat dan niet?' Cristina keek haar onderzoekend aan.

'Soms zijn die dingen een beetje ingewikkeld,' schoot Fernanda Dalia te hulp. 'En eet maar door, meisje.'

Dalia bekeek de dochters van Ricardo onopvallend van opzij. Ze wilde die twee wel duizend vragen stellen, vooral over hun vader, maar ze moest voorzichtig zijn. Ze wilde de meisjes en Fernanda niet lastigvallen. Daarom onderdrukte ze haar nieuwsgierigheid en wijdde ze zich weer aan het overheerlijke eten.

Toen Dalia later die middag terugliep naar haar pension was ze diep in gedachten verzonken. Ze had Valeria en Cristina meteen in haar hart gesloten. Valeria had geklaagd over een paar jongens bij haar op school, die hun medescholieren blijkbaar dagelijks pestten. Cristina had verteld over haar leraar Spaans, die een klasgenote onrechtvaardig had behandeld. Terwijl haar kleindochter had zitten mopperen en tieren, had Fernanda geduldig zitten luisteren, af en toe vol begrip geknikt of een toepasselijke opmerking gemaakt.

En Dalia? Die had zich bij het drietal heel erg op haar gemak gevoeld. Fernanda en de meisjes hadden haar het geruststellende gevoel gegeven dat ze erbij hoorde. Dat ze een van hen was. Hoewel de andere drie geen flauw vermoeden hadden wie Dalia echt was, hadden ze haar als vanzelfsprekend betrokken bij hun gesprekken, hun zorgen en problemen, en hun dagelijks leven.

'Dalia!' Door die kreet schrok ze op uit haar gedachten.

Verrast draaide ze zich om. Ze kneep ongelovig haar ogen tot spleetjes toen ze Estella en Ruben naar zich toe zag rennen. 'Wat doen jullie nu hier?'

'We zochten je,' legde Estella uit, die hijgend naar adem hapte toen ze voor Dalia bleef staan.

'Je had ooit een betere conditie,' merkte Ruben met een lachje op.

Estella gaf hem een por in zijn zij. 'Ik word er niet jonger op, oké?'

Hij hield zijn hoofd schuin. 'Jij niet nee, maar voor mij weet ik dat nog niet zo zeker.'

Ze lachten weer.

Het goede humeur van die twee was aanstekelijk en Dalia was blij hen weer te zien.

'We dachten, weet je wat, we komen een paar dagen naar jullie toe, aan zee, voordat we weer terug naar de universiteit moeten,' beantwoordde Estella Dalia's vraag. 'Je moet trouwens de hartelijke groeten van mijn moeder hebben. Ze zou het heel fijn vinden als je nog eens langskomt.'

'Dank je,' antwoordde Dalia. 'Het was heel erg gezellig bij jullie.'

'Waar is Pablo?' wilde Ruben weten.

'Hij is…' begon Dalia aarzelend. 'Ik weet het niet,' gaf ze toen noodgedwongen toe.

Estella keek haar onderzoekend aan. 'Is er iets gebeurd? Hebben jullie ruzie gehad?'

Dalia haalde haar schouders op. 'Niet echt… Of nou ja, eigenlijk wel.'

'O jee.' Estella keek van Ruben naar Dalia. 'Zullen we ergens iets gaan drinken? Dan kun je ons vertellen wat er allemaal is gebeurd. Zo te horen hebben we het een en ander gemist.'

Ruben wees de straat in. 'Daar verderop heb ik daarnet een sapbar gezien. Trek in papaja, meloen of ananas?'

Dalia knikte dankbaar. 'Dat klinkt goed.'

Toen ze voor het kleine winkeltje waren gaan zitten en hun drankjes hadden besteld, voelde Dalia de blikken van de beide promovendi op haar rusten.

'Ik heb mijn vader gevonden,' flapte ze er spontaan uit. 'En ik heb Pablo… We hebben… We zijn…' stamelde ze onbeholpen. Verlegen sloeg ze haar ogen neer.

'Dat er iets tussen jullie speelde viel me tijdens de fiësta van abuelita al op,' onderbrak Estella haar zacht. 'Jullie deden zo lief tegen elkaar. Op de dansvloer… Je kreeg echt de indruk dat de rest van de wereld voor jullie niet meer bestond. Jullie hadden alleen nog oog voor elkaar.'

Dalia kon bijna niet geloven dat die avond nog maar een paar dagen geleden was. Er was sindsdien zoveel gebeurd!

'Wil je erover praten?' Estella keek haar met een meelevend gezicht aan.

Dalia's keel werd bijna dichtgesnoerd toen ze hoorde hoe warm de stem van de jonge Mexicaanse klonk. Maar deze twee kenden Pablo veel beter dan zij. Misschien konden ze haar zelfs helpen om alles tussen haar en hem weer in orde te maken. Dalia rechtte haar rug en stak van wal.

'En nu weet ik niet wat ik moet doen,' besloot ze even later haar verhaal. 'Zijn moeder heeft gewoon gelijk. Hoe moet het verder met ons?'

Estella wisselde een snelle blik met Ruben en wendde zich toen weer tot Dalia. 'Goed, ten eerste: Pablo en jij, jullie zijn dus verliefd. Dat kan gebeuren. Tegen gevoelens kun je weinig beginnen.' Ze hield haar hoofd schuin. 'Of in elk geval niet zo heel veel. Ik stel voor dat jullie allereerst met elkaar praten. Over jou en hem. Over hoe serieus dit voor jullie is, wat jullie ervan verwachten en hoe het verder zou kunnen gaan.' Ze glimlachte. 'Ik vind trouwens dat jullie erg goed bij elkaar passen. En het is me in Mexico-Stad al opgevallen dat Pablo erg van je onder de indruk was.' Ze knikte nadrukkelijk.

Dalia keek haar verrast aan. Was ze zo blind geweest?

'Ten tweede,' ging Estella onverstoorbaar verder, 'is die kwestie met je vader in mijn ogen vergelijkbaar met die met Pablo. Die professor heeft jarenlang gedacht dat zijn dochter gestorven was. En dan sta jij opeens voor zijn neus met de mededeling dat je die dode dochter bent...' Ze keek weer naar Ruben. 'Dat is nogal wat, zou ik zeggen.'

Ruben knikte instemmend.

'Ik denk niet dat ik nog iets van hem hoor,' zei Dalia zacht.

'Wacht even.' Estella nam een slokje van haar sap. 'En wat Fernanda betreft: ik ben zo blij dat je abuelita zo'n warme en aardige vrouw is. En dat jullie het talent voor schilderen met elkaar gemeen hebben. Maar...' Ze keek Dalia indringend aan. 'Ik denk dat je haar de waarheid moet vertellen.'

'Dat vind ik ook,' viel Ruben haar bij. 'Ze verdient het om te weten wie je bent.' Hij liet een korte stilte vallen. 'En waar ben je eigenlijk zo bang voor? Je bent haar kleindochter, denk je echt dat ze je niet meer wil zien als ze hoort hoe het zit? Eerder het tegendeel.'

Dat wist Dalia zelf niet eens. 'Ik heb geen idee wat er toentertijd tussen mijn moeder en Ricardo is voorgevallen en waarom granny hem heeft geschreven dat ik dood was.'

'Je bent hier, Dalia.' Estella haalde een hand door haar haar. 'En Ricardo ook. Je hebt hem gevonden. Alleen dat is al een klein wonder.' Ze schudde haar hoofd. 'Ik kan me gewoon niet voorstellen dat hij je blijft negeren. Je bent zijn dochter, zijn oudste kind.'

'Zijn dochters zijn heel erg aardig,' vond Dalia, terwijl ze aan Valeria en Cristina dacht. 'En Ricardo was ook heel vriendelijk, in elk geval voordat hij wist wie ik... echt ben.'

'Hij voelde zich vast compleet overrompeld,' vermoedde Ruben. 'Als ik me voorstel dat er opeens een jonge vrouw voor mijn neus staat die beweert mijn dochter te zijn...'

'Zo vreemd lijkt dat me in jouw geval niet,' merkte Estella lachend op. 'Wacht nog maar een paar jaar, dan wordt dat misschien werkelijkheid.'

'Éstúpida,' antwoordde Ruben met een lach.

Dalia leunde achterover en keek het tweetal aan. 'Ik vind het echt heel fijn om jullie weer te zien. Ik heb jullie gemist.' En dat meende ze echt.

'Pablo is volgende week jarig,' wist Estella te melden. 'Dat laten we niet aan onze neus voorbijgaan.'

Dalia trok haar wenkbrauwen op. 'Jarig? Dat wist ik helemaal niet.'

'Nu weet je het wel.' Estella's mondhoeken trilden. Ze aarzelde even. 'Jullie moeten echt met elkaar praten.'

Dalia knikte. 'Ik heb momenteel het gevoel dat ik alles fout doe, maar ik geef het niet op.' Een paar tellen lang staarde ze zwijgend voor zich uit.

Op het tafeltje naast het hunne schoot een kleine groene gekko langs.

'Wat zeg je van Isla de Cozumel?' verbrak Estella ten slotte de stilte. Ze keek Ruben vragend aan.

'Morgen?'

Ze knikte.

'Wat is dat?' wilde Dalia weten.

'Laat je verrassen. Morgen maken we een uitstapje!'

37

Diep onder de indruk zag Dalia dat Fernanda met een paar lijnen een prachtig patroon neerzette.

‘Wat is er?’ Fernanda glimlachte. ‘Heb je geen zin meer?’

Dalia schudde haar hoofd. ‘Dat is het niet. Ik… neem alleen even pauze. Als ik jou zo zie… Het penseel en jij… Jullie vormen een eenheid. Alsof het penseel een verlengstuk van je arm is.’

Fernanda knikte. ‘Dat heb je mooi omschreven, want zo voelt het voor mij ook. Het penseel is een deel van mij. Als ik schilder, hoort het bij mij, dan zijn we een eenheid. Net als mijn hand, mijn hoofd en mijn voeten.’

Dalia zuchtte. ‘Zover ben ik volgens mij nog lang niet.’

Fernanda liet haar penseel zakken en keek haar aan. ‘Dat ben je wel, Dalia.’ Ze stond op en ging achter haar staan. ‘Je weet het alleen nog niet.’ Ze wees naar het schilderij van El Castillo, dat Dalia in het afgelopen uur had voltooid. ‘Dit bouwwerk… Dat zijn niet alleen muren. Het is je gelukt om de mystiek en de geheimen van de Maya’s tot uiting te brengen. Om het gebouw leven in te blazen.’

‘Meen je dat echt?’ Dalia keek naar haar op.

'Ja, je hebt een erg goed en nauwkeurig oog. Je ziet de essentie, die veel mensen vandaag de dag ontgaat. Het leven kent zoveel stress en hectiek. Veel mensen zijn goed kijken verleerd.' Ze liep terug naar haar ezel. 'Je hebt heel veel talent, Dalia. Dat is een bijzondere gave, die waardering verdient.'

'Dank je,' zei Dalia. 'Dat jij dat zegt betekent heel veel voor me.'

'Ik zeg alleen maar wat ik zie.' Fernanda haalde haar schouders op. Toen werd haar blik priemend. 'Ik heb de indruk dat je ergens mee zit. Heeft het te maken met... Pablo?'

Dalia deed heel even haar ogen dicht en dacht aan het gesprek met Estella en Ruben. Was dit het juiste moment? Haar maag trok samen. Nee, ze kon het gewoon niet. Hoe zou Fernanda op haar onthulling reageren? Ze zou ongetwijfeld heel kwaad worden en Dalia meteen het atelier uit schoppen. Ze knikte vastberaden. 'Ik kwam vandaag... twee bekenden tegen, uit Mexico-Stad,' begon ze aarzelend.

'Wat leuk.'

'Ja, en we hebben het over Pablo gehad. Volgens Estella... zag hij me al veel eerder zitten.'

Fernanda fronste haar voorhoofd. 'Wat is dan het probleem?'

'We maken morgen een uitstapje,' ging Dalia verder. 'Naar Cozumel.'

Fernanda glimlachte.

'Wat is er?' vroeg Dalia verbaasd.

'Niets,' zei de oude vrouw. 'Dat wordt vast een fijne dag.'

'Ik ben bang,' bekende Dalia.

'Vanwege dat uitje?'

'Vanwege Pablo.'

'Als hij je volgens Estella al veel eerder leuk vond, zie ik het probleem niet.'

Dalia zocht naar de juiste woorden. 'Tot nu toe had ik een erg gestructureerd leven. In Engeland wist ik precies hoe mijn dag eruitzag. Ik had mijn familie, de kwekerij, mijn werk. Alles was...'

'Voorspelbaar,' vulde Fernanda ernstig aan.

Dalia keek haar verbaasd aan. 'Ja, inderdaad.'

'En nu staat je leven volledig op zijn kop,' vervolgde Fernanda. Ze keek haar nogmaals indringend aan. 'En dat is eng.'

Dalia wendde haar gezicht af. 'Hier lijkt het leven veel minder zwaar. De zon schijnt altijd, het eten is verrukkelijk, de natuur en de ruïnes zijn overweldigend. Ik voel me hier thuis, ik hoor erbij. Maar ik kom uit Cornwall. Iedereen die ik ken, woont hier duizenden kilometers vandaan. En dan kom ik Pablo tegen en...' Haar stem brak.

'...en dan word je verliefd.' Fernanda trok een meelevend gezicht. 'Ik kan je heel goed begrijpen. Je voelt je heen en weer geslingerd. En dan zoek je ook nog je vader...'

'Ik heb hem gevonden,' bracht Dalia uit.

Fernanda boog zich naar voren. 'Je hebt hem gevonden?'

'Hij wil niets van me weten.'

De oude vrouw schudde haar hoofd. 'Dat geloof ik niet. Iedere man mag zich gelukkig prijzen als hij zo'n lieve, fijngevoelige en intelligente dochter heeft als jij.'

'Hij niet,' wierp Dalia verdrietig tegen.

'Dat komt beslist nog wel.'

'Ik wil zo graag dat hij belangstelling voor me heeft. Dat hij me aan zijn familie voorstelt en dat hij er voor me is,' bracht Dalia uit.

Tot aan dit moment had ze niet eens beseft hoe erg ze onder de onopgeloste situatie leed. De ruzie met Pablo en de bevredigende gesprekken met Fernanda hadden haar teleurstelling over Ricardo's reactie volledig overschaduwd.

'Ik kan me niet voorstellen dat het hem koud laat dat hij een dochter heeft.'

Weer kreeg Dalia last van een slecht geweten. Fernanda was heel belangrijk voor haar geworden. Waarom bleef ze tegen haar liegen? Was dit niet het juiste moment voor de waarheid?

'Misschien moet hij eerst nog even aan het idee wennen,' vermoedde Fernanda.

'Zoiets zeiden Estella en Ruben ook al,' antwoordde Dalia. 'En Pablo ook.' En Nara en Soley, voegde ze er in gedachten aan toe. Maar hoeveel tijd had Ricardo nodig? Hadden ze niet te veel jaren verspild?

'Mijn vader vond het maar niks dat ik schilderde,' vertelde Fernanda. 'Mijn moeder heeft me altijd gesteund, maar papa had niets met creativiteit. Hij was visser, net als José. De zee was zijn thuis. Hij was vaak weg. Ik was erg verdrietig omdat hij me niet zag.' Ze trok een droevig gezicht. 'Omdat hij míj niet zag, mijn wezen, mijn schilderijen, mijn karakter, alles wat mij mij maakt. Ik heb mijn hele leven mijn best gedaan om zijn aandacht te verdienen, maar het zat er gewoon niet in. Hij was een eenvoudig man, die niet wist wat hij met kunst en cultuur aan moest. Mijn moeder zag juist wel in dat ik creatief moest kunnen zijn, dat ik zonder die uitlaatklep niet gelukkig was en niet kon ademen. Het was mijn manier om mezelf te uiten.' Ze liet een korte stilte vallen. 'Ja, ik kan je heel goed begrijpen. Ik heb jarenlang geprobeerd om nader tot mijn vader te komen, maar hij heeft nooit begrepen wie ik echt was. Tot aan zijn dood niet.'

'Dat is wel heel droevig,' vond Dalia. Ze zag dat er een schaduw over Fernanda's gezicht trok en dacht aan haar eigen situatie. Granny en grandpa, Nara en Lilian, haar hele familie had altijd vierkant achter haar gestaan. Ze hadden haar ondersteund en geholpen als ze niet meer had geweten hoe het nu verder moest. Ook toen ze vrij halsoverkop had besloten om naar Mexico af te reizen, had niemand haar een strobreed in de weg gelegd. Ze hadden haar voor allerlei mogelijke gevaren gewaarschuwd en haar gevraagd of ze zich goed wilde voorbereiden, maar niemand had haar tegengehouden. Integendeel. Dat was hartverwarmend.

'Je vader heeft je niet afgeschreven, Dalia,' drong de stem van Fernanda tot haar door. 'Ik ken de precieze omstandigheden niet, maar ik twijfel er niet aan dat hij bij zinnen zal komen.' Ze keek op haar horloge. 'Het is bijna middernacht. Wat zeg je ervan als we er voor vandaag mee ophouden?' Ze glimlachte ondeugend. 'Morgen heb je immers iets belangrijks te doen.'

Dalia viel voortdurend van de ene verbazing in de andere. Terwijl ze door het heerlijk warme water rondom Cozumel snorkelde, zwermden vissen in alle denkbare kleuren om haar heen. Zonnegeel, azuurblauw, kersenrood, grasgroen. Zo had Dalia zich de Caribische Zee altijd al voorgesteld. En precies zo zag alles eruit. Soms waren clichés gewoon waar. Een paar meter onder haar lagen twee rode zeesterren op de bodem. Het water was glashelder, het witte zand straalde in het licht van de zon.

Toen Dalia zich omdraaide, zag ze Ruben en Estella een stukje verderop zwemmen. Pablo zwom een meter of vijf voor haar.

Tijdens de overtocht van Playa del Carmen naar het eiland, die net een uurtje had geduurd, waren vooral Estella en Ruben aan het woord geweest. Dalia had het grootste deel van de tijd naar de zee gekeken. Nog nooit had ze zich enerzijds zo vrij gevoeld, met anderzijds het gevoel dat ze een enorme last met zich meedroeg. Op de veerboot had ze de blik van Pablo telkens zorgvuldig gemeden.

Er zwom een schildpad langs, die ze geboeid nakeek. Het dier, dat ongeveer dertig centimeter lang was, dreef bijna gewichtloos in het water en paste de bewegingen van zijn pootjes aan de stroming in de zee aan. Toen de schildpad zijn kop omdraaide, had Dalia het gevoel dat hij haar recht aankeek. Meteen werd ze overvallen door een overstelpend gevoel van geluk. Wat kon de wereld toch mooi zijn!

Toen Pablo gebaarde dat ze hem moest volgen, veranderde ze van richting en zwom ze met krachtige slagen achter hem aan. Een paar minuten later wees hij een paar keer naar beneden, om vervolgens zijn rechterarm te strekken en zijn duim op te steken.

De ruwe rotsen waren begroeid met ragfijne oranje onderwaterplanten, en voor hen lag een uitgestrekt koraalrif. Dalia kon haar ogen bijna niet geloven. Had ze ooit iets mooiers gezien? Dit was gewoon uniek. Ze hield op met bewegen en liet zich door het water meevoeren. Deze onderwaterwereld was een paradijs. De zeebodem was bedekt met weiden vol zeegras, waar krabben en kreeften zich in het dichte groen verborgen hielden. Dalia zag sponzen, wormen en talloze algen. Het aantal soorten leek eindeloos. Vissen in alle kleuren en maten schoten kriskras door het water, roggen en schildpadden kwamen in een bezadigd tempo langs. Dalia had het gevoel dat ze in een reusachtig aquarium rondzwom.

Pablo wenkte haar en ze zwom achter hem aan. Estella en Ruben waren nergens meer te zien.

Toen Pablo terug naar het strand zwom, stak Dalia haar hoofd boven water. Ze deed haar snorkel af en keek nieuwsgierig om zich heen. Het strand lag een meter of dertig verderop en was volledig verlaten.

'Zullen we even pauze nemen voordat we terugzwemmen?' riep Pablo naar haar. Hij had zijn masker ook afgedaan.

Dalia knikte en zwom naar het strand, waar ze zich uitgeput in het zachte warme zand liet vallen. 'Waar zijn we nu?' Ze keek om zich heen en zag alleen strand en palmen. Haar ademhaling werd langzaam rustiger.

'Een geheime plek,' antwoordde Pablo lachend. Hij ging naast haar zitten.

'Ik ben diep onder de indruk.' Dalia begroef haar tenen in het zand.

'Ik ook,' bekende Pablo zacht.

Het was duidelijk dat hij het niet over de natuur om hen heen had. Ze draaide haar hoofd om en keek hem aan. 'Het spijt me dat ik zo stom deed.'

Hij stak een hand uit en streelde haar zacht over haar wang. 'Ik heb je heel erg gemist.'

Dalia kreeg kippenvel. 'Ik ben een grote stommeling.'

Hij lachte. 'Nee, dat ben je niet.'

'Ik had dat niet moeten zeggen waar Fernanda bij was,' zei ze ernstig. 'Het is gewoon... We hebben het nog nooit gehad over hoe het nu verder moet. Was die nacht...' Ze ademde diep in. 'Ik weet gewoon niet hoe we... of we...' stamelde ze onbeholpen. 'Ach, verdorie. Het spijt me in elk geval heel erg.'

Pablo bracht zijn gezicht naar dat van haar en zoende haar voorzichtig. Door die liefdevolle aanraking vergat Dalia al die twijfels waardoor ze de afgelopen dagen was geplaagd. De grote afstand tussen hen was niet langer belangrijk, de teleurstelling over Ricardo verdween naar de achtergrond. Op dit moment wilde Dalia alleen maar Pablo. Zijn smaak, zijn geur, zijn lichaam, zijn tederheid, zijn liefkozingen. Ze sloeg haar armen om zijn nek en trok hem dichter naar zich toe. Meteen was die magie er weer die ze ook tijdens hun eerste nacht samen had gevoeld. Nu hoefden ze niet te praten, ze hoefden niet over hun ingewikkelde situatie na te denken, Dalia hoefde alleen maar te voelen en te ervaren, te proeven en te ruiken. Met al haar zintuigen, met elke vezel in haar lichaam. Ze wilde door Pablo worden aangeraakt, ze wilde genieten van zijn nabijheid en geborgenheid. De warme zonnestralen en het zachte geborrel en gekabbel van het water maakten het betoverende moment compleet.

'Twijfel je nog steeds?' fluisterde Pablo in haar oor toen hij zich een paar minuten later van haar losmaakte.

Dalia schudde haar hoofd. 'Ik heb nooit getwijfeld. Niet aan mijn gevoelens voor jou. Het zijn de omstandigheden die...'

Voorzichtig streek hij een nat plukje haar uit haar gezicht. 'Ik dacht dat ik voor jou niet meer dan een avontuurtje was. Een belevenis tijdens je vakantie, een leuke anekdote.'

Dalia keek naar zijn knappe gezicht. De waterdruppels parelden op zijn gezicht en dropen over zijn wangen. Zijn donkere ogen glansden in het zonlicht. 'Voor mij ben je nooit een avontuurtje geweest,' zei ze nadrukkelijk. 'Je bent... de fijnste man die ik ooit ben tegengekomen.'

Weer verscheen er een verleidelijk lachje rond zijn lippen. 'Dat klinkt veel beter.'

Ze moest ook lachen. 'Ik meen het. Je bent... uniek. Je hebt me van die ellendige kerels gered en me een slaapplaats aangeboden, heel spontaan. Terwijl je me niet eens kende. Je bent samen met mij dwars door Mexico gereisd om me te helpen bij mijn zoektocht naar mijn vader. En als ik de hoop verloor, sprak jij me opnieuw moed in. Je hebt me elke keer weer opgevangen. Je ziet me staan, je hebt me geholpen om een nieuw pad in het leven te vinden. Je hebt olieverf voor me geregeld, zodat ik kon schilderen.' Ze schudde haar hoofd. 'Ik ben nog nooit iemand tegengekomen die zo onzelfzuchtig is. Ik kan wel eindeloos doorgaan over hoe geweldig jij bent.' Ze glimlachte. 'En je kunt trouwens ook verrukkelijk zoenen.'

Hij gaf haar een kusje op haar neus. 'Ga door.'

Ze hield haar hoofd schuin. 'Nou, je kunt niet alleen verrukkelijk zoenen...'

'Waarom blijf je niet gewoon hier bij mij?' Pablo ging rechtop zitten en keek haar van opzij aan.

Dalia slaakte een zucht. 'Dat klinkt heerlijk.'

'Dat ís heerlijk.' Hij legde zijn hand op haar rug en streelde haar zacht.

'Jij woont in Mexico-Stad,' stelde Dalia vast. 'Ik weet niet of ik daar... gelukkig zou kunnen worden.' Ze keek naar de zee. 'Dit hier is net een droom. Tulum is een prachtige plaats, maar een metropool met miljoenen inwoners... Blooming Hall ligt op het platteland. Ik kan me niet eens voorstellen dat ik naar Londen zou verhuizen, snap je?'

'Ja, ik snap heel goed wat je bedoelt. Voor mij was het ook een ingrijpende verandering, de verhuizing naar de hoofdstad. Mexico-Stad kent zeker mooie plekjes, maar ik weet ook niet of ik daar mijn hele leven wil blijven.'

'Ik kan me niet voorstellen dat ik zonder jou moet leven, Pablo,' bekende Dalia. 'Sinds mijn aankomst hier ben je er bijna voortdurend voor me geweest.'

'Afgezien dan van de laatste paar dagen...'

'Ik vind het zo erg dat ik je heb gekwetst. Kun je het me vergeven?' Schuldbewust keek ze hem aan.

Hij schudde zijn hoofd. 'Er valt niets te vergeven, Dalia. Je hebt je excuses aangeboden, het was een dom misverstand. Je twijfelde over hoe het verder moest tussen ons en ik dacht dat ik niet belangrijk genoeg voor je was. Maar nu hebben we toch alles uitgesproken?' Hij streelde haar teder over haar bovenarm.

Ze knikte. 'Ja, dat is waar.'

'Wat zeg je ervan als we terugzwemmen?' Hij keek haar indringend aan. 'Of wil je nog iets langer van de eenzaamheid genieten?'

Dalia knipoogde. 'Wat bedoel je daarmee?'

Zijn mondhoeken trilden. 'Ach, we kunnen vast wel iets... leuks bedenken.'

'Iets leuks?' Ze bewoog haar hoofd heen en weer. 'Ik dacht eerder aan iets verrukkelijks.' Met één hand maakte ze haar bovenstukje los. 'Wat denk je daarvan?'

'Denken?' Hij slikte. 'Met deze interessante aanblik lukt dat denken niet zo goed.'

Ze streek met haar handen over zijn bovenlijf. 'Denken is in bepaalde situaties ook zwaar overschat.'

Dalia liet zich in het zand zakken en trok Pablo met zich mee.

38

'Ik keek wekenlang uit naar de dag waarop granny het grote welkom-terugfeest vierde,' vertelde Dalia weemoedig. 'En ik vond het zo leuk dat Magnolia, Lali, Soley, Nara en ik weer bij elkaar waren. Granny had al dagen van tevoren taarten gebakken. Chocolade, citroen, aardbeien. Er was pudding, ze had allerlei smaken limonade gemaakt.' Dalia deed haar ogen dicht en dompelde zichzelf onder in herinneringen. Toen ze haar ogen weer opendeed, zag ze het glimlachende gezicht van Pablo.

'Dat klinkt echt heel fijn,' vond hij.

Dalia knikte. 'Dat was het ook. We vormden met ons vijven zo'n leuk groepje en we hadden zo'n lol met elkaar. We zwierven over het land van de kwekerij, picknickten op de weiden en gingen, als het warm genoeg was, met z'n allen naar het strand.' Ze slaakte een zucht. 'We waren jong, het leven was nog zo onvoorstelbaar eenvoudig.'

'Onvoorstelbaar eenvoudig?' Pablo lachte.

Dalia legde haar hoofd in haar nek en keek naar de sterrenhemel.

Eenmaal terug van Cozumel hadden ze afscheid genomen van Estella en Ruben, die hun knipogend nog een mooie avond hadden gewenst. Estella had Dalia toegefluisterd dat ze het zo fijn vond dat zij en Pablo hun meningsverschil hadden bijgelegd.

Toen Dalia terugdacht aan hun samenzijn op het strand van Cozumel, voelde ze dat er een blos op haar wangen verscheen. Gelukkig was het al donker en kon Pablo dat niet zien.

Hij had taco's en bier gehaald en was natuurlijk met Dalia meegegaan naar haar kamer.

'Zo te horen kom je uit een erg fijne familie,' stelde hij vast.

Ze knikte. 'Ja, ze zijn allemaal erg aardig. Granny en grandpa vormden het middelpunt van de familie Carter, het kloppende hart. Of het nu verjaardagen, kerst of andere feestdagen waren, we kwamen altijd op Blooming Hall bij elkaar.' Haar blik dwaalde over de bomen naast het terras. 'Maar ik heb geen idee hoe het nu verder moet. Granny en grandpa zijn er niet meer en ik heb het sterke vermoeden dat het nooit meer zo zal worden als vroeger.'

'Het leven verandert nu eenmaal,' merkte Pablo op ernstige toon op. 'Elke dag weer, elk moment. Veel veranderingen ervaren we als positief, andere juist niet. Maar we zullen het ermee moeten doen, op de een of andere manier.' Hij pakte Dalia's hand en kneep er even in.

Ze volgde zijn beweging. 'Er is een groot filosoof aan je verloren gegaan.'

Hij schudde zijn hoofd. 'Niet echt.'

'Ik wil je zo graag mijn geboorteland laten zien,' begon ze voorzichtig. 'En je aan mijn familie voorstellen.'

Hij trok vragend zijn wenkbrauwen op.

Ze knikte nadrukkelijk. 'Ik ken jouw land al, en je familie...'

'Een vlucht naar Engeland is voor mij helaas te duur, Dalia.' Hij trok een spijtig gezicht. 'Ik heb je al verteld dat ik mijn ouders financieel ondersteun.'

'Dat weet ik,' antwoordde ze bijna onhoorbaar. 'Maar ik kan me gewoon niet voorstellen dat ik zonder jou terugga.'

Hij streek teder met zijn vingers over de rug van haar hand. 'We vinden wel een oplossing, hoor je me? Linksom of rechtsom zal alles in orde komen,' ging hij verder, maar Dalia kon niet bepalen of hij het tegen haar had of dat hij alleen maar zichzelf moed in wilde spreken.

'Wat zullen je ouders zeggen als ze horen dat we...' Ze moest aan het gesprek tussen zijn moeder en Clara denken.

'Hoe bedoel je? Ik ben achtentwintig. En ook bij ons is het niet gebruikelijk dat je je ouders om toestemming vraagt.' Hij lachte schalks.

'Maar ik kom uit Engeland. Ik ben geen Mexicaanse, ik ben niet eens katholiek,' zei Dalia.

'Denk je dat ze om die reden iets tegen je hebben?' Hij rolde met zijn ogen en wuifde haar woorden weg. 'Ze zullen blij zijn.'

Daar was Dalia niet zo zeker van, maar ze durfde hem niet te vertellen dat ze zijn moeder had afgeluisterd. 'Morgen,' zei ze daarom. 'Ik ga morgenvroeg naar Fernanda toe en vertel haar wie ik ben. En als ze dan niets meer van me wil weten, dan is dat maar zo.'

'Dat gaat niet gebeuren,' wierp Pablo beslist tegen. 'Je bent nog altijd haar kleindochter.'

'Ik heb trouwens gisteren mijn halfzusjes leren kennen, Cristina en Valeria.'

'Je hebt zusjes?' Hij boog zich naar voren en keek haar aandachtig aan.

Dalia vertelde hem over de gezamenlijke lunch.

'Dat vind ik heel fijn voor je, echt waar.'

'Ze zijn heel aardig. En nog heel jong,' vertelde Dalia geamuseerd. 'Tieners.'

'Wat zullen ze verbaasd zijn wanneer ze horen dat ze zo'n leuke grote zus hebben.'

'Als ze dat al te horen krijgen.'

'Wanneer Fernanda het weet, zal ze het beslist met haar zoon delen,' verklaarde Pablo vol overtuiging. 'We zijn Mexicanen. Familie is alles voor ons.'

'Maar ik hoor blijkbaar niet bij die familie,' flapte Dalia eruit. 'Het spijt me, ik kan mezelf niet meer horen met al dat zelfmedelijden.'

'Daar hoef je je niet voor te verontschuldigen.' Hij trok zacht aan haar hand en gaf aan dat ze naar hem toe moest komen.

Ze stond op en liet zich op zijn schoot zakken. Verrukt streek ze met haar handen door zijn haar. 'Ik ben zo blij dat het weer goed zit tussen ons,' fluisterde ze in zijn oor.

Hij legde een hand op haar rug. 'En alle andere dingen zullen ook in orde komen.'

Ze legde haar hoofd op zijn schouder en genoot van de warmte die hij uitstraalde. Had ze zich ooit eerder in haar leven zo compleet, zo geborgen en zo geliefd gevoeld? Dalia deed haar ogen dicht en concentreerde zich volledig op het hier en nu. Ze wilde even niet aan haar angst en zorgen denken. Elk moment met Pablo was kostbaar en waardevol en ze wilde geen seconde ervan verspillen.

'Je vader laat je echt niet zomaar gaan,' ging Pablo verder. 'En ik ook niet.'

Bij die woorden ging er een weldadige warmte door haar heen. Hoe zou het zijn om hier in Mexico te blijven? Daar had Dalia geen idee van. Ze hield van dit land, de Mexicanen en hun cultuur hadden vanaf het allereerste moment haar hart veroverd. Ze voelde zich met deze mensen verwant, ze zag er ook net zo uit als hen. Maar zou het haar echt lukken om Engeland achter zich te laten en hier een nieuw bestaan op te bouwen?

'Ik ben niet dapper,' verklaarde ze, met het gevoel dat haar keel werd dichtgesnoerd.

Pablo lachte hees. 'Jawel, Dalia, dat ben je wel. Je bent een van de dapperste vrouwen die ik ooit heb ontmoet. Maar je bent meer dan dat. Je bent tactvol en intelligent, je hebt een sterk karakter.' Hij streelde haar wang. 'Je kunt dit, Dalia. Wij kunnen dit. Samen.'

'Samen,' herhaalde ze. 'Dat klinkt zo mooi.'

Hij zoende haar voorzichtig. 'Dat is het ook, Dalia. En jij bent mooi.'

Ze beantwoordde zijn liefkozing en genoot van zijn handen op haar gezicht, haar schouders, haar rug en haar taille. De magie tussen hen kwam opnieuw tot leven. Dalia voelde zich licht en gelukkig. Ze was niet alleen, ze had met Pablo de beste man aan haar zijde die ze zich maar kon voorstellen. Met hem kon ze alles aan. Maar op dit moment wilde ze vooral genieten van zijn nabijheid. Ze wilde door hem worden begeerd en bemind, en ze wilde hem laten zien hoeveel hij voor haar betekende en hoezeer ze naar hem verlangde.

39

Negenentwintig jaar eerder
Chichén Itzá

Camellia staarde naar het raam en vocht koortsachtig tegen de opkomende tranen. Ze mocht niet vliegen, daar was de arts heel duidelijk in geweest. Met een meervoudig gebroken been mocht ze niet urenlang in het vliegtuig naar Engeland zitten. Ze legde haar handen op haar buik en deed haar ogen dicht. Gelukkig had de baby niet onder haar val geleden. Camellia had het zichzelf nooit kunnen vergeven als het kleintje in haar buik iets was overkomen omdat zij zo onoplettend was geweest. Omdat ze zich zo druk had gemaakt over Ricardo.

De spaarzaam gemeubileerde ziekenhuiskamer had geen airco, dus het zweet droop van haar voorhoofd. Het bed tegenover haar was voor een jonge Mexicaanse van Camellia's leeftijd, die bij een val van een paard allebei haar ellebogen had gebroken. Juanita was een halfuur eerder voor een nieuw onderzoek meegenomen.

Toen er op de deur werd geklopt, keek Camellia verbaasd op. 'Ja?'

Sadie kwam binnen, met in haar rechterhand een enorme bos bloemen in bonte kleuren. 'Hallo, lieverd.'

Camellia dwong zichzelf om te glimlachen. 'Wat fijn dat je me komt bezoeken.'

'Momentje.' Sadie pakte een vaas van de enige kast in de kamer, verdween ermee in de badkamer en kwam een paar tellen later terug met het boeket in de vaas.

'Dat ziet er heel mooi uit,' merkte Camellia op. Ze volgde Sadie met haar blik toen die de vaas op de vensterbank zette.

'De bloemen zijn van ons allemaal. Giovanni, Armand...' Ze viel even stil. 'En van Ricardo en mij,' besloot ze, waarna ze Camellia even stevig omhelsde.

'Heel erg bedankt. Zeg maar tegen iedereen dat ik ze erg mooi vind.'

'Doe ik. En natuurlijk moet je van allemaal de groeten hebben en ze wensen je beterschap,' ging Sadie verder. 'Vooral Ricardo.'

Woede welde in Camellia op. 'Hij hoopt zeker dat...'

Sadie wierp haar een scherpe blik toe. 'Wat hoopt hij? Hij maakt zich heel veel zorgen over je.' Ze trok een stoel bij en ging naast het bed zitten. 'Hij wil graag op bezoek komen.'

Camellia schudde haar hoofd. 'Dat wil ik niet.'

'Wat is er nu eigenlijk tussen jullie aan de hand?' Sadie pakte Camellia's rechterhand en kneep erin. 'Ik snap er niks meer van.'

'Ik mag niet vliegen,' merkte Camellia gefrustreerd op. 'Op zijn vroegst pas over vier weken.'

Sadie keek haar fronsend aan. 'Waarom wil je vliegen? Ik snap het niet...'

Camellia haalde haar schouders op. 'Ach, vroeg of laat hoor je het toch wel. Ik wilde naar huis.'

'Waarom dat? Is er iets met je familie?'

'Nee, met mijn familie is alles in orde.'

'Wilde je soms vanwege Ricardo weg?' Sadie boog zich naar voren. 'Hebben jullie ruzie?'

Camellia beet op haar onderlip. 'Ja, en ik... Ik wil hem niet meer zien. Ik hou het niet langer uit.'

'Wat is er dan gebeurd?'

Door Sadies meelevende toon gingen bij Camellia de sluizen open. 'Ik ben zwanger,' biechtte ze in tranen op.

'Wát?' Sadie sperde haar ogen open.

Camellia knikte. 'Ik ben zwanger en Ricardo... is aan een ander beloofd.'

Sadie streek met haar hand over haar voorhoofd. 'Pff! Ik... Ik weet echt niet wat ik moet zeggen. Dat is wel erg veel in één keer. Maar ik snap het nog steeds niet zo goed.'

Toen Camellia weer een beetje tot bedaren was gekomen, vertelde ze Sadie hoe Ricardo op het nieuws van de zwangerschap had gereageerd.

'Dat kan ik bijna niet geloven. Ricardo is altijd zo... nuchter. Eerlijk en open.' Sadie snoof. 'Dat dacht ik in elk geval.'

'Ik snap het ook niet. We hebben hele avonden samen gegeten en gepraat. Over onszelf, onze families, ons leven, onze dromen, ons onderzoek, de Maya's...' Ze keek naar het plafond. 'Ik dacht echt dat hij bijzonder was. Een intelligente man, die zo ontzettend veel weet. Hij... kon urenlang praten en ik vond het zo fijn om naar hem te luisteren. En hij zag me staan. Hij nam me serieus en had oprecht belangstelling voor mijn onderzoek. Hij was gewoon... perfect.'

'Misschien moet je nog eens met hem gaan praten,' stelde Sadie voorzichtig voor.

Camellia schudde haar hoofd. 'In geen geval. Ik wil hem nooit meer zien.'

'Maar het is toch ook zijn kind,' zei Sadie voorzichtig.

'Dat interesseert hem blijkbaar geen fluit.'

'Dat geloof ik niet,' wierp Sadie op ernstige toon tegen. 'Hij heeft zich heel erg veel zorgen gemaakt. Ik wist natuurlijk niet dat je... een kind verwacht. Maar ik kan me voorstellen dat hij bang was dat er iets met het kindje was gebeurd.'

'Hij is vast heel erg teleurgesteld dat de baby mijn val heeft overleefd,' merkte Camellia bitter op.

Sadie schudde haar hoofd. 'Nee, dat mag je niet zeggen.'

'Wie houdt me tegen?' Camellia keek verlangend uit het raam en pakte toen Sadies hand vast. 'Zou je een rolstoel voor me willen halen? Dan kunnen we in de tuin gaan zitten. Ik... vlieg hier tegen de muren op. Ik zit al drie dagen binnen.'

Sadie knikte. 'Natuurlijk.'

'Er staan er altijd wel een paar op de gang. Misschien hebben we geluk en is er eentje beschikbaar.'

Korte tijd later reed Sadie Camellia naar buiten.

Camellia stak haar hand uit om haar ogen tegen de middagzon te beschermen. 'Wauw, het is buiten nog warmer dan binnen.'

Sadie lachte. 'Ja, wat dacht jij dan?'

Ze duwde Camellia over het zanderige pad tot aan een bosje palmen. Daar stonden gele houten stoelen bij elkaar op het dorre gazon.

'Zullen we hier in de schaduw gaan zitten?'

Camellia knikte. 'Ja, graag. Ik smelt in die zon.'

Sadie zette de rolstoel naast de stoelen en ging zitten.

'Ik kan hier niet blijven.' Camellia keek naar het witte gips rond haar been.

'Wat hebben de artsen eigenlijk gezegd? Hoelang willen ze je nog hier houden?' Sadie raakte voorzichtig het gips aan.

Camellia haalde haar schouders op. 'Dat weten ze nog niet. Het hangt ervan af hoe goed het geneest, zeggen ze. Maar minstens drie weken.' Ze kreunde. 'Waarom moet dit uitgerekend mij overkomen?'

'Onze studiereis naar Mexico vindt niet bepaald onder een gunstig gesternte plaats. Eerst Carmen...' Sadie viel even stil. 'En nu jouw val.'

Camellia voelde zich meteen schuldig. 'Carmen is dood en ik zit hier maar te klagen en te jammeren.' Ze ademde diep in. 'Mijn been wordt wel weer beter en met de baby gaat het goed. Geen reden dus om bij de pakken neer te blijven zitten.' Ze hief haar gezicht naar de hemel en concentreerde zich op de zoete geuren van de bloemen. 'Dahlia's,' stelde ze verrukt vast.

'Camellia,' begon Sadie voorzichtig. 'Hoe moet het nu met Ricardo? Hij is de vader van je kind.'

'Ik wil hem niet zien,' zei Camellia weer. 'En daarmee uit. Vertel me liever iets boeiends. Wat hebben jullie de afgelopen dagen gedaan? Nog meer geheimen van de Maya's onthuld?'

Sadie lachte. 'Je bent echt niet te geloven, Camellia, weet je dat?'

Camellia moest grinniken. 'Hoezo?'

40

Heden
Tulum

Op weg naar de winkel van Fernanda had Dalia wel de hele wereld kunnen omhelzen. Ze keek onbekende voorbijgangers stralend aan en moest oppassen dat ze niet van pure blijdschap als een klein meisje over straat huppelde. Pablo hield van haar. Dat had hij in de afgelopen nacht meerdere keren gezegd. En zij hield van hem. Zo simpel kon het leven zijn. Zo licht, zo onbezwaard. En Dalia had het bijna verknoeid met al haar gepieker. Omdat ze zoals zo vaak haar verstand niet had kunnen uitschakelen en de tiende stap nog voor de tweede had gepland.

De zon stond stralend aan de onbewolkte hemel. De herinneringen aan de uren die ze gisteren op Cozumel hadden doorgebracht hadden haar nog niet losgelaten. Het was een paradijs op aarde, met een dierenwereld die met niets te vergelijken was. Ze was zo dankbaar dat ze deze prachtige reis kon maken. Heel even zag ze het gezicht van haar vader voor zich, die niets van haar wilde weten. Van Ricardo, die niets met haar te maken wilde hebben.

Toen ze Fernanda's winkel in het oog kreeg, versnelde haar polsslag. Wat zou de oude vrouw zeggen? Hoe zou ze reageren? Dalia moest behoedzaam te werk gaan, ze wilde Fernanda in geen geval overrompelen of voor het hoofd stoten. Misschien was dat haar fout geweest tijdens het gesprek met Ricardo. Had ze hem anders moeten benaderen? Voorzichtiger? Diplomatieker? Dat wist ze niet, maar daarvoor was het nu toch te laat.

En wie dacht er eigenlijk aan haar? Aan hoe zij zich had gevoeld toen ze de brief en de oorbellen had gevonden?

'Dalia!' riep Fernanda al van ver. Ze zette net een van haar doeken op een lege ezel. 'Wat vind jij? Past dit tussen die twee andere?' Ze wees naar de schilderijen rechts en links van het linnen.

Dalia bleef staan, zette haar hand in haar zij en knikte. 'Dat past perfect.' Waarderend keek ze naar de schilderijen. Haar grootmoeder was een erg goede kunstenares. 'Je hebt zoveel talent.'

Er verscheen een dankbaar lachje op Fernanda's gezicht. 'Ik geloof je meteen, je hebt er oog voor.'

Haar rimpels werden dieper, en weer viel het Dalia op dat haar oma zo'n fraai gezicht had. Ze schraapte haar keel.

'Hoe was het eigenlijk op het eiland?'

'Heel erg mooi,' antwoordde Dalia, die haar geluk bijna niet kon verbergen.

Fernanda knikte tevreden. 'De juiste omgeving, een passende man... Zo'n combinatie kan wonderen doen.' Ze raakte even Dalia's arm aan. 'Ik ben heel blij voor je.'

'Ik wil graag even met je praten. Heb je tijd?'

Fernanda keek haar verbaasd aan. 'O, dat klinkt ernstig.'

Dalia knikte en voelde haar maag samentrekken. Haar handen begonnen te trillen. 'Zullen we naar binnen gaan?'

'Natuurlijk.' Fernanda wees naar de ingang.

'Mama!'

Dalia's keel werd meteen dichtgesnoerd toen ze die stem achter zich hoorde. Ze wilde zich snel omdraaien en de winkel in vluchten, maar het was al te laat.

'Ricardo,' antwoordde Fernanda. Ze begroette haar oudste zoon met een innige omhelzing.

Toen Dalia zich omdraaide, zag ze dat Ricardo een geërgerd gezicht trok.

'Wat doe jij nou hier?' vroeg hij.

Dalia keek van Fernanda naar hem en toen weer naar de oude vrouw.

Fernanda fronste. 'Jullie kennen elkaar?'

Ricardo keek verbaasd. 'Heb je helemaal niks tegen haar gezegd?' vroeg hij aan Dalia. 'Wat doe je hier eigenlijk?'

'Ik...' begon Dalia onbeholpen. 'Ik wilde net...' Ze slikte. Door al die spanning kon ze geen woord meer uitbrengen.

'Waarom doe je zo nors tegen haar?' Fernanda keek haar zoon geërgerd aan. 'Kun je misschien uitleggen wat er aan de hand is?'

Toen Dalia zichzelf weer een beetje in de hand had, prevelde ze zacht: 'Ik wilde het haar net vertellen.'

Ricardo trok zijn wenkbrauwen op en Fernanda keek haar niet-begrijpend aan. 'Wat? Wat wilde je me vertellen?'

'Dat ze je kleindochter is,' antwoordde haar zoon op kille toon.

Fernanda trok een ontzet gezicht. 'Wat zeg je nou?' Ze keek van Dalia naar Ricardo en leek niet in staat om te bevatten wat haar zoon zojuist had gezegd. 'Dalia is hier op vakantie, ze komt af en toe bij mij schilderen. We zijn bevriend geraakt,' legde ze Ricardo uit. 'Ik snap niet wat...'

'Ze is mijn dochter,' verklaarde Ricardo zonder enige emotie.

'Je dochter?' Fernanda keek weer naar Dalia. 'Hoe... Maar waarom... heb je niks gezegd?'

Dalia kneep even haar ogen dicht. 'Dat wilde ik net doen...'

'Je komt hier al dagen en...' De ogen van de oude vrouw sprongen vol tranen. Ze streek met haar handen over haar gezicht, draaide zich om en liep de winkel in.

Dalia en Ricardo stonden nog steeds tegenover elkaar en keken elkaar zonder iets te zeggen aan.

Totdat Dalia de spanning niet langer uithield. Ze draaide zich om en rende weg. Verblind door tranen holde ze over de stoffige straat. Waarom had ze niet eerder iets tegen Fernanda gezegd? Nu had ze het ook nog bij haar grootmoeder verbruid. Waarom moest Ricardo juist nu langskomen? Een kwartier later en Fernanda had de waarheid van Dalia zelf gehoord. Daarnet was alles nog in orde geweest. Kon een enkel ogenblik alles kapotmaken?

Dalia dacht aan de uren die ze samen met Fernanda in het atelier had doorgebracht. De oude kunstenares had Dalia aangespoord om naar haar gevoel te luisteren, ze had haar tips gegeven voor betere tekeningen en had haar geprezen voor de veranderingen die ze had aangebracht. Dat was nu voorbij.

Dat haar vader niets van haar wilde weten was één ding. Fernanda had ze in de afgelopen dagen veel beter leren kennen, ze had de oude vrouw vanaf het allereerste moment in haar hart gesloten en zich met haar verbonden gevoeld. Nu was het over. Voor Fernanda was ze een leugenaar. Ze had de waarheid verborgen gehouden voor de vrouw die haar met open armen had ontvangen, die haar zonder enig vermoeden van wie ze was aan haar kleindochters had voorgesteld en die haar moed had ingesproken toen ze onenigheid met Pablo had gehad. En als dank had ze de hele tijd haar ware identiteit verzwegen.

Buiten adem liet Dalia zich op een parkbank vallen. Wat had haar vader gedacht toen hij haar bij zijn moeder aantrof? Hij moest perplex hebben gestaan. Dalia legde haar hoofd in haar nek en barstte in snikken uit. Deze hele situatie was haar eigen schuld. Ze had vanaf het begin open kaart moeten spelen. Fernanda was haar oma. Cristina en Valeria waren haar halfzusjes. Leugens hadden in een familie niets te zoeken. De meisjes en hun oma konden er niets aan doen dat Ricardo zich zo afwijzend had opgesteld. Ze hadden haar alle drie zonder enig voorbehoud als een van hen behandeld, zonder ook maar een enkel vermoeden van de waarheid. Wat moest ze nu doen? Teruggaan en haar verontschuldigingen aanbieden?

Nee, daarvoor was het nog te vroeg. Bovendien zat Ricardo waarschijnlijk nog bij zijn moeder en vertelde hij haar vast uitvoerig dat Dalia ook toenadering tot hem had gezocht, zonder meteen op te biechten hoe het echt zat.

Het was allemaal volledig uit de hand gelopen. Maar niemand had Dalia ooit uitgelegd hoe je je moest gedragen wanneer je voor het eerst tegenover je onbekende vader stond die je in al die achtentwintig jaar nooit had gezien. Zij had deze omstandigheden niet uitgezocht.

Aarzelend haalde ze haar telefoon tevoorschijn. Pablo had de dag met zijn moeder willen doorbrengen. Nadenkend keek Dalia naar het schermpje. Moest ze hem bellen? Ze verlangde zo naar zijn optimisme, naar zijn gezelschap. Ten slotte koos ze zijn nummer en wachtte af.

'Ik wilde je niet van je dag met je moeder beroven,' zei Dalia wanhopig snikkend, met haar gezicht tegen Pablo's schouder gedrukt.

'Stil maar. Je hebt me gebeld omdat je me nodig had,' antwoordde Pablo. Hij streelde haar over haar rug. 'Maak je er maar niet druk over. Mijn moeder loopt niet weg, we hadden geen grootse plannen.'

'Toch vind ik het vervelend,' zei Dalia met verstikte stem. 'Ik bezorg je alleen maar problemen.'

Pablo maakte zich van haar los en keek haar aan. 'Dat wil ik niet horen, oké? Je bezorgt me geen problemen. Claro?'

Dalia knipperde met haar ogen. 'Ik denk dat ik beter naar huis kan gaan.'

Pablo fronste. 'Waarom?'

Ze ademde diep in. 'Kunnen we even een stukje lopen?'

'Ja, natuurlijk.' Hij pakte haar hand en ze slenterden langs de zee.

Die middag was de wind opgestoken. De golven sloegen stuk op het fijne zand en het water kolkte en bruiste.

'Ik hou het niet meer uit,' bekende Dalia. 'Ja, ik weet dat ik fouten heb gemaakt. Ik had de hele zaak anders moeten aanpakken. Maar ik wist niet beter. Een paar weken geleden had ik zelfs geen flauw vermoeden wie mijn vader kon zijn.'

Ze bleef staan en keek naar een paar pelikanen in het water. De bevallige vogels zwommen kalmpjes tussen de mensen door.

'Ik vind Fernanda echt heel erg aardig,' ging ze verder. 'Ze... lijkt erg veel op mij.'

'Dalia, je moet niets overhaast doen,' drukte Pablo haar op het hart. Hij streelde haar haar. 'Dit is allemaal niet gemakkelijk voor je. Een vreemde cultuur, onbekende mensen die je nooit eerder hebt gezien. En dan ook nog een vader die heel anders reageert dan je had gehoopt.' Hij keek haar indringend aan. 'Geef het niet op. We zijn Mexicanen. Familie...'

'...is alles voor jullie,' maakte Dalia zijn zin nuchter af. 'Dat weet ik. Maar ik zie ook dat ik daar nog niet bij hoor.' Ze liet een korte stilte vallen. 'Weet je, in Engeland ben ik deel van een gemeenschap. Mijn tantes, ooms en nichtjes zijn er altijd voor me, maar ze zien er geen van allen zo uit als ik. Hier val ik in de massa niet op. Ik zie er net zo uit als alle anderen, er is geen verschil. En toch...' Haar stem liet haar in de steek.

'Dat is je uiterlijk, Dalia.' Pablo sloeg een arm om haar heen en trok haar naar zich toe. 'Je bent veel meer dan je buitenkant.' Hij gaf haar een zachte kus op haar wang. 'Natuurlijk hoor je bij je Engelse familie, maar heb je me niet verteld dat je nichtjes ook hun wortels in andere landen hebben?'

Dalia knikte. 'De vader van Soley komt uit IJsland, de moeder van Magnolia uit Nieuw-Zeeland, en die van Lali uit Sri Lanka.'

'Jullie zijn echt multiculti,' constateerde Pablo met een glimlach. 'De wereld is veelkleurig, Dalia. Of je haar nu zwart of blond of rood is... het gaat om wat er vanbinnen zit.'

'Ik had zo gehoopt dat ik hier een tweede familie zou vinden,' bekende Dalia droevig. 'De dood van granny heeft de grond onder mijn voeten weggeslagen.' Ze begon weer te huilen.

Pablo omhelsde haar steviger en sprak haar geruststellend toe.

Na voor haar gevoel een eeuwigheid keek ze naar hem op, en ze probeerde zwakjes te glimlachen. 'Je hebt wel een huilebalk aan de haak geslagen.'

Pablo lachte. 'Ik heb de beste, slimste en mooiste vrouw van de hele wereld aan de haak geslagen.'

Verlegen schudde ze haar hoofd. 'Wat een onzin.'

'Het is de waarheid.'

Dalia veegde haar tranen weg.

'Ik heb zitten denken,' begon Pablo aarzelend. 'Ik kan natuurlijk proberen of ik een baan als docent Engels als tweede taal aan een universiteit bij jullie in de buurt kan krijgen. Bijvoorbeeld in Exeter.'

'Exeter?' Dalia kneep haar ogen tot spleetjes en keek hem aandachtig aan. 'Dat ligt helemaal niet zo ver van Blooming Hall.'

Hij legde een hand op haar wang. 'Dat weet ik.'

'Kun je je echt voorstellen dat je naar Engeland zou verhuizen?' Dalia kon het bijna niet geloven.

Hij haalde zijn schouders op. 'Als de liefde van mijn leven niet bij mij wil blijven, moet ik een andere oplossing vinden.'

Meteen voelde Dalia zich schuldig. 'Ik heb niet gezegd dat ik niet –'

'Dat was een grapje,' onderbrak hij haar op zachte toon. 'Ik snap heel goed dat Mexico-Stad geen bijzonder grote aantrekkingskracht op je uitoefent. Dat was bij mij net zo. En zelfs toen ik na mijn promotie die functie aan de universiteit aangeboden kreeg, heb ik me afgevraagd of ik wel voor langere tijd in de hoofdstad wilde wonen.' Zijn blik werd ernstiger. 'Ik heb een documentaire over Cornwall bekeken en...' Hij grijnsde. 'Ik moet zeggen dat die streek me wel bevalt. Misschien een beetje aan de koude kant, maar...' Hij schudde zijn hoofd. 'Het probleem is het geld.'

Dalia pakte zijn handen in de hare. 'Misschien kun je een handje helpen op Blooming Hall.'

'Als tuinman?' Hij keek sceptisch.

‘Ik weet niet als wat,’ gaf Dalia toe, ‘maar er is altijd meer dan genoeg werk.’

‘Daar moet ik even over nadenken,’ antwoordde Pablo. ‘Ik moet een baan hebben, anders kan ik het me niet permitteren.’

‘Zou je dat echt voor me willen doen?’ vroeg Dalia ontroerd.

Hij knikte. ‘Ik kan je toch niet zomaar laten gaan? Je bent veel te belangrijk voor me. Dit tussen ons… Daar mag niet zomaar een einde aan komen. Niet vanwege zoiets onbeduidends als een paar kilometer.’

Dalia lachte. ‘Het zou zo fijn zijn als ik je mijn geboortestreek kon laten zien. Onze prachtige stranden, de kleurenpracht van Blooming Hall, de dorpjes die in die streek verspreid liggen.’ Haar stem klonk steeds enthousiaster. ‘Ik kan me niet voorstellen hoe het zou zijn om weer zonder jou door het leven te gaan.’

‘Dan moet je je dat niet voorstellen,’ zei Pablo zacht.

Die avond deed Pablo alles wat hij kon om Dalia op te beuren. Hij nam haar mee uit eten en liet haar een aantal van zijn lievelingsplekjes in Tulum zien, die gewone toeristen zonder informatie van insiders nooit konden ontdekken.

Toen ze later op het terras van haar pension zat, kon ze nog steeds niet geloven dat ze zo’n lieve en attente man had leren kennen. Hij wist altijd precies wat hij moest zeggen en hij vrolijkte haar op als de teleurstelling te hevig werd. Hij was er wanneer ze hem nodig had. Hij wilde zelfs voor haar naar Engeland komen.

Dalia keek naar de hemel, die in de schemering eerst prachtig paars en oranje kleurde en daarna het donker van de nacht aannam.

Pablo was een halfuur geleden vertrokken, omdat zijn vader nog iets met de familie wilde bespreken, maar Dalia miste hem nu al. Was dat stom? Ze moest even gniffelen. Wat nou, ze was verliefd. Ze had de leukste man leren kennen die ze zich maar kon voorstellen, hij had stilletjes en heimelijk haar hart veroverd. Zo simpel leek de situatie, maar zo simpel was het natuurlijk niet, dat begreep ze ook wel. Wat had Fernanda ook alweer gezegd? Liefde houdt geen rekening met grenzen. Dalia zuchtte. Dat was zeker waar.

Toen er op de deur werd geklopt, keek ze verrast op. Was Pablo teruggekomen? 'Ja?'

'Dalia, ik ben het,' klonk de stem van Fernanda op de gang.

Dalia deed de deur open. 'Hola.'

'Hola,' antwoordde de moeder van Ricardo. Ze keek Dalia een paar seconden lang aan. 'Mag ik binnenkomen?'

Dalia liet de adem ontsnappen die ze van de spanning onwillekeurig had ingehouden. 'Natuurlijk, sorry.' Ze wees naar het terras. 'Zullen we buiten gaan zitten?'

Fernanda zei niets, maar stapte na een korte aarzeling naar Dalia toe en omhelsde haar innig. Verbaasd beantwoordde Dalia het liefdevolle gebaar. Had Fernanda het haar soms vergeven?

Na een hele tijd liet Ricardo's moeder Dalia weer los en keek haar aan. 'Mijn meisje.' Haar stem trilde.

Dalia's ogen begonnen te prikken. Zo'n emotionele reactie had ze niet verwacht.

Fernanda boog zich naar haar toe en pakte haar rechterhand vast. 'Je bent zo mooi, Dalia. Je bent slim, je hebt talent, een groot hart, en je bent een goed mens.' Toen er rond haar lippen een lachje verscheen, werden de rimpels in haar gezicht dieper. 'En je bent mijn kleindochter.'

Weer keek Dalia geboeid naar het knappe gezicht van haar oma. 'Ben je niet meer boos op me?'

Fernanda schudde haar hoofd. 'Je had het meteen tegen me moeten zeggen, maar… ik snap wel waarom je dat niet durfde. Zeker niet nadat je vader zo onvriendelijk tegen je was geweest.'

'Onvriendelijk?' Dalia fronste haar wenkbrauwen.

'Hij heeft me verteld dat hij je daar heeft laten staan.'

Ondanks haar emoties, die alle kanten op gingen, dacht Dalia aan haar goede manieren. 'Wil je misschien iets drinken?'

'Heb je cola?'

Dalia schudde haar hoofd. 'Nee, wel water. Of... water.'

Fernanda lachte fijntjes. 'Ach, jullie Engelsen.' Ze maakte een gebaar. 'Doe dan maar water.'

Dalia pakte een fles water en twee glazen van de kast en liep achter haar oma aan naar buiten. Nadat ze voor hen allebei had ingeschonken, ging ze zitten. 'Het spijt me.'

Fernanda nam een slok en trok toen een afkeurend gezicht. 'Brr.'

'Jullie Mexicanen zijn zulke zoetekauwen,' merkte Dalia geamuseerd op. Ook Pablo dronk zelden water, hij gaf de voorkeur aan limonade of zoete sapjes.

'Alleen ezels drinken water,' verklaarde Fernanda, om vervolgens met haar ogen te rollen. 'En je vader is een ezel, een dwaas!'

'Daar kan ik niks tegen inbrengen.' Dalia leunde achterover.

'Maar hij heeft een moeilijke tijd achter de rug,' ging Fernanda verder. 'Ik wil niets goedpraten, en ik denk dat hij jou dringend het een en ander moet uitleggen. Maar het bericht dat je moeder was gestorven... en jij ook... Dat was destijds een zware klap voor hem.'

'Ik snap niet waarom mijn granny hem heeft verteld dat ik ook was gestorven,' antwoordde Dalia niet-begrijpend. 'Toen ik de brief las waarin hij zijn verdriet uitte, kon ik het bijna niet geloven. Waarom?' Nog altijd was die beslissende vraag niet beantwoord.

'Daar heb ik ook geen verklaring voor,' zei Fernanda. 'Ricardo heeft destijds de nodige fouten gemaakt waar het je moeder betrof. Maar...' Ze slaakte een zucht. 'Dat moet hij je zelf vertellen. Ik wil daar niet te veel op vooruitlopen, dat is niet aan mij.' Ze keek Dalia aan. 'Ik kan je alleen dit zeggen: hij had alles voor Camellia willen doen. Hij was tot alles bereid. Haar dood...' Bezorgd schudde ze haar hoofd. 'Ik denk dat hij daar nooit echt overheen is gekomen.'

Dalia begreep er inmiddels steeds minder van. 'Maar waarom heeft hij dan toegelaten dat ze in haar eentje terug naar Engeland ging, terwijl ze in verwachting was? Waarom was hij tijdens de bevalling niet bij haar?'

'Dat zal hij je allemaal zelf moeten vertellen, Dalia.' Fernanda staarde naar het glas water dat voor haar stond. 'Hij was behoorlijk van streek toen hij je vanmorgen met mij samen zag.'

'Waarom komt hij dan niet naar me toe?'

'Ricardo is nooit goed geweest in over gevoelens praten.' Fernanda keek op. 'Nee, dat klopt eigenlijk niet. Hij is pas na de dood van je moeder zo geworden. Maar hij is geen spontane man. Als het om emotionele dingen gaat, wordt het hem snel te veel.'

'Maar hij heeft twee dochters,' merkte Dalia op.

'Ja, hij is op latere leeftijd vader geworden. Het heeft heel wat jaren geduurd voordat hij weer enigszins verder kon na Camellia's dood. Zijn vrouw en hij...' Ze slaakte een zucht. 'Ze hebben het zwaar gehad.'

Dalia durfde niet te vragen wat Fernanda daar precies mee bedoelde.

'Maar nu ben jij er. Je hebt hem gevonden. En je bent zijn dochter,' ging Fernanda op besliste toon verder. 'Hij moet deze kans aangrijpen.' Ze kneep Dalia in haar hand. 'En dat gaat hij ook doen. Gun hem tijd.'

Dalia zuchtte. Hopelijk had haar oma gelijk.

'Ik heb nooit de kans gekregen om je moeder te leren kennen, maar ook ik was destijds erg van streek door haar overlijden,' vertelde Fernanda. 'Maar sinds ik weet dat jij er bent, ben ik zo gelukkig.'

'Dat ben ik ook,' gaf Dalia zacht toe. 'En het spijt me echt heel erg,' zei ze nogmaals. 'Ik had het meteen tegen je moeten zeggen.'

Fernanda keek haar nadenkend aan. 'Jij voelde ook meteen de band tussen ons, hè?'

Dalia knikte aangedaan. 'Vanaf de allereerste dag.'

'En ik dacht dat je alleen maar een vriendelijk Engels meisje was,' verklaarde haar oma op opgewekte toon. 'Een erg vriendelijk Engels meisje.'

'Weten Cristina en Valeria het al?'

Fernanda schudde haar hoofd. 'Nee, ik geloof niet dat Ricardo het al aan zijn gezin heeft verteld. Hij… worstelt hier nog mee. Ik denk dat hij zichzelf verwijt dat hij niet bij de begrafenis van je moeder kon zijn. En dat hij nu pas hoort dat zijn dochter al die tijd aan de andere kant van de Atlantische Oceaan woonde, terwijl hij dacht dat ze dood was… en hij haar nooit heeft kunnen zien opgroeien.' Ze hield haar hoofd schuin. 'Dat is niet eenvoudig voor hem.'

'Ik vraag me al mijn hele leven af hoe het is om een vader te hebben,' bekende Dalia geëmotioneerd.

'Het kan voor jou ook niet gemakkelijk zijn geweest,' zei haar oma vol medeleven. 'Een moeder die bij je geboorte is gestorven, een vader die je nooit hebt gekend.'

Dalia knikte. 'Totdat ik die brief las had ik niet gedacht dat ik hem ooit nog zou leren kennen.'

Fernanda nam Dalia's gezicht tussen haar handen. 'En je gaat hem leren kennen. Spoedig. Dat beloof ik je. Ik ken mijn Ricardo. Zo slim en voortvarend als hij in zijn werk is… Bij persoonlijke dingen duurt het simpelweg iets langer voordat hij begrijpt wat goed voor hem is.'

41

Negenentwintig jaar eerder
Chichén Itzá

Nadat Camellia haar weinige bezittingen in haar reistas had gestopt, bekeek ze voor de allerlaatste keer de spaarzaam ingerichte ziekenhuiskamer waarin ze de afgelopen tweeënhalve week had gelegen. Sinds twee dagen had ze de kamer voor zich alleen, de andere patiënt was naar huis gestuurd.

Ze was blij en opgelucht dat ze het ziekenhuis mocht verlaten, en nog wel eerder dan verwacht. Drie dagen geleden hadden de artsen gedacht dat ze nog minstens een week zou moeten blijven, maar gisteren had ze onverwacht groen licht gekregen. Over een halfuur zou ze naar het vliegveld gaan, waar ze op een rechtstreekse vlucht naar Engeland zou stappen.

Sadie kwam haar kamer binnen en gaf Camellia een beker koffie aan.

'Dank je.'

'Denk je nog steeds dat je hier goed aan doet?' wilde Sadie weten.

'Mijn besluit staat vast. Mexico heeft me geen geluk gebracht.' Camellia legde haar hand op haar buik. 'Nee, zo kan ik dat niet zeggen. Mexico heeft me laten zien hoe beroerd mensen zich kunnen gedragen.'

Sadie liep naar haar toe en pakte haar vrije hand vast. Zachtjes trok ze Camellia mee naar het tafeltje bij het raam en ze gebaarde dat ze moest gaan zitten.

'Wat is er?' Camellia keek haar geërgerd aan.

Sadie zocht in haar handtas en haalde een klein doosje tevoorschijn, dat ze op de tafel tussen hen in legde.

'Wat is dat?' Camellia knikte met haar kin naar het rode doosje.

'Dat is van Ricardo,' zei Sadie aarzelend.

Er trok een rilling door Camellia heen. Ze begon te beven. 'Van Ricardo? Ik heb toch tegen je gezegd dat ik –'

Sadie stak allebei haar handen op. 'Ik weet wat je hebt gezegd, Camellia,' viel ze haar in de rede. 'En Ricardo accepteert ook dat je hem niet wilt zien. Wat moet hij anders?'

'Waar is hij?'

Een paar tellen lang viel er een stilte. 'Hij is gisteren voor een paar dagen naar Mexico-Stad vertrokken, omdat hij… Ricardo zei dat hij iets belangrijks moest bespreken met de rector van de universiteit.' Ze liet weer een stilte vallen. 'Hij ging ervan uit dat je pas over een paar dagen zou worden ontslagen.' Sadie slaakte een zucht. 'Ik heb net nog met hem gebeld. Hij was compleet van slag toen ik tegen hem zei dat je vandaag nog naar huis vliegt.'

Iets belangrijks met de rector bespreken. Camellia lachte bitter, in de greep van een enorme teleurstelling. Ze wilde hem niet zien, maar ze had stiekem toch gehoopt dat hij moeite zou doen om haar te kunnen spreken. Helaas leek zijn carrière belangrijker te zijn. 'Wat een lafaard!'

Sadie rolde met haar ogen. 'Sinds het moment dat je hier bent opgenomen, heeft hij gesmeekt om je te mogen bezoeken. De rector is zijn meerdere. Hij kan moeilijk zeggen: "Sorry, ik moet nog iets belangrijks in Chichén Itzá regelen. Mijn koppige vriendin laat me al weken bungelen en wil me vlak voor haar vertrek nog snel spreken."'

'Dat heb ik niet gezegd,' antwoordde Camellia met diezelfde koppigheid. Ze voelde zich door Sadie betrapt.

'Maar je dacht het wel,' fluisterde Sadie. Ze wees naar het doosje. 'Kijk eens wat hij voor je heeft meegegeven.'

Camellia slikte. Had ze een fout gemaakt? Had ze veel eerder met Ricardo moeten gaan praten? Toen werd ze echter weer getroffen door de woede die ze tijdens hun laatste gesprek had gevoeld. Hij was aan een ander beloofd. Hij ging trouwen met Paula, dat meisje uit de buurt. Voor Camellia en de baby was geen plaats in zijn leven.

'Camellia,' zei Sadie vermanend, 'maak het nou open.'

Met trillende vingers maakte Camellia het kleine kartonnen doosje open. Op een kussentje van zwart fluweel lagen sierlijke oorbellen in de vorm van twee dahlia's. De nationale bloem van Mexico, schoot het door Camellia's hoofd. Bij die aanblik kreeg ze zonder het te willen tranen in haar ogen.

'Wil je je vlucht misschien verzetten?' drong de stem van Sadie tot haar door.

Snel schudde Camellia haar hoofd, en ze veegde haar ogen af. 'Nee. Hij heeft zijn kans gehad.'

'Is dat echt zo?'

Camellia aarzelde even. 'Ja, dat is zo.' Ze dacht aan de avonden en nachten die ze samen hadden doorgebracht. Urenlang hadden ze met elkaar zitten praten. Camellia had het gevoel gehad dat hij haar begreep, ze had zich geaccepteerd en zelfs geborgen gevoeld. Over kinderen hadden ze het weliswaar nooit gehad, maar op dat moment had Camellia zich geen betere vader kunnen voorstellen dan Ricardo, met zijn rustige, vriendelijke manier van doen. Hij was intelligent, had een verstandige kijk op zaken en begreep waar het in het leven om draaide. En toch had hij zich als een waardeloze lamzak gedragen toen ze hem had verteld dat ze zwanger was.

'Ik denk dat je een grote fout maakt,' probeerde Sadie het nog eens.

'En ik denk dat het jou niet aangaat,' kaatste Camellia bot terug, maar ze had meteen spijt van haar toon. 'Sorry, het spijt me. Ik weet dat je de beste bedoelingen hebt, maar… hij gaat met een ander trouwen.'

'Ik denk dat hij heel veel van je houdt,' zei Sadie zacht.

Camellia schudde haar hoofd en stond op. 'Ik moet nu echt gaan.'

Sadie stond ook op en slaakte een zucht. 'Ik ga met je mee naar het vliegveld.'

Camellia keek haar verbaasd aan. 'Echt waar?'

Sadie knikte. 'Natuurlijk. Ik breng je.'

Drie uur later zag Camellia door het kleine raampje naast haar de Atlantische kust steeds kleiner worden, totdat er niets meer van te zien was. Ze kon nog steeds niet echt geloven dat haar Mexicaanse avontuur op zo'n ontluisterende wijze was geëindigd. Maar wat had ze dan gedacht? Dat Ricardo op het nippertje naar de gate toe zou rennen om haar tegen te houden? Hij had honderden kilometers bij het vliegveld vandaan gezeten. Had Sadie gelijk? Had zij, Camellia, een fout gemaakt?

Haar ogen begonnen te branden. Ze legde allebei haar handen op haar onderlichaam en dacht aan het kleine wezentje in haar buik. Tot nu toe had ze haar zussen niet verteld dat ze zwanger was, en haar ouders ook niet. Dat ze een kind kreeg had ze haar familie niet aan de telefoon willen mededelen. Camellia veegde een traan uit haar ooghoek. Ging het haar lukken? Mum en dad zouden haar helpen, daar was ze zeker van, en ze zou niet de eerste moeder zijn die een kind zonder vader opvoedde. Camellia was vastbesloten om het kleintje de beste start in het leven te geven die ze het kon geven. Het zou haar kind aan niets ontbreken en Camellia ging haar uiterste best doen om het gemis van een vader goed te maken. Niets zou haar te veel zijn, daar was ze zeker van. Ze zou zelfs haar studie staken als het niet anders kon. Haar kind verdiende het om omringd door liefde op te groeien, veilig en beschermd. En als op een dag de vraag 'Wie is mijn vader?' zou komen, zou ze wel zien wat ze daarop zou antwoorden.

Camellia haalde het doosje uit haar broekzak en maakte het open. Voorzichtig streek ze met haar rechterwijsvinger over de kleine dahlia's. Als ze een dochter kreeg, zou ze haar over een paar jaar deze oorbellen geven. Het enige wat ze van haar vader zou hebben.

Camellia voelde droefheid opwellen. Was ze te hard geweest? Was er echt geen andere oplossing geweest dan heimelijk en stilletjes het land verlaten? Met ontelbaar veel onbeantwoorde vragen in haar bagage? Met een gebroken hart en een ongeboren kind, dat ondanks alles het recht had om zijn of haar vader te kennen?

Haastig deed Camellia het deksel terug op het doosje en ze stopte het in haar tas. Ze legde haar hoofd tegen de leuning en deed haar ogen dicht. Veel te pijnlijke herinneringen stormden op haar af. Herinneringen aan een tijd waarin ze zichzelf als een echte geluksvogel had beschouwd. Met een man aan haar zijde die gewoon perfect was. In een land dat vanaf het allereerste moment haar hart had veroverd. Nu was alles in duigen gevallen. Wanneer ze de laatste paar maanden uit haar geheugen opdiepte, kon ze alleen maar denken aan hoe erg Ricardo haar had gekwetst. Ze moest die man vergeten, maar tegelijkertijd besefte ze dat het kind in haar buik haar eeuwig aan hem zou herinneren, aan degene die zoveel kapot had gemaakt. Ze begon zachtjes te huilen en nam zich voor om dit kindje nooit, maar dan ook nooit in de steek te laten.

42

Heden
Tulum

Gespannen plukte Dalia aan haar blouse. De familie van Pablo had haar te eten uitgenodigd en ze was nog niet vergeten wat ze per ongeluk had gehoord. Ze vroeg zich af hoe zijn moeder zich vanavond tegenover haar zou gedragen. En hoe moest zij reageren?

Ze had de dag aan het strand van Tulum doorgebracht. Nadat ze gisteravond uitgebreid met Fernanda had gepraat, was er een last van haar af gevallen. Haar pas verkregen grootmoeder was niet langer boos op haar. Integendeel, Fernanda had meerdere keren gezegd dat ze zo trots en dankbaar was dat ze Dalia haar kleindochter mocht noemen. Het was nog altijd een vreemd gevoel dat ze hier opeens meer familie had, duizenden kilometers bij haar echte thuis vandaan. Een tweede thuis, dacht Dalia blij toen ze de badkamer in liep om haar haar in een staart te doen.

Toen haar telefoon, die op het bed lag, begon te rinkelen, legde ze de borstel weer neer en liep ze snel terug de slaapkamer in. Het was Nara.

'Hola,' begroette Dalia haar tante opgewekt.

'Dag, lieverd,' antwoordde Nara. 'Wat klink jij vrolijk.'

'Er is inmiddels het een en ander gebeurd,' legde Dalia uit.

'Nu maak je me nieuwsgierig. Maar ik heb ook nieuws.'

Dalia's adem stokte. 'Wie eerst, jij of ik?'

Nara lachte. 'Jij!'

Dalia deed zo beknopt mogelijk verslag van haar ontmoetingen met Fernanda en hun gesprek van gisteren.

'Heel goed,' zei Nara toen Dalia klaar was met haar verhaal. 'Dat klinkt allemaal geweldig. Ik ben zo blij voor je. Zo te horen heb je in Mexico je grote liefde gevonden. En Fernanda zou ik heel graag eens persoonlijk ontmoeten. Het is voor jou dus allemaal goed afgelopen. Is dat niet heerlijk?' Ze klonk heel vrolijk.

'Nu jij,' moedigde Dalia haar ongeduldig aan. 'Ik barst bijna uit elkaar van nieuwsgierigheid.'

Weer was Nara's heldere lach te horen. 'Ik heb nog een brief gevonden,' bekende ze enthousiast.

'Nog een brief?' Dalia wreef over haar voorhoofd. 'Van wie dan?'

'Van je vader,' zei Nara triomfantelijk.

'Dat bestaat niet,' mompelde Dalia ongelovig. Ze liep met de telefoon in haar hand naar het terras. 'Waar komt die opeens vandaan?'

Nara slaakte een zucht. 'Zijn eerste brief was aan mum geadresseerd, die heb ik in een map in haar bureau gevonden. Deze is, let op, aan jóúw mum gericht.'

'Je hebt een brief van hem aan mijn moeder?' Dalia kon het niet geloven.

'Inderdaad,' bevestigde Nara. 'Ik denk dat we nog wel een tijdje bezig zijn met het uitzoeken van al die oude papieren. Dalia, je kunt je gewoon niet voorstellen hoeveel ordners zich in de loop der jaren hebben opgehoopt. En we moeten alles zorgvuldig doornemen om te kunnen beslissen wat we ermee doen. Kunnen die oude papieren weg of hebben we ze ooit nog nodig?' Nara kreunde zacht. 'Het is... verschrikkelijk. In een kast op zolder heb ik de oude administratie van je moeder gevonden. En toen ik die doornam, stuitte ik op deze brief.'

'Heb je hem gelezen?' Dalia hield van de zenuwen haar adem in.

'Ja,' gaf Nara met een klein stemmetje toe. 'Het spijt me, maar ik wist niet of het belangrijk was. Zeker nu jij in Mexico op zoek bent naar antwoorden...'

'Daar hoef je je excuses niet voor aan te bieden. Mum was jouw zus. Je hebt net zoveel recht als ik om de inhoud van de brief te kennen.'

'Dalia, hij is erg... aangrijpend,' waarschuwde Nara haar.

'Wil je hem alsjeblieft voorlezen?' vroeg Dalia.

'Dat is goed.' Nara schraapte haar keel. 'Je kunt maar beter even gaan zitten.' Ze begon voor te lezen.

Mijn geliefde Camellia,

Ik weet niet goed hoe ik moet beginnen. Kun je je onze gezamenlijke nachten nog herinneren? Onze urenlange gesprekken over de Maya's, over ons, ons leven, ons onderzoek? We raakten nooit uitgepraat. Ik had bijna het gevoel dat er niet genoeg woorden waren om alles uit te drukken wat ons bezighield. En nu vind ik ook niet de juiste zinnen om je uit te leggen wat er allemaal in me omgaat. Camellia, ik mis je heel erg. Ik mis je elke dag, elk uur, elke minuut, elke seconde. Ik weet dat een simpel excuus niet voldoende is om mijn vreselijke gedrag goed te maken. Maar het is mijn enige kans en ik wil het in elk geval proberen.

Dit kind... ons kind verdient het om met beide ouders op te groeien. En jij, Camellia, hebt het verdiend dat ik je in alle opzichten steun. Ik wil je gelukkig maken, altijd bij je zijn, ik wil geen dag van mijn leven zonder jou doorbrengen. Ik weet nog niet hoe we dat voor elkaar moeten krijgen, maar we moeten een manier vinden. Samen. Jij, de baby en ik. Wij drieën als gezin. Toen je naar Engeland terugging, zat ik in Mexico-Stad, om met de rector van de universiteit te bespreken of het mogelijk was om een aanstelling aan een Engelse universiteit te krijgen. Ik wilde je, zodra je het ziekenhuis mocht verlaten, met een plan voor onze toekomst verrassen. Toen Sadie me vertelde dat je eerder dan gepland wilde vertrekken, stortte mijn wereld in. Ik zat in Mexico-Stad en jij aan de andere kant van het land. Ik zag geen enkele mogelijkheid om in zo'n korte tijd naar je toe te komen.

Alsjeblieft, Camellia, luister op deze manier nog een laatste keer naar me. Ik heb in de afgelopen weken zoveel verkeerd gedaan. Ik had je nooit moeten laten gaan, maar ik hoop dat het voor ons nog niet te laat is. Een simpel teken van jou en ik stap op de eerstvolgende vlucht naar Engeland. Ik weet dat je binnenkort moet bevallen, maar een brief naar jou doet er lang over. Camellia, ik hou van je. Jij bent de vrouw met wie ik mijn leven wil delen, samen met jou wil ik ons kind grootbrengen. Ik kan me niet eens een toekomst zonder jou en ons kind voorstellen. Je hebt mijn hart veroverd, elke dag een beetje meer. Ik ben nog nooit zo'n gevoelige, lieve, charmante, intelligente en mooie vrouw tegengekomen. En het was zo stom van me dat ik dat niet eerder heb ingezien.

Toen je dat ongeluk kreeg, leek mijn hart stil te staan. Natuurlijk begreep ik dat je me, na alles wat er tussen ons was voorgevallen, niet meer wilde zien. Maar ik was zo bang dat jou en de baby iets was overkomen. Toen Sadie me eindelijk het verlossende nieuws vertelde, barstte ik van pure opluchting in huilen uit. Camellia, mijn grote liefde, geef me nog een laatste kans. Een kans om je te laten zien dat ik de man kan zijn die je gelukkig maakt. Die je compleet maakt. Die van je houdt zoals geen ander dat kan.

Je hoopvolle Ricardo

Dalia snikte luid.

'Lieverd, ik vind het zo erg,' zei Nara vol medeleven.

'Wat betekent dit allemaal? Hij lijkt echt van haar te hebben gehouden. En welke fouten heeft hij gemaakt? Hij wilde toch voor haar naar Engeland komen?' Dalia legde haar hoofd in haar nek en staarde naar de onbewolkte hemel.

'Hij heeft geen contact meer met je opgenomen?' vroeg Nara voorzichtig.

'Nee. Volgens zijn moeder heeft hij tijd nodig om aan de nieuwe situatie te wennen.'

'Die brief wekt de indruk dat hij iemand is die niet gemakkelijk zijn gevoelens verwoordt,' vond Nara.

'Hij heeft heel erg veel van haar gehouden,' herhaalde Dalia zacht. 'En hij wilde bij haar in Engeland gaan wonen.'

Had haar moeder deze brief nog op tijd ontvangen? Of was hij pas na Dalia's geboorte bezorgd? Na de dood van haar moeder…

'Staat er een datum op?' wilde Dalia weten.

Nara aarzelde even. 'Ricardo heeft hem zes weken voor je geboorte geschreven. Ik ben er vrij zeker van dat ze hem nog heeft kunnen lezen. Zo lang was de post toen niet onderweg.'

'Dat is een geruststellende gedachte, dat ze nog heeft geweten wat hij voor haar voelde voordat ze…' Dalia's stem brak. 'Ze heeft mij op de wereld gezet in de wetenschap dat mijn vader naar haar toe zou komen en bij ons zou gaan wonen, denk je ook niet?'

'Als je hem spreekt, moet je hem ernaar vragen,' stelde Nara voor. 'Misschien hebben ze elkaar nog een keer gebeld of… Ik weet het niet.'

'Zou je die brief willen fotograferen en naar me toe willen sturen?'

'Natuurlijk. Dat doe ik meteen zodra we hebben opgehangen, oké?'

'Dank je,' antwoordde Dalia weemoedig. Er werd op de deur geklopt. 'O, Pablo is er.'

'Pablo? Ik ben zo blij voor je. Dan hangen we nu op en wens ik je een heerlijke avond. Bij ons moet de dag nog beginnen.'

Dalia zei haar gedag, slikte de brok in haar keel weg en deed de deur open.

'Wat is er aan de hand?' Pablo liep naar binnen en sloeg zijn armen om haar heen. 'Voel je je niet goed?'

Dalia schudde haar hoofd. 'Jawel, het gaat… goed. Ik…' Ze deed heel even haar ogen dicht. 'Ik ben blij dat je er bent.' Ze zoende hem teder en haalde haar hand door zijn haar. 'Ik hou van je.'

Rond Pablo's lippen verscheen een lachje. 'Ik ook van jou.' Hij keek haar aandachtig aan. 'Mijn moeder kijkt ernaar uit om je vanavond bij ons thuis te ontvangen.'

'Ik ben ook blij dat ik ben uitgenodigd,' gaf Dalia eerlijk toe. 'En ik ga haar beloven dat ik goed op je zal passen als je inderdaad naar Engeland komt.'

Toen Dalia de volgende morgen onderweg was naar Fernanda, was ze nog helemaal in de ban van de avond ervoor. Ze had heel lang met de moeder van Pablo gepraat, die haar bij binnenkomst meteen hartelijk had omhelsd en meerdere keren had gezegd dat ze blij was dat Pablo zo'n leuke vrouw had gevonden. Dalia was er zo verlegen van geworden dat ze niet had geweten wat ze moest zeggen. Het was een geweldige avond geweest. Met heerlijk eten, veel drank en nog meer gelach.

Toen Dalia vanuit een zijstraatje opeens een wanhopig klinkende meisjesstem hoorde, bleef ze staan en spitste haar oren. Vervolgens liep ze terug om te zien wat er aan de hand was. Haar adem stokte toen ze zag dat het Cristina en Valeria waren, die door twee jongens van ongeveer dezelfde leeftijd tegen de muur van een huis werden gedrukt.

'We hebben geen geld bij ons,' zei Cristina jammerend toen een van de jongens zijn hand rond haar keel klemde en haar met een nare grijns aankeek.

'Haal het dan maar bij je vader, *princesas*,' zei hij spottend.

De meisjes begonnen te huilen.

Dalia aarzelde geen seconde. 'Hé!' riep ze woedend. 'Laat die meisjes meteen met rust.'

Verbaasd keken de jongens naar haar om.

Ze rende op het groepje af, greep boos de arm vast van de jongen die Cristina bedreigde en rukte hem van haar los. 'Wat moet dit?'

'Wie ben jij?' De jongen keek haar geërgerd aan en probeerde zich ondertussen uit haar greep te bevrijden, maar ze liet hem niet los. Zijn metgezel deed een stap achteruit.

Dalia keek de meisjes aan. 'Wie zijn dit?'

Cristina raakte haar keel aan en Valeria keek verlegen opzij.

'Naam?' beet Dalia de jongen toe, die een half hoofd kleiner was dan zij en die ze nog steeds stevig vasthield.

'Jorge,' antwoordde hij met een klein stemmetje.

'Zitten jullie bij hen op school?' Weer keek Dalia naar haar zusjes.

'Niks zeggen!' zei de andere jongen tegen de meisjes.

'Zitten jullie bij hen op school?' herhaalde Dalia op luidere toon.

Valeria knikte.

'Goed,' zei Dalia grimmig, 'dan gaan we daar nu samen naartoe.' Ze keek op haar horloge. 'De lessen beginnen dadelijk, of niet soms?'

Weer gaf geen van de vier antwoord.

'Cristina, ga jij maar voorop,' droeg Dalia haar op zachte toon op, want zelf had ze geen idee waar hun school stond.

Terwijl ze zwijgend door de zijstraat liepen, hield Dalia Jorge de hele tijd scherp in de gaten. De beide jongens liepen met gebogen hoofd naast haar en zeiden geen woord.

Naast een smeedijzeren poort die naar het schoolplein voerde, stond een vrouw van middelbare leeftijd, vermoedelijk een lerares.

'Wat is er met jullie aan de hand?' vroeg ze. 'Valeria, Cristina?'

De meisjes draaiden zich om en keken Dalia vragend aan.

'Jorge en zijn vriend hebben deze twee daarnet buiten op straat bedreigd,' legde Dalia uit. 'Ik liep toevallig net langs toen ze de meisjes geld wilden aftroggelen.'

De lerares keek eerst Jorge en daarna de andere jongen aan. 'Hebben jullie het nog steeds niet door?' Ze kneep haar ogen tot spleetjes.

Pas toen merkte Dalia dat ze Jorges arm nog steeds stevig vasthield. Snel liet ze de jongen los en deed een stap opzij.

'Jullie gaan je nu meteen melden bij Señor Lopez.' Ze keek de jongens streng aan. 'Is dat duidelijk?'

Ze knikten allebei zwijgend en draafden met opgetrokken schouders het schoolgebouw in.

De lerares stak haar hand uit naar Dalia. 'Ik ben Carmen Ruiz.'

'Dalia Carter,' stelde ze zichzelf voor.

Carmen Ruiz keek de meisjes aan. 'Jullie weten dat ik jullie ouders moet bellen? We zijn verplicht om dit aan hen te melden.'

Valeria en Cristina knikten.

'Zou u bij hen willen wachten?' vroeg de lerares aan Dalia. 'Ik denk dat hun ouders u wel willen spreken en u willen bedanken, en daarna kunnen de meisjes naar de les.'

Dalia slikte. Hoe zou Ricardo reageren als hij hoorde dat ze samen met zijn dochters hier stond? En wat zou zijn vrouw zeggen, die niets van haar bestaan wist? Met tegenzin knikte ze. Wat kon ze anders doen?

Terwijl ze voor de lerarenkamer met Valeria en Cristina stond te wachten, ging haar hart steeds sneller kloppen. De lerares was snel naar de kamer van de rector gelopen. Waarschijnlijk gaf ze de beide jongens samen met het hoofd van de school een fikse preek.

'Hebben die twee dit vaker gedaan?' vroeg Dalia aan de meisjes.

Valeria schudde haar hoofd.

'Niet bij ons, maar wel bij anderen,' legde Cristina op bedeesde toon uit. 'Als het zo doorgaat, worden ze straks nog van school gestuurd.'

Dalia knikte grimmig. 'Als ze het weer eens doen, moeten jullie het meteen tegen Señora Ruiz of jullie ouders zeggen.'

'Jorge is... Zijn moeder is een halfjaar geleden overleden,' legde Cristina uit. 'En zijn vader... die drinkt heel veel.'

Dalia keek haar aandachtig aan. 'Dat vind ik heel naar voor hem, maar het geeft hem niet het recht om zo gemeen tegen anderen te zijn.'

'Cristina! Valeria!' klonk op dat moment een vrouwenstem aan het einde van de gang. 'Wat is er gebeurd?'

De moeder van de meisjes liep zo snel naar hen toe dat de zolen van haar schoenen piepten op de vloer van de gang. Ze was een tengere vrouw, die haar zwarte haar in een bob droeg. Gespannen keek Dalia naar haar en naar Ricardo, die een stukje achter haar liep.

De moeder drukte de beide meisjes tegen zich aan en Dalia voelde een lichte steek van verdriet.

'Hola!' zei Ricardo verrast toen hij Dalia herkende.

'Hebt u de meisjes naar school gebracht?' Zijn vrouw draaide zich om en keek Dalia vol belangstelling aan.

Dalia knikte en stak haar hand uit. 'Dalia Carter,' stelde ze zichzelf voor.

'Ik ben Paula en dit is Ricardo, mijn man.' Ze keek weer naar haar dochters. 'Hebben jullie deze mevrouw al voor haar hulp bedankt?'

De meisjes schudden hun hoofd.

'Dat is niet nodig,' zei Dalia verlegen. 'Ik liep toevallig langs en...'

'Dank je, Dalia,' zei Cristina. 'We hebben echt geluk gehad dat juist jij het was.'

'Kennen jullie elkaar?' Paula keek haar dochter met een verbaasde frons aan.

Valeria knikte. 'Dalia is een vriendin van abuelita.'

Dalia wendde haar hoofd af. Vriendin. Weer kreeg ze last van een slecht geweten.

'O.' Paula leek het verband niet te begrijpen.

Ricardo stond er zwijgend bij.

Op dat moment kwam de lerares terug. 'De rector en ik hebben de jongens flink de mantel uitgeveegd. Ze hebben hun excuses aangeboden en ik ga ervan uit dat het niet nog eens zal gebeuren. Mocht u horen dat ze zich weer hebben misdragen, dan wil ik dat u mij dat meteen laat weten,' zei Señora Ruiz tegen de ouders van de meisjes. Toen richtte ze zich tot Valeria en Cristina. 'En jullie gaan nu meteen naar de les.'

De meisjes gingen op weg naar hun lokalen en ook Señora Ruiz nam afscheid.

Paula's telefoon begon te rinkelen. Ze wierp een blik op het schermpje. 'Ricardo, sorry, maar ik moet nu echt naar mijn werk. Tot later, oké?'

'Tot dan!'

Paula knikte bij wijze van afscheid naar Dalia en draafde weg.

Nu stonden Dalia en Ricardo samen in de gang.

'Ik heb dadelijk ook een afspraak,' zei hij, 'maar heb je later nog tijd?'

Met bonzend hart knikte ze. 'Ja, natuurlijk.'

Zijn mondhoeken trilden. 'Wat zeg je van een uur of drie?'

'Ja, dat kan wel.'

'Kun je naar de ruïnes komen?'

Dalia knikte weer, want ze vreesde van de zenuwen geen woord over haar lippen te kunnen krijgen.

'Het is volgens mij de hoogste tijd dat we met elkaar praten.' Hij keek haar een hele tijd aan. 'Dank je wel dat je Cristina en Valeria hebt geholpen.'

Ze schudde haar hoofd. 'Dat stelde niet veel voor. Ze hadden het alleen ook wel gered.'

'Toch bedankt.' Hij glimlachte zwakjes. 'Ik kijk uit naar onze afspraak later vandaag.'

Bij die woorden maakte haar hart een sprongetje. 'Ik ook.'

43

Als op wolken liep Dalia naar de winkel van haar oma.

'Wat is er met jou?' wilde Fernanda weten.

Dalia kon een brede grijns niet langer onderdrukken. 'Is het leven niet verrukkelijk?'

Fernanda lachte. 'Er is iets gebeurd, zoveel is zeker.' Ze omhelsde Dalia en keek haar onderzoekend aan. 'Je ziet er erg gelukkig uit.'

Dalia hield haar hoofd schuin. 'Ik heb een geweldige man leren kennen...'

Fernanda knikte. 'Pablo, ik weet het.'

'Ik heb een erg lieve oma gevonden...' ging Dalia verder.

Fernanda knikte weer. 'Dat zal ik dan wel zijn.'

'En ik heb een afspraak met mijn vader,' besloot Dalia triomfantelijk.

'Heeft Ricardo eindelijk iets van zich laten horen?'

'Nou, zo ging het ook weer niet,' zei Dalia relativerend.

'Hoe ging het dan?' Fernanda stak haar arm door die van Dalia en voerde haar mee naar het atelier. 'Ik denk dat vandaag een goede dag is om te schilderen.'

Dalia knikte. Toen vertelde ze Fernanda over wat de meisjes was overkomen en over de daaropvolgende ontmoeting met Ricardo en zijn vrouw.

'Zij heeft vast nog niets door,' veronderstelde Fernanda. 'Hij heeft het haar waarschijnlijk niet verteld.'

'Daar ga ik ook van uit,' was Dalia het met haar eens, terwijl ze haar penseel pakte en de kleuren begon te mengen.

'Hij wil waarschijnlijk eerst alles met jou bespreken voordat hij het zijn gezin vertelt,' vermoedde Fernanda.

Terwijl beide vrouwen geconcentreerd aan het werk waren, riep in de winkel iemand de naam van Fernanda.

'Is dat Paula?' fluisterde Dalia geschrokken.

Fernanda knikte. 'We zijn hier, lieverd, in het atelier,' riep ze luider.

Ricardo's vrouw verscheen in de deuropening. 'Hé, Dalia, wat goed dat ik je hier tegenkom. Ik wilde Fernanda naar je telefoonnummer vragen, de meisjes zeiden dat jullie bevriend zijn. Nog heel erg bedankt voor je snelle handelen van vanochtend. Het was jammer dat ik zo snel weg moest.' Ze ging naast de ezel staan en bekeek Dalia's werk. 'Wat een prachtig schilderij. Een lust voor het oog, zo harmonisch.' Ze knikte om haar woorden kracht bij te zetten.

'Wil je het hebben?' vroeg Dalia in een opwelling.

Paula keek haar verrast aan. 'Dat kan ik niet aannemen. Wij zijn jou iets schuldig, niet andersom.'

Dalia ademde diep uit. 'Als je het mooi vindt, doe ik het je graag cadeau. Als het klaar is natuurlijk.'

'Die kans moet je niet laten lopen, Paula,' merkte Fernanda op. 'Dalia heeft veel talent. Over een paar jaar kun je haar werk misschien niet meer betalen.'

Dalia lachte. 'Jaja. Maar even zonder gekheid, ik meen het, je mag het hebben.'

Paula keek weifelend van Dalia naar Fernanda en weer terug. 'Ik weet het niet...'

'Jij vindt het mooi en zij wil jou een plezier doen,' maakte Fernanda haar duidelijk. 'En ze kan het toch niet mee naar Engeland nemen.'

Paula zuchtte. 'Goed dan. Ik weet niet wat ik moet zeggen, behalve dan natuurlijk heel erg bedankt.' Ze dacht even na. 'Wat zeg je ervan om morgenavond bij ons te komen eten, als bedankje?' Ze keek haar schoonmoeder aan. 'Jij bent natuurlijk ook uitgenodigd.'

'Hola, dames!' Die stem herkende Dalia uit duizenden. Haar hart ging meteen sneller kloppen. Toen ze zich omdraaide, zag ze Pablo bij de deur van het atelier staan.

Ze stond op en liep naar hem toe. 'Wat leuk dat je langskomt.'

Pablo knipoogde naar Fernanda. 'Ik wilde alleen even mijn neus laten zien.' En hij zoende Dalia zachtjes op haar mond.

'Jij bent natuurlijk ook uitgenodigd,' zei Paula met een glimlach. 'Als vriend van Dalia.'

Pablo trok een vragend gezicht. 'Ik snap niet…'

Dalia pakte zijn hand en kneep erin. 'Ik leg het je straks wel uit. Wij zijn morgenavond uitgenodigd voor het eten bij mijn… bij Paula en Ricardo.'

'Ricardo?' Pablo keek haar indringend aan. 'Bij jouw…'

'Bij Paula en Ricardo,' herhaalde Dalia nadrukkelijk, en ze gaf hem een onopvallende knipoog. 'Ik leg je straks wel uit hoe dat zo is gekomen, oké?'

Pablo leek te begrijpen dat Paula nog geen flauw idee had dat Dalia en haar man vader en dochter waren. 'Oké. Bedankt voor de uitnodiging.'

'Ik moet weer verder,' zei Paula, en ze omhelsde Fernanda bij wijze van afscheid. 'De meisjes komen na school naar jou toe?'

Fernanda knikte. 'Zoals elke woensdag.'

Nadat Paula het atelier had verlaten vertelde Dalia Pablo wat er die ochtend was gebeurd.

'Ik laat je nog geen vijf minuten alleen of je redt je zusjes uit de klauwen van een stelletje pestkoppen,' zei hij plagend.

'Cristina heeft weleens over die Jorge en zijn vriend verteld,' zei Fernanda ernstig. 'Ik geloof dat die ander Ramón heet.'

'Jorge schijnt het momenteel nogal moeilijk te hebben.' Dalia ging weer op haar krukje zitten.

'Zijn vader mag zich weleens wat meer om hem bekommeren,' vond Fernanda, 'anders eindigt die jongen nog in de goot.' Ze schudde haar hoofd. 'Als het niet al te laat is.'

'Het schijnt een probleemgezin te zijn,' zei Dalia. Ze begon de weerspiegeling van het zonlicht in zee te schilderen, maar keek toen op naar Fernanda. 'Die uitnodiging... Hoe pak ik dat aan?'

'Het is een ideale gelegenheid om Paula de waarheid te vertellen. Je ziet je vader daarvoor toch nog. Bespreek het maar met hem.'

Pablo keek Dalia fronsend aan. 'Wacht even, zie je je vader straks? Je redt je zusjes, je spreekt af met je vader...' Hij zette zijn handen in zijn zij. 'En ik hoor altijd alles het laatst.'

Dalia streelde zacht zijn wang. 'Sorry.'

Hij schudde zijn hoofd. 'Ik maak maar een grapje. Ik ben heel erg blij dat het voor jou allemaal nog goed gaat komen.' Hij legde zijn hand op haar rug. 'Je hebt het verdiend.'

Fernanda knikte instemmend. 'Dat heb je zeker. En Ricardo heeft het ook verdiend om eindelijk zijn volwassen dochter te leren kennen.'

44

Met bonkend hart liep Dalia naar El Castillo, waar ze met Ricardo had afgesproken. Ze zag hem bij de kliffen staan.

'Hola,' begroette ze hem.

Hij draaide zich om en glimlachte. 'Hola, Dalia.' Hij wees naar het strand beneden. 'Ik heb een boot geleend, heb je zin in een stukje varen?'

Dalia trok haar wenkbrauwen op. Een boottochtje had ze niet verwacht. 'Ja, natuurlijk. Dat klinkt goed.'

Zwijgend liep ze naar het strand.

'De boot is van een oude vriend,' verbrak Ricardo ten slotte de stilte toen ze bij het kleine jacht aankwamen. 'We kennen elkaar al eeuwen. En af en toe leen ik zijn boot. Soms neem ik mijn dochters mee, op andere momenten ga ik er in mijn eentje op uit, als ik mijn gedachten op een rijtje wil zetten. Op zee hebben we tijd en rust om alles te bespreken, dacht ik.'

Dalia knikte. 'Dat is een goed idee, ik snap wat je bedoelt. Ik vind de zee ook heel rustgevend en inspirerend.'

Ricardo stak zijn hand naar haar uit en hielp haar om in te stappen.

Daarna gooide hij de trossen los, sprong zelf aan boord en startte de motor. 'Laten we eerst een stukje varen, dan kunnen we ergens verderop blijven liggen en van de oceaan genieten.' Hij wees naar de kajuit. 'Ik heb een paar burrito's meegebracht. Hopelijk heb je honger.'

Als op bevel begon Dalia's maag te knorren. Ze lachte. 'Zo te horen wel.' Ze schraapte haar keel. 'Ik heb vanmorgen van de zenuwen bijna niets gegeten.'

Ricardo keek haar aan. Zijn ogen glommen. 'Ik vind het vervelend dat het allemaal zo is gelopen. De hele situatie is voor mij nog zo onwerkelijk.' Hij schudde zijn hoofd en gebaarde dat ze naar hem toe moest komen. 'Kom maar naast me zitten totdat we er zijn.'

Er vlogen een paar pelikanen voorbij. Het water om hen heen fonkelde in het zicht van de zon. Dalia deed haar ogen dicht en genoot van het briesje op haar warme wangen. Ze kon amper geloven dat ze echt naast haar vader zat en met hem praatte. Een vader van wie ze tot voor kort vrijwel niets had geweten.

'Ik heb zoveel fouten gemaakt, Dalia, ik weet niet eens waar ik moet beginnen. De afgelopen dagen heb ik telkens weer aan de tijd met Camellia gedacht. Tien keer, twintig keer... Ik weet niet eens hoe vaak.' Hij keek haar even van opzij aan. 'Ik snap nog steeds niet waarom Camellia's moeder mij heeft geschreven dat jij bij je geboorte was gestorven.'

Hoorde Dalia een trilling in zijn stem? Ze knikte.

'Ik snap dat ook niet,' zei ze. 'Misschien was ze bezorgd om mij?'

Hij lachte, maar het klonk vreugdeloos. 'Ik ben jouw vader, ze had niet tegen me mogen liegen.'

'Het antwoord op die vraag heeft ze meegenomen in haar graf,' antwoordde Dalia. 'Ik had er graag nog eens met haar over willen praten. Of met grandpa.'

Ricardo minderde vaart. 'Zullen we hier blijven liggen?'

Dalia knikte en de motor viel stil.

'Ik pak ons eten, ga jij maar lekker in de loungehoek zitten,' zei Ricardo, die benedendeks verdween.

Dalia stond op en liep naar de achtersteven, waar de eigenaar van het jacht een riante zithoek had ingericht. Ze liet zich op de bank vallen, die met grote grijze kussens was bekleed. Toen ze om zich heen keek, leek het wel een droom. Om haar heen zag ze niets anders dan het donkerblauw van de Atlantische Oceaan. Een paar krijsende meeuwen cirkelden boven het jacht. De zon brandde zo onbarmhartig aan de onbewolkte hemel dat Dalia blij was met de schaduw die het dak over haar heen wierp.

Ricardo verscheen weer, met in zijn handen een houten dienblad met in aluminiumfolie gewikkelde rolletjes, limonade, water en twee glazen. 'Ik hoop dat ik aan alles heb gedacht. Anders moet ik weer naar beneden om Ernesto's koelkast te plunderen.' Hij lachte.

Dalia telde tien burrito's. 'Zijn die allemaal voor ons?'

'Ik wist niet wat jij lekker vond, dus ik heb verschillende vullingen gekozen,' legde Ricardo uit. 'Maar ik hoop dat ik je snel veel beter leer kennen,' vulde hij zachtjes aan.

Dalia keek op. 'Die hoop is wederzijds.'

'Ik vind het echt jammer dat ik zo lang nodig had. Paula en ik... Ze weet nog niets over jou. Ook zij denkt dat je al die jaren geleden bent gestorven.'

'Ken je haar al lang?' vroeg Dalia.

Hij slaakte een zucht. 'Het is denk ik het beste als ik bij het begin begin. Toen jouw moeder met een beurs naar Mexico kwam voor een studiereis. Dat we elkaar toen leerden kennen...' Hij viel stil en wees naar het dienblad. 'Eet maar.'

Dalia knikte en koos voor een burrito met kip.

'En dat ik me als een idioot heb gedragen toen ze me vertelde dat ze zwanger was.' Hij zuchtte weer. 'Het zal een erg lang verhaal worden. Ik hoop dat je tijd genoeg hebt.'

'Ik heb alle tijd van de wereld. Daarom ben ik hier, omdat ik alles wil weten. Vertel me hoe mum toen was. Wat ze zei, wat ze wilde, wat haar interesseerde,' moedigde Dalia hem nieuwsgierig aan. Ze leunde ontspannen achterover. 'Ik heb haar zelf helaas nooit gekend.'

Ze hoefde het geen tweede keer te vragen. Haar vader stak meteen van wal en Dalia hing al snel geboeid aan zijn lippen. Hij vertelde over Camellia's aankomst op de universiteit, hun tijd samen in Chichén Itzá, haar onmetelijke belangstelling voor de Maya's en hun discussies over wetenschappelijke theorieën. Over hun stiekeme ontmoetingen en hun heerlijke tijd samen, waaraan abrupt een einde was gekomen toen Camellia hem had verteld dat ze zwanger van hem was. Ricardo gaf toe dat hij zich daarmee geen raad had geweten. Hij vertelde dat Camellia door een val gewond was geraakt en dat ze hem daarna niet meer had willen zien. Terwijl zij in het ziekenhuis lag, was hij zelf naar Mexico-Stad gereisd om met de rector over een eventuele overplaatsing naar een Engelse universiteit te praten. Een andere studente had hem gebeld om te vertellen dat Camellia het ziekenhuis eerder mocht verlaten en meteen terugging naar Engeland. Ricardo bekende hoe groot zijn wanhoop was geweest toen hij had beseft dat hij zijn grote liefde nooit meer zou zien.

Terwijl hij aan het woord was, verorberde Dalia drie burrito's en dronk ze de hele fles water leeg. Toen hij een hele tijd later zijn verhaal besloot, kon ze aanvankelijk geen woord uitbrengen, zo overweldigd en aangedaan was ze door zijn herinneringen.

'Ik heb me tegenover Camellia net zo lomp gedragen als tegenover jou. Ik kan gewoon erg slecht met plotselinge onthullingen omgaan,' bekende Ricardo schuldbewust. 'Omdat ik haar maar niet kon vergeten, heb ik haar een brief geschreven waarin ik haar om vergiffenis heb gevraagd. Ze wilde mijn telefoontjes namelijk niet aannemen.'

'Die brief heeft mijn tante pas onlangs gevonden,' zei Dalia ademloos. 'Mijn moeder moet hem kort voor mijn geboorte hebben ontvangen.'

'Dat klopt,' bevestigde Ricardo ernstig. 'Ze heeft me een brief teruggestuurd, waarin ze schreef dat ze nog steeds van me hield en graag met mij en… jou een gezin wilde vormen. Ik was toen zo onvoorstelbaar gelukkig dat ik nooit had verwacht dat het noodlot me zo ongenadig hard zou treffen.'

Dalia kreeg tranen in haar ogen. 'Ze wist het,' mompelde ze opgelucht. 'Ze is gestorven in de wetenschap dat jij van haar hield en haar niet in de steek had gelaten.' Pas nu besefte Dalia hoe belangrijk dat voor haar was, zelfs na al die jaren. Ze was gekweld geweest door de gedachte dat haar moeder alleen, zonder de vader van haar kind, was gestorven, maar dat bleek niet zo te zijn. Haar moeder was overleden met Ricardo in haar hart.

'Ja, dat denk ik wel,' beaamde haar vader. 'En toch geef ik mezelf de schuld van haar dood. Ik had die dag bij haar moeten zijn. Ik had naar haar uitvaart moeten gaan.'

'Je had niets kunnen doen,' zei Dalia droevig. 'Mijn moeder kreeg opeens last van hevige bloedingen die niet meer te stelpen waren.'

'Zo voelt het niet, alsof ik niets had kunnen doen,' ging Ricardo tegen haar in. 'Hierbinnen.' Hij legde zijn hand links op zijn borstkas. 'Camellia was een heel bijzonder mens, Dalia. Had je haar maar gekend, ze zou een fantastische moeder voor je zijn geweest.' Hij staarde naar de zee. 'En ik wou dat ik er op zijn minst voor je had kunnen zijn.'

Dalia haalde de oorbellen uit haar broekzak en legde ze op het tafeltje.

Ricardo sperde zijn ogen open. 'Hoe kom je daaraan?'

'Die heeft mijn granny bewaard. Samen met de brief die je na de dood van mijn moeder aan haar hebt geschreven.'

Hij knikte afwezig. 'Ja, ik heb haar geschreven, nadat ze me had laten weten dat Camellia en… jij… dat jullie gestorven waren.'

Dalia pakte de bloemetjes op en stak ze in haar oren. 'Die brief van jou is de reden dat ik nu hier zit.'

'En je hebt geen idee hoe blij dat mij maakt. Ze heeft je Dalia genoemd,' zei Ricardo met een zwak lachje, terwijl hij naar de oorbellen keek. 'Ze passen bij je.'

'Zo'n naam is een traditie in onze familie,' legde Dalia uit. 'De kinderen van mijn grootouders en al mijn nichtjes hebben bloemen- of plantennamen. Granny was gek op bloemen. Dat ze de zoon van een tuinman tegen het lijf is gelopen, is een wonderbaarlijke speling van het lot geweest. Blooming Hall is haar nalatenschap.'

'Dat klinkt heel mooi. Ik had je grootouders graag eens ontmoet.' Ricardo pakte een burrito en nam er een hap van. 'Een mens moet ook eten,' zei hij grijnzend. Al kauwend keek hij Dalia aan. 'Ik kan gewoon niet geloven dat ik zo'n knappe, volwassen dochter heb.'

'Wat zal je vrouw ervan zeggen?' Dalia stelde de vraag die haar al sinds die ochtend had beziggehouden.

'Het duurde wel een tijdje voordat Paula en ik alles een plekje konden geven. Ik heb haar toentertijd eerlijk verteld dat ik voor Camellia had gekozen. Paula en ik waren op dat moment nog geen stel, maar het is altijd duidelijk geweest dat we op een dag zouden trouwen en een gezin zouden stichten. Ik heb haar toen heel erg veel pijn gedaan en het heeft jaren geduurd voordat we weer bij elkaar kwamen. En toen heeft Paula ook nog een aantal miskramen gehad.' Hij klonk droevig.

'Wat erg voor jullie.' Dalia keek aandachtig naar zijn gezicht, naar zijn grijze slapen en zijn verder nog donkere haar, en de schaduwen onder zijn ogen. Haar vader was geen jonge man meer, maar ze kon nog steeds zien wat haar moeder zo boeiend aan hem had gevonden.

'Dank je.' Zwijgend at hij zijn burrito verder op. Daarna veegde hij met een servet zijn mond af. 'Toen we onze dochters kregen...' Hij schudde zijn hoofd. 'Ik kan niet uitdrukken hoe gelukkig ik toen was. We hadden er niet meer op durven hopen dat we ooit nog ouders zouden worden.' Hij grijnsde weer. 'Natuurlijk had ik geen idee dat ik al een prachtige dochter had. Ik heb zoveel van jouw leven gemist.'

Hij viel even stil. 'Je vertelde dat je zo onder de indruk was van de ruïnes.' Zijn ogen fonkelden. 'Dan vind je het vast fijn om te horen dat er ook iets van de Maya's in jou zit.'

Dalia keek hem verrast aan. 'Hoe bedoel je?'

'Mijn voorouders komen voornamelijk uit Spanje, maar de vader van mijn betovergrootvader was een echte Maya,' legde Ricardo met trotse stem uit.

Dalia kon haar oren niet geloven. 'Ik stam van de Maya's af,' mompelde ze geboeid. 'Dat is... heel erg bijzonder.'

Hij knikte. 'Ja, dat is een bijzondere erfenis.'

Het bleef een paar minuten stil aan boord, want ze moesten allebei verwerken wat ze hadden besproken.

'Paula heeft Pablo en mij morgen te eten uitgenodigd,' zei Dalia ten slotte. Ze vertelde over haar ontmoeting met Paula bij Fernanda in het atelier.

'Dat betekent dus dat wij het voorrecht krijgen om thuis een echte Dalia Carter op te hangen,' zei hij zichtbaar vergenoegd. 'Wat een eer!'

'Daar lijkt het wel op.'

'Dan vertellen we het haar samen,' besloot Ricardo op ferme toon. 'En die maaltijd wordt de eerste officiële bijeenkomst van onze familie. Wat zullen Cristina en Valeria blij zijn.' Hij knipoogde. 'En ik wil heel graag jouw Pablo leren kennen. Ik vind het fijn dat je een Mexicaanse vriend hebt.'

'Ik ook,' was Dalia het met hem eens, terwijl haar ogen vochtig werden. 'En ik vind het fijn dat ik ook een Mexicaanse papa heb.'

Hij stak zijn hand uit en pakte de hare vast. 'We gaan zoveel mogelijk tijd met elkaar doorbrengen. Ik wil alles van je weten. En je moet me je schilderijen laten zien.'

45

‘Misschien moet ik qua werk een andere richting inslaan, Lilian,’ zei Dalia aan de telefoon tegen haar tante. Ze had haar later die middag gebeld. ‘Als ik met Fernanda aan het schilderen ben, voel ik zo’n innerlijke rust, een balans die ik nog nooit eerder zo heb ervaren,’ probeerde ze uit te leggen. ‘Het klinkt raar, maar ik weet niet hoe ik het anders moet omschrijven.’

‘Dan moet je echt iets veranderen, Dalia.’ Lilian aarzelde even. ‘Soley zit momenteel in hetzelfde schuitje. Dat denk ik tenminste.’

Dalia spitste haar oren. Ze wist nog dat haar nichtje voor haar vertrek inderdaad zoiets had opgemerkt.

‘Maar dat doet er nu niet toe,’ ging Lilian met een zucht verder. ‘Ik ben zo blij dat je je Mexicaanse familie hebt gevonden, en dat ze zo aardig zijn en je met open armen hebben ontvangen.’

‘Ze zijn geweldig, zo allemaal samen,’ bevestigde Dalia, terwijl haar hart een sprongetje maakte. Ze had een erg fijne middag met haar vader doorgebracht, Ricardo was zo’n gevoelige man. Zijn kennis leek onuitputtelijk, hij kon overal over meepraten, en Dalia had genoten van de uren met hem samen. Hij wilde weten wat haar favoriete schoolvakken waren geweest, waarmee ze als kind graag had gespeeld, welke boeken ze las, welke films ze goed vond, wat haar lievelingsgerechten waren, en nog veel en veel meer. 'En Ricardo is heel bijzonder.'

'Iets anders had ik van Camellia ook niet verwacht.' Lilian lachte. 'Jouw moeder stelde hoge eisen aan de mannen met wie ze omging.'

'Ik had die twee zo graag eens samen gezien.'

'Ach, kindje,' antwoordde haar tante op aangedane toon. 'Ik weet zeker dat Ricardo je veel over haar kan vertellen. Ze zijn de hele tijd samen in Chichén Itzá geweest.'

Dalia keek naar buiten. 'Dat is waar. Als hij over haar vertelt, heb ik bijna het gevoel dat ik haar ook heb gekend. Dat ik dicht bij haar ben.'

'Ze zal altijd bij je zijn, Dalia. Ze is je mum. En ze was zo blij geweest als ze had geweten dat je hem hebt gevonden. Dat was erg dapper van je.'

'Ach, wat,' wuifde Dalia haar compliment weg. 'Het zijn de mensen hier die het gemakkelijk voor me maken. Ze zijn zo eerlijk... zo ongecompliceerd, zo hartelijk en open.'

'Laat weer iets horen als je nieuws hebt, oké?' vroeg Lilian.

Dalia had amper afscheid van haar tante genomen en opgehangen of er werd op de deur geklopt.

'Fernanda.' Verrast keek ze haar oma aan, die in de deuropening stond.

Fernanda haalde verontschuldigend haar schouders op. 'Ik wilde je niet storen, maar... ik was zo nieuwsgierig.' Ze lachte bijna verlegen.

'Kom binnen.' Dalia bood haar een plek op het terras aan en zette een fles cola op tafel. 'Ik heb bijgeleerd.'

Haar oma moest lachen en schonk voor hen allebei in. 'Nou, vertel eens.'

Dalia ging zitten en vertelde uitgebreid over het boottochtje van die middag.

'Nadat Ricardo die brief van jouw granny had gekregen, was hij maandenlang amper aanspreekbaar,' vertelde Fernanda toen Dalia haar verhaal had besloten. 'Hij rouwde. Om Camellia. Om jou. Om het leven dat hij met jullie tweeën in Engeland had willen opbouwen. Hij had al met de rector van zijn universiteit gesproken over overplaatsing naar een Engelse universiteit.' Fernanda nam een slok. 'Het was toen een erg vreemde tijd. Zo vertelde hij me nog dat hij zielsgelukkig was omdat ze hem had vergeven, maar nog geen maand later stortte zijn wereld in. Zo had ik hem nog nooit meegemaakt.' Ze boog zich naar voren. 'Toen Paula jaren later die miskramen kreeg, ging het ook zo.'

'Maar nu heeft hij twee geweldige dochters,' antwoordde Dalia.

'Drie dochters,' verbeterde Fernanda haar lachend. 'Hij heeft drie geweldige dochters.'

'Het voelt heel vreemd om opeens te weten waar ik vandaan kom. Dat ik jullie cultuur in me meedraag, jullie geschiedenis. Er zijn zoveel dingen anders dan in Engeland.'

'We zijn allemaal mensen. Aan deze en aan de andere kant van de Atlantische Oceaan,' zei Fernanda. 'We hebben allemaal dromen en wensen, verlangens en hoop. Dat heeft niets met je nationaliteit te maken. Ja, ons eten ziet er anders uit dan dat van jullie en onze vruchten smaken anders dan jullie fruit, maar in wezen zijn we allemaal hetzelfde.'

'Dat heb je mooi gezegd.' Dalia stond in een opwelling op en hurkte neer naast Fernanda's stoel.

Haar grootmoeder trok haar naar zich toe en legde een hand op haar hoofd. 'Je bent hier altijd welkom, Dalia. Waarheen je weg je ook voert, hier in Tulum liggen jouw wortels. Dit is het land van je vader en van je grootouders. Ach, kon je grootvader je maar zo zien.' Ze streelde Dalia's haar.

Dalia sloot haar ogen en genoot van de liefdevolle aanraking. Ze was nog niet eens begonnen met het verwerken van al die vele indrukken en belevenissen van de afgelopen paar dagen, maar ze begreep wel dat ze hier het antwoord op al haar vragen kon vinden en dat ze die voor een deel al had gevonden. Wie was ze? Waar kwam ze vandaan? Waar wilde ze nog naartoe? Nu pas voelde ze zich compleet, nu ze de andere helft van haar familie had ontmoet en haar Mexicaanse wortels had gevonden. Ze hield ongelooflijk veel van haar familie in Engeland, van haar tantes, ooms en nichtjes, die van haar hielden en altijd voor haar klaarstonden, net als haar grootouders altijd hadden gedaan, maar nu had ze eindelijk de andere helft van haar familie gevonden, die haar compleet maakte. Ze had haar vader leren kennen en er twee halfzusjes en een grootmoeder bij gekregen. Dit gevoel had ze nooit eerder gehad. Ze was vervuld van dankbaarheid.

Toen er weer op de deur werd geklopt, schrok Dalia op. Haastig stond ze op.

Fernanda knipoogde naar haar. ‘Pablo?’

‘Dat denk ik wel.’ Dalia keek op de klok en deed de deur open.

‘En, lieverd?’ Pablo trok haar meteen naar zich toe voor een hartstochtelijke kus. ‘Ik heb je gemist.’

Dalia knikte naar het terras. ‘Mijn oma is er.’

Hij maakte zich van haar los en liep naar buiten. ‘Wat leuk! Hola, Fernanda.’

De oude vrouw stond op en keek van Pablo naar Dalia. ‘Dan ga ik maar. We spreken elkaar morgen weer.’

‘Ik wil je niet wegjagen,’ zei Pablo nadrukkelijk.

‘Dat doe je niet.’ Fernanda wuifde zijn woorden weg. ‘Maar de jongelui willen even alleen zijn.’ Ze knikte. ‘En zo hoort het ook. Denken jullie soms dat ik niet jong ben geweest?’

Dalia moest lachen. ‘Ik kan me jou heel goed als jonge vrouw voorstellen. Je zit nog steeds boordevol energie… Mijn grootvader had vast zijn handen vol aan je.’

Fernanda lachte schalks. ‘Dat had hij inderdaad.’ Ze zette drie stappen naar binnen. ‘Blijf maar zitten, ik weet de weg.’ Ze omhelsde Dalia en daarna Pablo, wenste hun een fijne avond en liep weg.

'Willen we echt alleen zijn?' Pablo liep naar Dalia toe en trok haar opnieuw tegen zich aan.

Ze knipperde verleidelijk. 'Ik denk het wel.'

'Om wat precies te doen?' vroeg hij met hese stem, terwijl hij met zijn lippen haar hals liefkoosde.

'Er valt ons vast wel iets in, denk je niet?' zei ze plagend. Ze begroef haar handen in zijn haar.

'Dat zou heel goed kunnen,' fluisterde hij in haar oor voordat zijn handen onder haar blouse verdwenen.

Dalia kroop dichter tegen hem aan en genoot van zijn warme huid tegen de hare, van zijn lippen op de hare, van zijn lichaam onder haar handen. Waaraan had ze dit geluk verdiend? Kon een ogenblik nog perfecter zijn? Had ze zich ooit zo gelukkig gevoeld? Pablo verlangde naar haar, hij hield van haar, en Dalia kreeg maar geen genoeg van zijn liefkozingen. Hij was de liefde van haar leven, ze had nog nooit een man gekend die haar hart meer had geraakt, die dieper in haar ziel had gekeken en zoveel aandacht voor haar had gehad.

De volgende morgen besloot Dalia spontaan om een snorkel te huren en een stukje te gaan zwemmen. Weer was ze overweldigd door het kleurrijke onderwaterparadijs van de Mexicaanse kust. Blauwe, gele, rode, oranje en violette vissen zwommen kriskras door het water, en ook het koraal had de ongelooflijkste kleuren. Toen ze een schildpad nakeek die langs haar zwom en bedaard in de diepte van de oceaan verdween, kreeg ze opeens een idee. Ze draaide een rondje en bekeek de zeebodem vanuit verschillende hoeken.

Zou het haar lukken om de verscheidenheid en schoonheid van deze onderwaterwereld op het schilderslinnen vast te leggen? In gedachten mengde ze alvast de juiste tinten om de kleur van het heldere water zo natuurgetrouw mogelijk te kunnen uitbeelden. Dalia zwom niet verder, maar concentreerde zich helemaal op het beeld dat voor haar opdoemde. De sierlijke waterplanten, die zachtjes in het ritme van de lichte stroming heen en weer wiegden. De krabben, de zee-egels en de vissen, die als bonte klodders verf door het water schoten. Het fel oplichtende koraal, dat zoveel verschillende tinten kende. Hier onder water heersten geheel eigen wetten, als in een parallel universum. Elke plant en elk levend wezen leek in een luchtbel te zweven.

Dalia bedacht hoe ze de vloeiende, bijna onwerkelijke bewegingen van de planten en dieren kon vastleggen en afbeelden. Het schilderen van het leven in de oceaan was een heel nieuwe uitdaging voor haar, maar wel eentje die ze vol nieuwsgierigheid en dorst naar kennis wilde aangaan.

Toen ze het gevoel had dat ze genoeg had gezien, draaide ze zich om en zwom ze met krachtige slagen terug naar het strand. Eenmaal uit het water was ze dankbaar voor de warme zon en het lichte briesje, dat zacht als een vlindervleugel haar huid streelde. Ze liet zich op haar handdoek zakken, haalde de snorkel van haar hoofd en legde die naast haar op het badlaken.

'Dalia!'

Ze draaide zich verrast om. Cristina en Valeria kwamen naar haar toe. Ze droegen kleurige bikini's met wijde lichtblauwe tunieken eroverheen.

'Wat doen jullie hier?'

'Onze docenten hebben studiedag, daarom zijn we eerder uit.'

Ze legden hun handdoeken naast die van Dalia en gingen zitten.

'Hoe gaat het met jullie?' Dalia hield haar rechterhand boven haar ogen tegen de zon, zodat ze de meisjes beter kon zien.

'Goed,' antwoordde Cristina lachend. 'Jorge heeft een laatste waarschuwing gekregen. Als hij nog eens iets uithaalt, wordt hij van school gestuurd.'

'Dat kon natuurlijk niet, wat hij en zijn vriend hebben gedaan,' vond Dalia, 'maar toch heb ik met hem te doen.'

Valeria knikte en stak haar lange haar op. 'Dat van zijn moeder is echt erg. En zijn vader...' Ze maakte een afwijzend gebaar.

'Misschien snapt hij het nu eindelijk,' zei Cristina nadenkend. 'Heb je net gezwommen?' Ze wees naar Dalia's natte haar.

'Gesnorkeld,' zei Dalia. 'Het was geweldig. Zulke felle kleuren als hier heb ik nog nooit in het wild gezien.'

'Papa heeft vroeger ook veel met ons gesnorkeld,' vertelde Cristina trots. 'Er zijn hier een paar prachtige koraalriffen, die je al heel goed vanaf de oppervlakte kunt zien.' Ze stond op. 'Tijdens het eten kan papa je vast vertellen waar ze precies liggen.' Ze keek haar zus aan. 'Zullen we gaan zwemmen?'

Valeria stond ook op, en de twee meisjes renden hand in hand de zee in.

Dalia moest grinniken. Die twee wisten nog helemaal niet dat ze een grote halfzus hadden. Het liefst had ze het hun nu meteen verteld, maar ze had nu eenmaal anders afgesproken met Ricardo en moest dus nog even geduld hebben. Ze leunde op haar ellebogen en keek naar de meisjes die heen en weer zwommen en elkaar natspatten. Dalia legde haar hoofd in haar nek en deed haar ogen dicht. Voor het eerst had ze iets wat op een vakantiegevoel leek. Ze dacht aan de vorige middag met haar vader en aan de avond met Fernanda en Pablo. Bij haar aankomst in Mexico had ze nog niemand gekend, maar ze had zo snel mensen gevonden die ze in haar hart had gesloten.

Eigenlijk was ze helemaal niet iemand die voortdurend nieuwe mensen wilde leren kennen en naar afwisseling zocht, want ze had liever vertrouwde gezichten om haar heen. Daarom was, nu ze erover nadacht, haar reis door Mexico des te verbazingwekkender.

'Hola, lieverd.'

Dalia deed verschrikt haar ogen open en keek recht in Pablo's gezicht. 'Hola.'

Liefdevol streelde hij haar over haar hoofd en hij ging toen naast haar in het zand zitten. 'Je hebt gezelschap?' Hij wees naar de handdoeken.

'Cristina en Valeria kwamen toevallig langs,' legde ze uit, terwijl ze zich naar hem toe boog om hem te zoenen. 'Mmm, dat ontbrak nog aan mijn perfecte moment,' mompelde ze in zijn oor.

Zijn gezicht betrok. 'Ik wil je goede humeur niet bederven, maar ik vrees dat ik slecht nieuws heb,' zei hij ernstig.

Dalia ging rechtop zitten en keek hem vragend aan. 'Wat is er?'

Hij staarde naar het water. 'Ik kan het me niet veroorloven om naar Engeland te gaan,' zei hij zacht.

Dalia wist even niet wat ze moest zeggen.

'Het appartement in Mexico-Stad...' begon hij zijn uitleg. 'Dat kan ik niet zomaar opzeggen. Om te beginnen kunnen Ruben en Estella het zonder mij niet betalen, en bij terugkomst vind ik nooit meer iets vergelijkbaars. In de hoofdstad zijn woningen schaars, zeker schone, betaalbare.' Hij schudde spijtig zijn hoofd. 'Ik heb geen idee waarop ik zou kunnen besparen. Het is ook veel moeilijker dan ik dacht om aan een universiteit bij jou in de buurt een baan te vinden. Bovendien moet ik mijn ouders financieel blijven ondersteunen.' Moedeloos liet hij zijn schouders zakken.

Dalia pakte zijn hand en kneep erin. 'We redden het wel, op wat voor manier dan ook. We vinden wel een oplossing.' Maar hoewel ze hem moed probeerde in te spreken, had ze zelf ook geen idee hoe die oplossing eruit zou moeten zien. Ze had weliswaar wat gespaard, maar ze wist nu al dat Pablo nooit geld van haar zou willen aannemen.

'Wat is er met jullie?' Valeria rende met nat haar op hen af en liet zich op haar handdoek vallen. 'Het is echt cool in het water!'

Cristina stond nog bij de branding en keek uit over zee.

Valeria ging rechtop zitten en keek Pablo en Dalia aan. 'Hebben jullie je tong verloren?'

'We piekeren over een probleem,' zei Dalia met een flauw glimlachje.

'Mama zegt altijd dat er voor elk probleem wel een oplossing te vinden is.' Valeria kneep haar haar uit. Dikke druppels vielen naast haar in het zand.

'Jouw moeder is zo te horen een erg slimme vrouw,' antwoordde Dalia nadenkend. 'Maar soms is het iets moeilijker om een oplossing te vinden.'

Pablo streelde haar over haar rug en keek haar van opzij aan. 'Ik kan je gewoon niet laten gaan.'

'Ik ben nog niet weg,' zei Dalia. 'En zoals Valeria's moeder al zegt: voor alles is er een oplossing. We hoeven die alleen maar even te vinden.'

46

Die middag dompelde Dalia zich onder in de drukte van de markt in Tulum, op zoek naar cadeautjes voor haar halfzusjes en Paula. Ze slenterde langs de kraampjes, die een veelvoud aan artikelen aanboden, van de bonte hangmatten die ze tot dusver op elke markt was tegengekomen tot beschilderde beeldjes, gesneden uit het hout van de *indio desnudo*. Er werden ook prachtige traditionele schoenen en bont geborduurd textiel verkocht. Bij een kraampje met keramiek bleef ze iets langer staan om de ragfijne kruiken met één oor, de kleurrijke schalen in alle soorten en maten, en de prachtige bloemenvazen te bewonderen. Ze wist simpelweg niet waar ze moest kijken, zoveel moois was er. Vooral een paarse vaas met gele bloemen onder een blauwe hemel vond ze prachtig. Ze besloot hem te kopen en vroeg de verkoper, een oude man die ze tegen de negentig schatte, om hem goed in te pakken. Hopelijk vond Paula die vaas net zo fraai als zij.

Bij het kraampje ernaast verkocht een jonge vrouw *huipils*, de traditionele bovenkleding uit Yucatán. Voorzichtig voelde Dalia aan de zachte stof.

'Wil je soms even passen?' De verkoopster kwam naar haar toe.

Dalia dacht na. 'Ik zoek iets moois voor mijn... zusjes.' Ze kon de trots in haar stem niet verbergen.

'Hoe oud zijn ze?'

'Jonger dan ik, maar bijna even lang,' antwoordde Dalia.

De verkoopster haalde een witte huipil zonder mouwen tevoorschijn, waarvan de halsopening met borduursel in groen, oranje, paars en rood was versierd. Die kleuren kwam terug in de grote, kunstig uitgevoerde bloemen op het voorpand.

'Dat staat jonge vrouwen goed,' zei de verkoopster.

Dalia pakte het hemd aan en bekeek het nauwkeurig. 'Heb je er twee van?'

Het meisje knikte en zocht onder de kraam totdat ze een tweede, identieke huipil had gevonden, die nog in plasticfolie verpakt zat. 'Dit is dezelfde maat.'

'Die neem ik,' besloot Dalia.

Terwijl ze keurend naar het tweede hemd keek, viel haar een vergelijkbaar kledingstuk op dat in donkerder tinten was uitgevoerd. Ze hield het voor haar bovenlichaam.

'Mooie kleuren,' merkte de verkoopster glimlachend op. 'De verschillende kleuren blauw en dat donkerrood passen bij je teint.'

Dalia knikte. Ze vond het zelf ook een geslaagde combinatie. 'Dan neem ik deze voor mezelf.' Ze haalde haar portemonnee tevoorschijn en rekende de drie huipils af.

Bij een ander kraampje werden aardewerken beeldjes verkocht. Een ervan stelde een bosje dahlia's voor, dat heel gedetailleerd was uitgevoerd. Dalia bleef er maar naar kijken. Ze vroeg de verkoper hoeveel het beeldje kostte en besloot het voor Ricardo te kopen.

Haar opwinding nam toe toen ze aan de aanstaande avond dacht. Bepakt met haar buit liep ze in een rustig tempo verder, ondertussen genietend van het veelvoud aan geuren en kleuren op de markt.

Toen haar telefoon ging en ze Nara's naam op het schermpje zag staan, moest ze grinniken.

'Ik dacht net aan je,' zei ze zodra ze had opgenomen.

'Ik was al bang dat je zo met je Mexicaanse familie bezig was dat je ons zou vergeten,' zei Nara plagend.

'Nee, dat zou ik nooit kunnen,' antwoordde Dalia beslist.

'Is er nog nieuws?' wilde haar tante weten.

Dalia wist eigenlijk niet waar ze moest beginnen, maar vertelde in een paar zinnen over haar ontmoeting met Ricardo, de nieuwste ontwikkelingen met Pablo en de innige band die er tussen haar en Fernanda was ontstaan.

'Dat is geweldig!' riep Nara uit. 'Ik ben zo blij voor je. Dat je je vader hebt gevonden... Is dat niet heerlijk?'

'Zonder Pablo was dat me nooit gelukt,' gaf Dalia eerlijk toe.

'Die Pablo toch...' Nara lachte. 'Naar hem ben ik behoorlijk nieuwsgierig. Ik wil hem graag leren kennen.'

Dalia dacht aan hun eerdere gesprek aan het strand. 'Dat gaat zomaar niet,' antwoordde ze droevig.

'Hoe bedoel je?'

'Hij kan zich een reis naar Engeland niet veroorloven,' zei Dalia zachtjes. 'Ik denk echt dat er iets bijzonders tussen ons opbloeit, maar ik weet niet hoe het verder moet. Ik kan hier tenslotte niet eeuwig blijven. Vroeg of laat moet ik vanwege mijn werk weer terug, en ik kan niet elke vier weken op en neer naar Mexico vliegen.'

'Ach, Dalia,' zei Nara vol medeleven. 'Geloof je dan niet dat jullie een oplossing kunnen vinden?'

'Ik hoop van wel, maar ik kan me er momenteel nog niets bij voorstellen. Maar genoeg over mij, hoe gaat het met jullie?'

'Soley komt morgen naar Blooming Hall. Ze moet optreden in Exeter en plakt daar een bezoek aan ons aan vast,' vertelde Nara. 'Met Lali gaat het zozo, ik heb gisteren nog met haar gebeld en maak me een beetje zorgen om haar. Ze is nog stiller dan anders. Volgens mij zit ze ergens mee, maar je weet hoe moeilijk het is om tot haar door te dringen. Als ze dichtklapt, kun je het verder vergeten. Maar ik blijf het proberen.'

'Dat arme kind,' zei Dalia. Ze had wel een vermoeden waar haar nichtje mee zat.

'Magnolia is in Londen gearresteerd. Ze had zich ergens aan vastgeketend en zo het verkeer lamgelegd.'

Dalia rolde met haar ogen. 'Weer een actie van de milieubeweging?'

'Ik denk het wel, ik heb niet echt doorgevraagd.' Nara lachte. 'Je hoort het, hier is niets veranderd. Magnolia is trouwens alweer vrijgelaten.'

'Gelukkig maar.'

'En ik moet je de groeten doen van Welwitschie. Ze mist je en hoopt dat je snel thuiskomt.'

Dalia lachte ontroerd. 'Doe haar de groeten terug en zeg maar dat ik me haast.'

'Regel eerst in alle rust alles in Mexico. Je bent er nu toch. Gebruik je tijd om je tweede familie te leren kennen,' raadde Nara haar aan.

'Dat ga ik zeker doen,' zei Dalia. Daarna hingen ze op.

Een eindje voor haar zag ze mensen bijeendrommen, en toen ze die kant op liep, zag ze vijf mannen in witte hemden en rode broeken in een twintig meter hoge paal klimmen. Wat was hier aan de hand?

Boven op de paal was een klein platform aangebracht, met vlak eronder een vierkant raamwerk. Daar gingen vier van de Mexicanen op zitten, maar de vijfde klom helemaal naar boven en begon op een fluit een vrolijke melodie te spelen.

De mensen beneden keken geboeid naar het spektakel boven hun hoofden. Toen de vier mannen ondersteboven aan touwen naar beneden zakten, hapte Dalia naar adem. 'Wat gebeurt er?' vroeg ze aan een jonge vrouw naast haar.

'Dat is de *danza de los voladores,* de dans van de vliegers,' legde ze behulpzaam uit. 'Ze voeren een eeuwenoud ritueel uit. De vier mannen staan voor de wedergeboorte van de krijgers en geofferden, die als vogels naar de aarde zweven.'

De vier mannen daalden inderdaad steeds verder af. Door de bewegingen van de man op het platform wikkelden de touwen langzaam steeds verder af en zakten zijn medestrijders al draaiend verder naar beneden, in de richting van de toeschouwers. Dalia keek gefascineerd toe. Ze was weliswaar geen vogel, maar ze voelde zich er wel eentje, die eindelijk op het nest van haar familie was teruggekeerd.

Bij de aanblik van de rijkelijk gedekte tafel had Dalia de indruk dat ze in Luilekkerland was beland. Ricardo's echtgenote moest uren in de keuken hebben gestaan om al dat lekkers te bereiden. Een grote pan rijst met zeevruchten – de Mexicaanse pendant van de Spaanse paella, had Dalia begrepen – stond naast een schaal krokant uitziende gebakken garnalen met knoflook. Aan het uiteinde van de tafel stond een stapel tortilla's, en een pan pozole van varkensvlees, chilipepers en kruidige tomaatjes maakte de hoofdgerechten compleet.

Als voorgerecht had Paula een exotisch geurende limoensoep gemaakt. Dalia zag ook nog vier verschillende sauzen in groen, oranje, donkerrood en wit. Daarnaast stonden schalen met langoesten, gebakken rode bonen, gerookte vis en bakbanaan.

'Wie moet dat allemaal opeten?' vroeg ze ongelovig, terwijl ze om zich heen keek. Ze was nog steeds niet echt gewend aan het vele eten dat hier op tafel kwam. Valeria en Cristina zaten rechts en links van hun moeder, tegenover Dalia. Ricardo was rechts aan het einde van de tafel gaan zitten, Fernanda links. Pablo zat naast Dalia.

'Je went er wel aan,' merkte Pablo lachend op. 'Eten is voor ons Mexicanen geen kwestie van zo snel mogelijk brandstof naar binnen werken, maar een bezigheid waarvan we uitgebreid willen genieten.'

Dalia fronste. 'Nou, ik weet niet of het nog wel genieten is als ik dit allemaal naar binnen moet werken.'

Iedereen schoot in de lach.

'Het is trouwens allemaal even lekker,' vulde Fernanda knipogend aan. 'Mijn schoondochter is een van de beste koks die ik ken.'

Ricardo knikte instemmend.

'Dank je, Fernanda,' zei Paula zichtbaar verlegen.

Dalia had de vrouw van haar vader meteen aardig gevonden. Paula had haar meerdere keren voor de vaas bedankt en Dalia meende zelfs een spoor van vreugdetranen in haar ogen te zien. Ook de meisjes waren erg blij geweest met hun huipils. Ze hadden ze meteen aangetrokken, zodat ze qua kleding bij Dalia pasten, die voor de gelegenheid de hare droeg. Ricardo was even sprakeloos geweest toen Dalia hem het beeldje had gegeven, maar toen had hij haar zwijgend in zijn armen genomen en stevig tegen zich aan gedrukt. Als Paula het gebaar al ongepast had gevonden, had ze er in elk geval niets van laten merken.

Anders dan bij Dalia's familie in Cornwall, waar er tijdens het eten zelf niet veel werd gepraat, kletste iedereen hier door elkaar. Naarmate er meer stemmen aan het gesprek deelnamen, ging het er steeds luidruchtiger aan toe. Valeria vertelde over een lastig opstel dat ze voor overmorgen af moest hebben, Fernanda sprak met Cristina over haar tekenlessen. Pablo stapelde drie tortilla's op zijn bord en keek de tafel rond.

'Dat meen je toch niet, hè?' fluisterde Dalia tegen hem, want ze had al een vermoeden waarnaar hij zocht.

Hij haalde verontschuldigend zijn schouders op. 'Bedoel je dat ik me in het openbaar moet beheersen?'

'Ja, dat bedoel ik. Geen chocoladepasta,' zei Dalia met een grijns.

'Chocoladepasta?' herhaalde Cristina fronsend. 'Wil je dat?' Ze keek Pablo vragend aan.

Dalia wreef zuchtend over haar voorhoofd.

'Nou, als het niet te veel moeite is...' begon Pablo aarzelend.

Paula stond op. 'Geen probleem, ik pak het wel even.'

'Wat een interessante combinatie,' vond Ricardo, die toekeek toen Pablo de pasta centimeters dik op zijn tortilla smeerde.

'Interessant,' herhaalde Dalia hoofdschuddend. 'Zo kun je het natuurlijk ook noemen.'

Cristina pakte een tortilla en deed Pablo na. Nadat ze de eerste hap had doorgeslikt, knikte ze enthousiast. 'Superlekker.'

Dalia rolde met haar ogen. 'Jullie hebben zulke geweldige traditionele gerechten, zo smaakvol en bijzonder gekruid dat ik vaak niet eens weet wat ik het eerst moet proeven, en dan eten jullie tortilla's met chocoladepasta?' Ze trok haar neus op.

Pablo moest lachen. 'Daar kan ze nog steeds niet tegen.' Hij sloeg een arm om haar schouders. 'Ooit wen je er wel aan. Zeker weten.'

Dalia snoof. 'Hieraan niet, en ook niet aan al die mierzoete drankjes.'

Nu lachte Valeria ook. 'Dit land loopt op limonade en cola.'

Dalia glimlachte fijntjes. 'Daar ben ik intussen ook al achter. Daarom heb ik nu ook altijd een fles cola op mijn kamer staan.' Ze keek Fernanda veelzeggend aan. 'Voor het geval ik bezoek krijg.'

'Waar kennen jullie elkaar eigenlijk zo goed van?' wilde Paula weten toen de eerste honger bij iedereen was gestild.

Dalia keek vragend naar Fernanda en Ricardo. Hij keek geruststellend terug en schraapte zijn keel. 'Ik geloof dat het tijd is voor een belangrijke mededeling.' Hij keek eerst zijn vrouw en toen Valeria en Cristina aan.

Paula keek verwonderd op, en ook de meisjes keken ongerust.

'Is er iets gebeurd, Ricardo?' wilde zijn vrouw weten.

Hij knikte langzaam. 'Dat kun je wel zeggen.' Toen stak hij zijn handen op. 'Niets ernstigs, voor het geval jullie dat denken.' Hij keek zijn vrouw recht aan. 'Je herinnert je vast nog wel onze... problemen, van jaren geleden.'

De meisjes luisterden geboeid naar hun vader.

Paula keek hem niet-begrijpend aan. 'Wat bedoel je?'

'Mijn relatie uit die tijd, met Camellia Carter.'

'Ja, die studente uit Engeland. Natuurlijk weet ik dat nog. Maar wat heeft dat met Dalia en Fernanda te maken?'

'Dalia is de dochter van Camellia,' legde Ricardo op een ernstige toon uit. 'En van mij,' voegde hij er na een korte stilte aan toe.

'Pardon?'

Dalia zag de radertjes in Paula's hoofd draaien.

De meisjes keken elkaar met stomheid geslagen aan en leken er helemaal niets van te begrijpen.

'Dat was toch een doodgeboren kindje?' Paula knipperde zenuwachtig met haar ogen.

'Nee,' mengde Dalia zich in het gesprek. 'Mijn granny heeft gelogen toen ze Ricardo schreef dat ik dood was. En ik heb geen idee waarom ze dat deed.'

'Dalia is jouw dochter?' Paula kneep haar ogen dicht en leek na te denken.

'Dus is Dalia onze zus?' concludeerde Cristina. 'Echt waar?'

Ricardo knikte. 'Ja, Dalia is mijn dochter en jullie zus.'

Na zijn onthulling viel er een stilte rond de tafel. Niemand wist wat te zeggen.

'Wauw, een grote zus uit Engeland,' merkte Valeria ten slotte op. 'Dat is echt cool.'

'Hoelang weet je het al?' vroeg Paula zachtjes aan haar man.

Hij aarzelde even. 'Een paar dagen. Toen Dalia opeens voor me stond en vertelde wie haar moeder was, stond mijn wereld even stil. Ik was compleet geschokt en volledig overrompeld.' Hij keek verontschuldigend naar Dalia. 'Het spijt me, maar jouw onthulling sloeg de grond onder mijn voeten weg. In eerste instantie dacht ik dat je een oplichtster was.' Hij vertrok zijn gezicht. 'Dat was natuurlijk onzin, dat begreep ik al snel. En toen… Ik kon het gewoon niet geloven. Ik vroeg me steeds weer af waarom Camellia's moeder me toen heeft geschreven dat Dalia ook was overleden. Ik dacht aan wat we allemaal hadden meegemaakt voordat Valeria en Cristina er waren,' zei hij met een blik op zijn vrouw, 'en aan al die jaren die verloren leken. Ik had geen idee hoe ik met die nieuwe situatie moest omgaan.'

'Het is niet de eerste keer dat je door omstandigheden overmand bent,' merkte Fernanda goedmoedig op.

Hij knikte. 'Ja, daar heb je gelijk in.' Hij keek Paula weer aan. 'En ik was doodsbang voor hoe jij zou reageren als je het zou horen.'

Paula's lippen vertrokken tot een zwakke glimlach. 'Hoe ik zou reageren?' Ze keek naar Dalia. 'Welkom in de familie.' Ze stond op, liep om de tafel heen en sloeg haar armen van achteren om Dalia heen.

De tranen sprongen Dalia in de ogen en ze veegde ze zo onopvallend mogelijk weg. 'Dank je.' Ze slikte.

Paula ging weer rechtop staan en Pablo streelde Dalia geruststellend over haar rug.

'Ik kan Paula alleen maar bijvallen,' nam Ricardo weer het woord. 'Welkom in de familie.' Ook hij stond op en liep naar Dalia toe. Ze kwam overeind en liet zich door Paula en Ricardo opnieuw omarmen. Ze kreeg steeds meer het gevoel dat ze erbij hoorde, dat ze was thuisgekomen, en daarnaar had ze al haar hele leven verlangd.

'Ik weet niet wat ik moet zeggen,' bekende Dalia met een brok in haar keel. 'Het is...' Ze snoof. 'Ik ben zo blij dat ik hier ben, dat ik bij jullie hoor, dat ik zulke leuke zusjes heb, zo'n wijze vader, en een stiefmama met zo'n groot hart.'

'Nou, mijn gedrag van de afgelopen dagen was allesbehalve wijs,' wierp Ricardo tegen.

'Dat kun je wel zeggen,' merkte zijn moeder op, maar toen lachte ze alweer.

'En dat ik zo'n lieve en creatieve Mexicaanse abuelita heb,' besloot Dalia dankbaar.

47

De volgende dag zat Dalia met haar oma in het atelier te schilderen, maar ze kon haar hoofd er niet goed bij houden. Telkens weer dacht ze aan het gesprek van Pablo en Ricardo van gisteravond, waarnaar ze met een half oor had zitten luisteren. Pablo had Ricardo verteld hoe moeilijk het was om in Engeland een baan te vinden, waardoor zijn plannen dreigden te mislukken.

'Waar denk je aan?' vroeg haar oma. Blijkbaar had ze gemerkt dat Dalia met haar gedachten heel ergens anders zat. 'Het ging gisteren toch heel erg goed?'

Dalia zuchtte. 'Het was een prachtige avond. Ik had niet kunnen dromen dat ik ooit nog deel zou uitmaken van zo'n harmonische familie.'

Fernanda lachte. 'Harmonisch?' Ze schudde haar hoofd. 'We hebben ons allemaal van onze beste kant laten zien. Wacht maar af totdat je ons beter leert kennen.' Ze trok een grimas.

Dalia lachte fijntjes. 'Ik heb in elk geval het gevoel dat ik jou al eeuwen ken. Hier voel ik me zo op mijn gemak.'

Fernanda schonk haar een hartelijke glimlach. 'Dat doet me plezier,

Dalia. Dat voel ik net zo. Neem mijn woorden vooral niet te serieus, want je hebt helemaal gelijk, Ricardo heeft een geweldig gezin. En hij verdient het om gelukkig te zijn. Net als jij. Hij heeft me trouwens verteld dat hij volgende week zijn broer en diens gezin wil uitnodigen en jou aan hen wil voorstellen. Wacht maar af wat er dan gebeurt.'

Dalia grijnsde. 'Ik kan me er wel iets bij voorstellen.' Ze moest denken aan de tomeloze energie die de familie gisteren had uitgestraald. Een nog grotere groep zou het plezier vast nog groter maken. Dalia hield van het enthousiasme en het lawaai dat Mexicaanse families altijd leek te omgeven. Bij al dat temperament voelde ze zich prettig.

Maar toen werd ze weer ernstig.

'Wat is er, Dalia?' vroeg Fernanda. 'Ik merk dat er iets is.'

'Het is Pablo,' begon Dalia aarzelend. 'Ik kan me amper voorstellen dat ik hier straks weg ben.'

'Je kunt altijd op bezoek komen,' probeerde Fernanda haar op te monteren, maar ook haar ogen kregen een verdachte glans.

'Hoe moet het nu verder met Pablo en mij?' Dalia sprak hardop de vraag uit die haar de afgelopen nacht uit de slaap had gehouden. 'Ik... Hij betekent veel voor me.'

Fernanda knikte bedachtzaam. 'Hij is een bijzondere man.'

'Dat klopt,' bevestigde Dalia. Ze liet haar hoofd hangen. 'Wat moet ik nu doen?' Ze kon haar wanhoop amper bedwingen.

Fernanda stond op van haar krukje en liep naar Dalia toe. Ze legde haar hand op haar rug en bleef zwijgend naast haar staan.

'Ik kan niet zonder hem naar Engeland teruggaan,' bracht Dalia gefrustreerd uit.

'Buenos días,' klonk op dat moment de stem van Ricardo vanuit de winkel. 'Mama?'

'We zijn achter,' riep Fernanda zijn kant op. 'In het atelier.'

Even later verscheen Dalia's vader in de deuropening. 'Wat is er aan de hand?'

Dalia draaide zich om en keek hem met tranen in haar ogen aan.

'Wat is er gebeurd?' Fronsend keek hij van haar naar zijn moeder. 'Is dit vanwege... gisteravond?'

Dalia schudde haar hoofd. 'Nee, ik vond het heel fijn bij jullie.'

Hij liep naar hen toe en zakte voor Dalia door zijn knieën, zodat zijn gezicht op gelijke hoogte met het hare was. 'Wat is het dan?'

'Pablo,' antwoordde Fernanda in plaats van haar kleindochter. 'Jouw dochter vindt die jongeman erg aardig.'

'O ja?' vroeg hij op indringende toon aan Dalia. Hij keek haar ingespannen aan. 'Wat betekent Pablo precies voor jou?'

Dalia probeerde kalm te blijven en beantwoordde zijn blik. 'Pablo betekent... heel erg veel voor me,' antwoordde ze eerlijk. 'Zo'n man als hij heb ik nog nooit ontmoet.'

Ricardo knikte zichtbaar tevreden. 'Dat wilde ik horen.'

Verbaasd keek Dalia op naar Fernanda, die haar schouders ophaalde. Zo te zien begreep ze er niet meer van dan haar kleindochter.

'Ik heb gisteren een hele tijd met Pablo zitten praten,' zei Ricardo, terwijl hij weer opstond. Zuchtend wreef hij over zijn schouder. 'Hij heeft me verteld wat zijn ouders allemaal voor hem hebben gedaan, en dat hij al jaren geld naar huis stuurt. Wat zijn appartement in Mexico-Stad kost en...' Hij maakte een afwijzend gebaar. 'Nou ja, dat doet er niet toe.'

'Ik zou hem geld kunnen lenen, zodat hij naar Engeland kan komen,' zei Dalia.

'Dat weet ik, dat heeft hij mij ook verteld, maar dat wil hij niet aannemen.'

'Helaas niet, nee.'

'Mannen en hun verrekte trots,' zei Fernanda nors.

'Ik begrijp hem wel,' zei Ricardo ernstig. 'Daarom heb ik vanmorgen wat in het rond gebeld. Ik ken niet voor niets zoveel academici, mijn contacten moeten toch ergens goed voor zijn.' Hij lachte bijna verontschuldigend.

Dalia hield haar adem in.

'Er is in elk geval een baan voor hem aan de University of Exeter.'

'Hoe heb je dat zo snel geregeld?' Dalia keek hem ongelovig aan.

'Dat was niet zo moeilijk. Het is een baan als docent Engels als tweede taal, voorlopig nog tijdelijk, maar dat is aan universiteiten vrijwel altijd het geval.'

Dalia kon haar tranen niet langer inhouden. 'Hoe zeker is dit aanbod?'

'Zo zeker als het maar kan zijn,' antwoordde Ricardo met een glimlach.

Ze stond op en omhelsde hem onstuimig. Toen ze zijn armen om haar heen voelde, werden de vreugde en het gevoel van geborgenheid haar bijna te veel. 'Dus dan hoeft hij alleen het geld voor de vliegreis ergens vandaan te halen.'

Ricardo schudde zijn hoofd. 'Ja en nee. Een deel vergoedt de universiteit, als reiskosten, en de rest betaalt zijn schoonvader in spe.'

'Wat?' Dalia dacht dat ze het niet goed had verstaan.

Fernanda lachte genoegzaam en knikte tevreden.

'Ik ben er achtentwintig jaar niet voor je geweest,' legde Ricardo met een ernstig gezicht uit. 'Pablo is zo te zien de man die jou erg gelukkig maakt. En het is maar een piepkleine bijdrage, die ik me prima kan veroorloven. Ik ga hem uitleggen dat hij geen nee kan zeggen als ik mijn dochter op deze manier wil helpen.'

Dalia kon de hele wereld wel omhelzen. 'Je bent...' Ze begon te snikken. Al die opgekropte emoties van de afgelopen dagen vermengden zich tot een enorme uitbarsting van gevoelens.

Ricardo nam haar opnieuw in zijn armen. Dalia vlijde zich tegen haar vader aan en genoot van de nabijheid van de man die haar zo hartelijk in zijn gezin had opgenomen. Haar start was hobbelig geweest, maar daarna waren er meer fijne dingen gebeurd dan ze ooit had durven dromen.

Pas een hele tijd later maakte ze zich van hem los. 'Mag ik het Pablo vertellen?'

Hij keek haar aan. 'Ben je gelukkig?'

Ze knikte.

'Dan kun je het hem gaan vertellen.' Hij streelde haar over haar haar. 'Ik ben erg trots op je.' Hij knikte met zijn kin naar het schilderij van Tulum. 'Paula staat te popelen om dat in onze eetkamer op te hangen.'

'Ik maak nog tien, wat heet, wel honderd schilderijen voor haar,' antwoordde Dalia overmoedig.

'Dat zal ik haar maar niet vertellen, anders houdt ze je nog aan je woord,' grapte Ricardo. Hij keek naar zijn moeder. 'Dank je wel dat je Dalia onder je hoede hebt genomen.'

'Ze is mijn kleinkind,' antwoordde Fernanda niet zonder trots. 'En ze mag hier altijd komen schilderen. Mijn atelier is vanaf nu ook haar atelier.'

Dalia was overweldigd. 'Jullie zijn fantastisch.' Ze stak haar arm uit en gebaarde dat Fernanda erbij moest komen. Haar oma liep met een glimlach naar hen toe en sloeg haar armen om haar zoon en kleindochter heen. Op dat moment mocht de tijd van Dalia stil blijven staan. Ze had haar bestemming bereikt. Ze had mensen die van haar hielden. En ze had de beste familie van de hele wereld gevonden.

Die avond keek Dalia in gedachten verzonken uit over zee. Ze had een heerlijke dag met haar familie beleefd. 's Ochtends had ze in gezelschap van haar oma haar schilderij voltooid. De compositie, de kleuren, het rangschikken en op elkaar afstemmen van de motieven: het was Dalia nog nooit zo makkelijk afgegaan als bij dit schilderij van de kliffen van Tulum.

Ze draaide zich om en keek naar de steile rotskust, waarboven El Castillo van de Maya's troonde. Ja, ze had de sfeer van dit hoekje van de wereld perfect weten te vangen en was erg in haar nopjes. De verf moest nog een poosje drogen, maar daarna kon Paula het schilderij komen ophalen en bij haar thuis ophangen.

Dalia was nagenoeg alleen op het strand. Een eindje verderop slenterde een jong stel langs het water. Een jongen speelde met zijn hond en gooide telkens een stok weg. Dalia hield van dit moment tussen de middag en de avond. En ze keek er zo naar uit om Pablo weer te zien. Hij had de dag bij zijn broer doorgebracht, om hem te helpen met wat bureaucratische aangelegenheden, en daarna wilde hij nog even langs Ruben en Estella. Dalia was die middag met Ricardo en de meisjes naar de ruïnes geweest. Ze hadden samen gegeten en onophoudelijk met elkaar gepraat. De uren waren voorbijgevlogen.

Wanneer ze aan die tijd samen terugdacht, sprongen de tranen haar weer in de ogen. Ze had twee zusjes, echte zusjes. En ze had een geweldige vader. Die om haar gaf en zich verantwoordelijk voelde voor haar geluk. Die er voor haar was en haar goede raad gaf. Ze had het drietal verteld dat haar werk als grafisch ontwerper haar lang niet meer zo'n voldoening gaf, waarop haar vader haar had aangeraden om iets te zoeken waarvan haar hart sneller ging slaan. Als ze naar haar innerlijk luisterde, zou ze vanzelf haar ware roeping vinden, had hij gezegd.

Dalia deed haar ogen dicht en dacht aan het schilderen van haar jongste doek. Ze had er niet over nagedacht, ze was gewoon begonnen en had de kleuren laten vloeien. Natuurlijk had ze wel vooraf moeten beslissen wat er op het linnen kwam te staan, maar het schilderen zelf ging haar veel natuurlijker af dan het eeuwige prutsen op de computer.

Bovendien was ze van schilderstijl veranderd. Hoe zei Fernanda dat ook alweer? Haar vroegere stillevens van bloemen hadden geen ziel gehad. En haar oma had gelijk. El Castillo in Tulum had daarentegen wel een ziel, en het was Dalia gelukt om die op het doek vast te leggen.

Ze had de sfeer van het oude gebouw tot in het kleinste detail weten te vangen, ze had de aura van de oude Maya's met het linnen verweven en de uitstraling van deze bijzondere plek vereeuwigd. Dalia was ervan overtuigd dat ze nog beter kon worden. Veel beter. Hoeveel inspiratie bood Engeland wel niet? Er vielen haar meteen tientallen plekken te binnen die ze kon schilderen. Porthcurno Beach, het

Minack Theatre, de dolmen die overal in Cornwall te vinden waren. En als ze dacht aan al die verschillende perspectieven van waaruit die onderwerpen konden worden belicht, kwam er geen einde aan haar mogelijkheden. En wat hield haar tegen om terug te gaan naar Mexico en daar nog meer inspiratie op te doen?

'Diep in gedachten verzonken, *milady*?'

Verrast keek Dalia op, recht in Pablo's gezicht. Hij stak haar een kartonnen bekertje toe. *'Teatime.'*

Dalia schoot in de lach. 'Thee heb ik sinds ik in Mexico ben geland niet meer gedronken.' Ze pakte de beker dankbaar aan en snuffelde eraan. 'Teatime?'

'IJsthee.' Hij lachte.

Dalia rolde met haar ogen. 'Natuurlijk. Waarom vraag ik het nog?'

Pablo zoende haar teder en liet zich naast haar in het zand zakken. 'Wat is het hier rustig.'

'Ik hou van de stilte, zo vlak voor het donker.'

Hij sloeg zijn arm om haar schouders en trok haar naar zich toe. 'En ik hou van mijn vriendin zo dicht bij me.'

'Hoe was jouw dag?'

Hij trok zijn schouders op. 'Best goed. Voor mijn broer heb ik alles kunnen regelen. En Estella en Ruben...' Hij schudde zijn hoofd. 'Je moet de groeten hebben. Ze vroegen of je zin hebt om morgen met z'n allen iets te doen.'

'Graag,' antwoordde Dalia.

'We kunnen een van de grotten bezoeken,' stelde Pablo voor. 'We zien wel. Estella schiet trouwens goed op met haar proefschrift, ze is zo goed als klaar. Ik denk dat ze het over een halfjaar wel heeft afgerond. Maar Ruben...' Hij zuchtte. 'Hij heeft een meisje leren kennen en...' Hij maakte een gebaar. 'Ach, laat ook maar.'

'Zijn hoofd staat naar andere dingen dan naar zijn proefschrift,' raadde Dalia.

'Zoiets, ja.'

'Wanneer begint het semester weer?' Ze keek hem van opzij aan.

'Over twee weken,' zei hij kortaf.

'Dan vlieg ik weer naar huis,' zei Dalia met trillende stem. 'Ik heb een grote opdracht die af moet, dat gaat vanuit hier niet.'

'Twee weken dus,' herhaalde Pablo terneergeslagen.

'In Cornwall ligt een strand dat bijna net zo mooi is als dit.' Dalia moest haar best doen om niet meteen het goede nieuws eruit te flappen. 'Dat wil ik je graag eens laten zien.'

'Dalia, ik heb toch gezegd dat ik...'

Dalia kon haar lach niet langer inhouden.

'Wat heb je?' Pablo keek haar fronsend aan.

'Ricardo wil zijn dochter graag gelukkig maken,' ging ze verder.

'Dat wil ik ook,' merkte Pablo somber op.

'Hij heeft wat rondgebeld. Blijkbaar wordt er gezocht naar een docent Engels als tweede taal,' ging Dalia verder. 'Aan de University of Exeter. Die stad ligt–'

'Ik weet waar Exeter ligt,' viel Pablo haar in de rede. 'Maar jij weet toch dat –'

'De universiteit en mijn vader betalen je vlucht,' legde Dalia uit. 'En omdat hij zich niet kan voorstellen dat je gaat dwarsliggen als hij zijn dochter iets moois geeft, gaan we er allebei van uit dat jij binnenkort in Exeter college geeft.'

Met open mond keek Pablo haar aan. 'Dat meen je niet!'

'Jawel.'

'Maar dat kan ik niet–'

'Jawel,' herhaalde Dalia. 'Dat kun je wel. Twee minuten geleden zei je nog dat jij me gelukkig wilt maken.'

'Dit is... waanzinnig.' Pablo klonk ontroerd. Hij keek naar het water en toen weer naar Dalia. Nerveus wreef hij over zijn wangen. 'Dat is... Ik weet niet wat ik moet zeggen.'

Ze hield haar hoofd schuin. 'Je kunt bijvoorbeeld zeggen dat je blij bent. Heel erg blij.' Ze keek hem grijnzend aan.

Hij nam haar gezicht tussen zijn beide handen. 'Ik ben ongelooflijk blij,' antwoordde hij met schorre stem. 'Maar geef me even de tijd om het allemaal te verwerken.'

Dalia lachte. 'Ik ken het gevoel. Wat er in de afgelopen paar dagen allemaal is gebeurd...'

'Ik ga naar Engeland, met jou,' zei Pablo, diep onder de indruk. Hij liet zijn blik over haar gezicht gaan. 'Hoe kan een mens zoveel geluk hebben?'

Ze pakte zijn hand en trok hem naar zich toe. 'Dat kan heel goed.'

Hij zoende haar. Eerst voorzichtig, daarna met meer verlangen.

Dalia dacht dat ze zweefde. Haar onderlijf trok verlangend samen. Toen ze zich van elkaar losmaakten, fluisterde ze in zijn oor: 'We zitten niet op een eenzaam strand op Cozumel.'

Pablo lachte zachtjes. 'Je hebt gelijk. En we willen niemand in verlegenheid brengen. Maar...' Hij stond op en trok Dalia overeind. 'Er is niets op tegen als we ons terugtrekken.' Zijn blik schitterde, zijn donkere ogen fonkelden. 'Wat zeg je ervan?'

Dalia gaf hem een zachte zoen op zijn wang. 'Dat lijkt me het beste idee in tijden.' Ze aarzelde even. 'Geef me tien minuten?'

Hij keek haar aandachtig aan en knikte. 'Neem zoveel tijd als je wilt.'

Toen Dalia alleen was, voelde ze aan haar oren, waarin ze de oorbellen met de dahlia's droeg. Voorzichtig raakte ze de tere bloempjes aan. Ze ging de sieraden van haar moeder koesteren als een kostbare schat. Ze keek naar de zee, met het gevoel dat haar moeder dichterbij was dan ooit.

Dalia was eindelijk thuis. Bij haar Mexicaanse familie, bij haar vader, bij een man die van haar hield, en bij haar moeder aan wie ze zoveel te danken had. Die haar alles had geschonken wat ze in de afgelopen tijd had meegemaakt.

Waar je ook bent, mum, dacht Dalia, in mijn hart leef je voor eeuwig voort. Ik hou van je, meer dan van wie of wat dan ook. Dank je.

Epiloog

Acht weken later
Cornwall

Dalia zat met Pablo op het terras van Blooming Hall en nipte aan haar thee. 'Het is een Duitse vrouw die in de buurt van Truro een pension gaat beginnen,' vertelde ze met groeiend enthousiasme. 'Over vier maanden verhuist ze naar Cornwall.'

'Moedig,' zei Pablo grijnzend.

'Nou ja, het zal voor haar niet zo'n cultuurshock zijn als voor jou,' merkte Dalia meesmuilend op. 'Ze komt uit het noorden van Duitsland, uit de buurt van Hamburg, dus ze is eigenlijk al aan weer als dat van ons gewend.'

'Hoe is ze aan jou gekomen?'

Dalia haalde haar schouders op. 'Ze was hier de afgelopen zomer om een geschikt pand uit te zoeken. Toen moet ze ergens mijn naam hebben opgevangen.'

'En nu mag jij de mooiste bezienswaardigheden van de streek schilderen, zodat zij die in de kamers van haar gasten aan de muur kan hangen?' vatte Pablo samen. Hij wierp haar een bewonderende blik toe. 'Wat goed, Dalia, ik ben zo blij voor je.'

'Ik wil straks nog even papa bellen,' ging Dalia verder. Het woord 'papa' rolde steeds gemakkelijker van haar lippen. 'En ik ga het natuurlijk ook aan abuelita vertellen.'

Ze keek naar de hemel. Het was begin mei, en sinds een paar dagen won de zon het steeds vaker van de grijze wolken.

Toen Pablo anderhalve maand geleden in Engeland was aangekomen, was de regen met bakken uit de lucht gevallen. Hij had gegrapt dat Engeland er alles aan deed om zich van het begin af aan van zijn beste kant te laten zien.

Dalia kon nog steeds niet geloven dat het allemaal zo gemakkelijk was gegaan. Doordeweeks verbleef Pablo in een klein pension in de buurt van de universiteit, maar op donderdagavond kwam hij naar Blooming Hall om het weekend met Dalia door te brengen. Op vrijdag werkte hij vanuit het landhuis van Dalia's grootouders.

'Dit is mijn eerste grote opdracht op dat vlak,' zei Dalia enthousiast. 'Ze heeft vijf kamers, dus ik ben er wel een poosje zoet mee.'

'Wil die vrouw ook een ontbijtzaal inrichten?' Pablo nam een hap van zijn theebroodje.

'Ja, hoezo?'

'Dan kun je een soort wisseltentoonstelling houden, met schilderijen voor de verkoop. Voor de toeristen die daar overnachten. Op die manier kom je weer aan nieuwe klanten. Hoe heet ze?'

'Angelika Moor.'

'Mevrouw Moor is er vast wel voor te porren als je met haar een verkoopprovisie afspreekt.'

Dalia keek hem verrast aan. 'Dat is een geweldig idee.'

Hij kauwde lachend verder.

'Als ik jou niet had...' Ze hield haar hoofd schuin. 'Ik zie haar morgenochtend, om de eerste ideeën te bespreken. Dan kaart ik in elk geval jouw voorstel aan. O, ik kijk er zo naar uit om met olieverf aan de gang te gaan. Niet meer urenlang op mijn laptop in grafische programma's zitten werken. Nee, gewoon een penseel pakken en genieten van het gevoel dat er iets ontstaat, dat er iets tot leven komt.'

'Je hebt je passie gevonden.' Pablo leunde tevreden achterover. 'En je kunt anderen in de toeristische sector hier vragen of ze ook interesse hebben. Je kunt helpen als ze hun kamers willen herinrichten, of die als etalage gebruiken.'

'Mijn vriend, de man met het zakelijk inzicht.' Dalia pakte lachend zijn hand en drukte die tegen haar wang. 'Ik ben zo ontzettend blij dat je hier bent.'

'Ik ook,' antwoordde Pablo met een blik vol liefde.

Lilian, die een eindje verderop over de weide liep, zwaaide naar hen. Dalia stak haar hand op en zwaaide terug.

'Ze zijn allemaal zo aardig,' zei Pablo. Hij knikte Dalia's tante toe.

'Wacht maar totdat de hele familie hier bij elkaar zit.'

'Daar kijk ik naar uit.' Hij streelde Dalia's wang.

'Zo, mijn lieve tortelduifjes.' Nara kwam aangelopen, met in haar ene hand een emmer en in de andere een hark. 'Nu al vrij?'

'Ik moet straks nog een paper nakijken,' verzuchtte Pablo met opgetrokken wenkbrauwen. 'Maar op Blooming Hall laat ik de beroemde teatime niet aan mijn neus voorbijgaan.'

Dalia en Nara schoten in de lach.

'Mijn leidinggevende heeft me vandaag trouwens gevraagd of ik mee wil werken aan een onderzoeksproject dat komende herfst begint. De aanvraag moet nog worden ingediend, maar als we groen licht krijgen heb ik de komende vijf jaar een vaste baan.'

'Dat klinkt fantastisch,' zei Dalia enthousiast.

Pablo liet zijn blik over het landgoed gaan. 'Het bevalt me hier wel.' Hij keek naar Dalia. 'En ik kan me heel goed voorstellen dat ik hier nog een tijdje blijf.'

'Dus je gaat vanaf de herfst aan dat project meewerken?' Dalia wilde het zeker weten.

'Als jij denkt dat je het nog vijf jaar met me kunt uithouden...'

'O, nog wel veel en veel langer,' zei Dalia blij.

Nara rolde met haar ogen. 'Lang leve de liefde.'

Dalia keek naar haar tante, die daar nog steeds met de emmer en de hark in haar handen stond, en ze kreeg een idee. 'Ben je toevallig op weg naar de loods?'

'Ja, hoezo?'

Dalia stond op. 'Ik wilde Pablo mijn eerste schilderpogingen laten zien. En ik geloof dat granny die daar ergens heeft bewaard.' Ze keek Pablo aan. 'Zin om even met Nara mee te lopen?'

Hij stopte haastig de rest van zijn broodje in zijn mond en stond ook op. 'Ja, ik ben benieuwd.'

Ze liepen met z'n drieën om een paar uitgestrekte bloembedden heen naar de loods. Nara deed de deur open en liet Dalia en Pablo het eerst naar binnen gaan. 'Scharrel gerust wat rond, ik moet wat zaaigoed bijeenzoeken. Dat duurt wel even.'

Dalia gaf aan dat Pablo met haar mee moest lopen. De loods was door simpele houten scheidingswanden in meerdere kleinere ruimtes verdeeld.

'Eens kijken,' mompelde Dalia terwijl ze de rekken afspeurde. Die lagen tot aan de nok vol met allerhande oude rommel. Tientallen ordners stonden naast notitieboeken en allerlei gerei voor de bloementeelt. Oude kookboeken lagen naast nog oudere fotoalbums.

Toen ze voorzichtig met haar hand over de mappen streek, dwarrelde er zoveel stof op dat Pablo moest niezen.

'Ik heb geen idee hoeveel decennia hier verzameld zijn,' zei Dalia verbaasd. 'Hoe moeten we dat ooit allemaal uitzoeken?'

'Misschien heeft een of ander museum belangstelling,' opperde Pablo. Hij ging naast haar staan.

'Geen gek idee,' vond Dalia, terwijl ze verder de rekken afzocht. 'Dit kan nog wel even duren.'

Pablo grinnikte. 'Ik heb de tijd.'

'Ik weet zeker dat ze de schilderijen hier ergens heeft opgeslagen,' zei Dalia, meer tegen zichzelf.

'Ik denk dat het doorslaggevende woord "ergens" is,' merkte Pablo gekscherend op.

Toen Dalia ten slotte in een hoek een paar lijsten en doeken zag staan, draaide ze zich met een triomfantelijk gezicht om. 'Ha! Wie zoekt zal vinden!'

Ze trok de schilderijen een voor een tevoorschijn en bekeek ze aandachtig. 'Dit is een van mijn vroege werken,' zei ze gniffelend. Ze liet Pablo een ingelijste afbeelding zien van twee klavertjesvier met een hoefijzer in het midden. 'Mijn eerste botanische studie.'

Hij keek ernaar en knikte. 'Mooi, hoor. Hoe oud was je toen?'

Dalia draaide de lijst dusdanig dat ze het stickertje op de achterkant kon lezen. 'Mijn grootouders hebben de datum genoteerd. Ik was toen negen.'

Ze gaf hem de andere kunstwerken aan en liep weer naar het rek. Naast een stapel oude boeken lagen nog meer doeken. Dalia trok ook die uit het rek en legde ze op een tafel die tegen de andere wand stond.

'Het vroege oeuvre van Dalia Carter,' zei ze schertsend.

'Maar dit is niet van jou, toch?' Pablo pakte een van de schilderijen op.

Dalia stapte naar hem toe en kneep haar ogen tot spleetjes. 'Nee, dat schilderij niet. Mijn nichtje Soley staat erop,' stelde ze verrast vast.

'Je nichtje?' Pablo draaide het doek om. 'Dan heeft ze wel een rare jurk aan, vind je niet?'

Dalia ging naast hem staan, zodat ze het schilderij beter kon zien. De afgebeelde vrouw droeg een hooggesloten jurk met een randje van fijne kant rond de hals. Pablo had gelijk, zoiets zou Soley nooit aantrekken.

'Dat is Soley,' herhaalde ze verbaasd, 'maar... er klopt iets niet.' Ze keek op de achterkant. 'Negentien... en iets met veertig.' Ze keek om zich heen. 'Nara?'

'Wat is er?' klonk het vanuit de achterste krochten van de loods.

'Kun je even hier komen?' Dalia keek Pablo nerveus aan en hield het schilderij omhoog toen haar tante naar hen toe kwam.

'Waar heb je dat vandaan?' Nara bekeek eerst de afbeelding, draaide toen ook het doek om en bestudeerde de onleesbare datum.

'Het lag tussen mijn schilderijen,' legde Dalia uit. 'Maar dat is toch Soley?'

Nara schoot in de lach. 'Ja, die vrouw lijkt wel heel erg op Soley, maar of ze het is...' Ze tikte op de achterkant. 'Dan klopt die datum niet. En die kleding...'

'Kan dit van een gekostumeerd bal zijn?' opperde Dalia.

Nara schudde haar hoofd. 'Geen idee. Zou kunnen... Zullen we het aan Soley laten zien?' Ze keek van Pablo naar Dalia.

'Waarom niet?' gaf Dalia na een korte aarzeling toe.

'Ze komt volgende week na haar tournee toch hiernaartoe, dan vragen we het haar. Ze kan er vast meer over vertellen.'

Ze legden de schilderijen terug, liepen de loods uit en zeiden gedag tegen Nara, die nog wat plantjes in de grond wilde zetten.

'Wat zou dat toch voor schilderij zijn?' vroeg Dalia zich hardop af.

'Jullie zijn een familie vol geheimen,' merkte Pablo geamuseerd op. 'Die loods zit zo te zien vol oude herinneringen.'

Dalia staarde afwezig in de verte. 'Dat zou heel goed kunnen. Maar waarom heeft granny dat schilderij daar bewaard? Als het echt Soley is, waarom heeft ze het dan niet ergens in huis opgehangen? Ik snap er niks van.'

'Als je nichtje binnenkort hier is, kan ze vast opheldering geven,' probeerde Pablo haar gerust te stellen. 'Wat zeg je ervan als ik eerst nog even wat ga werken en we daarna naar het strand gaan?'

Dalia zoende hem. 'Met een kleine picknick?'

'Het mag ook een wat grotere picknick zijn,' antwoordde Pablo verlekkerd.

'Ik weet nog wel een knusse baai waar in deze tijd van het jaar bijna niemand komt,' fluisterde Dalia terwijl ze hem verleidelijk aankeek.

'Zoiets als op Cozumel?' Pablo trok haar naar zich toe.

Dalia knikte. 'Zoiets als op Cozumel.'

Hij zoende het puntje van haar neus. 'Dan zal ik me haasten. Tot over een uurtje bij de auto?'

'Ik zal er zijn.' Ze sloeg haar armen om zijn nek en drukte zich genietend tegen hem aan.

Beste lezers,

Voor mij is het ontstaan van een nieuw boek altijd een klein, en soms een wat groter, avontuur.

Toen Ullstein Verlag mij benaderde met het idee voor een epos over vijf vrouwen op vijf continenten werd mijn gevoel voor avontuur meteen geprikkeld. Een nieuw genre betekent ook een nieuwe uitdaging. De vraag kwam precies op het juiste moment, want ik had genoeg inspiratie voor nieuwe landen, nieuwe personages en hun unieke verhalen. In mijn hoofd kregen de eerste ideeën voor de afzonderlijke verhalen al snel vorm. Daarna werden de landen gekozen, dus ik had al de nodige beelden in mijn hoofd toen ik met de plot en de levensverhalen aan de slag ging. Het schrijven was een heerlijke bezigheid, want ik kon me onderdompelen in een vreemd land en een oude beschaving. Het voelde bijna alsof ik zelf daar in Mexico zat.

En nu heb je het eerste deel van *De bloemendochters* in handen en heb je het verhaal van Dalia en Camellia waarschijnlijk al gelezen.

Het is een lange weg van een eerste idee naar het uiteindelijke boek, en er zijn veel mensen bij betrokken die ik hier uitdrukkelijk wil bedanken.

Ten eerste mijn gezin, mijn man en mijn twee kinderen, die mij altijd de tijd en de rust gunnen om me helemaal in mijn verhalen te storten. Mijn leven zou zoveel armer zijn zonder jullie.

Ik wil ook mijn lieve ouders bedanken, die me mijn hele leven hebben gesteund en er altijd voor me zijn.

Een speciaal bedankje gaat wederom uit naar mijn lieve proeflezeres Claudia Hugo, die als een van de eersten *De bloemendochters* las. Bedankt voor je mening en bedankt voor onze avonden samen, die altijd heel bijzonder zijn.

Een enorm dankjewel gaat uit naar mijn lieve redacteur Tabea Horst, die mij samen met de uitgever deze prachtige kans heeft gegeven. Bedankt voor je steun en begeleiding, voor je suggesties en ideeen, voor je intensieve betrokkenheid bij de tekst. Dank je voor een geweldige en zeer inspirerende samenwerking.

Veel dank aan alle medewerkers van Ullstein die bij dit project betrokken zijn. Annika Krummacher, mijn tweede redacteur; Stephanie Martin, het geweldige hoofd verkoop en haar team; de grafisch ontwerpers die zo'n prachtig omslag hebben gemaakt; en iedereen die ik vergeten ben. Bedankt dat jullie van mijn idee zo'n mooi boek hebben gemaakt.

Ik wil ook graag mijn agente Antje Hartmann en literair agentschap Kossack bedanken. Voor het begeleiden van deze lange reis, voor een luisterend oor en alle aanmoedigingen. Ik heb dit boek, dit project, voor een heel groot deel aan jullie te danken.

Beste boekverkopers, bedankt dat jullie dit boek in jullie assortiment hebben opgenomen. Dat het een plaats kreeg in jullie winkels, dat jullie het aanbevelen en erover praten. Bedankt voor jullie geweldige steun.

Beste lezers, hartelijk dank voor het kiezen van juist dit boek. Ik ben blij dat ik jullie een paar hopelijk plezierige leesuurtjes heb kunnen schenken, dat jullie met Dalia en Camellia naar Mexico zijn gereisd en met hen hebben gelachen en meegeleefd. Heel erg bedankt voor jullie geweldige steun en jullie fijne en gevarieerde feedback.

En als jullie ook de nichtjes van Dalia beter willen leren kennen, komen we elkaar in een ander boek hopelijk weer tegen.

Vriendelijke groeten,
Tessa Collins